作家散文
典藏

陈彦 著

陈彦散文

作家出版社

图书在版编目（CIP）数据

陈彦散文/陈彦著 . -- 北京：作家出版社，2024.11.
（作家散文典藏）. -- ISBN 978-7-5212-3012-3

Ⅰ. I267

中国国家版本馆 CIP 数据核字第 2024RM3704 号

陈彦散文

丛书策划：路英勇　张亚丽
出版统筹：省登宇
作　　者：陈　彦
编　　选：杨　辉
责任编辑：李亚梓
装帧设计：TT Studio
出版发行：作家出版社有限公司
社　　址：北京农展馆南里 10 号　　　邮　　编：100125
电话传真：86-10-65067186（发行中心）
　　　　　86-10-65004079（总编室）
E-mail: zuojia@zuojia.net.cn
http://www.zuojiachubanshe.com
印　　刷：唐山玺诚印务有限公司
成品尺寸：142×210
字　　数：320 千
印　　张：13.375
版　　次：2024 年 11 月第 1 版
印　　次：2024 年 11 月第 1 次印刷
ISBN　978-7-5212-3012-3
定　　价：59.00 元（精）

目 录

第三辑　活在秦岭南北

第四辑　打开的河流

第五辑　心灵才是人类伟大
##　　　　　而壮丽的作品

第一辑　一方水土养一方戏

生命的呐喊

截至目前我还没有发现哪一门艺术能如此酣畅淋漓地表达一个人的生命激情，如此热血涌顶地呼喊一个人的生命渴望，如此深入腠理地宣泄一个人的生命悲苦，那就是秦腔，无论你喜欢不喜欢，待见不待见，珍视不珍视，它都以固有的方式存在着，不因振兴的口号呼得山响而振兴，不因"黄昏"的论调弹得地动而"黄昏"，也不因时尚的猛料生氽桑拿烹熘蒸煮而时尚，总之是我行我素，处变不惊，全然一副"铜豌豆"做派。

秦腔到底生成于什么年代，至今尚无大家都接受的论断，有人在《诗经》里就找到了"秦腔"二字，当然那个秦腔明显不是今天所说的这个"以歌舞演故事"的秦腔；有人说秦腔原创于秦代，这话初听似有道理，可时至今日也无太多史料可供佐证；还有人说秦腔糅成于西汉百戏涌流长安时期，但研究资料缺乏相互支持，尤其是无成形唱本传世，似乎也不足为取；倒是秦腔成于盛唐之说，不仅有正史野史考据，而且有唐人评李龟年唱《秦王破阵曲》"调入正宫，音协黄钟，宽音大嗓，直起直落"的说辞，这种演唱特点和方法，也正是秦腔至今都在传承效法的正宗腔调，因此可以说李龟年的"秦王腔"，当是有史可考的早期秦腔。

秦腔至明朝已是比较成熟的形态，不仅盛行于陕甘一带，而且随着明末李自成农民起义军的四处征战而流播八方。据载起义领袖们个个都是秦腔爱好者，有的甚至是高级"票友"，而李自成出身乐户，唱秦腔更是够得上专业水平，因此连军乐都采用的是秦腔曲调。有如此多的说了话就能算数的大领导关心爱护，加之大规模的战争席卷，自然使秦腔得到了前所未有的推进与发展。到了清朝中叶，秦腔更是登上了中国戏曲的霸主地位，在有名的"花雅"之争中，甚至"打败了"（引用典籍语）昆曲、京腔，成为一个时代的戏曲最强音。所谓"花雅"之争就是民间与正统之较量，以秦腔为代表的地方戏曲自是花部，而以昆曲为代表的上流戏曲则是雅部，花即旁出、非主流、野路子、下里巴人之意，而雅则是正出、高档、中规中矩、温文尔雅之资质，今天看来，"花雅"之争其实是民间力量对少数士大夫阶层所固守的"小众文化"的一种潮汐与遮蔽，胜败之说似乎有点过于意气用事。所谓秦腔"打败"昆曲之时，正是洪昇写出《长生殿》和孔尚任诞生《桃花扇》的传奇创作巅峰时期，因其思想性与艺术性都达到了太高的境地，随之形成了文人雅士更进一步的雕琢之风，终使昆曲成为花瓶，而被广大受众所抛弃。以秦腔为代表的花部戏曲，则带着与生俱来的生命率性与忠孝节义的恒定思维，使观众重新找到了心理适应，它的"杂乐共作秦声尊"的一时显赫当是事物律动的必然。不过这种"香饽饽"时期很快就被代表着士大夫阶层的清政府所搞臭，他们视异常率性本真的秦腔为粗俗、不洁，不仅弄权，而且动武，先是不许秦腔在京城内演出，只让在京郊"流窜"，后来干脆完全赶出京师，并明令严加禁止演出与传播，秦腔艺人被卖身为奴，其子孙三代不得应试，时有陕西华县一秦腔"大腕"因中举而头颅被"喀嚓"，诸多"粉丝"为其鸣不平悉数遭"严打"。

时间进入公元二十世纪八十年代，秦地有一叫贾平凹的人写了一篇名叫《秦腔》的散文，异常真实地记录了秦腔在秦地的生命不息，繁衍不止，那种对秦腔生命力的通透阐释与肌理把握，要叫我说代表着这个人散文的最高成就，我甚至预言：秦腔不灭，《秦腔》不忘。后来这个人意犹未尽地又写了一部同名长篇小说，那方面的成就是另一帮人的另一个话题，但仅抽出对秦腔这个生命肢体的密码破译来讲，我更喜欢先《秦腔》的生命概括与直截了当。秦腔并没有因为清政府的"喀嚓"而喀嚓，现在不仅"八百里秦川尘土飞扬，三千万儿女高唱秦腔"，就连甘肃、宁夏、青海、新疆、西藏都弥漫着豪气冲天的大秦之音，相反倒是清政府极力推崇的昆曲至今仍需特别加以保护才能维系一脉香烟，个中情因实在不是三言两语所能道明。

现在让人不由得不冒后怕之虚汗的是，当初秦腔要是被乾隆爷爱上，千恩万宠弄进宫去，先把那些"毛糙"的东西打磨掉，再精雕细刻一番，镶上几颗"金牙"，敷上一层脂粉，洒上一些洋人的香水，让男人像鼻子被鬼捏住了一样做女人腔，最终把秦腔搞成"牙雕""鼻烟壶"之类的仅供少数人把玩的"精品"也未可知。看来民间的东西走向象牙塔真不是什么好事，秦腔能有今天的红火热闹，清政府绝对是帮了大忙的，要不是他们飞起脚来把秦腔从京城踢出去，让秦腔远离贵族气、精巧气、鸟笼子气，秦腔还真不会有今天的"三千万儿女高唱"呢。

秦腔最重要的品质就是具有生命的活性与率性，高亢激越处，从不注重外在的矫饰，只完整着生命呐喊的状态。我曾经对一位想了解秦腔的外国记者讲：秦腔酷似美国的西部摇滚，喊起来完全是忘我的情态。那位记者在看演出时，见"黑头"出来一唱他就乐了，直说太像摇滚，只是节奏有些缓慢而已，很快，"黑头"又唱起了"滚白"，节奏之快犹如铁锅崩豆，愤怒之态毫不亚于现代人的愤世嫉俗，他终于对我的"摇滚"说完全信服了。上个世纪末风靡都市的国人摇滚，从某种程度上讲，有点接近秦腔对生命阐释的感觉，但远远只是皮毛，那种呐喊带着太多私人化和情绪化的东西，而缺乏生命的深度，喊一喊就过去了，可秦腔对命运、人性的深层呐喊仍在不惊不乍地继续。我们有时会想当然地把"老戏"归结为宣扬封建传统那一套，那是实在不了解"戏"之"老"，"老戏"对弱者的同情抚慰，对黑暗官场的指斥批判，对善良的奔走呼号，对邪恶的鞭挞棒喝，从来就不曾下过软蛋，且立场之民间更是货真价实，而非伪饰矫情，因而，我对鲁迅先生之于"旧戏"的有关指责，向来都是怀着不敬的，老先生可能看戏不多又喜欢发议论，失之偏颇也就在所难免了。

秦腔是不容置疑的民族最古老戏曲剧种，给个中国戏曲"名誉太祖爷"的名分大概不会引起什么纠纷，在沧桑的世事流变中，多少"嫩花香草"婆娑舞动一番便烟消云散，有史记载的三百六十余剧种而今尚有几多安在哉？可"太祖爷"却始终没有因年事已高而变得声息渐远，相反倒是随着时间推移愈来愈精神矍铄、老当益壮。据不完全统计，仅西北五省就有各类秦腔剧团数千家，甘肃甘谷县人口五十六万，业余秦腔剧团倒有六十五摊，而遍布在这些省份大中城市的秦腔茶园，更是擂台叠加，风起云涌，你方唱罢我方唱，无利熙来也攘往。至于在都市旮旯、校园一隅、乡村背街、田间地头抖动着的秦腔神经那就更是如繁星闪动，数不胜数。在以弄钱为生命本质要义的今天，尚有这么多人爱着这么"土头土脑"的"赔钱货"，且摇头晃脑，闭目击节，"不知有汉，无论魏晋"，真的已经让外人觉得很是有些不可理喻了。

　　我以为秦腔让西北人百揉千搓而不弃的根本原因是它的阳刚气质对人的血性补充的绝对需要，就如同生命对钙、铁、锌、钾、锰、镁等微量元素的不可或缺。若以乾坤而论，秦腔当属乾性，有阳刚之气，饱含冲决之力，而这种力量也正是民族所需之恒常精神，秦腔似大风出关，秦腔如长空裂帛，为了一种混沌气象，他甚至死死坚守着"粗糙"之姿，且千年不变，以便有别于过于阴柔的坤性细腻。精致的时断时续、时有时无，"粗糙"的反倒气血偾张、寿比南山，这便是生命的本质机密。相对于今日一切都追求"上品""精品""极品"之奢靡，秦腔同样也面临着死亡的绞索，因为我们也正在自觉或不自觉地向精致邀宠献媚。我们很难抵御"好日子""真高兴"之类的甜腻"坤"声诱惑，不羁之"乾"腔因缺麻酥酥的蹭痒感而被时尚所唾弃，但一切时尚都是过眼烟云，唯有笨拙的古朴守望才是真正的生命"常道"。无论怎么活着，我们都需要阳刚，需要大气，需要甚至是带着"毛边"的勃发与冲决，那么最好的办法就是先吼几声秦腔。

　　　　　　　　　　　　　　　　　2005 年 12 月 31 日于西安

坚挺的表达

外人对秦人的第一印象是生、冷、噌、倔，即使请你吃请你喝，也不会软声细语，一般都是面无表情地："下午有几个人一块儿坐一下。"对方回答也都毫无感激色彩地极简洁："对。"好虚套的南方人稍一客气可能就会错失"饭机"，因为秦人不太喜欢拐弯抹角，啥事弄得成弄，弄不成"去尿"（秦地方言，似乎与生殖系统的某些泄露有关）。我严格讲不属秦人，因为沾一点南方的边，被界定为陕南人，因此不太清楚秦人在恋爱时是否也表述捷达，心热面冷，反正那些说话女里女气，做事拿捏扭扯，三棍子打不出一点废气来的人，在秦地一般都是感情困难户。秦腔作为秦人的重要生命表达方式，自然与生俱来地带着质感的倔巴与坚硬。而将这种坚硬推向极致的当数舞台上各类性情豪爽耿直的"大花脸"。赵季平和张艺谋曾经把秦腔的这种"花脸"唱法用在电影《红高粱》里，让姜文等扮演壮汉的男人们抬着巩俐演的"我奶奶"颠来倒去，那种生命的率真与性情的放浪，甚至风靡了整个中国和世界，寻找个中缘由，根本是生命的坚挺与放胆对人性压抑层的超常开掘与引爆，无论张艺谋用了什么色彩什么动作什么镜头，最本质的仍是秦腔的生命宣泄状态所带来的狂放与张力。

秦人的源流到现在仍是有争议的学术"悬案"，早期马奴的身份似乎多有肯定，既然是马奴自然就与马背有深切的交道，那种游牧性也许正是强悍直爽性格的久远烙印。当马奴一旦拥有获取主宰自己命运的机会时，那种强劲的生命爆发力是任何披坚执锐者都不可阻挡的。秦人"横扫六合，统一六国"，接着以秦地为中心"你方唱罢我方唱"地上演了千年主政史，秦人的声音自然是以主流的声音流播华夏的，这其中难免又会在原声音基础上增添许多傲气、霸气，蛮横之气，就像后来红火起来的燕京人给人说话连字都懒得吐清，多是拿鼻子哼弄"京腔"一样，其实这与早期秦人得势时嗓音越发宽大、说话颇似吼叫的做派有异曲同工之妙，不过秦人更加张扬，燕京人更加狡黠而已，但骨子里的傲慢却是活脱脱地都表现十足了。总之，秦腔这种太具个性特色的物种，在缘起与发展阶段，是带着太多的自然、环境、政治、文化基因一路滚雪球似的越滚越强悍坚硬的。到了现在，它异常突兀的粗粝个性，就显得与社会的愈来愈精细与缠绵化格格不入。去年我去上海与中国最具实力也是最有成就的舞台剧导演陈薪伊商谈搞戏的事，她几乎是不假思索地要我们搞一台具有"秦人之气"的"铁榔头"作品，甚至名字都想暂定为《秦人之气》，她说只有有了这种精神气质"才有搞头"，她虽是女导，却越来越反对搞那些"软绵绵的东西"，她导的话剧《商鞅》正是这样一部撼天动地的大气之作。她是秦人，导一部秦腔大戏是她久远的"戏梦"，她甚至讲她已年近七旬，能搞一部振奋人心的秦腔力作已是她生命的一种情结，可惜这个"铁榔头"我们至今还没有找到最能精准锻造的材质与故事。我想我们只有老老实实地进一步向秦腔传统靠近，再靠近，看最终是否能找到那种精神气度，不是我们缺乏才情，而是因为我们的双手、眼睛和耳朵已被时尚的茧子磨得厚如铜钱了。

让我们仍然把话题转到秦腔花脸上吧，这是说秦腔最绕不开的话题，就像说山峦不能不说到它的制高点一样，花脸是秦腔艺术特性的制高点，外人对秦腔的诸多印象也大多从花脸而来。其实从秦腔"脱生"出来的京剧，它的花脸同样也具有声震屋瓦的"怒吼"表征，但秦腔因为"吼"得更原生态，因而，也就与现代人越来越光滑的审美习性有了更深层的隔膜。据说上个世纪五十年代从上海迁到西安办学的一帮大学教授，听惯了吴侬软语的越剧，接受起秦腔来很是有些瞠目结舌，一个教师的孩子夜半哭闹，他甚至都不无黑色幽默地吓唬：侬还哭，还哭我要让侬听秦腔。那孩子果然吓得敛声闭气、噤若寒蝉。这虽是一个笑话，却说明了秦腔之于江南人的"不悦耳"程度。这种准备拿来吓娃的声音多半是指的秦腔花脸唱腔。同样来自业内的一个笑话，也是说秦腔花脸的，话说一个著名"黑头"演员清晨来河边遛弯，但见两岸菜花金黄一片，且鸟语放，杏花香，岸柳成行，禁不住唱兴大作，突然喷出一句"呼唤一声绑帐外——"来，谁知此时在他脚前有一聚精会神向对岸辽阔菜地展望的黄狗，被突如其来的身后"惊雷"，吓得猝不及防地一跟头栽进了河里，由此这老兄的"河岸抒情"便成为朋友们长时期调笑的话柄。这两个段子都是"笑话"秦腔生硬粗放的，过去我也曾想：连狗都吓得跌进河里，何况人乎？但我又想，如果那条观景的黄狗，在毫无精神准备的情况下，突然遭遇一声软绵绵的"娘子——，我来迟了"，难道它就能稳住阵脚，不出现惊跌河中的难堪一幕吗？看来这个段子是不足以用来证明秦腔不悦耳动听的。当然，世界上任何一门艺术都不可能有百分之百的欣赏者，秦腔也没有理由能例外。至于南方人对于秦腔的"畏惧"，其实也大多是一种调侃，真正能走进剧场面对秦腔的，也一样会掌声雷动，叫好声四起，五十年代秦腔"轰动江南十三省市"的演出盛况我不曾见到，但近年秦腔在"长三角"地区的频繁走动，作为见证人，我深深感到了这种艺术的个性魅力所在。越剧代表人物袁雪芬、傅全香、徐玉兰、王文娟等分别多次在观看演出后谈到，越剧向秦腔"学习了太多的东西"，并谦虚地称秦腔为"老大哥"，她们说越剧作为新型剧种，在发展阶段，从秦腔身上"汲取了太多的精神气质营养"。我想这个"精神气质"就是秦腔的阳刚之气，而秦腔最具阳刚之气的就是连自己都毁誉参半、褒贬不一的"大花脸"艺术，因此，说秦腔就怎么都不能不多说这"老哥"几句。

　　秦腔花脸行当俗称"挣破头（读 sa）"，"头（读 sa）"在秦人的字库里是指人和各类动物的脑袋，连脑袋都能挣破了，那种用力程度可想而知。何况秦腔花脸演员一般都具有特型身材，脑袋削得即使不留一丝虚浮的发式，看上去也会比寻常人大一到二倍。有人说秦腔在没有现代传声放大器以前，仅凭肉嗓子虎吼，为的是要把声音传得很远，因为关中大地太辽阔空旷，若声音不宽厚雄浑，头不挣破，就会被劲风所吞噬。这话有一定道理，但也不尽然，因为同样有花脸艺术的其他剧种也都经历过无麦克风时代，可他们的花脸并没有秦腔吼得这么厉害，喊得这么挣，归根结底，恐怕还是秦人的性情使然。其实围绕着秦腔花脸艺术的改革之声从来就没有间断过，但反对之声也是一浪高过一浪，改良后的花脸唱腔常常被戏迷们戏谑为"二姨子（即被劁骟过的）腔"。当然，这其中也不乏成功范例，被誉为"秦腔花面魁首"的田德年就是一个。秦人田德年，自幼父母双亡，穷途无路，不得不混迹于戏班糊口，先是唱小生，后因嗓子沙哑，被淘汰回家，一日井旁打水，突然来了兴致，虎吼一声，竟然脚下土地震颤，头顶树叶为之抖擞，便急忙撂下扁担，直奔戏班而去，与琴师几番

"搞磨"，唱出一板戏来，顿时屋梁似动，四座皆惊，由此重返江湖，红得一发不可收拾，唱遍陕、甘、宁、青、新，享尽"活张飞""活单童""活包公"之美称，总之，见唱就有人以"活"相许，人气旺得"打喷嚏都能点着灯"。专家说他的成功在于演唱刚柔相兼，疾缓得当，并善于运气、换气、调气，终使高音区甜润明亮，中音区宽广浑厚，低音区共鸣有加，形成了既高亢又柔润，既豪迈又深情无限的花面"田腔"。自田老百年后，这种探索便再没有尝到太大甜头者。即使模仿"田腔"到乱真程度，世间的巴掌也再没有了昔日的激情扇动，相反，那种扯起嗓子虎吼的"吓娃声"，倒是越来越不缺少民间"粉丝"的追捧喝彩。我想田老的成功有个案成分，任何艺术都会有天才诞生的特殊时机，在大家都只能听到"挣破头"的虎吼年月，田老的出现是一种独特显现，而在今天这种多元艺术并存，并多嗲声奶气的时代，秦腔的声音便又有些田老当初登台时的场了，因而，秉持个性，当是站稳脚跟的关键。

其实诸多时尚艺术正在汲取秦腔的精华，以点亮他们应召的媚眼，前边说过张艺谋的电影，而近些年在秦腔身上找卖点的电视剧更是不胜枚举，其中一部叫《12·1大案纪实》的，一开始就是原汁原味的秦腔花脸呐喊："枪响了，出事了，忙活了！"紧接着在《关中匪事》中，一曲"他大舅他二舅都是他舅，高桌子低板凳都是木头，金疙瘩银疙瘩还嫌不够，天在上地在下你娃甭牛"的主题歌，更是彻头彻尾的秦声秦韵，竟然红火得走到天南地北都听人哼哼不绝，除了说明艺术家的聪明狡黠外，同时不也说明了流行声音太缺乏秦腔这样坚挺表达的精神钙质吗？有鉴于此，作为从业者，我就更加担心不绝于耳的秦腔改革之声，到底要把这千年老货折腾成什么样子？尤其是秦腔花脸，诸多改革之矛已直抵老哥咽喉，老哥最后到底会唱出什么

"二胰子腔"来都已越来越难预料。我们总是希望把自己所喜爱的东西捋抹得更顺溜些，秦腔花脸咋看都像是秦腔的"罗锅"，可一旦把他的身材硬扳得跟施瓦辛格、高仓健一样板直，那他还是他？他那一口大气还能出得来吗？

2006 年 1 月 18 日于西安

三千万儿女齐吼秦腔

这是一句很夸张的话，只是想说明"吼"的人特别多而已。陕西三千多万人口，真正能"吼"秦腔和爱听秦腔的，充其量也就千把万了不得了，因为陕北、陕南就没有那么多着迷者，即使是关中秦腔窝子，也未见得都迷这东西，一些年轻人就迷了刘德华、张学友、容祖儿什么的，甚至连内地歌星都懒得尿。

其实，即使是一千多万人迷秦腔，也是个了不得的数字，它在生意人眼里，简直就是个"斗大的元宝滚进来"的超级市场，可惜看秦腔的人都不喜欢买票，"吼"秦腔的人更无须买票，这个红火市场也就屡屡让生意人受挫，而只能"了无经济效益"地"白红火"了。

尽管没有什么经济效益，但在把什么都想弄来变钱的时代，秦腔并没有因此被遮蔽湮没，反倒一日胜似一日地持续走红，这就是一种文化力量的无坚不摧了。秦腔生命力之强劲，是我们调动所有想象力，都难以穷极的，只有当我们一次次走进"戏窝子"的深层皱褶，方能感受到这种文化，连神经末梢都在抖动不已的巨大内驱力。

关中是一个神奇的秦腔生态园，这里不仅生长秦腔，而且也广泛

14

地接纳、消费秦腔。可以说八百里秦川，本身就形成了一条相对独立完整的秦腔生物链。这里有数不胜数的戏校，多呈民营性质，培养的学生不仅供民间剧团选用，而且也有大量的尖子生，最终流进了省市专业团体，甚至成了那里的栋梁之材。剧团与剧团之间，也在不断相互吸食兼并，人才更是翻腾跳槽不断，大有"话说天下，分久必合，合久必分"的激烈纷争态势。在关中许多县市，方圆几十里就有数家剧团的，已不在少数，有的甚至一个镇上，就赫然立着好几块招牌，他们农忙封箱，农闲时，就集合起"只有十几个人来七八条枪"的队伍，四处闯荡，虽然收益跟种粮、搞农副产品差不多的油水不大，但唱戏是个面子活，加之行业竞争又激烈，演一场挣几十块或几百块的，逢人就得吹牛说是挣了几千块了。反正无论挣不挣钱，发没发财，"吼"了秦腔，这精神世界还都是满足得有些"不知有汉，无论魏晋"的。

谁都难以想象，关中的秦腔市场到底有多大，反正见天都有地方在唱戏是不成问题的，因为关中农村"过"很多事，都有唱戏的传统。过去"一大二公"时，逢年过节有集体包戏，后来集体没钱"要牌子"了，就有人站出来，自己掏腰包"请戏待承乡党"。"请戏"的事很多，生老病死，婚丧嫁娶，禳灾祛祸，修庙祭祀，乔迁盖房，挖渠修塘，只要高兴、愿意，都是请戏的由头。后来甚至包括学生考上了像样的大学，也都有人烧火着要"唱大戏"。至于在外面发了财的，翻了身的，衣锦还乡"要个声"（要些声名）的，那就更是愿意为此破费钱财，以换取如秦腔一样响遏行云的声名了。

有了这么多的事，要用秦腔戏来"过"，关中大地的秦声秦韵，自然就会不绝于耳了。我每每与剧团一道到关中农村演出，最深切的感受是，他们都爱听（许多戏迷把看戏叫听戏）熟戏，有的一边听，

15

还一边轻声哼哼着，也难怪各种秦腔大赛，会冒出那么多的业余演员，唱起名家唱段来，几乎能到乱真的程度了。从这种现象上看，诸多戏迷本身就是唱秦腔的行家里手，他们之所以还在听，还在看，一是学习，二是鉴赏，三是过瘾。一旦有了机会，他们便会亲自粉墨登场，"露一小手"，有的甚至还"露"成了名家，从此就以唱秦腔为生了。从这个意义上讲，三秦大地能"吼"秦腔者，就真不是一个小数目了。我曾经多次接待一些唱秦腔的毛遂自荐者，他们是想到专业团体来供职，猛一听唱，确实声震屋瓦，四座皆惊，但细一品味，就发现有很多问题，无论节奏、音准还是吐字、行腔，都经不起推敲，专业人员把这种唱法叫"野路子"。可他们明明在许多地方唱得很红火，并且有观众说他们"唱得比专业的还好"。我想这就是一个有关原生态与艺术加工再现之间的话题了。一种艺术样式要得到发展，必须有很大的基础平台才行，秦腔就有一个硕大无比的"草根"基座，也就是原生态演唱链的持续延伸。尽管他们的"路子"，从专业人士的角度看，有些"野气"，但正是这种粗放、质朴、纯粹、率真的"原汤"感，才支撑了秦腔的内在精神，从而使这门传统艺术，几百年承继不衰，并且越"吼"越精神，越"吼"人气越旺。从这个角度讲，艺术的"野路子"，永远都是"家路子"最本质的营养素，一旦"野路子"不复存在，"家路子"也就源头枯竭，该殒命消亡了。

秦腔不仅在农村生命勃兴，在城市也气血偾张，大西北的几个省会城市，尽管文化都已显示多元趋势，文艺欣赏也以现当代艺术样式为主，但秦腔始终占有重要地位，尤其是兰州、西安，这种崇尚传统艺术的势头，近年来甚至有增无减。这两个城市都拥有数百座秦腔茶社，其实是以听秦腔为主，以喝茶为辅的。在许许多多的街巷皱褶和公园、河堤中，更有数不胜数的业余爱好者，在那里自拉自唱，自娱自乐。仅西安环城公园和城门洞里的自乐班社，每晚都有数十摊，更别说那些聚集在民居、院落、宾馆、单位里借秦腔"过事"、搞活动的各类演唱了。反正每时每刻，这个城市都抖动着秦腔的神经，我甚至觉得，有一天这个城市的秦腔神经不再抖动了，它的文化记忆和性格特征，也就彻底消失了，可以把它叫纽约、巴格达，也可以叫约翰内斯堡，还可以叫布宜诺斯艾利斯，就是不用再叫西安和长安了。

特别令人感到鼓舞的是，西安有七十余所大专院校，吸纳着国内外百万莘莘学子，他们在学习之余，对这块土地上的传统文化，也越来越产生起浓厚的兴趣来。好多所大学，都有秦腔学会或秦腔自乐班，不仅研究秦腔，实践秦腔，而且也传播弘扬秦腔文化，这是秦腔在市场经济冲刷中，得到的最重要的精神支持者之一。这个群体里面，不仅有热心学子，他们甚至成立了各种"大学生戏迷团队"，更有诸多一边从事秦腔研究，一边传播秦腔文化的教授、学者。我所接触到的一些大学老师，对秦腔文化的认知水平，甚至常常令我们从事专业的人，感到羞惭和汗颜。

在陕西的机关干部队伍中，也有一大批秦腔爱好者，他们大多生长于关中热土，尽管不缺各种时尚的娱乐生活，但秦腔始终是他们的最爱，他们不仅出入高档剧场，而且也进茶园、公园、城墙内外自乐班社听秦腔，有的还能操琴执板，演唱一两段名家经典，老省长王双锡，就曾登台高歌秦腔，并通过电视媒体，传向了三秦大地，至今仍是民间广为流传的"省长吼秦腔"佳话。机关干部对秦腔的热衷爱好，极大地推动了秦腔事业的发展，他们不仅从舆论上张扬秦腔文化，而且也从各自的渠道，为秦腔剧目的催生和人才托举，给予了物质上的诸多支持。

尤其是在陕西的文化人中，爱秦腔几乎成为一个比较普遍的特征，贾平凹不仅写过绝妙的散文《秦腔》，而且还把一部近五十万字的长篇小说也命名为《秦腔》。更有趣的是，他连手机彩铃也用了秦腔，每每开会到紧火处，那秦腔就不顾领导讲话时的严肃性地"慷慨激昂"起来，但见他憨憨一笑，从腰里抽出个小"黑匣子"，打开翻盖，就用一口地道的秦腔，回答起了来自全国各地的时尚和不时尚的问题。陈忠实更是一个秦腔迷，再忙，有秦腔戏都是要去看的，他不仅在诸多作品中写过秦腔的人和事，而且还为抢救保护老腔，四处奔走呐喊，吆喝捧场。有时逼急了，也在场面上哼哼几句，但能把音符唱准的时候还是比较少的。作家杨争光，生于关中腹地，倒是能唱一口纯正的秦腔，凡遇活动，无论气氛吻合与否，都要独自开唱一番，有时"吼"得脖项青筋突起，仍在努力上探着高音区，那种率真的性情，让人看着十分快活，但也有不太顾及身边人感受的时候。作家京夫、晓雷也都是秦腔迷，但凡有秦腔，必然放下手头一切作业，先半个小时进剧场，后半个小时离剧场，因为每次看完戏，总是有好多话要给业内朋友讲一讲，不讲回去就有些不大好入眠。电影剧作家芦苇，甚至完全是一个秦腔的研究者和保护者，在他创作电影作品《活着》时，几乎把秦腔皮影戏的全部绝活都录制下来，形成了一套十分完整的皮影戏资料。平常更是爱戏如命，他对一些秦腔名家唱腔特点的细微探究，甚至常常令我们这些在业内吃饭者，深感愧疚。音乐家赵季平，大学毕业后，在陕西省戏曲研究院工作二十余年，始终与秦腔水乳交融，最终形成了自己独具风貌的音乐生命天空，声名远播。诸多书画家更是与秦腔结下了不解之缘，中国书协原副主席、西安交通大学教授钟明善，一提起秦腔，便精神抖擞，话语连绵，字是写给别人都要润格费的，秦腔名演员去，却能轻松拿走，分文不取。书法家吴三大，"吼"起秦腔"黑头"来，不仅字正腔圆，而且神形兼备，连行内人也觉得颇见功力。现任陕西书法家协会主席雷珍民，更是手机彩铃用秦腔，写字时放秦腔，忙里偷闲看秦腔，甚至还为给老家村子办剧团，四处筹募服装道具，对秦腔之钟爱溢于言表。其实在西安的许多文化人身上，都深深烙着秦腔的印痕，他们不仅喜欢听家乡戏、看秦腔，而且还爱亲自"吼"上几句，尤其乐于为秦腔呐喊助阵，每每在文章中提及秦腔，总是推崇备至，珍爱有加，这也是在时尚文化充斥市场的今天，秦腔精神能得以持续提升、彰显的重要原因。

有了这么多钟情秦腔的群体和因素，说"三千万儿女齐吼秦腔"，也就不算是过于浪漫的夸大其词了。有人说，抓住了青少年，就算抓住了秦腔的未来，我倒觉得没有必要这样"强人硬下手"，我们太好弄啥都去硬抓，结果常常出力不讨好，抓来抓去，就把许多事情抓得遍体鳞伤了，还一无所获。其实爱秦腔的青少年已是大有人在，只要作品的审美特质与他们的心灵气质相连通，走进剧场的他们，就会表现出特别动容的审美愉悦和惬意。即使年轻人暂时不进剧场，也大可不必担心秦腔的观众队伍，我在几年前就说自己有一个发现：一个人进入中年后，便会对乡音产生特别迷恋的情绪，而民族戏曲是乡音最典型，也是最精华的代表。中老年人喜爱秦腔，其实是一种精神寻根，无论你走得再远，飞得再高，接受的新东西再多，乡恋情结和那一点从根须上生发出的声音，总是要魂牵梦绕，伴随一生的。因此，年轻人不进剧场，从来就不是一件值得担心的事，因为他们不可能把蹦迪蹦到四十出头，也不可能把花前月下的爱情歌曲，唱到脖项下面的赘肉打了三折还显得有点垮塌的地步，这时，他们自然就会走近乡音，走近秦腔，只有在这时，他们才发现，用秦腔表达精神世界的亢奋、希冀与苦闷，竟然是这样地自然得体，恰如其分。从这个意义上讲，秦腔观众又何愁"革命没有后来人"呢？

正因为有"三千万儿女齐吼秦腔"的民谣流传，我们许多人便觉得这是一种巨大的文化产业市场了，我十分担心，秦腔不会自己消亡，但会被产业和市场的瞎折腾搞得非驴非马，活着，也是九死一生。因为秦腔要市场化、产业化，就必须向市场低头，必须放弃现在坚守的诸多艺术和传统历史价值，以迎合观众为前提的创新、突破、顺应，只会加速迎合者的死亡时间。与时尚抗争、对立、秉持操守，才是民族传统艺术的真正生存之道。我总回忆起卓别林创作主演的一部电影，当一个大胖子饿坏了时，他眼前的卓别林就变成了一只小鸡，后来在胖子的幻觉中，甚至一切都变成了食物，一切都准备拿来果腹。这很是有些像我们一些人脑海中的经济建设，好像把啥都能弄出来赚钱似的。自古"艺不养人"，尤其是自觉"载道"的传统戏曲，从来不屑于搔首弄姿和轻薄浅唱，硬要拉出来与市场接轨，我想最终只能是"赔了夫人又折兵"的尴尬结局。秦腔对于陕西人来讲，就像日常所用的柴米油盐，想在这上面"勒"出些利润来，恐怕是一件能下手，但不大好收手的麻缠事。几百年都过来了，秦腔并没有因不太赚钱而被唾弃，今天日子好了，就更应该给秦人留下点与金钱无关的眼福、耳福和口福。我们把金、银、铜、铁、锡、煤、油都挖出来换了钱，总应该养点什么了，养什么呢？祖先留下的那点"作业"，就是我们的文化，真正的民族特色文化，秦腔就属于这个东西。

2007 年 8 月 5 日于西安

韧性的婉约

其实秦腔也不尽是阳刚激昂，粗犷豪放，婉约起来那也是缠绵悱恻，鸣啭如莺的，它的旦角艺术就表现出了这种轻快活泼、变幻多端的阴柔之姿。不过总体韧性十足，酷似制动皮带上的钢丝牵筋和牛腿肌腱上的白色韧带，任你如何婉转多变，那根筋是离不了大谱断不了茬口的，一旦离了谱断了茬，唱出来就不是秦腔了。那么秦腔的牵筋与韧带到底是什么？我以为就是那种对大悲大苦的生存境遇的痛陈与宣泄，尽管秦腔也不乏喜剧闹剧，但主流仍是正剧悲剧，让观众感到透彻心脾的总是那些"苦情"戏，即使人逢喜事，年关节庆，也没有多少人爱看"耍胡子"戏（轻松闹剧），哪怕把他逗得笑出眼泪，乐得满地打滚，离了场子仍要把头摇得拨浪鼓一般，觉得没有过足戏瘾。可哪曲戏若能让他美美哭一鼻子，甚至回家几天想起来还能抽噎几下，那他就会如嚼甘甜，经年抿而不化，这就是秦腔皮实、韧性、"硬扎"的生成缘由，即使坤性表达，也始终坚持着韧性的质地，谁要没把这个特色把握住，谁就有了饭碗的危机。

我第一次看秦腔《铡美案》，实在觉得有些吃力，先不说那撕裂肺腑的腔调，单说剧情的重复啰唆，就够让人觉得泼烦了，我甚至跟朋友开玩笑说，秦香莲被陈世美最终抛弃，与她见人就爱唠叨自己老公的不是有关。用今天的编剧法来看，这个"打本子"的老先生简直就是缠了裹脚布的"王大娘"，逢场合即解开来原模原样地再缠一遍，"苦情"是"苦情"，可一旦跟祥林嫂似的，见人便说"阿毛"，看官就会觉得是神经出了问题。后来由于工作原因，把这曲戏看得多了，且老与乡间观众坐在一起，就越看越有了味道，那些重复多余部分，恰恰是观众最叫好的段落，由此，我们也不得不重新审视传统戏曲的诸多天成法则。得以千古流传的"老戏"，始终是以能最大限度引入观众情感为故事推动机制的，只要能动情，连合理性也是要"大胆忽略"的，更何况它今天看来只是太缺技术性的巧妙手段。其实，看似不巧的编织正好藏着大巧，试想，任何戏只要能死死缠绕住看官最敏感的那根神经，又何愁他的两个巴掌不下意识地朝一块儿集结呢？

其实《铡美案》的故事并不复杂，秦香莲反复诉讼的一段唱词就基本说明了来龙去脉："秦香莲跪轿前心惊胆战，包相爷坐上边细听民言。提起我家乡路遥远，湖广郡州有家园。我公父名叫陈洪范，我婆婆康氏是大贤。所生一子陈世美，送他南学把书观。大比之年王开选，一家人送他去求官。天不幸本郡三年旱，饿死了黎民有万千。草堂上饿死了他双父母，无有棺材好可怜。无奈了我把青丝剪，拿在了大街换铜钱。买来了芦席当棺板，才把二老送坟园。乡党六亲把我劝，劝我上京找夫男。跋山涉水苦受遍，沿门乞讨到此间。我到宫院把他见，他拳打脚踢赶外边。无处立身古庙站，他又差韩琦杀家眷。那韩琦不忍把我斩，又送银两作盘缠。哄我母子出庙院，他执刀自刎古庙前。把钢刀银两交当面，望相爷与民申屈冤。"再后边就是包相爷不畏权势，用狗头铡切了陈世美的脑袋。就这样一曲善恶昭彰的

22

戏，也不知演红了多少代名伶，愉悦了多少观众，反正直到今天仍是所有剧团的看家戏，谁若唱不了包公与秦香莲还想出门"写戏"（走市场），除非不怕人笑掉大牙，甚或踢踏了摊子。

平心而论，这曲戏的文学水平实在不敢恭维，尤其是唱词，更是写得不好详细推敲，但那种通俗易懂和约定俗成，已不敢有任何人修订只言片语，因为成千上万的观众在看这曲戏时有可能是闭着眼睛只听不观的，妇女们可以尽情地纳着鞋底，甚至择着芝麻、绿豆，男人们则滋润地吧嗒着旱烟，那长长的烟锅轻轻在膝盖上磕击着节奏，只有在哪一个习惯了的字没有唱对时才会把眼睛睁开来向台上剜一下，看是哪路神仙有这么大的胆子，竟然连戏都没学会就敢出道唬人。我想这才是真正的戏曲观众，真正的秦腔内行，经久不衰的大秦之腔，正是因为有了这样一群人的生命投入，才显示出永无止境的生命路向。

在不断推进民主进程的今天，我们也常常听到对清官戏的批评，甚至有人叹惜秦香莲不必死死咬住陈世美不放，何不自强不息，重新塑起一个自我来，有的甚至把这归结为一种新观念，我想在千千万万没有能力重新站立起来的"秦香莲"面前，如果包老爷说出这样一段台词："香莲哪，相爷我叹你不幸，怒你不争，你当挺起腰杆，回到郧州一带，饲果子狸，养荷兰鼠，兴蚕务果，抓蟹喂鳖，发展经济，人格独立，何须与陈世美死缠硬磨，你们文化差异如此之大，即使相爷我强行让你们旧梦重续，迟早还是稀泥糊不上硬墙，何不就此打住，唤醒自我，昂首走进新天地呢？你就带着两个小孩去吧，相爷坚信你会有活出自己的那一天！"我想，此时台下的观众若不圆瞪两眼，拿起石头砖块砸扁"包相爷"的畸形黑头才怪呢。我们在指斥清官戏和叹惜秦香莲时，忽视了一个最基本的现实问题，那就是身负重债又拖儿带女的秦香莲怎么才能走向富裕自强之路的问题，也正是当初鲁迅先生所思考的娜拉出走以后的问题。秦香莲把一生的成本都押在了陈世美的仕进之途和父母孩子身上，当她苦心经营的果实鸡飞蛋打，且差点招致杀身之祸时，又怎能让她忍气吞声，装聋作哑，再去重搭锅灶，另立生活？从这曲戏里我们恰恰看到了现代意识：那就是诉诸法律，揭露真相，索要成本，惩办恶人。当然，让"天理昭彰，善恶分明"这些词一出来，似乎就与"现代意识"有些不搭界了，在一些人的所谓现代意识中，善恶是不能分清的，一分清就传统，一界定就陈旧，模模糊糊，朦朦胧胧，混混沌沌，糊里糊涂，甚至连自己都搞不明白的时候立马就现代了。这玩意儿放到最广大的戏曲观众那里，实在是无法玩出才情和思想来的，你整得再高明再西方再现代，我就是不买账，你只能白瞅二眼半，这也正是当今诸多"精品"出产之日即死亡之时的根本原因。听说某地出了一本戏叫《陈世美喊冤》，据考，陈世美这家伙还真是有点冤情，当初是他考上状元，同行者希望得到照顾，谁知这家伙跟老包一样铁面无私，弄得几个老乡心里很是有些不快，便一路写戏作践陈公，直至酿成千古奇冤。我想即便真是这样，这个文字案也不大好翻，哪怕你把戏写得再有趣再煽情再里格朗，我都怀疑这曲戏的传播可能，就像上海某位艺术家因人权思考把秦桧捏弄得站了起来一样，不管缘由对否，你要拿棍在庞大受众群体的精神心理积淀层乱搅，咋都会落个没事找抽的结局的。

　　秦香莲的形象塑造，在秦腔的旦角艺术中占有很重要的位置，这不仅因为她的唱、念、做功需要很高的技巧，更因为成千上万的观众对她有太高的期待，过之则显泼恶，欠之则显柔弱，唯有不温不火，韧性中透出婉约，刚毅中强化内敛，豪放中平添阴柔，方能让观者同情、爱怜、愤慨，继而得到美的愉悦与享受。我以为秦腔旦角最能代表秦腔精神的是正旦秦香莲的形象，她受尽屈辱，却饱怀抗争，既心存怀柔，又满腔悲愤，一个秦腔女演员如果扮相周正，身架端庄，嗓音宽厚，即值得在此角上倾注一生之气血，因为我们的社会不会越来越少秦香莲的同情者，因而，众生的精神钙质中就不能不补充秦香莲式的斗争精神。但愿包文拯同志（从除暴安良角度可以结成的统一战线）也能永葆青春，豪气常在。

2006 年 2 月 3 日于西安

《赵氏孤儿》

有人说这是中国的《哈姆雷特》。说中国的事，总要拿西方参照，让人觉得实在有些无奈。可一参照，好像就给《赵氏孤儿》"提了神"，我们也就不得不先参照一下了。《哈姆雷特》中有一句经典台词："生存还是毁灭，这是一个问题。"而在我们的《赵氏孤儿》中，主人公也同样面临着这种双重困境，因而，我们就以拥有与人家相同的"复杂性与深刻性"为荣了，其实写《哈姆雷特》的莎士比亚，要比写《赵氏孤儿》的纪君祥小二三百岁。想纪君祥老，要到莎士比亚老那儿去虚心求教、模仿借鉴，洋为中用，都是不大可能的。

这个故事的"胚胎"出自《左传》，后人司马迁在发掘考据中，从多个侧面，进行了论证、梳理与剪裁，最终在《史记》中，由《晋世家》到《赵世家》，多处精彩描状这段故事，使其相互印证，丰满生动异常。元代剧人纪君祥，再根据这些故事，创作下了惊世骇俗的《赵氏孤儿》，后人将它与《窦娥冤》《汉宫秋》《梧桐雨》，并称为中国元杂剧的四大悲剧，由此，这个"孤儿"，便成了中国，乃至外国舞台上一个不朽的艺术形象。

《赵氏孤儿》的剧作背景与剧情是这样的：春秋战国时期，知名度很高的暴君晋灵公，有两个非常得力的大臣，文的叫赵盾，武的叫屠岸贾。赵盾这个人，历史把他看作忠良，自己也以"挑大梁者"自居，爱提个意见建议什么的，有时还很不长相，弄得晋灵公很不自在，早有剪除之意。而屠岸贾正把老赵嫉恨得不知如何是好，见主子亦有此意，便"下套"把老赵满门三百余口，一回抄斩了。在血洗赵门时，留下了一个人，那是老赵的儿媳妇，这个媳妇有一个特殊的身份，她是晋灵公的女儿，公主自是不便轻易斩杀的，可此时公主又身怀赵门骨血，屠岸贾便把这个即将出生的"孽种"盯得很紧，一旦临盆，欲连根剃之。一场"锄孤"与"保孤"的战斗就这样打响了。孤儿出生后，赵家"有良心"的门客（在门下吃饭的人）程婴，为报知遇之恩，斗胆把孩子放在一个木匣里，准备从宫里带出去。想那时又没个镇静剂什么的，先注射上一针，让孩子安定下来，再好掩藏了往出混，不然孩子哭出声来，就麻烦了。果然，这事就被把守宫门的韩厥发现了，幸喜老韩也对赵家深表同情，并对图荣进取兴趣不大，便私放了程婴。由于事情太大，老韩自然难辞其咎，很快就被屠岸贾索去了"保孤"的第一条生命。孩子出得宫门后，屠岸贾便在晋国上下，展开了一场残酷的"宁可错杀一千，也不放掉一个"的"屠婴运动"，"运动"要求：凡年龄在半岁以内者，一律处死。祸及千家的血腥"清洗"，使"始作俑者"程婴寝食难安，加之自己不足半岁的孩子也性命难保，他便与赵盾的昔日好友公孙杵臼商量，把自己的亲生孩子献出去，李代桃僵，以保全赵氏孤儿和天下无辜。今天也有人用现代"人权思想"，猛批程婴者，说他无权用自己孩子的性命，去换取别人的生命，但在当时情况下，为救千千万万个无端受牵连者，程婴之举，不能不说是石破天惊的义举。公孙杵臼就为程婴的行动所撼，慨然答应赴死，他将程婴之子收下，冒充"祸根"，又让程婴去"报案"，"揭发"他私藏"孽种"，很快，"屠婴运动"便在假孤儿（程婴之子）与公孙杵臼的"就地正法"中，平息了下来。再过二十年，孤儿长大成人，程婴说明原委，孤儿终于奋起灭屠，遂使悲剧沉重落幕。

纪君祥在充分尊重史实的前提下，对历史故事作了大胆创新，最紧要处，一是把别人的儿子（司马迁在《史记》中说，程婴与公孙杵臼"二人谋取他人婴儿负之"），变成了程婴自己的儿子（如果真是拿别人的儿子替代，就显得有些不地道了），不仅升华了人物境界，而且有利于把人物逼向绝境，从而压榨出最深层的精神汁液。二是让屠岸贾将赵氏孤儿收为义子，不仅利于对孤儿的保护，而且也是将"定时炸弹"直接埋到了敌人身旁，加强了戏剧的悬念与张力。全剧通过"搜孤""托孤""救孤""抚孤""复孤"等典型事件与典型环境，将程婴、公孙杵臼等义士的自我牺牲精神和屠岸贾的阴险狡诈与惨无人道，揭示得淋漓尽致，即使看平面剧本，也是杀机四伏、惊心动魄的。而戏剧最重要的构成因素，就是故事的传奇性和矛盾冲突的尖锐性，加上丰富的思想内蕴与情感激荡，就更是把观者带进了生与死的临界点和历史与现实杯盏交错的惶悚境地，难怪历经七八百年，而传唱、演绎不衰了。

《赵氏孤儿》又叫《赵氏孤儿大报仇》，还有叫《八义图》的，叫《八义图》倒是更注重群体"救赵"的恢宏场面描述，这八位义士分别是：一、刺客鉏麑。晋国最高军事统帅屠岸贾，让鉏麑藏着短刀，越墙进入赵府刺杀"祸国殃民"的宰辅赵盾，谁知鉏麑看到的是另一幅图景，赵宰相不仅毫无祸国之心，而且夜夜烧香，祈求晋国安宁太平，鉏麑遂想：我若杀了这等忠良，岂不是逆天行事？可如果不杀，又不好对屠岸贾交代，杀是"大逆不道"，不杀是"尔命不保"，想来想去，干脆自己一头撞在槐树上，一命呜呼了。二、卫士提弥明。屠岸贾见暗杀赵盾不成，就把老赵的身形扎成一个草人，胸腔内放一串猪的心肺肝，让大狼狗饿五至七天后，把草人的胸膛剖开，让狼狗扑上去饱餐，如此反复训练，使大狼狗在见了赵盾时，就真的去直取心肝了。那天是在大殿之上，屠岸贾见主子对赵盾不满，遂唆使狼狗行动，谁知殿前卫士提弥明，对忠良赵盾素怀敬重，见宰相被恶狗追得满大殿乱跑，遂举起金瓜，照狗的头颅就是一下，狼狗应声倒地，提弥明余怒未消，又提起狗的胯子，愤然撕为两半。赵盾是救下了，提弥明却因此丢掉了性命。从纪君祥到后来的所有改编者，都将国君晋灵公放狗咬赵盾（据《左传》与《史记》载），改为佞臣屠岸贾耍狗弄奸，一是戏剧结构的需要，最重要的，恐怕还是"替尊者讳"和不敢在"太岁头上动土"的无奈，后来历朝历代的屡次"清君侧"运动与"只反贪官不反皇帝"的斗争，都是这种"刮骨疗毒"之不彻底性的继续。三、饿夫灵辄。赵盾逃出大殿，准备上车，却见驷马车的两匹马和一只轮子，早被屠岸贾派人卸走了，正着急呢，旁边突然闪出一位壮士，一手扶轮，一手策马，先是衣服磨破把肉皮露出来，又是皮磨破把肉裂出来，再是肉磨破把筋暴出来，筋磨破又把骨头蹭出来，最后连骨髓都涌流了出来，才终于将赵盾抢救到野外，使其暂时脱离了险境，这个人就叫灵辄。此前他们曾经有过一面之交，那也是在郊外。灵辄是个大肚汉，一顿要吃一斗米，没人养活得起，被主人赶在门外，实在饿得不行，就摘树上的桑葚吃，主人又说他是盗贼，无奈，他只好仰面躺在树下，等桑葚熟落，若掉在口中就吃，若未掉在口中，绝不拾来充饥，即使饿死，也不愿再受人的羞辱。一天，赵盾经过此地，见状，说灵辄是真烈士也，并赐美酒佳肴，谁知灵辄饱餐之后，连一声"谢"字都无有，便不辞而别了，赵盾也无怪罪之意，若干年后，灵辄竟然是以这样的壮举，报答了他的一餐之恩。四、门官韩厥。五、公孙杵臼。六、程婴之子（年不足半岁，稀里糊涂，人事不省地被别人推到了"英雄""义士"的地位，单从这个孩子角度讲，"人权"确实受到了侵犯）。七、门客程婴。至于第八位义士各有说辞，有的说是赵盾，有的说是驸马赵朔（被屠岸贾逼迫自尽），还有替赵朔去死的周坚，秦腔还创造了一个叫卜凤的宫女，为救孤儿，在屠岸贾的严刑拷打面前，临危不惧，宁死不屈，直至献出宝贵生命。从"八义救赵"的角度讲，赵家人不应算在"八义图"中，如果从"八义救国"看，赵盾倒是应该名列其间。总之，在这场生死攸关的善与恶的较量中，有许多奋不顾身者"闪亮登场"，无论哪一位义士的义举，都是能让观众洒一把悲痛的泪水的。加之这里面又有"忠与奸"的斗争，在封建意识十分浓厚的国度，这个"大是大非"问题，就更是要引起人的高度警觉与关注，并因此一日愁肠百转而不歇了。

秦腔《赵氏孤儿》，是戏剧大师马健翎在吸收史料、纪君祥本、昆曲《赵氏孤儿记》和秦腔《八义图》的基础上，对整个故事进行重新编排组合的杰作，马本《赵氏孤儿》，尤其注重人物心理的揭示，出现了大段内心剖白式的唱腔，不仅情节重峦叠嶂，而且感情一咏三叹，特别是程婴将自己亲生儿子奉献出去后，可谓受尽内心煎熬，失子之痛无人知晓，而"卖孤（儿）求荣"却是路人皆知，在责怨与羞辱中保守惊天隐秘的大孤独与大痛楚，使人物的内心血泪涌流，极易催化感人，我每每看到"献子""屈打"这些戏时，都禁不住要潸然泪下，无论看多少遍，情感浓度都不减，这大概就是真正的经典悲剧的力量。秦腔《赵氏孤儿》在上个世纪五十年代，不仅巡演过大江南北十三省市，而且至今仍是好些剧团的看家戏。甚至有人还画过一幅漫画，连剧中的"孤儿"都戴起了胡子，意思是说，这个戏把"孤儿"都演成老汉了还在演，可无论哪个时代、哪个层次的观众，都十分喜爱这个"老孤儿"，也就不演不由人了。

时间进入到二十一世纪，各类大片与时尚艺术的冲击，不仅没有把"孤儿"冲得魂飞魄散，而且还迎来了"老孤儿"的春天，电视、电影争相说"孤"，戏曲、话剧更是竞相"搜救"。二〇〇三年年末，北京人民艺术剧院和中国话剧院，甚至各自插旗，将两个诠释得完全不同的《赵氏孤儿》版本，相继搬上了首都舞台。先是北京人艺的大导演林兆华，领着濮存昕、何冰、徐帆等名流，以"大片"的风格，具有"重量感"地将"孤儿"和救孤者的生存处境，"直逼心灵"地呈现到了观众面前，舞台美术用五万块红砖铺就，濮存昕甚至骑着真马上场表演，有媒体更是大加炒作，说那匹马是电影《卧虎藏龙》中周润发牵过的。时隔半月，国家话剧院的田沁鑫导演，一个年轻女子，又率辛柏青、袁泉、房斌这些"实力新生代"，以"失义人心不在，失信正道不存"的春秋大义精神，和追求"毛边不加修饰"的质朴舞台体现，将又一个"孤儿"复活在舞台上。两台话剧虽无意擂台，看者却自相对垒，一时热评四起，真像毛泽东《湖南农民运动考察报告》里说的那样，好的说好得很，糟的说糟得很，甚至连《读书》杂志也跟着起哄起来，还专门开了个座谈会，发了个什么《多少春秋，总上心头》的座谈纪要。此后，上海越剧院又搞了越剧《赵氏孤儿》，让袁雪芬、傅全香这些老越剧人"泪流满面，感慨万千"，浙江小百花越剧团，也让"孤儿"与"女子团队"深切触摸，演绎再三。连四川师范大学电影电视学院，也搞了个《赵氏孤儿（青春版）》。最大的收获者，谁也没想到，竟然落到了豫剧的头上，他们把剧名改为《程婴救孤》，"将复仇的主题升华到具有普遍意义的一个民族在善与恶面前的整体态度"，也许是各种探索与新的主题发掘，让人目不暇接，甚至"泛滥成灾"，总该有一个小结了，豫剧"孤儿"竟然获得了"一股脑儿"的好评，直至问鼎"国家舞台艺术精品工程""十大精品剧目"的最高荣誉，新世纪对"孤儿"的轮番热吻，由此才算甘不甘心都得收场地告一段落了。

《赵氏孤儿》不仅在国内久演不衰，国外也一直有改编本四处流播。有一个叫马约瑟的法国传教士，在一七三一年，就把《赵氏孤儿》译介到西方，先后有法、德、俄、意、日等多种文本出现。法国资产阶级启蒙运动的旗手，被誉为"思想之王"的老伏尔泰，还曾把这个戏弄成法国演出本，并且"根据孔子的伦理"，善良地把最后的复仇，改成了"谅解""宽容"和"尊重"的"中和"主题。德国诗人歌德和意大利、英国的剧作家们，也都曾在自己的作品中，用西方人的思维方式和视角，重新阐释过此剧。进入新世纪，不仅韩国首尔有人热演《赵氏孤儿》，而且近期美国人也在纽约林肯中心，操作起了这部中国大悲剧，据说已经搞成了一部"十足的百老汇喜剧"，让观众从头至尾能笑破肚皮，我就想象不来，他们把咱的大悲剧搞成啥样子了，更想不来，纪君祥老要是在天有灵，该如何起诉、索赔，眼珠子发绿了。

一个《赵氏孤儿》，引起了如此长久的拥抱与亲吻，思想价值与艺术价值，自是无须多言了。无论对它核心价值的肯定、否定，还是批判、再造，故事的质量与内涵的丰赡，都让我们不能不对它深怀敬畏。不管是忠义、善恶，还是诚信、救赎，哪一条河道打开，它都能流淌出你所需要的激流来。古希腊悲剧《安提戈涅》和莎士比亚的《哈姆雷特》常翻常新，《赵氏孤儿》也具有同样的悲剧矿藏和翻新能力（也拿外国人给咱"提神"了）。尽管有各种创新的版本频频曝亮，我看着同样也受震撼，甚至流泪，但我最喜欢的还是马健翎版的秦腔《赵氏孤儿》，无论别人看到了什么，我看到的是一种对弱者的集体拯救精神和力量，美国人都不惜牺牲那么多人去"拯救大兵瑞恩"，我们恐怕也不能因"人权"问题，而放弃对"赵氏孤儿"和千千万万晋国儿童的"精神救赎"。另外，我更喜欢秦腔的呐喊，那是真正演绎悲剧的慷慨激昂和响遏行云。听，护城河边的秦腔板胡又拉响了，韩厥正在做自刎前的思想斗争，公孙杵臼正在咏叹"处决"前的义愤，程婴正在忍受"屈打"的心灵熬煎……

2006 年 10 月 29 日于西安

最火的男旦

一说起男旦，人们第一个想起来的大概是梅兰芳，依次是程砚秋、尚小云、荀慧生，再就是今天还在舞台上走动的梅兰芳之子梅葆玖，还有故去不久的"四小男旦"之一张君秋等，其他的就火得不怎么妇孺皆知了。其实在戏曲男旦的历史上，"秦腔巨星"魏长生当是最火的一个，如果那时有今天这样的媒体攻势，魏长生当在各种影像栏目和娱乐版面上说得唾沫星子乱溅，仍有"粉丝""铁丝""钢丝"们冷缠热黏，追捧不息。可惜清朝少了这些热闹景观，我们便只能从文人笔记和戏班传说的雪泥鸿爪中，窥探魏长生的生命轨迹和大红大紫了。

魏长生是乾隆上任第九年，出生在天府之国四川金堂县的，因排行老三，故人称魏三。家里的清贫，是他与唱戏结缘的根源。据说他捡过破烂，做过流民，还混迹于一个叫"口国噜子"的川府下层江湖组织中，习练拳棒，四处闯荡。后流落陕西，做一卷烟铺学徒，因遭邻里殴打，失手伤人，不得不"抱头鼠窜"，后在关中东府一带，栖身于一个同州梆子戏班中，由此收敛野性，潜心学艺，从而完成了一

34

个秦腔大家的生命雕塑。

唱戏这行当，唯有"苦大仇深"的孩子，方能下得死功夫，出得"稀世"活儿，稍有后路者，在三心二意的犹豫徘徊中，便把时间耽误完了，纵是有灵性，也只能弄个"半米儿"。富贵者，票票友什么的还可以，要想成大家，多是一种梦幻和说辞而已。因为这行当太苦，蜕不了几层皮，是不能蛹虫变蝴蝶的。当然，在现今这个光怪陆离的时代，一天吹出一堆五颜六色的"著名"气泡，连大师这样的帽子，也敢跳起脚来抓一顶，使劲捂在自己的尖脑袋上而不脸红者，又另当别论了。魏长生在走投无路中，捞到一根唱戏的稻草，那种珍惜与发奋，自然是常人所难以想象的了。在艺不惊人死不休的刻苦磨炼中，一个穷困潦倒的"流寇"，终于发掘出了再也精彩不过的人生"宝石"。

中国不仅知识分子有"学成文武艺，货与帝王家"的情结，屈原、李白不能免俗，连民间艺人也概莫能外，魏长生们在地方上火到一定程度，自然就要思谋着"晋京演出"了。这个"晋京"而非"进京"，不是时至今日还在大用特用吗？那时似乎没有"调演"这一说，各路艺人便自费不"调"去"演"了。好像没有京城的肯定，这戏唱得再火也是白搭一样。当然，也正是这种"南腔北调，备四方之乐"的大"汇演"，才引发了戏曲史上的"花""雅"之争，最终使魏长生成为"斗败""雅部"（昆曲）的"花坛盟主"（以秦腔为代表的各类地方戏曲结盟）。那时，魏长生就是以"厚实的功底，灵动的嗓音，俊美的扮相"而使京城"到处逢人说魏三"的。其实"花部""斗败""雅部"的更深层原因，当是"平民化"与"贵族化"的较量使然，只是因了杰出秦腔男旦艺人魏长生的出现，才使得过分贵族化的"雅部"艺术，提前休克了而已。

戏曲男旦在唐宋时期就已出现，明清不断发展，到了乾隆年间，以魏长生为代表的男旦群，就已成为"见怪不怪"的舞台景观。尤其是京剧初创阶段，不允许女性登台表演，剧中大量女角都得由男性装扮，因此，男旦便成批涌现在京都梨园了。魏长生所率戏班，因行当齐全，演出剧目生活气息浓郁，且"善于传情"，而呈"一杆独高"之势。连皇亲贵族也有"一时不得识交魏三者，无以为人"的感叹。也许是明星的过分"遮云蔽月"，而使妒忌谗言纷呈，最后，京都是以它的正统之姿，将"淫声秽语"的魏三，以"扫黄打非"的名义逐出城池的。

魏长生当时在帝京演红的所谓"黄色戏"叫《滚楼》，故事取材于唐传奇，本戏已失传，只有陕西省文化局在上世纪八十年代，抢救整理的近千部《秦腔》剧目史稿中，于三十三集内，存下短小的一折，舞台上早已无人问津。这折戏的大意是：骊山老母（一个传说中的老女神）的小弟子张金定（这名字很男性化），欲求天朝大将王子英为夫，听说王子英这天要从庄门外经过，便央求老爸张壳浪在门口等候。英俊潇洒的王大将军果然来了，但他看上的却是张金定漂亮的师姐高金定。好在将军提亲未从，被高金定从家里赶了出来，这时，张壳浪与女儿定下计策，将王子英和追打他的高金定让进家中，用酒灌醉，欲逼王子英就范。谁知王子英聪明过人，反使高金定落入"遗失绣花鞋"的圈套，挣脱不得。而张金定也在与"醉将军"的"滚楼"中，因"男女授受不亲"，故意让其父拿到"证据"，终使王子英欲罢不能，最后师姐妹双双与王子英结为夫妻。这个故事在今天演来，是有"违背婚姻法"的麻烦，但在当时，倒不是一夫多妻的问题，而是在"滚楼"中，魏长生饰演的张金定，可能"骚情"得太过火，而使看官们在大饱眼福后，顿生"有伤风化"感，才终于将这个

"骚旦"和他的"黄班子"一道踢出京城的。

魏长生并不甘心这种失败。乾隆四十五年，他再次打入京城，开始了真正站稳脚跟的"帝京八年"演艺生涯。这次进京，他以更加成熟的艺术资质，不仅救活了散落京城的秦腔戏班，使"观者日至千余"，而且让"六大班伶人失业，争相入秦班觅食"。正是这八年，秦腔日渐"斗败"过于典雅的昆曲、京腔（早期京剧），创造了"到处笙箫，尽唱魏三之句"的秦腔鼎盛时代。据说，他在四川会馆戏楼的一次演出中，乾隆爷甚至还带着他的爱妃，乔装改扮，偷偷前来看过一次戏。当时这位妃子生下一个"独苗"公主，却不幸早夭，正悲痛不已时，见魏长生所扮人物酷似小公主模样，便硬要收他做"替代品"。魏长生自是推辞不得，戏毕，便扮作公主模样进宫"谢恩"了。由此，魏三就多了一顶"魏皇姑"的"红帽子"，以至死后，连家乡的坟墓也被叫作"皇姑坟"了。魏长生喜不喜欢这个"尊称"，不得而知，反正民间自是以此为荣，而让名伶魏三的故事更加传奇百般了。

不过从后来的发展看，这顶"魏皇姑"的"高帽子"，也未必给他带来多少实际利益，八年后的再次被"挤对出局"，与皇家的"高压"态势，是有着深刻联系的。魏长生尽管有大红大紫的京都"班头魁首"之誉，但伴随他一生更多的仍是争议、非难和驱逐。就在他"红透京都"的时候，正统之声再次发难，他不得不二次离开京城，开始了又是长达八年的南方演艺之路，最终落脚在了商贾云集的扬州。与京城相比，扬州属于一个相对开放的地方，不仅是盐运、漕运枢纽，也是一个学术空气较京城自由得多的文化集散地，仅戏曲班社就有数十家之多，加之时任盐运史又是"戏曲爱好者"，不仅看戏票戏，而且还组织机构编戏印唱本，因次，魏长生很快就在这里找到了新的驰骋天地。

唱戏人特别讲究"戏缘"，也就是亲和力，有些人挣得咽肠气断，也挣不来观众的叫好和掌声，说穿了，其实是艺术的个性魅力不足。魏长生无论走到哪里，都能刮起一股旋风，这不仅有剧种特色、剧目内容的作用，更是个性魅力的强辐射。这种个性魅力很大程度来自他的创造力。魏长生不仅在唱腔、做功方面高人一筹，对舞台绝技的超常运用，也让人难以仿效企及，据说他的"踩跷"功，甚至使许多模仿者为之骨折、肌肉撕裂、椎间盘突出，可仍达不到魏三的"瑰丽俏姿"，以至于他死后，这项技艺就在舞台上逐渐消失了。今天的戏曲，之所以魅力不足，很大程度也取决于演员绝技的严重缺失。无技不成艺，当演员们都想以最小的投入，获得最大的回报，有时不得不靠傍几个"娱记"或"牛皮匠"，来进行"一锄头挖个金娃娃"的速成工程时，那种摄人心魄的魅力，自然就在虚假与矫饰中丧失殆尽了。魏长生不仅注重舞台呈现的技术含量，而且在造型艺术上也颇多研究。他发明的旦角"贴片"（用多组梳理特别的发片改变脸型）术，不仅一改男性扮女性在脸面化妆时的不足，而且对女性扮女角的美化作用也是明显的，它可以使窄脸变宽，宽脸变窄，也可以使短脸变长，长脸变短，时至今日，这种贴法仍是古装戏最主要的化妆手段。

由于多重因素的交合，特别是个人魅力"青山遮不住"的显露，而使魏长生每走一处，都会"睹者蜂拥""观者如潮"。本来同行是冤家，但当你确实技艺高过他许多时，他又会低下头来，朝门子，拜码头。人不服人的，多是不相上下那些主儿，真要拉大了距离，弄得不能望其项背了，钦佩、景仰、崇拜，这些使自己钙质软化的精神因子，便又会悄然袭来，自觉不自觉地就做了人家的精神俘虏。魏长生以"花部"泰斗的声名坐拥江南，甚至连"雅部"班社，也有返回头来尊他为"教父"的，这一来说明了"雅部"的雅量，二来也确实证

38

实了他无与伦比的实力和魅力。他的艺术创造工程，不仅推动了民族戏曲的多样化和个性化发展，而且由于"徽伶竞相效仿"的铺垫，而对后来在"徽班晋京"基础上所产生的京剧艺术，也起到了发轫的作用，连梅兰芳和齐如山这样的戏剧大纛，对魏三之于京剧的功劳，也是要再三再四加以肯定的。

尽管魏长生在江南尝尽了做超级大腕的甜美，但命运并没有使他一帆风顺，就在他正欲三次晋京献艺时，地方与朝廷双管齐下，再次开始了对包括秦腔在内的"花部"艺术的围剿践踏，班社遭散，"顶风作案"者戴枷，"戏妖"魏长生自是不能幸免，也有一说，是"遭人暗算"，反正被官方"押回原籍"了。对于四川来讲，"戏妖"被遣返故里，当是再也幸运不过的幸事，很快，川剧便在他与文学家，也是戏剧家、超级票友李调元和一帮川剧艺人手中，翻开了"整合五腔""注重文本""雅俗合体""渐入佳境"的一页。

虽然天府之国的善待、呵护与捧场，使一代乾旦大师，倍感温润、和谐与安定，但心中的远大理想与抱负，日夜驱使着他，必须到具有最大辐射力的京都，再展"花部"艺术之英姿。一次次被赶出帝京，也一次次激发了他的热情与斗志，在即将进入花甲之年时，也许英雄已感到来日不多，他便再次率领他的秦班（注意，不是川戏），踏上了帝京的不归之路。

魏三的第三次晋京，自然引起了又一阵"魏旋风"，那种艺术上的娴熟、老到和人格上的不卑不亢，已被清人笔记所广泛记载。"烈士暮年"的"壮心"再阔，可毕竟已是虚岁六十的人了，这对于特别注重演做工戏的他来讲，体力的不支，当是不争的事实。可始终有一种力量，在顽强地支撑着他的舞台践行，就在一次演出秦腔《背娃进府》（本戏已失传）时，他以惊人的毅力，唱完了最后一个音符，当艺人们再用椅子将"端坐着"的他，抬上前台谢幕时，狂热的观众怎么也没想到，一代大师的心脏，已在刚才下场后，骤然停止了泵动。

这种"壮行"，对于一位舞台表演艺术家来讲，真是再也精彩不过的戏剧结构学上的"豹尾"。那种壮观，在今天回想起来，也是要让人眼含热泪的。有人说魏长生是悲剧的一生，有人说他是喜剧的一生，还有人说他是正剧的一生，这些总结似乎都有道理，又似乎都不能全面概括他充满了传奇色彩的一生。应该说他的一生，本身就包含了民族戏曲的全部生长形态和因素，他的生命既是欢天喜地的，又是严肃悲壮的。他的实践，之于民族戏曲，具有恒定的认识价值和象征意义。

在中国戏曲史上，伶人多是一副寒酸苦难相，靠唱戏富贵起来的人少之又少。而魏长生却凭着他的一身绝技与为人，不仅一次又一次获得了富裕且尊贵的地位，而且还资助过许多乡邻、艺人、儒生。尤其是高达"一戏千金"的"出场费"和"纵有金钱不轻至"的艺术尊严，不仅使自己"举止自若""儒雅备至""仪态万方"，而且让一群又一群戏人尝到了唱戏的甜头，品味到了做人的尊严，这是中国戏曲史上的一个奇迹。魏长生在生命的最后时刻，金钱已为同行和乡邻、朋友挥洒干净，以至于"赤条条"归去时，"贫无以殓"，是靠平日受其恩惠者资助，才勉强移柩四川，"薄棺入土"的。

我们这个民族，在国难当头或国民精神萎蔫时，总有文化人要以戏曲舞台上的男旦，作为一种指斥对象，从而把艺术与生活的界限给搞混了。我们所敬重的鲁迅先生，在《论照相之类》中说"我们中国的最伟大最永久的艺术是男人扮女人"，这句话咋分析，似乎都不像是对这门艺术的"正面"界定。郑振铎直接将男旦斥为"人妖"，钱玄同干脆把这种声音喻为"猫叫"。连陈寅恪这位严肃的历史学家，也忍不住要为男旦赋诗一首："改男造女态全新，鞠部精华旧绝伦，太息风波衰歇后，传薪翻是读书人。"内容虽然是叹息"读书人"被"改""造"后的"精神无能症"的，但对男旦艺术本身的刺痛，仍是留有太多遗憾的。

随着女性演员对舞台艺术的自由介入，男人扮旦的时代已经渐行渐远，甚至有绝迹的趋势，倒是女人扮生角（越剧）的艺术越发火了起来。在艺术创造上，异性相互用另一种视角去审视窥测对方内心隐秘，有时会达到同性所不能企及的效果，从这个意义上讲，"乾旦"和"坤生"都有存在的必要和价值。写过《往事并不如烟》的中国艺术研究院研究员章诒和说："由于形体和生理条件等方面的优势，男旦演员在舞台上所表现的腰功、腿功以及声音的力度、厚度及广度都是女演员很难达到的。"同样，女性扮男性，也有男性所不能抵达的形体柔度和精神深度。再者，仅从一种独特的艺术表现形式来讲，濒临绝种的男旦艺术，也是应该抢救保护的。

呵，可怜的男旦。

2006 年 4 月 2 日于西安

天才的背影

天才这个定义无疑是对人而言的，但对于人又确实应该慎用，那些被封和自封天才的人，多少都会捅些乱子，有的干脆就成了狂人，因此，这两个极易使人疯癫得找不着北的字，最好别用在活人身上，谁用谁先倒霉，继而殃及池鱼。秦腔名丑阎振俗已经去世十五年了，用这两个字，当不会引尸还魂，造成老先生的死后疯癫。

我看舞台剧，对丑角始终是深怀敬畏的，我就想不来，美妙的丑角演员，咋就有那么大的神奇，能当场让我笑出眼泪，并满腹抽搐，扑通一下溜到椅子下爬不起来。我想我还是有些自制力的，也不是轻易能被那些"硬幽默"撞动神经的，可面对真正有含金量的喜剧，还是轻而易举就被撂翻了。这其中最让我没有免疫力、抵抗力，甚至辨别力的，就数阎振俗了。只要看他的戏，哪怕是模糊不清的录像，那种语言的生动自然和动作的机敏捷快，以及神情的冷峻超拔和韵律的不温不火，都让我不能不笑得肩背耸动，甚至为之喷饭。大概是看拙劣的"大腕小品"看腻歪了，那种"硬故事""硬包袱""硬转折""硬嫁接""硬表演""硬搞笑"，这些年是生生把人的一点笑神经给弄死了，看阎振俗，才能真的唤起一点想笑的声音来。

喜剧是最难把握的艺术，想逗人笑，结果咋都把人逗不笑，对于表演者，那是当下就要毛发倒竖，汗湿衣衫的事。那些大腕们之所以敢反复"铤而走险"，拼命地油腔滑调，全仗电视艺术的配音动效，不管好笑不好笑，话一出口，先配上一阵哄堂大笑声，腕们便有了继续唬人的底气，长此以往，发掘喜剧内因的功能便退化甚至变质了，有些真有喜剧天分的人，也就被慢慢扼杀了。能够年年月月坚持战斗在银屏上的那些熟脸，除了让人佩服他们敢于自轻自贱甚至自残（装残疾人）的勇气外，最让人佩服的还是那张撑得硬、绷得紧、色不变、戳不烂的颇有些厚度的脸皮。喜剧被搞到今天这么个苍凉的境地，"名脸"瞎乱"扎堆"和电视技术手段的滥用，不能不说是罪魁祸首之一。

喜剧是真正需要用生命体验来水盆显影的一种艺术，绝不敢硬搞，硬搞就会失去妙趣天成的自然感。喜剧一旦不自然，笑声也就会变得僵硬起来。卓别林之所以让我们捧腹，那种生命质地的深刻发掘和生活演绎的自然流畅，是让我们越品越有味的原因。浅薄之徒的喜剧，让我们看完之后，只会用"耍怪"二字弃之若敝屣。秦腔名丑阎振俗老先生的喜剧，之所以让西北大地的观众倾倒，一是得力于深厚的传统功底；二是有赖于几十年坎坎坷坷、风风雨雨的人生阅历；第三才是说不清道不明的喜剧天分。

很难想象，这样一个喜剧天才，是诞生在如此贫寒的特困家庭，用他自己独特的叙事话语说："喝的拌汤（面糊糊）能洗脸，穿的冬衣没夹棉。想偷人没有胆，想做生意没本钱。光席冰炕腿放满（姐弟五个），被薄人多盖不严。你蹬他拽失情面，都说身后把风钻。弟兄常演'三打店'，日子过得没眉眼。这种光景无期限，入地容易上天难。"一九三〇年，在他十一岁那年，终于熬不住，由终南山边边进西安城去学唱戏了。先到"三意社"，因吃饭不小心打了个碗（真是绳从细处断），被教练打得挺不住，又托人改投"易俗社"了。在这个后来蒋介石和鲁迅等大人物都看过戏的剧社里，阎振俗苦学苦练了五年半。汗没少流，泪没少淌，可一月五角钱的工资，实在"干得窝囊透顶"，终于，在易俗社去蒲城县演出时，他"溜号"钻入了另一个叫"景化社"的戏班子。在这个班子里，他风风火火干得正欢，却又遇上"西安事变"，老蒋被抓，远在潼关演出的剧社都被彻底查禁了。他是这样形容那段生活的："潼关把城关，戏班子比鳖蔫。真是蚂蚱把腿拴，真是鱼虾上沙滩。真是孤岛失群雁，真像媳妇死老汉。"无奈间，他只好又偷偷溜回了老家终南山根。当初出门时，他是拍了腔子要挣钱养家糊口的，没想到，在外混打几年，回来身无分文，只顺手偷了一副国军的马镫，气得父亲直磕烟锅，说："咱家又养不起马，要的是啥吊马镫？连讨饭的都不如，唱你妈的个×戏。"折腾了一圈，又回到原点，邻里笑话，家人弹嫌，那种"怄气伤肝"的日子实在撑不下去了，他便又踅摸（寻找机会）着，准备找新的剧社搭班子挣钱。那时国民党军队也特别注重舆论宣传和文化娱乐，榆林高军长麾下就有班社，他很快就被"介绍到队伍里"做了"文艺兵"，这也自然给"文革"中"蹲牛棚"、"坐飞机"、挨闷棍、吃黑砖埋下了伏笔。在阎老的记忆中，那是最风光的一次换班社，"队伍上"先发了十五块大洋，他给家里留下十块，"换来一屋的笑脸"，然后置备了一身"礼帽长衫"的行头（好歹是按名演招去的嘛）。直到去世前阎老还在感叹，咋没到照相馆把那副神气拍下来做个纪念。在国军的队伍里，他香的甜的没少吃，苦的辣的也没少尝，最要命的一次，差点没被一枪"结果了狗命"。那是蒋介石的中央军来了个话剧团慰问演出，要他们做群众演员，那帮家伙仗着"朝廷"的威势，对他们胡指乱挥，颐指气使，他想，咱也是国军的演员，你也是国军的演员，凭啥我们干活你们闲转，"有事没事还给咱板蛋（使脾气）"？暗地里，他撺掇起地方军的演员们，跟中央军剧团打了一仗，很快，他就被砸上镣铐，投入监牢了。还是唱戏的手艺救了他，再后来有一更高的指挥官要看戏，他以不凡的技艺为自己挣脱了枷锁。折腾来折腾去，直到一九五二年才因"唱戏的好把式"，又端上了人民共和国唱戏的饭碗。"文革"中，老戏查封，加之自己"历史浑浊"，遭斗挨批，自是家常便饭。"文革"结束，很长时间，他都在陕西省戏曲研究院的门房做"看门老头"。这种特殊的人生历练，造就了他无与伦比的达观性情，那种人生挤压中迸发出的喜剧，如陈醋水激菜，似老铁匠淬火，便咋嚼咋有味道，咋看咋有神韵了。

生于一九一九年的阎振俗，活了七十二岁，从十一岁出门，人生折磨就未间断，先后换过七八个班社，一会儿在省城学艺，一会儿在县城搭班，一会儿"侍奉伪军"，一会儿"招呼共军"，一会儿坐牢，一会儿改造，一会儿座上宾，一会儿"当门神"，总之，人生始终处于走钢丝、跳弹簧、抻皮条的动荡境地，用他自己的话说是"如同赤脚走刀山"。正是这种变幻莫测的人生经历，造就了他独特的思维方式，任何角色一旦经他琢磨，性格特征便会平添神采，尤其是语言运用，可谓稳、准、冷、狠，什么角色一到他手中，说话方式以及遣词造句，都会得到"大翻版"式的改变，许多语言在哪儿一演出，便会成为一时的流行语，看似平常的口语、民谚、大实话，"安妥帖"、"卡到位"了，就给人一种醍醐灌顶般的生命透彻感。这便是今天那些拥着美女、香车、别墅，靠着炒作、包装、走穴红火起来的喜剧明星们，所永远达不到的人性深度。

其实阎老连一天学也没上过，他的语言积累，完全是传统戏本的继承和人生舞台的砥砺使然。全国解放后，他也曾猛学过一阵文化，据说先后有三年时间，一直在"生吞活剥"字典，许多字"硬是吃到肚子里了"。慢慢地，他的艺术创造就与文字有了直接关系。每领到一个剧本，他都会在上面写得密密麻麻，既有体会，更有剧词的改动，有时一句话会琢磨出十几种说法，直到同行和观众都"双手不由自主地抽搐（鼓掌）到一块儿"为止。在我写这篇文章时，他的儿子找来一堆资料，其中有一份便是至今都被晚辈悉心珍藏的阎老手稿。这份手稿共有五十八页，用打油诗写成，全长八百零六行，计万言左右。前文所引用的诸多妙语，便是在这份手稿中"断章取义"的。手稿取名《艺途回首——我的五十年舞台生涯》，落款是一九八〇年，那一年他刚好退休。虽然这份舞台生涯回忆录式的手稿，尚经不起严格的文字推敲，但其中的人生艰辛、世态炎凉已跃然纸上，对于艺术的细心体悟与精到把握也明白晓畅，尤其是世事洞明、人情练达的豁透、散淡感，可谓字字珠玑，哲理深藏。掩卷后，让人久久在麻辣、辛酸、苦涩中，品味着喜剧的真正成因，喜剧似乎是要用悲剧做底盘的，是需拿厚实与深刻做轴承的，啥都能玩儿，喜剧真不是谁都能闹着玩儿的。

阎老先生不仅有深厚的生活积存，而且还有扎实的艺术技巧，二者相加，自是如虎添翼，相得益彰。丑角演员有些是半路因会"耍怪"而出家，要命的是缺乏功底，而阎老先生自十一岁起就练得"汗没干过，眼泪没断过，身上的皮肉没浑全过"。早先还演了几年须生，后来嗓子变"失塌"了，才改行唱丑。为了不落人后，他更是事事潜心琢磨，戏戏力求精彩，从而留下了许多艺坛佳话。至今还广为同行称道的是，他在扮演《十五贯》中的娄阿鼠时，竟然买下一只小白鼠，关在笼子里，放在家中观察达半年之久，最后慢慢总结出：老鼠最怕响动，一有响动便浑身颤抖，不能自已，那种警觉是任何动物都不具备的。因此，他的娄阿鼠一出场，稍有惊动，脚下便像安了发电机似的，突突突突突突，一阵机械狂转，避之不见踪影。稍事安静，他又会探头探脑，觉得一切都安全了，才胜似闲庭信步地走出来四处乱嗅。进、退、翻、转，比闪电还快捷，窥、察、避、藏，如脱兔般利落。尤其是那一对"鼠眼"，机敏而狡黠，神凝而光贼，观六路，听八方，察天地，洞幽微，加之鼠嘴的频繁吸噏和鼠须的奇异扇动，把个疑神疑鬼、胆战心惊、而又见财起意、欲罢不能的盗窃杀人犯的心理，揭示得淋漓尽致，形象刻画得入木三分。每每一举手，一投足，都掌声四起，呼声雷动，直引来秦腔界诸多"娄阿鼠"，至今都沿用着他的许多精彩套路。他在《艺途回首》中说："老鼠是我的好导演，小家伙给我把道传。"这只小白鼠不仅给了他外在形态、内在神韵，而且还使他在唱念表达上，也进行了一系列更适合剧种特点和人物性格塑造的创新，其中娄阿鼠在公堂上的最后一段陈述，昆曲原来用的是唱腔，他感到唱出来"劲道"不足，加之唱也不是他的强项，便改为这样一段与人物性情极其吻合的道白："那天晚上，小人把钱输光，饥饿难当，溜进尤家肉房，观见尤葫芦（被杀者）枕着铜钱睡觉，我心里起窍，刚把钱一抓，尤葫芦就把我拉，二牛顶仗力大，我二人一起打架，我正当防卫把斧头一乄，轻轻来㕮一下，没的小心，砍得太深，大老爷开恩，从今往后，往后从今，我再也不敢参与打架，再也不敢过失杀人。"这种避重就轻，巧舌如簧的认罪服法，用在娄阿鼠身上，是再也精准不过的性格语言开发，因此，许多《十五贯》演出版本，现在已基本效法了他的这些创造。在琢磨人物上，阎振俗曾下了许多别人不曾下的功夫，据说在演《两颗铃》中的特务"一零三"

时，为了把烧鸡卖好，他还与"烧鸡王"交了朋友，其中有一段装跛子的戏，他甚至还专门结交了骨科医生，到医院实地观察，上手术台深究人体构造，最终使那几步跛子路，走得满台生风，美妙传神，至今人们回味起来还忍俊不禁。

在生活中，阎振俗更是注重性灵培养，将自己始终置身于艺术创造的氛围中，在他家里，到处都摆放着造型独特的树根、花盆、凳子、衣架、手杖、枕头等物件，上面雕满了鸡、犬、马、羊、兔、鼠、雁、鹰之类的动物图案，个个憨态可掬，呼之欲出。有人还以为是什么墓藏、古玩，其实都是他一刀刀雕刻出来的飞禽走兽。另外还有许多书画作品也四处悬挂，每一幅都是他对山水人物的悉心描画和对颜真卿、柳公权的刻意效法。连舞台上用的头套、胡须、梢子（可以甩动的长发）等化装品，也都是自己亲手缝织。总之，阎老总是希望通过自己的艺术感知和创造，塑造出不同于别人甚至不同于自己的艺术形象来，这也便是他始终能够独领秦腔丑行风骚的根本原因。

阎振俗一生扮演了近百个生动传神的角色，无论是《炼印》中的贾按元，《法门寺》中的刘媒婆，《窦娥冤》中的张驴儿，还是《教学》中的白先生，《拾黄金》中的胡来，《打砂锅》中的胡伦，都以独特的视角，超常的外形表征，塑造出了舞台形象的"这一个"。尤为大家称道的是《杨三小》中的杨三小，不仅集丑、旦于一身，而且融说、学、逗、唱于一体，是一曲很见丑角功底的戏。阎老寓庄于谐，风趣机智，把个貌丑心美、见义勇为的杨三小，演得出神入化，活灵活现，至今有人说道起来还捧腹不已。我尤其喜欢这个独幕戏，他给小人物以诙谐幽默的个性，给小人物以侠肝义胆的豪情，给小人物以超凡脱俗的智慧，不似今日的某些晚会喜剧，总是拿小人物开涮，让他们吃了苦，受了罪，还要在城里人面前出尽洋相，说些傻愣嘎崩的话，做些瓷麻二愣的事，临了抖一个包袱出来，还让小人物再露一回贪小便宜的丑。我总觉得这是强势人群对弱势群体的缺乏温润和厚道，是一种少数人的喜剧，多数人的伤痛。用一句流行的小品话语说：悲哀，的确悲哀。我们应该有更多"杨三小"式的喜剧。

笑星阎振俗是一九九〇年冬天离开我们的，那时他患胃癌已一年多时间，病痛的折磨始终没有击垮他乐观向上的精神世界，弥留之际，同事们心情沉重地来看他，他还极其轻松地创作了一段自己最擅长运用的舞台韵白："人活七十是大寿，儿女孙子全都有。工资虽少将就够，清贫生活佛开口。地球本是一堆土，有来有往是轮流。如果来了都不走，压扁地球没处蹦。"这种人生的达观豁透，给活着的人留下了太深刻的印象，以至今天，还有许多人在传诵着这段以自然规律笑对死亡的箴言。

是丰富多色的人生，造就了阎振俗不同寻常的丑角气象，他给秦腔观众带来了太多的笑声，也给我们传递了太多的苦涩，他一直在演小丑，但在生活中始终没有露出跳梁小丑般的浅薄相，这对今天的"喜剧世界"，无疑是有古铜镜般的映照意义的。丑角戏有许多属于剧中的"花边""彩头"，当是"小角色"一类，但阎振俗从不以"小"为耻，不以"配"为贱，认认真真演戏，朴朴实实做人，没有把舞台上的小丑行径如法炮制地带到生活中来，因此，他一直是观众和同行都十分尊重的大演员。有人说过，天才五百年才出一个的，但愿阎振俗式的地方戏喜剧天才，能缩短周期率地频繁涌出，这个时代太需要真能激活人心灵，从而真的笑出眼泪的喜剧了。

2006 年 7 月 29 日于西安

话说李十三

李十三其实是一个村名，离西安不太远，在渭北原上。叫这地名已经好几百年了。关中李姓多，大概与大唐在此建都有关。姓李，排行十三，就叫李十三村，想必还有十一、十二、十四、十五村了，可哪个村都没有李十三村名满天下，盖因这村子在清朝乾嘉年间出了个不想出名，却名声大振的舞台剧写手，本名叫李芳桂，后世因忌讳直呼贤者名讳，便以村传名，叫李十三了。

李十三这个人，本无意做职业编剧，如果评职称的话，他大概也无心去填表、考试、申报、找评委说话，因为他的心思始终在功名仕进上。经历有些像写小说的蒲松龄，但比蒲松龄考得好一些，蒲老折腾到七十一岁，才弄了个贡生。想蒲老如果能料到小说在后世浪了那么大的声名，给个"一级创作"、"突贡专家"、"顶尖劳模"、两会代表、委员，甚至厅级、部级协会副主席都搁不住，恐怕也就懒得捋一把老胡子，吭哧吭哧，年复一年地跟一帮年轻人，去看各级考官的驴头马脸了。李十三不到四十岁就中了举人，五十二岁甚至在京城会试中，还被主考官纪晓岚批了个"拟录六十四名""截取皋兰（兰州）知县"。所谓"截取"就是候补的意思，虽然终未候补上，甚至在《皋兰县志》的"职官表"里，连个名字都没混进去，但终究还是比老蒲混得强些，毕竟弄了个候补县长的名分嘛。

一七四八年出生的"候补县长"李十三，如果活到今天，已是快二百六十岁的人了。这人家境十分贫寒，祖上以"箍漏盆漏瓮的竹篾手艺"为生，后世多务农桑，"废读者多，质朴少文"。到了父亲这辈，念了"半个秀才"（附生），乡里才给了"先生"的尊称，后因穷愁潦倒而弃儒，最终做了走街串户的"赤脚医生"。李十三打小便是家里担水、劈柴、推磨、稼穑的好手，一边干活，一边苦读，立志要做"儒林高士"。十九岁那年，还就真的考取了"生员"（秀才），据说县里差官来报喜时，他还正在柴房帮继母推磨。考上了官府儒学，就到县里读书去了，享受"廪膳生"待遇，念了几年由官府发放伙食补贴的书后，又去开办私塾，教了十数年的书，然后再去省里考举子。三十九岁那年，他在陕西乡试中，获得了举人第二十名的好成绩。应该说中举后，离官场也就一步之遥了，可这一步之遥，李十三又用了近十年的磨砺时间，一边继续做乡村教师，一边寒窗苦读，直到四十八岁时，才有了进京会试的机遇，谁知"恶读"半生，名落孙山，回来三年后，按大清的干部录用制度："凡考中举人后，参加会试一科未中，以州、县儒学教谕录用，正八品（相当于正科级），掌文庙祭祀，教育所属生员。"这样，他才被派往陕西洋县做了正科级儒学教谕。

这个职务不知与现在的县教育局长有什么关系，反正李十三是为此吃尽了苦头，洋县地处偏僻不说，而且薪俸低廉，不似当代管教育的官员差事肥美，手里不仅拿捏着成批教师的调动、升迁与职称评定，而且操作着学校的晋级、学生的升学，以及各类建设项目等，哪似二百多年前的教谕李十三，竟然混得连"门斗"都敢翻他的白眼。所谓"门斗"，就是儒署学官的使役，看门的叫"门子"，料理膳食的叫"斗子"，两差常常由一人兼任，因此也叫"门斗"。李十三在洋县教谕位置上，曾经写过这样一副对联："纵口腹之欲，割豆腐四两带筐；发雷霆之怒，瞪门斗一眼隔窗。"意思是说，买四两豆腐，还是连筐子称的，恶狠狠瞪"狗眼看人低"的门斗一眼，还是隔着窗户的。那种自嘲与幽默中，渗透着几多窘迫与凄怆啊。因此，干了一年天气，就脱岗离职，依然回渭北原上，"当娃娃头"，做教书匠去了。

五十二岁那年，"壮心不已"的他，再次牵一头骡子北上，进京参加嘉庆四年庚申科会试。主考大人是纪昀，不知考生有多少，反正正常名额录完后，他还弄了个"拟录六十四名"，应该说成绩还是不错的，毕竟还给了个候补县长的虚名嘛。他大概也清楚，这一候补，便候到牛年马月去了，何况不使银子，要补上也是白日做梦。想想这年岁，又看看官场的重重黑幕，再看看没完没了的仕进排队，不算加塞的、讨巧的，从旁门左道胡绕的，已是遥遥无期，再折腾也是无益，便灰了心，由此，比蒲松龄老先生觉悟一步，再未往帝京多瞥一眼，骑着瘦骡子蔫头耷脑回来后，就一边教书，一边专心侍弄起了戏剧。

李十三生长的渭北高原，是碗碗腔皮影戏的发源地，据史载，已有三百多年历史。李十三开始"打本子"（编剧）时，大概已流传几十年或上百年了。碗碗腔又叫华剧，可能因主产地在华阴、华县而得名。上个世纪末，张艺谋的两部电影都与碗碗腔有染，一部是《秋菊打官司》，每到主人公要出门去"讨说法"时，作曲家赵季平便端出了碗碗腔最典型的乐句，上下跳荡，"牵筋"（旋律）柔中有刚，让人感到一种力量与精神。再就是编剧大家芦苇，根据余华同名小说改编的电影《活着》，更是以皮影艺人的一生，来阐释葛优主演的那个"多余人"活着的无奈与艰难。芦苇是我的好朋友，他曾多次讲到为改编《活着》，去渭北高原寻找生活根基的过程。他对李十三以及李所创作的"十大本"剧作的了解，甚至超过了许多专业从事戏曲研究的人。

李十三生长在碗碗腔的"戏窝子"中，作为一个文化人，那时又无其他娱乐方式，做了农活，推了磨，喂了猪，读了《文选》《六艺》，写了八股文，晚上总得有点休闲的时间。既然没有咖啡屋、洗脚房、茶社、歌厅可去，那村头锣鼓敲得咚咚嚓，艺人唱得咿咿呀，不去看看就是不可能的了。从小看到大，台前幕后，耳濡目染，知道了戏的凤头豹尾，懂得了戏眼戏胆，再面对演出脚本的平庸与匮乏，一个心存文墨的儒生，就不可能不手心痒痒地要产生些创作冲动了。尽管他的主攻目标还是仕进，但业余时间练练手，传传世情，就像今日已在仕途的官员，写写散文随笔，弄弄小说诗歌，并不干扰提拔升迁一样，性情使然尔。大概在他二三十岁时，经不住创作的诱惑和皮影艺人的撺掇，就写出了至今还活跃在戏曲舞台上的"十大本"之一：《春秋配》。

《春秋配》既可以说是一曲公案戏，也可以说是一个言情剧，情节非常曲折复杂，这也是传统杂剧的特点，无奇不传嘛。说它是公案戏，这里确有几端公案搅扰，主人公李华，又叫李春发，路遇美女姜秋莲在荒郊拾柴，怜香惜玉，无端赠银数两，这也是男人的通病，再吝啬的家伙，遇见美人，都可能产生点慷慨之举，当然，这都属于好男人了。恶男人就除外了，这曲戏里也有这样几个歹货，一见美女就上头，一上头就动手动脚，动作幅度一大，人命案就捅出来了，这是后话了。那秋莲拿着好心男人赠送的银两回到家里，结果惹得狠毒的继母一番淫奔苟合的猜疑，并要告官。秋莲好生委屈，又不愿连累了好人李春发，便星夜与同情她的乳娘一道逃走了。谁知路上就遇见了一个坏男人，姓侯名上官，他不仅抢劫，而且性欲还十分旺盛，抢了包袱、杀了乳娘不算，还要顺便调剂一下性生活。那秋莲岂能容这等恶魔沾手，便心生一计，诓他到涧边折花作聘，拜月为媒，那厮此时春心荡漾，智商顷刻与笨猪画作等号，心里正美着呢，被秋莲从上面一石头砸下去，连哼哼都没哼哼一声，就顺坡滚到涧中，弄了个脑震荡加腿断胳膊折。秋莲自是得以逃脱，并于一慈悲庵中藏起身来。事情闹得这么大，秋莲的继母当然搁不下，李春发自然难逃干系，遇见个糊子官，很快便以"才子佳人私奔，杀死乳娘以灭证见"，将"案犯"李春发一顿暴打，还未及上老虎凳、灌辣椒水、使美人计，这个软骨头就认罪服法，被钉枷收监了。

戏中的另一案官司很快也引发出来，一个叫石径坡的男人，曾经到李春发家偷过东西，被李逮住问过后，得知石家确实可怜，尚有衣不遮体、食不果腹的老母，他不仅义释盗贼，而且还赠过银两布匹。当石径坡得知李春发的冤案后，即产生报恩义救之举。先是去侯上官家给李春发偷买饭的钱（此为之善贼偷恶贼矣），谁知这个没摔死的侯上官，正在家里商量着买卖妇女之事，而被卖的姑娘张秋鸢，恰与官方正要查找的姜秋莲谐音，石径坡误以为是拿到了重要人证，便跟着这个又采取夜逃法的弱女子来到庄外，要她去公堂对质，以解救李公子。蒙在鼓中的张秋鸢，误以为遇见歹人，眼看僵持不过，便一头扎进枯井里寻死去了。就在石径坡去报官的时候，又一个叫许黑虎的歹男人与姜秋莲的父亲贩米路过枯井，听见"救命"声，即把张秋鸢搭救上来。谁知这个黑虎兄一见秋鸢妹子水灵，便生出些兽性来，三折腾两折腾，把个姜老先生反砸死在了井里。男人这货，好起来好得

54

了得，瞧起来真是该一刀把那缺乏定力的活儿切了。等官府来救人时，井里不见了美人，却捞出个死老汉来。故事曲折到极致，奉旨出京查访的新科按院何大人就喝道出场了，先是抓了黑虎兄，救了张秋鸾，然后案子便可想而知地、在那个时代也不可能再有别的途径地进入了环环解扣状态。

说李十三的戏曲折离奇，真是曲折离奇得了得。《春秋配》里还贯穿着一条重要线索，那就是李春发的另一个好友张雁行，因京都会试，一字写错，而遭"革除功名"之罚，一气之下"落草为寇"，做了义军领袖。当得知好友李春发被冤案所困时，毅然率部攻打南阳府，并斩了府首，劫了杀头的法场。创作此戏时，正踌躇满志，意欲报效朝廷的李十三，借主人公李春发的行动，表达了自己对大清朝的耿耿忠心。就在自己被救后，他坚持"宁为含冤鬼，不做反叛臣"，"大义凛然"地去按院何大人处投案自首，并力劝张雁行归顺（这小子还真就归顺了），最终让坏男人侯上官、许黑虎伏法，义士石径坡在按院门下听用，自己不仅弄了顶县令的花翎顶戴，而且还由按院大人做月老，将姜秋莲、张秋鸾（实乃张雁行之妹），一并塞进了他的"后宫"，由此，月明星朗，洞房花烛，吹吹打打，皆大欢喜尔。

二百多年来，尽管这曲戏有秦腔、京剧、川剧、滇剧、汉剧、湘剧、豫剧、晋剧、河北梆子等多个剧种不断上演，并且已成为当之无愧的传统戏曲经典，但在今天看来，它的结穴，仍是有许多可笑之处的，这大概也就是李十三的历史局限性吧。可从研究李十三生平看，却又是极其珍贵的心路佐证。这个阶段，正是他对大清充满希望与幻想的时代，他的笔下，不可能出现对"叛贼"张雁行的肯定、赞颂与支持，出于对底层的了解，能对张雁行寄予同情与理解，并希望给他以"好的结果与出路"，已是非常难能可贵的"草根"精神的闪现了。

十几年后，当他进京赶考时，京都许多戏剧班社都在演唱他的《春秋配》，按说，应该给他以很大的精神鼓舞，但由于会试名落孙山，而仍使他郁郁寡欢，痛苦不能自拔，足见他当时的主要追求，并不在于"轻薄艺文"上。直到二次赶考，弄了个"拟录"与"候补"的资格，确实感到出仕入相前景渺茫时，才慢慢沉下心来，让双脚踩在大地上，真正进入了一个"草根戏剧家"的创作生涯。

按常理，一个有正式举人资格，当过几天"县教育局长"，且还有京都会试"拟录"名次和"候补"县太爷资质的人，回到乡里，是要"驴死了架子不倒"的，最起码也得发挥发挥余热，大事小情的，顾问顾问，咨询咨询，策划策划。遇红白喜事，乡绅议约，坐个上席，蹭个主席台什么的，管别人爱听不爱听，先美美讲一通话，让周边人始终感到他的余威，他的无处不"幽灵"般的存在。可李十三非常通达，当他真正体味到了杜甫先生"儒冠多误身"的千古忠告后，一头扎回乡间，"扔掉了胸前绘有鹌鹑图的八品文官服"，不分春夏秋冬，腰系一条白腰带，脚蹬一双布耳子鞋，地地道道地做起了关中老农。清朝有一句谚语说："男儿要风流，一月三剃头。"有好讲究的达官贵人，甚至一天几剃，为的是干净体面，脑门放光。李十三已不屑于给大清争这种体面，更懒得弄一副油光水滑的虚架子，四处游走显摆，该推磨推磨，该喂猪喂猪，该教学教学，"伴侣只有三个：明月、清风共我"。再就是写戏。一旦跳出了仕进的枷锁，完全站在他实际生活的普通大众层面，认知事物的角度，选择事件、情节、细节甚至语言的方式方法，就都发生了根本逆转。史家所称的"乾隆盛世"，在他笔下的七本戏中，却是盗贼谋杀蜂起、战祸内乱不绝、百姓生死无助、官场迂腐黑暗的"贻误天下苍生"的遍体毒瘤时代。李十三的戏剧，给我们提供了盛世王朝的破烂背影，从某种程度讲，已经超越了传奇戏剧的艺术审美与作用力，而进入到了社会与历史学应该研究的范畴。

在李十三的"十大本"中，始终没有出现一个帝王形象，我想一是他不想"惹事"，二是不愿为其歌功颂德，既然你皇帝老子看不上我，我也就犯不着去讨你的什么好了，何况在他这个"自己磨面自己吃"的底层人看来，皇帝老儿本来也没好到哪儿去。不似今日影、视、剧、书，以及各种讲坛对帝王的普遍热衷，可以说已经到了"无帝不成戏"的地步，几乎所有帝王都出奇地好了起来，他们爱民如子，他们大智大勇，他们大慈大悲，他们大仁大善，他们胸怀全局，他们放眼世界，他们革故鼎新，他们气吞山河，他们反腐倡廉，他们气清节高，他们发言民主，他们呼唤自由，他们平易亲和，他们幽默可人，他们怜香惜玉，他们情深似海……总之，只要这个世界所认可的优良品质，无论是传统的还是现代的，这些帝王老子都不缺乏，那就让人闹不明白了，我们一代又一代的仁人志士、革命先烈，要举义旗、唤民众、抛头颅、洒热血，拼着老命去推翻封建帝制干什么？这么好的货色，那么推翻了他们的又都是些什么"鸟人"呢？这种全方位的呼唤、招魂、昭雪、弘扬，尚不知高潮在哪里，尽头在何处，真是有些让人丈二和尚摸不着头脑了。难道我们一个时代的创作群体，竟然不如一个二百六十年前的李十三看得明白？真是一件该让人笑掉大牙的怪事了。

李十三的所谓"十大本"，据权威著作《李十三评传》（李十三史料研究组高泽、王禾、辛景生等专家执笔）勘定，其实只有"八大本"，它们是《春秋配》《白玉钿》《火焰驹》《万福莲》《如意簪》《香莲珮》《紫霞宫》《玉燕钗》，另有两折小戏《四岔》与《锄谷》，并称"十大本"。纵观李十三的创作，一是充满传奇色彩，这是戏曲创作的本质特征，无奇不传。二是民间立场，既不仰视，也非俯视，而是平视生活，"草根"思考。三是处理矛盾充满智慧，注重生活逻辑的自然演进，一改大事由皇帝老子"圣旨定乾坤"的创作流弊，流露出早期民主思想的某些端倪。李十三成长的时代，恰逢全国戏曲"花部"与"雅部"的酣战时期，以秦腔为代表的"花部"地方戏曲最终取得胜利，而以昆曲为代表的"雅部"戏曲惨遭败北。"花部"之所以能够取得胜利，最重要的原因就是来自民间，来自底层，生活气息浓厚，"食人间烟火"，且具有一种寻求光亮与"喘气"的精神奔突。而"雅部"只演帝王将相、才子佳人，循规蹈矩，抑郁沉闷，加之剧词过于注重用典、"吊书袋"，可以说已进入"牙雕时代"，看戏时，观者一边盯着舞台艺人，甚至不得不一边掌灯参看脚本，一种艺术，发展到了这种"佶屈聱牙"的地步，不败犹待何时？李十三既注重文学传情达意的精准，又匍匐大地，开掘戏剧演进的生活化与当下化，加之所创造的舞台形象，又大多是观众所熟悉的老百姓，尤其是笔下的年轻人，他们反对禁锢，离经叛道，全然打开了一种"时新"戏剧的领地，不大红大紫，不招徕"追星族""粉丝"，也就由不得自己了。

李十三的"十大本"之所以能够广泛传播，一是得力于对宋元明以来优秀戏剧的继承，尤其是成熟技巧的运用；二是得力于思想与艺术的全面创新，根本是"民本"思想的植入；三是得力于皮影戏流传的简便与多头。《李十三评传》里有这样一段话，十分精辟地道出了皮影戏的优长："皮影戏的社会功能，不是所有的大戏能够代替。第一，演出费用少，适合农村的经济条件。第二，演员只五六人，戏箱用一头毛驴就能驮得动，便于搬迁，容易深入穷乡山区。尤其是舞台设备，极为简便，所需材料，为农家户户所有。艺人有这样一段顺口溜：'七长八短（木椽），五页大板，四条撤绳（耕畜牵引犁头用的皮绳）一挽，十二根线串（细麻绳），六张芦席一卷，撅下一镢，你再别管。'恐怕自有戏剧舞台以来，没有比皮影戏舞台更简便的了。"正是得力于这种便捷，才使李十三成为享誉二百六十多年仍声名不减的经典剧作家，倘若似今天这般大制作，动辄灯、景、服、化、道、效就拉十几卡车，甚或几火车皮，李十三的戏，恐怕早就随着他闭目蹬腿日，片纸不存，烟消云散了。

上个世纪五十年代，他的《火焰驹》被长春电影制片厂搬上银幕。六十年代，根据《万福莲》改编的《女巡按》，又被著名戏剧家田汉看上，据此改成了京剧本《谢瑶环》，随后被全国多个地方剧种移植演出，至今余音绕梁，后继者不绝。

这里要特别提到的是他的《火焰驹》，不仅造就了大批秦腔演艺人才，而且至今在秦地家喻户晓，已成为秦人当之无愧的心灵文化胜景。

《火焰驹》的戏核，其实仍是一个坚贞不屈的爱情故事，它讲述的是一个叫李绶的掌管国家兵权的人，因受奸臣陷害，说他的大儿子叛国投敌，遂被革职查办，满门抄封，举家被赶出京城。次子李彦贵过去已定亲的老岳丈，见未过门的女婿落魄至此，话翻脸变，执意悔亲。谁知女儿黄桂英却不嫌李彦贵穷愁潦倒，偏把个"瘦死的骆驼"爱得死去活来。老岳丈为彻底解除后患，甚至不惜栽赃陷害，将李彦贵以"谋财害命罪"置于死地。"火焰驹"由此亮相，原来这匹马能日行千里，义士艾谦骑上它，直接跑到番邦，给李彦贵哥哥报信，引来救兵，劫了杀场，终使所有冤情大白，花好月圆。

这曲戏现有多种版本，有的情节已相去甚远，但戏核是共同的，黄桂英不嫌贫爱富的精神实质是异曲同工的。许多秦腔演员因它走红，它也因这些层出不穷的秦腔名流，而与日同辉，生命永驻。

李十三是六十二岁去世的，去世那天，他正和老伴在院里推磨。应该说事先他已有预感，清政府对以"花部"为代表的地方戏的"风靡全国"，早已嗅出其中的"不稳定因素"，终以"查抄淫词秽调"的"扫黄"名义，在天下横加"铲除"。李十三的皮影戏"如野草般四处疯长"，且明显有"不尿"皇帝老子，却"尿"反清义士与侠客的"犯忌"刀笔，自是难逃恢恢法网之制裁了。为将"不法"艺人"赶尽杀绝"，嘉庆皇帝甚至"派出专使，宣旨提取李芳桂进京"。当宣旨人进入渭南县境时，即有人通风报信于推磨的李十三。闻此噩讯，本来就贫病交加的剧作家，连急带吓，当下就跌在磨盘上，喷出一口鲜血来。随后，忙不择路，落荒而逃，大约行至二十里左右，终因体力不支，软瘫如泥，眼前一黑，一头栽下去就再未起来。

更为可悲的是，一些皮影艺人至今还在传说，当初嘉庆皇帝是因看了李十三的剧作，惜李有"翰林之才"，欲"提调进京""封官授职"，才来渭南寻人的。谁知李十三自己如惊弓之鸟，病身子再加心力不支，便一命呜呼了，要不然，李老恐怕早就做大官了。听来让人真是有些哭笑不得，让李十三在恐怖袭击中猝死的尸骨，最终扣一顶莫须有的官帽下葬，确算得是我们民族的一种特殊发明了。一个人无论有多大成就，最终没弄到一个像样的级别、一顶像样的"帽子"，似乎都不足以道其伟，不屑于称其大，最起码也是有了很大的缺失与遗憾，哪怕捕风捉影，也得弄个"合适的身份"安顿一下，所谓的各种"追认"，大概都由此派生，这真是一份十分可悲的民族文化的"好心善良"遗产了。我想，并没有彻底摆脱每戏都要大团圆结局的李十三，如果在天有灵，恐怕对人们安排给他的这个"大团圆结局"，也是要既尴尬又无奈地摇头叹息再三了。

也有人说，李十三如果从年轻时，就一直侍弄戏剧，不去忙碌仕进之道，也许创作成就会更高一些，不定弄个"二十大本""四十大本""六十大本""八十大本"来，我想这种推测是毫无道理的，如果他没有半生追求仕进的挫折与绝望，就不可能产生对"清明盛世"的质疑，不可能在作品中露出早期"民主思想"的曙光，更不可能使民间立场成为一种自觉。曹雪芹并没有当作家的故意，却成为不朽的作家；蒲松龄也没有定位做小说家，却写出了民族文化不动产《聊斋志异》；同样，李十三并没有刻意要当剧作家，却写出了"十大本"。创作之所以"不可能出现两条相同的河流"，根本在于生命的不同体证与感悟。仅追求刻意写作，一生故意为之，就容易形成只可供人把玩的"器物"，精致，机巧，却缺乏具有独特生命印记的骨质与活性。当下的戏剧创作，不是已经显现出这种精到而又缺血的症候了吗？李十三的意义在于，他是带着自身的困境在寻求突围，因而具有不可替代的生命个性，这种个性就是李十三戏剧还活着，并且还将继续活着的理由。

2007 年 3 月 3 日于西安

一方水土养一方戏

俗话说，一方水土养一方人。一方水土，是山川丘陵、水泽湖泊，水土形貌不同，生长在那块土地上的人，也就禀赋了不同的个性气质，形塑了不同的身材容貌，尤其是炼化出了不同的语音腔调。民族地方戏曲，就是从这种不同的个性气质、语音腔调中来，一方水土在养一方人的同时，也就养出一方戏。

戏曲的起源，说法不一，最终都以成熟阶段为起始。一种艺术样式在有了剧本记载的时候才被作为起点，湮没了此前漫长而又艰难的孕育过程。因此，中国戏曲历史直追到秦汉，追到先秦"优孟衣冠"，甚至追到原始社会的歌舞祭祀，也都颇有道理。与此同时，戏曲是综合艺术，必须具备文学、音乐、舞蹈、美术，甚至武术、杂技等诸多要素，才能称之为戏曲。用王国维对戏曲审美特征的定位，"以歌舞演故事"看，"故事"当是戏曲的筋骨与灵魂。因此，从有剧本遗存的宋、元杂剧开始八百余年的戏曲史，当是一种无奈却也是理性的厘定。

戏曲发展到明朝中叶，昆曲与北方梆子戏鼻祖秦腔形成，也都是有赖于以文学文本遗存为起点。六百多年来，戏曲以南北两个轴心的形式，在不同地域逐渐辐射流播开来。俗话讲，十里不同俗，百里不同调。在这种辐射流播中，山川风貌、人情物理、地域方言又不断丰富与塑造着两大轴心剧种的品格。最终，多个以昆曲为代表的"曲牌体"与以梆子腔、皮黄腔为代表的"板腔体"剧种，就在中华大地氤氲开来。

不同剧种呈现不同文化

戏曲的普泛生长，使每一方水土都获得了独特的文化形象。据1959年戏曲剧种普查，我国有360种以上的地方戏活跃于民间，相当于平均每26000多平方公里就有一个剧种。有些地理位置特殊的县域，甚至多个剧种并存。像西岳华山所在地陕西省华阴市（县级市），817平方公里，就有华阴老腔、华阴迷胡两个剧种成为国家级非物质文化遗产保护项目，秦腔更是十分盛行。

这块俗称"戏窝子"的土地上的三个剧种，都十分雄健、激越、高亢，但在当地人看来却有不小差别。尽管老腔与迷胡都是曲牌体，由华阴、华县一带地方民歌、小调以及秦腔融合演绎而成，但迷胡自由奔放与活泼委婉并重；老腔却暴烈、雄强，步步走高，一如战士持枪冲锋登顶。很多外地人容易把老腔与秦腔混为一谈，其实这之间差别甚大。首先，曲牌体与板腔体有本质区别。其次，秦腔博大雄浑，张弛起伏有度，高亢低回错落，有内蕴十分丰富的情感张力尤其是巨大的悲剧生命力；而老腔更具纵情、豪迈的特征，演唱起来有声震屋瓦的冲决感和山摇地动的震撼力。

所有地方戏曲，都是当地地理人情以及生活形态的高度凝练。一如华山脚下华阴老腔、华阴迷胡直插云端的冲决气概，使我们不能不联想到华山山脉的刚健、雄强、峭拔、坚挺，以及那种断裂、兀立与惊险、诡谲，加之演唱内容的土生土长，甚至呈现出一种热气腾腾的地气"冒顶"状态。因而，仅听一段老腔或迷胡戏，华阴的人情物理、语言表达习惯以及切实可触的生命形态就跃然纸上。

就在华岳以南的地方，却又兴起一种商洛花鼓戏，柔情似水、歌如丝弦，如溪鸣，如蝉叫，如莺啼，与潺潺山泉、茂林修竹浑然一体，听这种戏，让人不知是在歌中画中，还是在现实生活里。诗人贾岛曾在商洛花鼓戏的重要发源地镇安县写过这样一首诗："一山未了一山迎，百里都无半里平，宜是老禅遥指处，只堪图画不堪行。"听商洛花鼓戏，你就无法抗拒这种置身大山，叠化进"老禅遥指""图画"的幻象，泉鸣、鸟叫、风啸、人唱，都极柔和、轻盈、畅美、自在。

华岳是秦岭的脊梁，秦岭是大中华的南北分水岭。在华岳南北几百平方公里的地方，戏曲形态就呈现出如此繁复多变，甚至全然相悖的生存个性，足见民族戏曲之丰富多彩，及其对深沉博大的中华文化贡献之深切。

戏曲保护要因"地"制宜

剧种的抢救保护，不能以牺牲个性为代价。去年7月，国务院出台《关于支持戏曲传承发展的若干政策》，从根基上实施传承发展民族戏曲文化的固本战略。只有在经济社会发展繁荣时期、在民族文化自信普遍觉悟的时期，戏曲这个看似群落很庞大，实则很弱小、分散的艺术样式，才能得到真正的传承、抢救、保护。

传承保护的首要任务是保护戏曲个性、保护剧种个性、保护地域文化特色。如果不认真研究剧种特性、不从地域文化的根脉上寻找保护因素，而为吸引眼球、讨得掌声甚至一味迎合"时尚"，致使数百种地方戏曲剧种全然"现代化""时尚化"，继而同质化，那么这种抢救保护就是饮鸩止渴。

有些地方戏，只适合演家长里短的生活小事，偏要扛起治国安邦的厚重题材；有些剧种只适合载歌载舞，轻盈巧做，却偏要完成生命不能承受之重的宏大话题。同时，普遍追求大制作、大气派，为了所谓"艺术上台阶"，在真山真水真屋舍的"豪华版"竞赛中，连戏曲的虚拟性都全然湮掉了。台上五光十色，似乎都以看不清演员表演为目的，虽美轮美奂，但在相同的创作团队、相同的手段制造出的相同的"太虚幻境"中，戏曲剧种个性"百衲衣"般的异彩纷呈被全然抹杀。很多戏，如果不标明剧种名称，几乎已无法判断姓甚名谁。

据 2004 年的一组统计数据，全国戏曲剧种尚存 280 余种，与 1959 年相比减少 80 余种，消亡速度令人惊异。戏曲作为农耕文明的产物，在大规模城镇化进程中必然遭此一击。但作为一种曾经存在过的文化样态，尤其是那些全国"仅此一家"的独门剧种，更不可采用饮鸩止渴的方法。投入博物馆式保护举措、维护该剧种的本质特色，仍不失为一种好方法。相反，一味追求改变、适应，只会同质同构，加快被同化、被湮没的速度。而对那些具有较大辐射力的剧种，则需要加大投入力度，让剧种放射出个性光芒。在诸多大赛中，应推动戏曲剧种的差异个性化的比赛，强调戏曲对地域文化的独特荷载，而不是在一个几乎相同的标准中，有意无意地加快个性的丧失。

在文化同质化严重的时期，保护有特色的地方戏曲，就是保护中华文化这棵参天大树的丰富根须。

戏曲赓续离不开"民间喂养"

戏曲的赓续发展，永远有赖于民间的源头滋养。中华文化是一个庞大的生命体系，戏曲正是从源头活水直接汲取生存养料的大众艺术，其赓续发展永远有赖于民间的直接滋养。同时，乡规民约、家书家训、民歌民谚、乡俗乡风这些具有原创力的精神颗粒，很多正是靠地方戏曲与族谱、志书记载下来，最终转化为一个民族的精神谱系甚至社会制度、法律法规。孟德斯鸠在《论法的精神》中谈到，一个国家的法律制定如果离开了其民族的风尚习性，就可能堕落成一纸空文。足见散落在千沟万壑中的民间生命样态对于一个国家、一个民族完善其合理制度的不可或缺。在资讯尚不发达的年代，甚至在今天很多农村地区，戏曲文化仍是人们获取历史、法律、人伦常识，从而建立起健康人际关系的重要途径。我们常常说保护乡愁，其实保护地方戏曲正是对乡愁尤其是对乡音的最好保护。一方水土养一方戏，而这方戏，正是这方水土长期孕育的生命精华。

地方戏曲之所以得到赓续发展，最重要的推手来自民间巨大的喂养能力。因为戏曲对故事、说唱、表演、技巧的高度综合，它在数百年来比别的艺术具有更大的受众面。在自给自足的年代，社会分工简单，唱戏不产粮食更无法直接拿手艺作用于社会，其"可有可无"性决定了它的社会地位不高。尽管如此，仍有许多戏班存活下来。这是因为有十分重要的市场推手作用其间：大凡大户人家的班社，多随着东家的破败而消亡流散，而以市场为主导的班社甚至有存活百年以上者，数代艺人以流派、弟子、姻亲关系而传承不衰。

好演员是演出来的，好戏是口碑传出来的，是"走码头""跑场子"跑出来的。从这个意义上讲，完全割断市场的脐带，对地方戏曲实行"抱养"甚至"全包养"，对这种艺术的长久生态未必有好处。社会应该投入更多的资金，去培育多演戏、多出戏的市场。当下有许多惠民演出，这无疑是对戏曲生存发展有益的措施，但是我们更应该把这些资金用于"多演多收入"的良性市场体系的培育上，而不是完全改变哺育方式，更不能因此终结民间"喂养"戏曲的自然"生物链"，从而彻底改变戏曲生存发展数百年来的演进规律。

总之，戏曲艺术的继承发展创新，首先是向传统学习：不仅学习深厚的艺术积累、学习生命演进方式，更要学习传统戏曲关注民生、关注苦难、关注卑微生命、关注公平正义的价值取向与精神。《窦娥冤》《铡美案》《赵氏孤儿》这些故事的经久不衰，都向我们昭示了戏曲生命的不朽密码。逃避现实、简单摹写现实，甚至一味构筑伪历史、伪民俗、伪传统、伪现实，都将让戏曲加速成为轻如鸿毛的时代边角料，甚或供少数人把玩的"鼻烟壶"，自然也将失去养育它的广博空间。民众永远是保护发展传承戏曲的主体，他们不仅是源头活水，更是养育主体，因此，从精神上永远倚重这个靠山，方是持续繁荣发展之道。

2015 年 8 月 30 日

第二辑　时代不熄的火炬

致青春万岁的王蒙先生

——王蒙先生九十华诞致辞

非常高兴被邀请来参加王蒙先生九十华诞盛典，还安排我致辞，也就是说几句话，更是荣幸之至了。这是一个十分美好而吉祥的日子，我想每位来宾都跟我一样地兴奋激动，因为我们是在跟一位阳光灿烂的老人一起共度这个美好的良宵。

我跟王蒙老师认识很多年了，属忘年交。先生给我最深刻的印象就是始终精神饱满、生命激扬、风趣幽默、通透豁亮。这些生命精神给我们一种鼓舞，让我们懂得了更多更丰富的生命意义，甚至包括一种独特的生命形态、形状、形貌。在几十年的交往中，先生给了我很多重要助推与营养，让我特别受用，特别感怀，也特别感恩。

记得我长篇小说《装台》获得"中国好书"时，先生就受央视之邀，到现场朗读了其中的片段，并给以重要解读鼓励。后来在创作《主角》时，先生一直让我"抡圆了写"，就是放开写的意思，这其实是一种十分重要的长篇创作经验。小说完成后，他又拨冗阅读，不仅几次用电话与微信方式圈点一些他认为写得"精彩"的段落语句，而且还亲自出席座谈会，并写文章对《主角》寄予极大肯定，充满了一个老作家对后学的呵护与抬爱。今年出版长篇小说《星空与半棵树》后，先生又在北戴河疗养期间，仔细阅读全文，多次打问其中诸多人物细节以及猫头鹰的特性，最后写出了六千字的鸿文，对拙作进行全面阐释评价，那种不吝赞赏鼓励的词句，令我十分感动、感慨、感奋。

先生每每见到我，第一句话总是在问最近在写什么，另一句话是：再忙也不能忘了创作。还有一句忠告：作家除了拿作品说话，其余什么也不是。这些充满了创作生命经验与智慧的话语，让我始终紧紧握着手中的笔。

先生给我人生最深刻的印象在三个方面：

一是着力提携后生，诲人不倦。这方面很多年轻作家都有深切感受。他对后学的认知、提点、鼓励从来都是包容、赞誉、泽被有加的。这种"厚德"精神，让更多人建立起了创作探索的信心，从而有了更多更大的收获。

二是生命乐观向上，达观自在。这是一种生活态度，也是一种生命精神。无论何时何地，先生给我们传递的都是一种积极向上、思辨通透的生命哲学。他的诙谐幽默，充满了自身与他者的和解精神，是一棵饱经风霜的大树的摇曳多姿。

三是创造活力充沛，生命日新。我们从先生这里永远看不到老人心态，听不到任何放弃与怠惰的声音。无论生活还是创作，都在巨大的井喷中，呈现出一种生命河流的浩荡之气、奔腾之姿，这是自然与生命的本质要义与特性，先生正是在这个哲学与生活逻辑的层面上，实现着他的生命的"苟日新，又日新，日日新"。

让我们举起杯，敬祝王蒙先生这片独特的生命风景，青春万岁，永远扬帆远航！

2023 年 9 月 16 日于北京

一个清代知县的衙斋生活

在我的家乡陕西省镇安县，有一个清代的知县很有名，他姓聂名燾，字环溪，是湖南衡山县环溪村人。乾隆十三年，也就是距今二百六十八年前的夏秋之交，他骑着马，也许是骡子，到镇安上任来了。那年他五十四岁，也有点老大不小了，在镇安，上了五十岁的人，都叫老汉，并且是可以置备棺材板的人了。聂燾是进士出身，又生在南岳衡山这样山川秀丽的地方，家庭生活相对富足，上下几代都饱读诗书，突然被朝廷派到秦岭深处一个山大沟深的小县来，心里自是有些不快。这在他给朋友的信札中有记录："为报先生春睡熟，道人轻撞五更钟。"他父亲知道后，还对他这种春天睡懒觉的"撞钟"思想，来信批评过。但不管怎样，他还是服从分配，到镇安来了。

镇安县这个地方，现在也是山川秀美之地，交通发达得从西安出发，坐火车就一个半小时，走高速路，从 18.2 公里长的秦岭隧道穿过去，也就不到一小时的车程。可在没有火车、没有汽车的时代，这里的确是"万峰螺旋，幽寂灵回"的"终南奥区"。诗人贾岛，在隐居镇安云盖寺时，曾写过这么一首诗："一山未了一山迎，百里都无半里平。宜是老禅遥指处，只堪图画不堪行。"当地老百姓也有这样的谚语："上山碰鼻子，下山蹾沟子，抬头掉帽子。"就是二十世纪五十年代，在镇安当县长的人，到省里开会，也是自挎一个"盒子炮"，雇人牵着一匹骡子，身后跟着一个扛"汉阳条子"的警卫，来回得走半个多月光景的。最近，凤凰网还以头条新闻的方式，推出过一组被网络广为传播的镇安塔云山组图，称其为"世界上最危险的房子"，那种在刀削斧劈的高山之巅，临空"垒窠架巢"的技术，至今仍是难以破解的建筑之谜。想二百六十八年前，聂知县该是怎样一种"蜀道之难，难于上青天"的走马上任哪！他小小年纪就"束发入学，读书受用，在乎做官"，参加了乡试、会考，又往返京师，进士及第，终于得到一官，却是"入山僻虎狼之窟""不觉生平意气茫然顿尽"。好在他没有就此消沉，并且在七年后离任时，以"时推陕南第一"的政绩，赢得了"父老攀辕哭"的百姓动情挽留。

上世纪八十年代，我曾多次听到有人谈起这个人物，后来，时任镇安县长汪效常找我说，看能不能把聂焘的故事搞成一个舞台剧，我那时是剧团的专业编剧，按他的想法和要求，先通读了十万字的县志，然后和汪先生一道，创作了《山乡知县》这个戏，并搬上舞台，演出至今。时隔三十年后，汪先生已作古，我又一次翻开老家的县志，一页页捧读，随着年龄、阅历以及时代的变化，这个人物，这些故事，在我脑海中都有了再认识的价值。一个穷乡僻壤的小县知县，在二百多年前留下的，何止是几个赈济灾荒、兴建义仓、廉洁奉公、筑路养蚕的亲民爱民富民故事呢？他留下的是一个地方的风俗、风气与精神脉象。时隔数百年，这些遗存，依然在影响着一方水土的生命质地。那么这个来自湖南的知县，当时到底做了些什么呢？

聂知县的政治生活

一个官员，首先要衡量的，当然还是要看他到底为地方做了什么。聂知县到任后，大的工作，大约干了这么几项：一是兴旺人丁，二是启智教化，三是兴桑养蚕，四是畅通道路，五是修建义仓，六是编纂县志。要说有啥新鲜，也没啥新鲜的，但这六项工作做扎实了，一个县的百姓福祉，也就基本有了眉目。

先说兴旺人丁。聂知县到任时，镇安只有784户、4026口人，200多年后的今天，镇安是30多万人口，可见当时的地广人稀。聂焘在几年后修县志时，写按语说："镇安地僻人稀，万难如通都大邑之烟火相望。"自明末改朝换代以来，人丁日渐萎缩，他上任的第一件事，就是"招辑流移""开辟土地""休养生息"。他说"镇安万山盘郁，虎狼之区"，不仅如此，而且各种征缴无度，"民之不逃散，死亡几何哉"。那时"秦岭虎患"严重，动辄伤人，镇安更是"人不敢夜行，最畏虎不敢直名，称为王爷，又呼怕怕"。聂知县到任后，申请省府，要了"短枪、火药"，"复募猎户"，以除恶兽之患，使民"夜不闭户"。在大量"招募垦荒"之余，更根据实际情况"免升科赋"，"丁徭所征不及往时的七分之一"。终使四方流民竞相来镇安垦荒置田，四年后，住家达2562户，人口猛增到8971人。

再说启智教化。聂焘的家乡衡山县，是因南岳衡山而得名，自唐以来，就是人文荟萃之地，有意味的是，镇安被称为"终南奥区"，而衡山，在明代就被誉为"文明奥区"，意即文明的腹地。聂知县从那里走来，自是要将文明的种子，带到千里之外来播撒。为创办义学，他甚至带头捐银。在清查"学田""学租"时，甚至将寺院的田产划归学校之用，在兴办义学，启蒙、开化后生的同时，聂知县还做

75

了大量"移风易俗"的工作。比如"错位婚配",山民每每将八九岁的女童,嫁给三四十岁的男人,"止图贪得财礼,不顾子女终身,最为忍心害理",造成妇女大量新寡,引发多重社会问题。聂知县要求"慎重婚配",男女年岁须得相当,"切勿执迷不悟"。从这些重大变革举措来看,聂知县的执政,是以更加符合人性的长久思谋为前提的,而不是急着弄出一点大的响动来,搞打雷闪电、行风走暴、雨过地皮湿那一套。

聂知县的经济建设,是以兴桑养蚕为抓手的,镇安至今仍保留着栽桑养蚕的习惯,而起始,是从聂知县手上"引进技术""大力发展"起来的。在兴桑养蚕的同时,根据"上级文件",他也做过这样的批示:"镇安山中,物产甚多,而民不收其利者,道路崎岖,人迹不通故也。年来购穰、漆、蜜、药材、板、炭,渐次获利,而不知缘修路之故。"他还多次说镇安进入省城的门户没有打开,"门户一闭,则百工无人往来,而财用因此不流通矣",因而,在镇安的七年,修路就成了他的主要抓手。"兹土七载,羸马麻鞋,疆域六百里,无远不到。"因对山里情况的熟知,而件件抓在了点子上,以至几年后,物阜民丰,不得不多处修建义仓,把富余的粮食都库存起来,以备荒年之需。为修路,为建义仓,包括建义学,七年中,聂知县一共捐银480多两。按照清代的工资标准,一个知县的年薪是45两银子,外带45石大米,一石大米也就平均折合一两纹银,年收入不过100两,而他当了七年知县,把一多半银子都交给了这片山水。当然,这与他的家境有关,在他上任后的第三个年头,曾经给家里寄过100两银子,是用于父母过寿的,那年他父亲八十周岁、继母七十岁,结果又被他父亲捎了回来,说知道他"乐善好施""薪俸多有缺欠",让他不要操心家里,当以衙门、民生事体为重。

聂知县的家庭生活

聂焘能成为一个好知县，与他父亲和聂门家风有绝大关系。从史料上看，聂家上下数代，人才辈出，三袭进士，两入翰林，真正是一个地方的名门望族。而他父亲聂继模，以满满的"正能量"，上承下继着这个家庭的大业，不仅使聂焘受到了很好的教育，而且在他出任知县后，更是以耿耿老父之心，持续关注着儿子的做人为官之道，让聂焘在不长的仕途生涯中，放射出了十分夺目的生命光彩。

谁能想象，聂焘上任时，是他七十八岁的老父亲，亲自陪送来的呢？那时最好的交通工具，就是马，是骡子，一个年近八旬的老人，不远千里，鞍马劳顿，送子赴任，大概不是为旅游观光而来，他是带着一份沉甸甸的、有关父亲的责任来的。聂老大概已经看出了儿子对这个任职的不快，因此，他要以他的人生态度与生命坚毅，来感化儿子，从而让他好好在大山深处履职。

聂翁，名继模，别号乐山，专业是一个医生，在当地挺有名。业余时间也写诗、著书立说，有《朱氏家训证释》《乐庵集》为证。他在来镇安的路上，骑在骡子背上，就诗兴大发："商於六百崎岖路，到此崎岖古未闻，叠叠山盘蛇磴曲，潺潺涧渡马蹄勤。邻家对岭成胡越，老树僵途卧斧斤。听说日斜豺狼出，早停板屋卧余曛。"到了县衙，也是顾不得休息，就先去监狱，给犯人看病。在老家衡山时，这是他经常干的差事，因为牢狱又脏又臭，病人都污秽不堪，许多医生很是忌惮，只有聂老是自告奋勇去的。到了镇安，他也是先去给犯人义诊，更给山民望闻问切，甚至还亲自上山采药，研丸熬汤，这是一个医者的道德良知，又何尝不是一个父亲为知县儿子在聚拢人脉呢？他在镇安待了半年时间，见儿子渐渐进入正常工作状态，才千叮咛万嘱咐地挥袖而去。人是回去了，对儿子却依然放心不下，第二年，他又安排儿媳带着孙子，一起到镇安陪伴来了，在今天，这大概就是组织部门要求的"家属随迁"。也就在这一次，聂老还让儿媳带了一封信，以后，这封被称为《诫子书》的长信，被录入清朝《政令全书》。那是一本为官者必读之书，书里是这样评价这封信的："字字珠玑，发人深省，在历代家训中堪称上乘之作。"老聂到底给小聂写了些什么呢？

一开篇，老聂就说："尔在官，不宜数问家事。"这句话是因儿子来信操心家事引起，紧接着，聂老又说："以无家信为平安尔。"他说你小小年纪，就在外求学，居家的日子很少，二老已经习以为常了。接着话锋一转，就说到了工作上："山僻知县，事简责轻，最足钝人志气，须时时将此心提醒激发，无事寻出有事，有事终归无事。今服官年余，民情熟悉，正好兴利除害。若因地方偏小，上司或存宽恕，偷安藏拙，日成痿痹，是为世界木偶人。"说了大事，又说生活细节，针对他"睡懒觉"的事，端直批评道："居官者，宜晚眠早起。"他说：头梆响，你就要起来洗脸漱口，二梆响，你就该处理公文、考虑一县的大事了，即使没事，也不能赖在床上，关键是要养成好的习惯。儿子在给乡友的信中，大概说了几句颓废的话，老聂知道后，就在信里批评小聂：别人觉得怀才不遇，"愤激而谈，何必拾其唾余耶"。说完这些，又跟他谈与下属的关系问题，说：山大沟深，涉水尤险，虎患成灾，行路艰难，对下属不可"过行琐责"，要"御之以礼，抚之以恩"，他说为官者，任何时候情感都不能偏斜、片面，一旦"偏倚"，在社会上会贻害百姓，"在衙供役者，亦然"。接着，他又讲到了钱的事，大意是说，儿子因公做了"赔垫"，害怕"父母忧"，只写信告诉了母舅，他就批评儿子："尔视我为何如人？"连好消息坏消息都分不清了？"以善养不以禄养，彼闺阁中人能分晰言之"，何况我这个八十岁的老汉呢？"大抵自己节省，正图为民间兴事，非以节省为身家计"，"养廉银两，听尔为地方使用"。这是多么明白的一个老父亲哪！

在谈到官场做人时，几段话十分精彩，聂老说："往省见上司，有必须衣服，须如式制就，矫情示俭，实非中道。"意思是不要故意装出一副朴素节俭的矫情样子。还说，你的直接上司是知州，不要因为知州离知府的官位还差些级别，就不把人家当正经知府看待，见了人家还是要"小心敬奉"，但"又不当违道于求，'尽所当为'而已，凡人见得'尽所当为'四字，则无处不可行"。他特别告诫儿子说：官场是是非之地，大家聚在一起，大县的县官遇见小县的县官，都不免骄傲自大起来，他的格局小，咱不能跟着小，既不要有孤傲之情，更不可存妄自菲薄之心，要像弟弟对待兄长，像"乡里人上街，事事请教街上人""诚能感人，谦则受益，古今不易之理也"。他还要求儿子："不可自立崖岸，与人不和，又不可随人嬉笑。须澄心静坐，思着地方事务。"还要做到有错必改，才能"渐觉过少，乃有进步，偶有微功，益须加勉，不可怀欢喜心，阻人志气"。

在工作方面，他特别叮嘱儿子道："镇安向来囹圄空虚，尔到任后颇多禁犯，但须如法处治，不可怀怒恨心，寒暑病痛，亦宜加恤。"说到这里，他还特别多说了两句：自己虽不是一个官医，但一直坚持到监狱给犯人看病，自儿子出仕后，地方上就不好意思让他去了，"然我自乐为之"，连你七十岁的继母，也还在亲自为犯人搓着丸药，"近来益以此为事"。他说，你懂得父亲说这番话的意思，一切都是为了让你"宜于牢狱尽心"。在说到"山区开发"时，聂老还讲了这么一段意味深长的话："山中地广人稀，责令垦荒，原属要着，但须不时奖劝，且不可差役巡查。如属己业，不可强唤，遵行报官。有愿领执照者，即时给付，不可使书吏指索银钱。日积月累，以图功效。"在二百多年前，一个老中医就知道"奖劝"于民，而非"强唤""报官""巡查"之类，他认为这是日积月累、久久为功的事，即使一心为民，也不可贪图短期效应，强制执行。尤其在他的一首诗中，还有这样两句关于"生态文明"的话语："多少山田开不尽，尚留一半卧豺狼。"这是多么包容、宽阔、富厚、智慧的生命样态呀！在教育问题上，他更是谆谆告诫儿子："秀才文理晦塞，耐烦开导，略有可取，即加奖劝。"还说对待人才要"出以诚心"，尤其不可"杂一毫戏嫚"。他还特别强调"劝农""劝学"二事，"皆难一时见功，须从容为之，不可始勤终倦"；"种子播地，自有发生"，"尔在镇安，正播种子时，但须播一嘉种，俟将来发生尔"。

信写到最后，老聂再三叮咛小聂："知县是亲民官，小邑知县更好亲民。做一件事，民间就沾一事之惠。"还说人不在官大官小，关键看你给老百姓做了什么，"实心为民造福，一两件事，竟血食（祭品）千百年"。这比百姓视为"寇仇""路人"的那些"高位显秩"者，不是强了很多吗？鼓励之余，他也再三给小聂讲，不要记挂家里，曾子说："莅官不敬非孝。"他说自己年龄越大，越相信这句话，为官不敬重你的职责，就是对父母的最大不孝了。还说现在把你妻儿送来，就是为了让你安心山区工作，但要他对妻子好一些，说"凡有不及，须以情恕，官场面孔，毫不宜施"，让他别给老婆摆官场的驴脸、臭架子，并且话说得很硬。谈到孙子，他说镇安偏僻，爷爷、奶奶倒不担心孙子染上公子哥儿习气，但要他在工作之余，加强孩子的课读，也正好借此机会，让自己也多多"与典籍相近"。再后来，就说到镇安"风俗淳古"，他很想念，"我身健尚能复来，得睹地方起色为乐"，其实还是鼓励小聂，他要来，也是想来看看儿子工作上的"起色"。

这封家信一共三千字，却留下了职场、百姓二百六十多年传颂不息的佳话。谁人做官，要是摊上这样一个明白老汉，也就是天大的福分了！好的家风，是一个家庭、一个家族的生命基石，也只有从这种家庭走出来的生命，才可能真正反哺温润家庭、家族，并福及他人、民族、国家，反之，也就只能给自己、他人以及家国招灾肇祸了。

聂知县的文化生活

一个官员的地方治理，仅有昙花一现的政绩是不够的，如若能把政绩化为一种长久的生活方式与精神给养，从而让一方水土具有了朝向美好的、能经得起时间和历史检验的风俗性，才是最根本的治理，而这个治理，就是文化层面的综合建构，要拎起这样的浑然物象，是需要有全面精神生命储量准备的。

中国古代有不少这样的官员，他们也是今天我们要确立"文化自信"的基石。"先天下之忧而忧，后天下之乐而乐"，就是这种文化苍穹所具有的精神高度。县令，在古代是最低一级官员了，而在聂知县于镇安骑着瘦马、穿着麻鞋，于六百里疆域中，"无远不到"时，还有一个叫郑板桥的知县，也在山东潍县，正"衙斋卧听萧萧竹，疑是民间疾苦声。些小吾曹州县吏，一枝一叶总关情"。有意思的是，他们出生只相差一岁，而故去也才相差八年，郑板桥活了七十二岁，聂环溪活了七十九岁；板桥六十岁因为民请赈、冒犯上司而被罢官，环溪六十一岁为"丁忧""挂冠"而去；老郑是去画画去了，他是"扬州八怪"的代表人物，而聂焘是回衡山教书育人、"立言"著书去了，

81

有《存知录》《环溪草堂文集》四卷存世；他们离开时，聂知县是"父老攀辕哭"，而郑知县是"百姓遮道挽留，家家画像以祀"。

聂知县不仅留有卓著的政绩、美好的官声，而且还留下了丰富的文化遗存，他把镇安自有史以来的人文、地理、建制、里甲、户口、田赋、官师、风俗、物产、古迹，全都详细撰修入志，以十万字的洗练文笔，让后人看到了一个独特地域数千年的人文演进，他还亲自写下多处"纂按"，文字优美，见解独到，论述精辟，如凿空勒石。比如在《官师》结束时按语："官有正署，为民父母一也。乃其视署任为传舍，视斯民如秦越，是自外于父母也。"就是说有的官员，把官署只当了旅社，与百姓之间的距离，就跟相距遥远的秦国与越国一样，那你不就是自绝于人民了。他还说："自设官以来，累累若若何可胜载。其所遗者，必其可遗者也。然所不遗者，又未必其不可遗。"这是怎样一种哲学把握啊，他对《志》类书籍于官员的颂功记载之真假虚实，可谓一语中的。中国古代，由于科举制度，把大量优秀知识分子吸引到了社会管理层，因而，在这个队伍里，出现了数不胜数的文化精英，赓续了灿若星河的中华文脉。他们的政绩，不仅在形而下的"养蚕""修路""建义仓"，更在形而上的对社会价值、道德风尚、精神文明灯盏的拨亮与润泽。一些官员感觉"人走茶凉"，其根本原因是，"人在"就没有形成人性生命温度与精神价值发散能量，"拔营灯黑"，甚或"拔营"响炮，就是再也常态不过的事了。

聂焘从镇安离开那年是六十一岁，在现在也该是退休年龄了。他因政绩"时推陕南第一"，而调任凤翔大县任职，也算是一种重用，但他急流勇退，以高堂无人敬奉为由，辞官回家教书，门生年达数百人以上，直至终老。他离开镇安那天，父老倾巢而出，都拉着他的车辕不让走，他激动地吟了一首《调任凤翔留别镇安父老》诗："捧檄出南山，回首念山谷……官民父子情，欣戚知同屋。饥者待我饱，寒者待我燠。"大概是都给他竖大拇指，夸他干得好，他又客气地说："所赖邀天麻，七载逢岁熟。荒田渐加垦，乡社渐有蓄。险路亦已平，村童知就塾。新建乐英堂，为尔广教育……调任辞镇安，父老攀辕哭。停车谢父老……"他再次下车，搭躬对父老说，要相信新来的知县，会比我干得好。并殷殷嘱托父老道："愿言课儿孙，殷勤务耕读。各勉为良民，永不犯刑戮。"面对父老的真诚远送，最后他挥泪长吟："悠悠此心期，梦魂常追逐。"

这种"梦魂常追逐"的双重留恋、念想，已经成为二百多年来一方水土的集体吟诵。

李若冰先生的眼睛

　　我跟李若冰先生是1996年12月，在北京开全国第六次文代会认识的，那以前，只是仰慕，远观，眺望，从无机会近距离接触。那次全国文艺家代表大会，我是陕西团最年轻的代表，而李先生是时任陕西省文联主席，也是代表团负责人之一。很多年过去了，我还清楚地记得，先生是住在大楼最顶头的一个房间里，门是永远轻轻掩着，谁都可以进去跟先生聊几句的。我开始不敢去，想着先生是那么大的作家，又是主席，我一个小编剧，怎么敢随便去敲先生的门呢？后来，见大家都去聊，也就大着胆子，敲门进去了。当时先生正坐在沙发上看会议文件，见我进来，先生欠了欠身子，准备起来，我急忙过去，把先生挡在了沙发上。我做自我介绍说，我叫陈彦。还没等我说完，先生就说："知道，省戏曲研究院的编剧，我听杨兴（时任陕西省戏剧家协会主席）多次介绍你。我看了代表花名册，你是咱们陕西最年轻的代表啊，才三十三岁。文代会代表是很高的荣誉，祝贺你呀！"先生说话语速很慢，给我印象最深刻的是，先生始终面带微笑，尤其是那双眼睛，自始至终看着我，几乎一下都没移开，那眼神中，分明透着一种爱惜，一种欣赏，一种肯定，这对一个青年文艺家来讲，是一副多么重要的表情哪！好多年后，我还记得先生当时看我的那副眼神，我觉得那是我人生中，见到的最美的一双眼睛，它充满了生命的善意，它与先生嘴里所说出的鼓励话语，是高度协和统一的。我后来常对别人讲，李若冰先生的眼睛，是清澈见底的。他在一个文艺青年三十多岁时，用最真诚、善良、恳切、清澈的眼神，激活了他创作的勇气与自信心。

文代会回来后，与先生熟悉了，接触的机会就多了起来。后来省文联常开一些创作会议，就老与先生见面，每次见面，先生总是要问：陈彦，最近又在写什么呢？语速还是那么沉缓，眼睛还是那么专注地看着你，没有一丝一毫应付的意思。我就回答创作想法，他静静地听我说完后，总是要说一句：要注意生活，在生活中找故事，没有生活，写出来的东西，总是干瘪的。有时他也会问：最近读什么书？我一说，他会说，都是好书哇。他问我读过孙犁没有，我说读过，他问喜欢不，我说挺喜欢的，停顿了一会儿，他说：孙犁有生活。因此，在我印象中，他总是在强调生活。还有一次，也是在文联开会，那时我编剧的32集电视剧《大树小树》，在央视一套播出后，获得了电视剧"飞天奖"，全国"五个一工程"奖；舞台剧《留下真情》也正热演着，会上，有人提到这两部作品，都给了很好的评价，先生就不紧不慢地插了一句话："陈彦有生活。他的作品来自生活。"我似乎从他一系列谈话中，触摸到了一个作家最重要的东西：那就是生活。

2001年12月，我们又去参加全国第七次文代会，在出发时，他又对我说："陈彦，你这次还是陕西最年轻的代表。"我就笑着说，不年轻了，都三十八了。他笑笑说："够年轻的了。不过下一届，我们应该有更年轻的代表了。"我从他不紧不慢的语气中，分明感到了一种对青年文艺家成长的热望与焦虑。这次文代会，我们更熟悉了，交谈不免就多了些，那一阵，我创作的舞台剧《迟开的玫瑰》，在大学校园演得正红火，并且也才刚刚获得第六届中国艺术节大奖、全国"五个一工程"奖、曹禺戏剧文学奖等，他的话题，自然就多是在这个剧上了。让我特别感动的是，他大会小会都在鼓励，几次分组讨论，也总是要点我发言，当我被突然推到文艺大家林立的场面上时，说话不免有点语无伦次，讲着自己那点创作感悟时，也显得不十分自信地找不到准确的表达词句。可先生总是面带微笑地看着我，直到我讲完最后一个字，眼睛一下也不离开，他在倾听，他在认真倾听，他在真诚倾听，不时还微微点点头，表示着他的赞赏，他的理解，他的看重，在那一刻，一个文艺青年内心燃烧的，是被组织、被师长、被文坛大匠所器重的感动。

那次开会回来，先生接受《陕西日报》采访时，再次提到我的创作，提到《迟开的玫瑰》，那篇采访发在《陕西日报》第一版右下角，我至今都记得那个版面的长条形状。这些工作，对于一个成熟的文艺家，也许已经不重要了，但对于一个正在爬坡的青年文艺家，却是不能不铭刻在心的事。因为这是一个重量级文化先贤的认同、褒扬与肯定。那段时间，省上文艺界，在集中贯彻落实文代会精神，我们几乎每个礼拜都能见面，当他得知，我正在以上个世纪五十年代，上海交大西迁西安为背景创作舞台剧时，就特别关心起这件事来，先后几次问到创作进度。我说还在准备阶段，已去上海交大住了35天，在西安交大也住了四个多月，一边阅读，一边采访，还没找到很好的路径。他非常沉静地说："这是一块硬骨头，啃下来了，是一个很好的东西，但对你挑战可能不小，恐怕还得从生活出发，看看有没有特别感人的生动故事。"这话我想了很长时间，我觉得这是他的经验之谈，创作，必须从生动感人的生活故事出发。当一件事，先想得很大、很玄虚，真正落地以后，不再想得太大、太玄虚时，也许路径就在眼前了。我从西迁的一个普通家庭入手，从而折射出了成千上万西迁大军的生命精神，一部先叫《西部风景》，后改为《大树西迁》的舞台剧，就最终呈现在观众面前了。

我跟先生毕竟不是一代人，平常接触也没有到忘年交的程度，认识先生，更多的是靠阅读他的作品，最早读的是《柴达木手记》，也是他享有文坛盛誉的扛鼎之作，文坛公认：先生开了西部散文的一代先河，是西部文学的拓荒者，也是"石油文学"的奠基人之一，他始终把生命匍匐在大地上，用脚步丈量勘探出了生活的深度、广度与温度，他是真正从大西北荒漠、戈壁、森林、山川、河流里摸爬滚打出来的大作家，他的笔名就叫沙驼铃。我对先生始终怀有一种崇敬与仰望的心态，在先生去世后多年，我去先生家看望他的夫人贺抒玉老师，她也是当代一位重要作家，她与先生同样十分关心着我的创作，在与贺抒玉老师的交流中得知，李若冰先生的童年、青少年时期，经历了人生的许多苦难，有些几乎是非人的磨难，以至他长大后，连准确生日都不知道，最后就以共和国的诞生日10月1日，作为自己生命的开启。仰望着墙壁上先生的遗像，深深吸引我的，是一头的沧桑华发，更是那双饱含着对大地、生命、他人、亲情深深眷恋的眼睛。

对于眼睛，人类已经有太多精彩绝伦的认知，西方美术家达·芬奇说，眼睛是心灵的窗户，这个说法流传最广。我们的孟子，比达·芬奇早一千多年就说过："存乎人者，莫良于眸子。"后边的话，译成白话是这样的："眼睛不能掩盖一个人的丑恶。心中光明正大，眼睛就明亮；心中不光明正大，眼睛就昏暗不明，躲躲闪闪。所以，听一个人说话的时候，注意观察他的眼睛，他的善恶真伪能往哪里隐藏呢?"由孟子这段话,我想到李若冰先生的眼睛,那真是一双清亮见底的眼睛,王阳明有四个字的格言,叫"此心光明",从李先生的眼中,就能找到这四个字的注脚。我从一个文艺青年开始,有幸阅读了这双眼睛,这双来自文学前辈、来自权威的眼睛,里面没有丝毫霸气、戾气、火气、盛气、怒气、怨气、嫉恨之气,有的只是苦难之后的大气,磨砺之后的浩气,见过了大世面、大热闹的敛气,绚烂之后的静气,经久飞翔、按落云头后的平和之气。我从他的眼睛里,读到的是欣赏、抬爱、呵护、激励、支撑、托举。那里面没有任何秀的成分,有的,只是一种情怀,一种生命的自然呼吸,那种呼吸,甚至是不需要让别人感到心跳与脉动的。

从很大程度上讲,一代青年的自信心,来自同时代长辈、先贤与权威的眼睛。一旦这些眼睛变得自私、冷酷、绝情、狭隘、鄙视、矫情、做作、欺诈、邪僻、伪善、瞒哄、作秀,尤其是自身都魂不守舍、游移不定、内里虚空,那青年的自信心树立,就需要费更大的力气了。

李若冰先生的眼睛很美,很沉静,很澄净,是一双最能折射出心灵光明的眼睛。

先生诞辰九十周年,先生的眼睛,仍在殷殷地、和善地看着我们这些晚辈,驮着文学艺术的辎重,咬紧牙关,艰难行进。

2016 年 9 月 22 日于西安

陈忠实生命的最后三天

　　都知道他要走了，但没想到会这么快，因为工作原因，我与这件事情保持着密切联系。在最后三天，我见证了先生的痛苦；见证了先生的从容；见证了先生的安详；也见证了先生的顽强，不，可以说是钢铁一般的意志；更见证了先生对美好生命的留恋。

　　先生是去年这个时候查出舌癌的，整整一年时间，开始先生有些大意，一直当是口腔溃疡，只吃些维生素或消炎片之类的东西，家里人看没效果，才催着他去检查的。没想到，一查出来，就是这样的结果，并且已到晚期。但先生始终很淡定，也很配合医生的治疗。什么手段都用了，从我接触西京医院的医护人员看，他们对先生也是怀着十分崇敬的心情的。成立医疗小组，想着法子治，中途也有转机，但后来，还是出现扩散，甚至肺部都有转移，一步步，就把一个善良老人逼向了绝境。春节时，我还陪同省委常委、宣传部长梁桂同志去看望他，虽然脸部下方有些浮肿，头发也基本全白，但整个精神还算硬朗，说话多有不清晰的字句，可内容表述依然完整坚定。甚至比我前几次去医院探望，更显出一种挺过来的生命晴朗。谁知几个月后的今

89

天，他到底还是走了，竟然走得那样匆忙。

4月27日，我听说先生昨晚突然吐血，病情出现危机，我和省作协书记黄道峻同志早上就去看望，得知当天早晨又吐了一次血，并且量很大。我们见先生时，已经暂时平稳下来，我坐在床边，拉着先生的手，虽然已经瘦得皮包骨了，但还依然有些力量，我拉着他，他也拉着我，还说了一会儿话，他只用表情回答着一切，有几次似乎想说，但一提气，发现发不出声，就那样慈祥地看着我。那里边有一种生命的淡定，但也有一种深深的无助，无奈。死神已紧紧攫住了他的咽喉，我吻了吻他的手背，害怕眼泪掉下来，就低着头离开了。我们到医务室，开了个简短的会议，主治医生宁晓瑄介绍了病情，她一再讲，先生随时都有生命危险，吐血是扩散的癌细胞破裂造成的，先生的左肺已停止工作，剩下半边肺叶，随时都有被血淹呛窒息的可能。我一再问生命可能的限期，宁大夫也一再肯定地说：随时。

我立即就给梁桂同志打了电话，报告了先生病情恶化的情况，道峻也立即向中国作协做了汇报。下午5点多，省委书记娄勤俭、省长胡和平在省委常委刘小燕、梁桂的陪同下，从省人代会现场直接赶到医院，看望了先生，听取了医疗小组的汇报，并作出具体安排要求。此前，他们都为先生的治疗，多次作过指示，并解决了具体问题。这天晚上，医院再次为先生做了气管切开术。我跟道峻离开时给家属交代说，一旦有紧急情况，立即给我们打电话，不管什么时候。凌晨3点45分，手机突然响了，我浑身一怔，立即抓过来一看，是先生的二女儿陈勉力打来的，说先生又吐血，正在抢救。我立即爬起来赶到医院，道峻也到了，这时先生已暂时平稳下来，不停地在一个本子上写着什么，后来我拿着一看，许多句子和字迹都不太清晰，有的句子压着句子，字压着字，能看清的，大意是对家里人的一种交代，还有几个字给我的印象特别深刻："……生命活跃期（前边的实在辨认不清）。"先生此时在思考什么呢？"生命"，"活跃期"，这个"活跃期"是什么意思呢？他心底到底"活跃"着一种什么意识与思维呢？我感觉他既是糊涂的，也是清醒的，大脑深处，甚至有一种特别的清醒，只可惜已经表达不出来了，瘦弱的双手，勉强在家人的帮助下，不停地写着，写着……这个动作、这种状态甚至持续了很久。后来，是在先生夫人和儿女的一再劝告下，才把写作停止下来，有一阵，甚至还暂时进入了休眠状态。

28 日中午 11 点钟，中国作协党组书记钱小芊也专程从北京赶来看望先生，先生大脑神志依然清醒，钱小芊书记与他交流时，他不断用可能表达出来的手势、表情，表示着感谢的意思。贾平凹悄声跟我说："看见老陈这个样子，我心里突然感到一阵锥痛，瘦干了！"这天下午，医疗小组做了最后的努力，进行了支气管动脉栓塞手术，西京医院院长熊利泽给钱小芊、梁桂同志介绍说，如果能够把破裂的血管栓塞住，陈忠实先生的生命还有可能存活一段时间。省保健局的领导，以及四医大校长、政委、西京医院院长、政委都参与了陈忠实同志的抢救工作。

实在不幸的是，4 月 29 日早晨 7 点 45 分，先生还是在再一次癌细胞破裂后，痛苦地离开了人世。我跟道峻 8 点零几分赶到医院，抢救已经结束。听医生说：很快，几乎没有多少预兆，突然一咯血，造成逆血，人就走了。昨晚 10 点钟，我还给家属打了电话，家属说，手术后还算平稳，因为手术是微创，病人几乎没有多少痛苦。我们想着先生是应该有个生命的缓冲期了，没想到来得这么快。简直快得让人难以置信。

在先生病重期间，陕西以及北京的很多宣传、文艺界领导、作家、评论家、艺术家，都多次过问先生的病情，先生始终不让探视，充分显示了先生素来低调、质朴、平和的做人风格，他永远都是只愿帮助别人，而不愿麻烦别人。他的这种作风也影响了家人。在他患病的这一年时间里，无论我们问有什么困难，更多领导问有什么要求，家人的回答永远都只是两个字：没有。我要求他们随时把先生的病情告诉我们，不到万不得已，他们也从来不会打电话。他们的眼神，他们一切的一切，都只集中在亲人病痛的痊愈上。连医生护士都说，陈老师非常好，普通得就跟任何一个普通病人一样，非常配合我们，也非常顽强。

多少人想看望病中的先生，一来先生不愿麻烦别人，二来身体也的确撑持不住。如果让探视，那就一定是车水马龙的场面，医院医疗秩序会打破，病人也受不了，因此，很多人就只能深深遗憾着，无缘见先生最后一面。

因为工作关系，受梁桂同志委托，我们非常荣幸地伴随先生度过了最后三天，我跟道峻陪着家属，从病房给先生穿衣服，到最后扶灵送上殡仪车，手脚不住地颤抖，内心充满了无尽的悲怆。但我觉得自己是有幸的，有幸伴随一颗伟大的灵魂走完生命的最后几步，这是我一生从公、从事文学艺术事业中，最荣光的一件事。

一个民族最伟大的书记员走了，我突然感到一种大地的空寂，尽管西京医院人山人海，甚至凌晨3点多，排队挂号的人流还络绎不绝。在先生推车通过的电梯、路道、厅堂，我们行走甚至要贴身收腹，但还是感到一种巨大的空旷与寂寥。

在等待殡仪车的那一个小时里，我始终在回想与先生接触的这几十年，先生对文学晚辈的提携呵护，我想我跟每个文学晚辈的感受是一样的。他对文学的贡献，不仅仅是一本堪称"高峰"的《白鹿原》，更有对陕西文学艺术繁荣发展整体推进的呕心沥血。他是在以自身的创作高度和人格、人品高度，有形无形地雕塑着这个文化大省的具体形象，以及它的宽度、厚度与高度，有他在，我们会感到自信、骄傲、踏实、有底气，先生忽然在一个清晨，一个近千万人口的城市刚刚醒来的时候撒手而去，我们顿时感到一种生命与事业的虚空与轻飘。他是上天不可能再创造出来的那个人，他的离去，是一座高峰的崩塌，是一颗星辰的坠落，是一个时代永远也无法医治的剧痛。

在先生推车缓缓通过医院大厅、医院走廊、医院车库、医院大门时，所有忙碌的人，大概都已经从微信、短信上，知道了先生在这个医院病逝的消息，但他们不知道，一个时代的巨人，像一个普通老人一样，在走过了他74岁的生命旅程后（再有两个月，先生就满74周岁），正平和、安详地从他们身边悄无声息地经过，先生静静地躺着，一切病痛都在最后时刻全然冰释，脸上留下的，是十分慈祥、周正的样貌。无论身边怎么喧嚣，先生的安静，都让我想起海明威墓志上的那句著名的话："恕我不起来了！"

先生走了，但这支思想火炬、这支文学火炬、这支生命人格火炬，这支民族精神火炬，将永远不熄！

2016 年 4 月 29 日晚草就

作家京夫

京夫走了，被癌症夺去了生命。

我们先后多次去看望，告别。

但真正意义上的告别，其实是在 7 月 2 日，那天我和贾平凹等一帮商洛老乡去家中看他，敲开门，夫人将他从内室扶出来，坐在一个硬木椅子上，同我们说了四十多分钟的话。虽然面容消瘦，身形枯槁，但尚有接待朋友的气力，并能看出来，他是尽量想撑着跟我们多说说话。为了活跃气氛，我们努力寻找着快乐的话题，说人生尴尬，说生活段子，更多的，说的是贾平凹在地震中损失的坛坛罐罐，以便引流贾平凹每念及此，就痛苦不堪的孩子般幼稚的表情。京夫一直没有说话，但他在听，在笑，在乐，虽然乐中难以掩饰那份生命的痛楚，可在一刹那间，也分明有忘却一切苦难的时候。他先后三次让夫人把房中的一个大西瓜杀了招待朋友，我们一再推让，他仍十分坚持，最后，有乡党为了让他高兴，就自己动手把瓜杀了。这期间，还有两位朋友说没有他的长篇小说《鹿鸣》，他便让夫人取来，认认真真签了名。签名的书，在我们手中传递，字还是写得那么清正，疏朗，有力，甚至全然不像一个病入膏肓的作家的手笔。坐得久了，我看他三次从椅座深处溜到边沿，便悄声对平凹说：先生撑不住了，咱们走。他是真的撑不住了，当我们让他回房歇息时，他并没有推辞就欠了欠身，看着他棍一样撑持着宽衣大袖的一把硬骨头，在别人搀扶下，颤颤巍巍起来，又晃晃荡荡、扶墙摸壁地走进内室，我突然感到，通往室内的窄门里，已是寒气逼人，光影暗淡了。出来后，朋友们的一个共同喟叹是：苍天无情，恨人力渺小，回天乏术。

这以后，我就到北京出差了，一去就是半个月。有一天，突然收到了乡党们纷纷传播的短信："京夫又一次住院，人已昏迷不醒，不久我们就将看到《八里情仇》的了结，听到最后一声《鹿鸣》……"这短信让人感到一种透心的凄凉。那几天我老想，先生可不敢在这个时候走了，搞不好，我连送的机会都没有了。半个月过去了，我回到西安，急忙就去医院看望，这时的京夫，已是百事不知地瘫卧床上，白被单下，平摊着一架不用透视机就能看清所有轮廓的瘦骨，露出的双脚，萎蔫得已再不能支撑起大概不足五六十斤的体统，我的泪水不由自主地在眼眶旋动起来。他什么都不知道了，家属说，一天到晚就是这样迷迷糊糊地昏睡着，有时似乎有点意识，但似有非有，转瞬即逝，一个始终保持着生命警觉和人生省察的京夫，已经提前离开了我们，留下的，是那痴、憨、愚、钝，耳聋眼浊、手足蠢笨的另一半。我们与家属能说的，就是残忍到如何了结他的后事了。又过了两天，老乡贾平凹从外地回来，约我和孙见喜又去医院看了一次，境况更是大不如昨，平凹凑到床前，大声呼唤了几下，他已毫无知觉，唯氧气瓶，在呼噜呼噜作响，一头白发映衬下的瘦削脸庞上，只突出着一双大睁的眼睛，但这双眼睛却再也不能洞见人世的友谊、亲情和悲欢离合了。我当时有一种预感，先生离别就在这几天了。

我与京夫相识已经有二十多年了，我十七八岁时，是一个文学青年，在家乡就见到了写《手杖》一举成名的京夫，他到镇安小县一个叫达仁河的地方深入生活，那个地方在"文革"中发生了一起叫"刘总司"的惊天大案，许多人死于非命，后来虽然得到平反昭雪，但好多家庭已妻离子散、家破人亡了。他在那里住了一个多月，做了好几本笔记，后来都陆续用在了作品中。我调到西安后，因是老乡，与他接触的机会就多了起来。在我的创作道路上，京夫先生始终是个热情鼓励者，每有收获，他总是赞赏有加，呵护备至，有时说，有时就直接动笔加以褒奖，每每让我感到一种被提携和抬爱的暖意。我创作的几部舞台剧，他都悉心写过评论文章。因他过去也创作过戏剧，因而，文章中总是传导出一种十分入行的心得，让人读后获益匪浅。再后来他从作协大院搬来"文艺家大厦"居住，我与他栖息在同一楼上，见面的机会就更多了，有时出去参加活动，总是一同进出，话题涉及面也越来越广。他的《鹿鸣》出版时，第一批寄来的样书就给了我一本，我很快读完后，写了一篇文章发表在《文艺报》上，既是读后感，也是对他多年关心我创作的一种回敬。当然，更重要的，还是有话想说。我始终觉得，《鹿鸣》是一部写得很扎实的书，他对自然、环境与人的关系的揭示是十分深刻的，这种深刻、广博，以及丰富的艺术想象力和用魔幻现实主义手法演绎出的奇异诡谲的生命变形样态，在我的阅读视域内，尚不见更细密、雄图于此者，但愿在将来的某一天，《鹿鸣》会有另一番热闹景象，这当是后话了。在这部小说中，我甚至看到了与他年龄完全不相符的博大生命力，那种冲决一切的精神气度，让人咋都不相信这是一个即将走完全部生命历程的人的精神投射。但事实就是这样残酷，京夫先生的生命，在《鹿鸣》问世后不久，就将悄然终结了。

京夫离开人世间的准确时间是：2008年8月3日13时30分。

他的心脏是在西安最普通的一家医院停止跳动的。

此时我正在午休，手机调在了静音上。先生的大儿子郭正给我打电话，我未能及时接听上，当醒来知道此事急忙赶往医院时，拉他的灵车已经驶出后门了。陈忠实和省作协党组书记雷涛正在灵车旁边，我走上车，想看看他，但此时那个暗红色的长匣子，已将他严严实实封存在了里面，什么也看不见了。车走了，我们站在医院后门外久久不知离去。这时，贾平凹也赶到了这里，大家便在一起说了半天京夫，太阳正红，晒得人的额头都在冒汗珠，但大家还都在说，以至全然忘了这是一个不适合说话的地方。

一个人就这样走了，我记得不足一年前，刚查出此病时，医院诊断是食道癌初期，"还算发现早"，京夫告诉大家时，还是从容、乐观的，但随着几次化疗，先是头发大量脱落，人也开始消瘦，再后来，体力就越发不支了。我好多次见他出进大楼，也不好问病情，就是打打招呼而已，生怕触及敏感话题。即使到家里看望，也是说东道西，不入正题，我明显感到，先生也越来越对自己的生命状况有了一种内省，那种冷幽默不见了，能听到的总是一种生命关怀："一定要保重身体""注意劳逸结合""多注意休息"，等等等等。他从开始脱发起，就戴一顶灰白色的礼帽，帽子戴得很深，刚好露出眼睛，那眼睛就在帽檐的遮蔽中，显示出一种无奈，甚至无助，每每看见这双眼睛，我就在想，历经了人生磨难的瘦弱京夫，年逾六十又六后，是在品读着怎样一份深入骨髓的人生苦痛和孤独哇！

熟悉他的老乡都说：京夫一生几乎没过个多少好日子。早先是大家都穷，他家比人家还穷，后来"文革"遭遇迫害，加之孩子又多，家口繁重，总是在艰难地往前"磨着"。文学本身就是最重的脑力和体力的双重劳动，自《手杖》获全国优秀短篇小说奖后，他的生命便被长篇小说《新女》《文化层》《八里情仇》《红娘》《鹿鸣》以及《娘》等诸多中短篇小说聚合成的四百余万字所攫取，躬耕劳作之艰辛态，可见一斑。京夫是以作品硬硬朗朗站立在文坛的，但却始终给人一种沉默寡言感，我老感觉他像书法的"瘦金体"，立得直，撑得硬，疏疏朗朗，干干净净，少了侵占其他面积的肥厚，多了"一杆独秀"的瘦硬精神。他为人谦和、冲淡，与他在一起，有一种很舒服的感觉，这种舒服有时甚至是只能意会，不能言传的。他总是多说人好话，不议论人短长，哪怕自己受了很多委屈，说起"狠话"来也就那一句半句的，并且"杀伤力"极小。啥时他都是一种倾听的姿态，哪怕说者是幼稚得不能再幼稚的"妄言"，他都不会转开自己的眼睛和耳朵。有时朋友聚会，都带了嘴来，说得唾沫四溅，他却始终只有一双耳朵在管用。我也见到他十分激动的时候，那是有一次说起一个黑砖窑圈禁"现代奴隶"的事，他竟然言语泼辣、不依不饶地嘴唇直抖动。那一天我突然觉得，这老汉要是活到八九十岁，拿一根手杖，瘦硬瘦硬地走出来，遇见不平了，也是会拿手杖对天对地乱戳几下的。

他终于没有活到那个需要用手杖的年龄就躺下了，近千人来向他送别，他的同道、朋友、作家晓雷先生，为他拟了这样一副挽联："商州道中布衣粗食一根《手杖》行天下，长安城内锦心妙笔《八里情仇》撼人间。"京夫艰苦地来，又艰苦地去了，都说他是一个好人，一个能对得住天地良心、亲人、朋友的好人，一个能对得住自己读者的"西京耕夫"。好多朋友和读者都流下了泪，大家在默默向他告别，睡着的他，此时已全然归于平淡和宁静，那份安详，更像是在向大家做一次寻常的告别，只是那只瘦硬的手，再也抬不起来了而已。

2008 年 8 月 5 日于西安

盎然院长

　　我好久都想写写盎然院长这个人，可又总觉得难以着笔，要写的事太多，说哪一方面都有挂一漏万感。他是这个城市不折不扣的文化名人，他有多个职务，陕西书画艺术研究院院长，东方艺术报社社长，秦腔研究会会长，虽然都在体制外，属社团组织，但绝不是有其名、无其实的挂名者，更不是夹一个包满天飞的"国际名人"，他是实实在在有办公地点、有驻会人员、有工作任务和目标的民营文化单位的领导。

　　盎院长七十八岁，但毫无老态，一早六点起床，浑身就跟上紧了发条一样，先是运动锻炼，然后到单位上班，开会，布置工作，中午也不休息，下午仍然忙碌在各种活动中。晚上还要到剧场看戏，他始终在支持"西安天天有秦腔"演出活动，直到晚上十二点回家卧下，六小时足矣，第二天一早，又似奔马一般，从家里弹射出去，回来就是十七八个小时以后了。

　　盎院长一天到底在忙些什么？这是很多圈内人都在关心的问题。我跟他打交道久了，便摸着了他的一些规律。他的第一项工作就是策划各种活动。无论书画还是秦腔研究会，每年都要弄些"大的响动"。他团结了很大一个艺术家群体，除一些知名书画家驻院创作外，还吸纳了一大批外围力量，尽管也有人说他的"集团军"由于过于庞大，而"准入门槛"显得有些低，但这种一呼百应的效果，可能恰恰是民间社团最佳的存在、运行方式。其实陕西书画、秦腔界的一流艺术家们，很多都与他"打得火热"，这也是他的"大王旗"一插几十年不倒的重要原因。他的真名叫李浩，笔名叫盎然，这个名字起得真好，许多学会、书画院、研究会，成立之日，就是死亡之时，而在他的"大纛"下，他的社团组织始终是生机盎然、红火一片的。

盎院长可能是这个世界上最忙的人之一，安南做联合国秘书长的时候，我把他叫"安南"，潘基文做秘书长的时候，我又把他戏称为"潘老"。他策划好一个活动，就要开始运作经费，他的经费运作方式同西方发达国家的文化经费运作方式一样，是与愿意从事公益文化事业的企业合作，最终达到宣传与企业文化收藏的双赢。其实经费运作可不是一件简单事，每搞一次大的活动，年近八旬的盎老，至少也得跑几十趟，才能把经费"拿下"。这些经费"取之于活动，用之于活动"，喜欢"响动大""排场足"的他，绝不会为减省经费而随意缩小"活动规模"。但盎老在生活上却是极其简朴的，好吃蒲城的家乡"面辣子"，一顿"能咥几个杠子馍"。去年，随我们院一道去台湾访问演出，因吃不惯，四处找不见"面辣子"，还嫌人家发展"落后"，而住了三天即提前"打道回府"。他平常特别喜欢招待艺术家们喝酒，自己却滴酒不沾；爱好给艺术家们整包整包地发烟，自己却"一支不染"。常年穿着一套藏蓝西服，换扎着红、蓝两条领带，据说还都是儿子给买下的，连"办公用车"也是儿子配备的。总之，是那种特别崇尚简单生活的主儿。他把一切钱，都"铺排"在了文化活动上。

盎老的书画院、研究会之所以能够长治久安，一个最重要的原因就是，始终与社会发展保持同步，他能够自觉把自己的事业同社会公共事业结合起来，国家各种大事、庆典，他都会发出声音。有时政府部门搞文化活动，他也会自觉出钱，给几条街都挂出路灯"标语"来，必要时，还会掏钱雇"军乐团""秧歌队"之类的鼓舞助威，他有一句口头禅："帮忙不添乱。"不知是从哪儿借鉴来的，反正践行得很到位。无论哪儿出现天灾人祸，他都会在第一时间，组织起他的书画队伍进行义卖义捐。这是文化人十分重要的良知显现，那些"拔一毛而利天下亦不为"的艺术家和所谓文化经营者，即使专业上有所成就，亦终是充塞于天地间的"小器物"，不足为社会所称道。

盎老不仅善于抓大，也从不放小。大的抓汶川、玉树地震的义卖捐款，小的也狠抓他书画院所在地的文化建设。除字画、春联、年历、戏票的定期派送外，还把书画家、剧团请到社区，不定期给大家写字、画画、公益演出，弄得左邻右舍也挺喜欢的。每年中秋节、春节，还要搞两次节庆和团拜活动，不仅请知名艺术家，也请社区老少朋友。和谐构建抓得比谁都紧。盎老就是这样不仅自觉承担自己团队的公民责任和社会义务，同时也十分注重与社会的协调发展，共生共荣，因而，他的书画研究院、秦腔研究会就始终能呈现出勃勃生机。

盎老对秦腔事业的爱好支持，尤其值得大书特书一笔。他曾做过省艺校的文化教员，对秦腔有一种特殊的感情。他说，一辈子只要给他保证两样东西，把他弄到哪儿都能活，一是吃蒲城饭，二是听秦腔。他说："没这两样，咱很快就毕了。"我们剧院搞"西安天天有秦腔"演出活动，坚持了三年多，他是最忠实的支持者。人力、物力、财力，都在所不惜。有重要活动，不用说，"军乐团"早早就来吹上了。每逢上演新戏，晚上一定组织为艺术家们献花、献字画。有时包场突然有变，观众成问题，只要一个电话过去，他立马会回答，我找人包，你不管，演出不要停。据说有时没找下人，就是他自己掏的腰包，但从来也不见他说。下次遇见同样情况，他还会出面应急。尤其是对小梅花秦腔团孩子们的支持，可以说是"掏心掏肺"的，只要孩子们有新戏，就四处联系包场，孩子们一演出，他保准来坐在一排一号，这个座位是剧院特别固定给他的。盎老的脑顶特别亮，大家远远朝一排一看，就知道他来没来。他一来，剧场温度就会上升，他说他的任务就是带头鼓掌。孩子们的任何演出，他都会赞赏有加。有人说他没原则，他说："你见谁家爷跟孙子讲啥原则？娃们必须无原则地支持，先让他们自信起来。"真的，他对成熟演员可从来不客气，有的甚至被他"刺激"得一辈子跟他都"不招嘴"。

　　盎然院长就是这样一个心直口快、热心快肠的文化呵护者和传播人，他是民间的，自负盈亏的，但却是有文化理想和文化担当的，我们既应看到这座城市硬建设的日新月异，也应看到软建设在城市皱褶中的苦心布道。我之所以特别推崇盎然院长，就在于他对文化的牺牲奉献精神，忙忙碌碌跑了一辈子文化，并不为着自己发家致富，享受荣华，"化缘"来再多的钱，还是以文化的形式回报给社会了。他笑得最开心的时候，就是看着由他包场，给社区唱戏，老汉老婆笑容满面的时候，他看着他们的笑脸，笑得比他们还灿烂。这就是西京城知名度很高的文化人盎然院长。

　　祝盎老一百岁还能在社区搞活动，还能组织书画家为他人义捐义卖，还能走进秦腔剧场带头鼓掌。

2011 年 4 月 25 日于西安

作曲家王激

转眼，作曲家王激去世已经一月有余了，他去世那天，我在北京出差，本来我想，咋都是要去送他一程的，谁知就这么巧，咋都没赶上见他最后一面。

他得病的消息，在十个月前我就知道了，那时我在戏曲研究院做院长，出于责任和信任，他夫人悄悄告诉我说，王激得了肺癌，已无法进行手术，但本人不知道，还请保密。这种事，这些年我也经历得多了，最后不知道秘密的，基本也就是病人自己一个人。

王激果然是直到临终前才知道这个秘密的，好在很平静，一个性格十分顽强的人，似乎在瞬间折服了命运的安排，交代了该交代的事情，听说是很安详地离开这个世界的。

我认识王激是在二十多年前，那时我刚从镇安小县调来西安，在省戏曲研究院创作研究室任编剧，二十多岁，见人都是怯生生的。我拿给研究院的见面礼是一个眉户戏，叫《九岩风》，由著名作曲家马生采和他两人担任作曲。在编剧与作曲的磨合过程中，我见他与马生采发生了一次十分尖锐的冲突，马先生气得把手中的铅笔，狠狠砸在桌子上，铅笔从桌面飞到了楼顶预制板上，弹回来，又蹦到了地上，吓得我连捡都没敢捡，就那样看他们为一个"拖腔"争得脸红脖子粗地摔门而去。我想，这回矛盾闹大了，怕是合作不成了，谁知第二天，我好奇地去办公楼转悠，见他俩已经安安生生地坐在办公桌前，一个人边击节边唱，一个人边哼哼边记谱，竟然已经和谐得不分彼此你我了。后来，他们还发生过几次冲突，但也都是一会儿就云散雾开了。

过了两年，我创作的另一部戏《留下真情》投入排练，作曲是王激和薛天信，为了集中精力，院上把我们安排到华山脚下的一个宾馆里，进行剧本与作曲的技术对接。开始发生了一些小摩擦，都能忍受，谁知进行到第五天，我和王激彻底翻脸了。焦点是为一段唱的节奏问题。那段唱是主人公刘姐的内心外化，几句主要唱词是："真情是心声在倾诉，真情是灵魂在燃烧，真情是付出不图报，真情是获得再融消……"我坚持要慢节奏，要充分抒情，要给演员的精神升华提供巨大的表演空间。但王激坚持要快节奏，他认为戏已到关键节点，不能再温吞水，要用"珠落玉盘"的嘎嘣利落脆，拿秦腔的"带板"（俗称："狗咬仗"），把戏紧紧刹住，要不然观众就要起身"喊姨""招呼舅娘"地抽板凳撤离了。任薛天信怎么当"和事佬"，两人还是分头拿上行李，直奔车站而去。当然，我相信，那也都是一种姿态，一种变着法的坚持，一种逼对方妥协的决绝行动，最后，"和事佬"薛天信还是把我们都劝回来了。那天下午，连饭都没吃到一块儿，薛天信只好给一人点两个菜，我们分头在两个桌子上，背对背地吃了一顿"怄气饭"。那段唱，也只能暂时"搁置争议"，晚上，都分头在自己房中，谁不理谁地琢磨起其他段落来。多年后，每忆起此事，我们都会笑得喷饭，但当时那简直成了严肃得不能再严肃的重大冲突，只差拔剑决斗了。那段唱，直放到要离开华山时，才又拉出来，薛天信说：能弄了弄，弄不成了回。柔道、妥协、让步，"和事佬"甚至动用"合纵连横"的外交手段，左煽右惑，折中调和，最后总算尘埃落定。王激把那段唱谱得极其优美动人，这里面有他不屈不挠的坚守，更有宽广的接纳与吸收。自那次事后，我才真正懂得了什么叫艺术家的个性，什么叫艺术家的偏执，也真正懂得了什么叫艺术的相互砥砺与相携共生。

我和王激合作的第三部戏是眉户剧《迟开的玫瑰》。这部戏合作过程比较顺利，中间也曾为一些细节问题红过脸，但都吸取了上个戏的教训，一到紧要处，就顾左右而言他，等都高兴了，才解决"疑难杂症"。这次他是和青年作曲家谭建春合作，也没发生什么冲突。只是在演出后，有观众对眉户戏的"戏味儿"提出了质疑，有人甚至开玩笑说："戏好听着呢，要是谱成眉户就更好了。"面对这种具有讽刺意味的调侃，他笑着说："下次一定弄成眉户。"真的到了下次，也仍看不到他在艺术追求上的任何退让。

我们合作的第四部戏是《大树西迁》。这部戏是写上海交通大学西迁西安的故事，主人公是上海一家人，同时还写了西安一群人的故事，在作曲过程中，王激和薛天信、谭建春，还有音乐石仲柯四人，进行了很多大胆尝试，甚至进行了上海沪剧、越剧与陕西眉户、秦腔"风搅雪""两下锅"的探索。其实这种探索他们也不是第一个吃螃蟹者，早在百年前，就有"梆子"（以秦腔为代表的梆子声腔剧种）与"皮黄"（京剧）"两下锅"，昆曲与"乱弹"（秦腔）"风搅雪"的演唱法，不仅扩大了剧种的交流，而且由此让包括京剧在内的一些资源单调、贫乏的戏曲剧种，获得了发展与新生。而《大树西迁》这个既写上海人，又写西安人的戏，继承这个传统，岂不两全其美。主演李梅为唱越剧和沪剧，也下了很大的功夫，甚至到了乱真的程度。谁知一经演出，立即遭到了各种挞伐，当然，那时剧本也很不成熟，加之这种探索不被人接受，彩排演出结束后，我们从观众的反馈中，甚至体味到了一种罪恶感。我清楚地记得，那是2002年腊月的最后两天，观众走了，天上飘起了雪花，我们站在路边说到很晚才各自回家，雪花落在每个人头上、脸上、眉毛、肩头上，也没人去拂拭，都在检讨着各自的失误，没人想起后天就是大年三十了。腊月二十九早上，我才提着一个干瘪的包，准备回老家过年。大雪飘了一夜，地上积有半尺厚，我的心也降到了冰点。可当我趔趔趄趄从住所门洞走出来时，看见王激、薛天信、谭建春、石仲柯，还有配器、指挥周福田，正站在雪地里朝我这边张望着，我问他们干啥，他们说送送我。我的眼眶一下湿润了。除了谭建春，其他几位都比我年长，这时的王激已是五十多岁的人了，他是这个戏的作曲领头，而我还不满四十，何劳长者相送？他们都知道我心情特别不好，没有更多的话，只是说熬了几十天了，没明没黑的，回去好好过个年，王激说："过了年咱们重来，不信整不好，还整不瞎了。"十几年过去了，至今我还清楚记得，当时雪花在每个人脸上、身上飞舞裹挟的苍凉景象。王激那时头发已十分稀疏，在寸草不生的大脑门上，雪花落下后很快就被热血所融化。

我和王激合作的第五部戏是《西京故事》。这时王激先生已经退休了。经院里研究，依然坚持让他与作曲家薛天信、谭建春合作，他自然是这个队伍的头了。这时的王激先生，头发脱落得只剩后脑勺还长长搭苫着一片随风飘荡的薄云，可思维还是那么敏捷，说话还是那么幽默，但我觉得，他已经是一个不太坚持己见的人了，谁提意见都表示接受，几次作曲讨论会，民主得有些像西方国会开会，只差有人把臭鞋扔出去打嘴了。有人开玩笑说："不穿防弹背心，就不要来参加会了。"年轻一点的作曲家谭建春，甚至被尖锐的意见打击得跟人红脸了，但他仍是不紧不慢的，"让人家把话讲完"。好像在虔诚地听取意见，也确实为此修改了许多，用主演李东桥的话说："王老比过去虚心多了，这回没太躁。"但该坚持的，绝对风摧雷击不动，那就是王激，个性依然，不过是表皮柔软了许多而已。秦腔《西京故事》演出后，还是有人拿王激调侃说："戏好着呢，要是能谱成秦腔就更好了。"他仍是那副玩笑的口气："下次一定向秦腔靠。"

谁知就再也没有下一次了。

他在病中，我和院班子的同事们第一次去家里看望时，他对自己的病情一无所知，只是说咳嗽、发烧，正在吃中药调养。就像患了普通感冒一样，生命还在做着向七十、八十、九十冲刺的打算。天天在收拾他那几十本戏的曲子，准备出集子，并且还想开一个作品演唱会。我们都答应了，但由于他身体一日不如一日，这些事情也便无法落实。再后来，住院和转院都很频繁，一个十分刚强的汉子，就慢慢被击倒了。尤其到最后，我又到医院看过几次，一次不如一次，但他对战胜疾病，始终充满了信心，每次都谈笑风生，说的都是出院以后的事，并且十分关心我的创作。看着他渐渐被死神箍萎蔫的身躯，我总怕当着他的面，落下了泪。王激先生一生为很多作品谱过曲，他的特点是激情足，敢创新，尤其是在剧作核心唱段的谋篇布局上，如大河奔涌，波澜跌宕，首尾呼应，一气呵成，不仅充满了内心激荡，而且也使艺术的外部氛围大气磅礴，神采飞扬。我有幸五部作品都得到了他的插翅升华，他是我在这个剧院二十五年成长历史中，诸多事业搭档，也堪称老师中的一位重要老师。家属说，在先生弥留之际，多次提到我的名字，还希望见见我，可惜我在千里之外，没能了却先生这个小小凤愿。先生是那样热爱生命，那样不愿意离开这个有人爱着他，也有人怨着他、恨着他的世界，但又是那样急急火火地抽身赶路去了，甚至没有来得及收拾收拾那几缕乱蓬在脑后的纯属象征着音乐家的头发。他给我们留下了太多关于艺术个性、创造与精神、财富的生动话题，还留下了顽童的禀赋与一想起来就觉得人还活着的浪漫执着。

陕西省戏曲研究院，作为中国的一个戏曲大院，其艺术成就和风格总是在继承与创新中风雨兼程，而这些成就与风格的形成，最是与诸多戏曲音乐家的孜孜探求割分不开。在艺术上拼命争吵、反对、否定、批判，有的甚至为此老死不相往来，而正是这种为艺术而争、而战的行事风格，让艺术家们各自的固执己见与偏执性情，最终交汇成了这个伟大剧院七十五年历史的创新、包容、宽博与生机无限。梅兰芳在他的时代是一个创新者，常常遭人诟病，但今天我们视梅兰芳为传统正宗；李正敏在他的时代被说成是"时腔""新腔"，今天已然被誉为"秦腔正宗"。世上原本没有路，走的人多了，也就成了路。王激先生已经倒下，他走过的路还会有人再走吗？我分明看见那孤寂的路上，来者正在踽踽跋涉。

2013 年 9 月 28 日于西安

父　亲

父亲去世时，我二十四岁生日刚过九天，那年他五十岁，是一个不该离开人世的年龄，但他离开了，离开得让谁都无法预料。听母亲说，那天他跟任何一天比都没有任何异样地早早起了床，洗漱完后，就去区委上班。中午回来仍然是过去一样的饭量，只是吃完饭后，没有急于午休，而是给后院的鱼池子换起水来。换水的时候，把水中的假山挪动了挪动，是想重新造个型。母亲让他别搬了，但他还是兴致勃勃地搬来挪去了许久。母亲在前院忙活其他事，开始还一直能听见搬来挪去的声音，后来怎么没动静了。母亲喊了两声，没有应答，就急忙放下手中的活儿，到后院去看，谁知父亲已睡在水池边一动不动了。任母亲如何呼唤，大夫们如何做人工呼吸，打强心针，父亲都再也没有睁开眼睛。当远在外地学习的我闻讯赶回家时，父亲已在棺材里平躺两天了。真的，当时我几乎感到一切都完了，甚至怀疑起了活着的意义。一家人哭得死去活来，那确实是一种面对房梁崩塌的人生绝望。

很长时间，我一直想写一篇关于父亲的祭文，可每每提笔，总是头绪太多，好像咋说都是挂一漏万的遗憾。后来陕西电视台春节晚会邀请我作一首命题为《父亲》的歌词，我觉得自己有这方面的创作冲动，便欣然答应了。三天后交稿时，方方面面几乎是异口同声地赞不绝口。词是这样写的：

父亲——

我长大了，你老了，老了我的父亲，

望着你的身影，

似看到大山的坚韧，

你用脊梁把一家支撑，

一天天弯曲是因为这副担子太沉太沉。

挑着希望，挑着艰辛，

挑回甘甜时你已劳伤满身。

看着你热血耗尽的慈祥面影，

我想长长地喊一声，父亲，父亲！

我的父亲！

父亲——

我长大了，你老了，老了我的父亲！

望着你的身影，

似看到阶梯的延伸。

你用脊梁把儿女托起，

一天天弯曲是因为我们已长大成人。

抱着希望，满怀信心，

千嘱托万叮咛把我送出家门。

看着你消失在风中的背影，

我想长长地喊一声，父亲，父亲！

我的父亲！

　　这首歌由著名歌唱家付迪声演唱后，成为好几家电视台的保留节目，常常被一些孝顺的儿女作为父亲过生日时的礼物，反复在电视上点播。虽然这个《父亲》已不是我那逝去的父亲，但创作这首歌时，我是饱含着对亲生父亲的无限怀恋、爱戴和感激之情的。写作时，我的眼泪常常浸透稿纸，以至最后交稿时，导演还看到了文字被淫浸的泪痕。

　　父亲的祭文，总有一天我还会去写的，我相信那会是我写得最好的文章。今年清明眼看已到，父亲去世转瞬十年，拿了这首词，去父亲坟上念给他听吧，如果他在天之灵能够听到，那可就真是对我们人生的最大安慰了。

1997 年 4 月于西安

让母亲站起来

　　一个人是靠脊梁支撑着，母亲的脊梁却在新千年到来不久，彻底垮塌了下来。一个人的生理脊梁垮塌了，这几乎是令人难以置信的，但母亲的脊梁是真的垮塌了。当家兄打电话来告诉我时，母亲已瘫痪好几天了。他在电话里说："妈的腰这回是彻底不行了，卧在床上动都不能动，并且痛得受不了，还拒绝治疗。所有的亲戚朋友几乎都来劝说动员过，但她连到医院去检查一下都不配合。她说她已经让这个腰折磨够了，再不想活了，要我们抓紧准备后事，她在床上再躺一段时间，让我们再尽尽孝道……她就'走'了……"兄长说得泣不成声，我放下电话，就急忙离开西安，踏上了茫茫陕南山道。

十年沉疴

　　母亲患的是脊椎结核，已经十几年了。十几年前她就老喊腰痛，但一直以为是劳伤，只请人按摩了按摩，吃了些中草药，稍有缓解，就不了了之了。

112

那时她住在商洛山中一个叫柴家坪的小镇上，父亲已经去世，兄长在县城工作，我在西安上班，一家三口人，分了三处住着，很少能照顾上她。兄长和我曾多次要求把她接到县上或西安居住，但她都拒绝了。理由是：一来父亲刚去世，她想在新坟边住上几年，我们非常理解那种感情撕裂的痛苦和由此生发的守望之情；二来她当时开了一个小商店，月月略有些收入。她说她才四十多岁，还能动着，等将来老了，手脚不灵便了，再到我们身边不迟。母亲是个很固执的人，她一旦决定的事，那是谁也无法改变的，我们只好依着她。腰疾也便在那种情况下一天天加重了。

　　有一次我从西安回小镇看她，她就躺在床上，连吃饭都是几位好心的邻居端来拿去，腰上是请一位"土医生"在一副副贴着草药，仍是当"腰肌劳损"治着。病成这样，从不给我和兄长捎个口信，我埋怨她，她只淡淡地说："老毛病了，有啥大惊小怪的。你们都那么忙，我这病，睡几天就会好些的。"任我怎么做工作，她还是不同意离开小镇。我在她身边待了一个礼拜，最后她硬是强撑着站起来，把我送走了。

　　在小镇的车站，她用双手撑着腰给我说："别老请假往回跑，好好在外面干你们的事，我实在动不得了就会给你们说的。"

　　望着她发颤的双腿和猴着的腰身，在汽车开动的一刹那间，我的眼前一阵模糊。这曾经是一副多么挺拔的身板哪，在她二三十岁当教师的时候，每每学校或当时的公社、区上搞业余调演活动，她都曾是最活跃的演员之一。仅十几年，母亲不仅从讲坛上病退下来，健康的人生风采不再，且双鬓已完全花白，而此时她才年仅四十八岁。

　　大概也正是这个年龄，使她永远也不相信，疾病是会把她彻底打倒的。因此，每倒下一次，她都会在休息几天后，又强打精神站起来。为了哄瞒住我和兄长，我们每次回去探望她时，她都会硬撑着挺起腰肢，又是开玩笑，又是给我们做好吃的。直到把我们哄走，她才又倒下暗自呻吟。一些到县城办事的熟人，每每问她要给儿子捎啥话不，她总是反复叮咛："就说我好着哩，千万别说我病着。"其实有时，她就是躺在床上说这些话的。后来兄长还是知道了这事，有一次干脆直接叫了辆卡车，回到小镇连商量都不跟她商量，就端直连人带家强行搬进县城，与兄长住在一起了。

进县城休养一段时间，腰部渐渐好些，母亲就急着要找点事做。那时我女儿刚出生不久，我独自一人在西安工作，家还在县上，母亲说让她带带孩子，为我们俭省掉雇保姆的开支。说实话，我觉得很不好意思，但还是这样做了。其实那时母亲的腰部仍痛得很厉害，她是硬撑着把她的小孙女背来抱去的。有时蹲下去，半天站不起来，而要站起来，是要咬着牙骨的。直到那时，我们还一直相信"劳伤"说，每每按她的要求，给她弄些抗劳止痛药，持续麻痹着其实是结核在作祟的腰脊。我们也多次要求她到医院检查，但她总坚持说病情是清楚的，没有必要花"冤枉钱"。今天看来，作为儿子，我们是有不可推卸的责任的。母亲抚养大了我们，又用她病残的身子抓养我们的儿女，这将是我们一生都无法排解的悔恨。

当女儿能满地乱跑后，母亲又要求兄长为她再找点活儿干。兄长看她一日都闲不住，闲着就蛮发脾气，只好又开了一个门面，让她主持经营。谁知她事无巨细，当老板连伙计的活儿都干了，气得兄长几次要关门，她好说歹说，门面才保留下来。但很快她的腰疾就把她彻底扳倒了。这次兄长再也不听她自己"久病成医"的"诊断"，直接把她抬进县医院，进行了全面检查。为进一步确诊，甚至还拉到百里外的另一家骨科医院进行复诊和 CT 切片鉴定，结果让人大吃一惊：

病变使腰椎二、三、四椎体变形，变形椎体使椎管狭窄，已严重压迫神经，并导致下肢部分失去知觉，建议进一步做病理鉴定，确定是结核或骨瘤。

兄长双腿哗哗颤抖着，拿了一沓光片和鉴定报告直奔西安一家大医院，我和他径直找到在这儿进修的伯叔兄长陈训，通过他又再找到这里最权威的骨科教授。鉴定结果倒是排除了肿瘤的可能，但认为结核病变已相当严重，必须立即实施手术。这样，母亲便经历了人生"刮骨疗毒"的第一刀。

这次手术让母亲备受煎熬，仅只做掉了部分压迫脊髓的死骨，就让母亲躺倒床上半年多难以下地。后来勉强摇摇晃晃地下了地，才一年多天气，又再次瘫卧床上，生活自理能力不再。这期间，我每每回家探望，都在她病痛难忍之时，母亲是完全失去了一个健康人的基本生活形态，站不能直，坐不能端，卧不能蜷，可以说仅仅只是一条活着的生命。这次又彻底躺倒，早在我们预料之中，但没有想到会这么快。一个人的生命真是太脆弱了，尽管母亲那么坚强，那么有韧性，但她还是没有抗拒得了疾病的反复侵蚀折磨，终于从肉体到精神都完全缴械投降了。我匆匆赶回家时，她开口给我说的第一句话是："这恐怕是……我们母子……最后一面了……"我的泪水哗哗地涌了出来，母亲的泪却早已流干了……

艰难说服

母亲已经完全心灰意冷，任我们如何规劝，甚至胁迫，仍拒不治疗，拒不检查，甚或以死相挟，断然拒绝一切说服工作。我每每往床边一坐，她就说："想跟妈妈拉家常了，你就坐下，想劝妈再进医院了，你就出去。这个冤枉钱不能再花了，妈也确实受不了了。与其让妈再受那种比死强不了多少的怪罪，还不如让妈再在床上好好躺几个月。妈的身体已经跟游丝差不多了，稍动一下可能就断了。你们体会不来，妈心里最清楚，花啥钱都是多余的……"

我不知多少次近距离端详过自己的母亲，然而，从来没有这一次这样让人伤感，母亲是真的被病痛折磨得命如游丝了。当我拉住她的手时，几乎已经很难感觉到生命的律动。她想用力握握我的手心，那力量却只能让我感到一种细浪的轻抚和棉絮的缠绕。她的脸颊在慢慢脱水、变形；眼眶也点点凹陷；本来花白的头发，已全然银白，完全不是一个五十八岁人的精神生命状态。当我用药酒给她擦抚因脊髓受压引起的病变的膝关节时，我才深切地感受到母亲十几年如一日的艰难负重；当我用药酒给她揉搓疼痛的脊背，面对第一次手术的创面和那已明显凹凸不平的畸形脊柱时，我的眼泪再次吧嗒吧嗒滴了下来。就是这个脊梁，撑持大了我们，又撑持大了她的孙儿孙女；就是这个脊梁，在她疾病缠身的时候，仍为我们创造着本不该再去创造的各种财富。我们没有任何理由让这个脊梁垮塌下去，即使只有百分之一的希望，我们也必须义无反顾地去争取、改变。而这种决心，兄长比我更坚定百倍。

我们仅只兄弟俩，兄长一直离母亲最近。父亲去世后，十几年来，其实兄长一直担当着这个家庭父亲的责任。他在县上商业部门任一个大公司的总经理，本身公务极其繁忙，加之身体又不好，每天确实是在超负荷地运转。特别是在对待母亲上，可以说是一个忍辱负重、百依百顺的孝子。我一直在很远的地方工作，母亲小病小痒的，我们即使通电话，他也从不提起，只是到了实在迈不过的大坎时，才让我回去一下，商量些办法，而具体实施，又全都落在了他的那副宽厚的肩膀上。

当我回去做了一天工作毫无结果时，这天晚上，我和兄长静静坐了半夜。两包烟都抽完了，仍拿不出新的方案。因为这事不能勉强，母亲如果不配合，强行往医院拉，搞不好会使她的腰部受到更大的挫伤。在我回去的前几天，兄长曾试图拉过一次，救护车都叫到楼下了，谁知母亲从床上翻下来，跪在地上反锁了自己的房门，差点没闹出大事来。兄长说："再不敢硬来了。"望着兄长憔悴的面颊和肿胀得穿不进鞋的双脚，我只能在心里默默祈祷：这根顶梁柱可千万不敢累垮了呀!

这天后半夜，我刚迷迷糊糊睡着，突然听到从母亲房里传来了硬物击地的笃笃声。我急忙爬起来去看，发现母亲手柱竹棍，正在保姆的搀扶下，弓着快九十度的腰，一步步艰难地向外挪动。我问她干什么? 她说上厕所。我说都这样了，咋不在床上方便? 母亲说："等实在病成瘫子……挪不动了，我就会在床上害你们的……"这就是母亲，一个永远追求自食其力而不愿意给任何人添麻烦的人。上一趟厕所，在一套一百多平方米的单元房内，来回整整走了四十多分钟。这四十多分钟，几乎走碎了儿子的心。我在暗暗咬着牙骨：不提高母亲的生活质量，我们确实不配做人。

第二天，我们继续轮番做工作。专程从西安赶去看望母亲的画家朋友马河声，听说工作咋都做不通，有些不相信地说："哪有这样的怪事，放在有些家庭，老人想治病，儿女不孝，还不给治哩。让我去试试，我就不信，还有兵临城下了不缴械投降的。"他信心十足地进去，谁知半小时后摇头叹气地出来："真格固执，我连死人都能说活哩，没想到咱姨是铁板一块，水火不进。连我这张嘴都说不转她，恐怕也再难另请高明了。"

商量来商量去，最后是伯叔兄长陈训做了决断："打一针大剂量安定，等她睡迷糊后抬上走！"伯叔兄是医生，又是县医院副院长，我们便一切听他的安排。很快，母亲便在"止痛针"的欺骗中，呼哧打鼾睡着了。我们把她一溜烟抬下楼，抬上救护车，送进了县医院，等她醒来时，一切检查都结束了。尽管她觉得受了愚弄，但面对儿子的孝心，也不好再说什么，只是仍然坚持："不管咋，我是不会二次上手术台的。"

这时我们也不想再跟她商量什么，只是急切地等待着所有检验报告和 CT 片。一场艰难的说服工作，最终并没有将她说服，但在无奈的欺哄中，我们总算还是拿到了最重要的病理依据。

我连夜回西安了。

二次手术

所有会诊结果，都令人十分沮丧。连非常像样的大医院的大专家，都判定已错失手术良机，爱莫能助。我抱着一线希望，来回穿梭于一些医疗机构的楼上楼下，双腿如灌铅一般沉重。当听到一声声冷酷的判决，心情更是重于坠石。终于，托家乡在西安进修的陈继平和叶明冬大夫的福，在解放军第四军医大学西京医院，找到了一位著名的骨科教授，看完片子后说还有手术指征。我接到这个电话时，双手抖动得连红红的烟头都掉在了裤子上。第二天一早，我就急急忙忙去了西京医院。

这位教授名叫王臻，四十出头，但却已是军内骨科权威。现任西京医院骨科副主任、硕士研究生导师。他曾成功参与完成过世界首例"十指断指再植"全部成活手术，在国内外具有一定影响。当我被叶明冬大夫领进他办公室时，首先，我被他诗人一般的激情和饱满的精神状态所吸引，这是一个完全出乎我意料的医学权威形象，他不仅年轻，身材高大挺拔，而且浑身灵动，充满了似乎是医学以外的睿智与豪情。当知道我是搞写作的，我们很快便从莎士比亚谈到海明威，再谈到画家毕加索、莫奈，又谈到路遥、贾平凹，直到进入正题，话语才显得沉重起来。他一边调着电脑里的资料，一边对着我母亲的腰椎CT片说："老人的腰椎确实破坏得很厉害，二椎已完全销蚀得不留痕迹；三椎也已基本破坏，存在部分全是病灶和死骨；四椎也有不同损伤；腰段脊椎呈位突畸形；结核组织已使侵犯椎管深度压迫脊髓。这么严重的腰椎结核病变，我见到的还是第一例。现在必须进行腰椎置换术，就是把死骨全部清除，换上人工椎体，不然你母亲可能从此就彻底瘫痪了。"

"换了人工椎体，能让她站起来吗？"我急切地问。

王教授几乎不假思索地说："可以，只要手术不出意外，老人以后的生活是可以自理的。就是手术材料相当昂贵，像这么严重的病情，恐怕得用世界最先进的，不然将来再造成内固定断裂、人工椎体脱落，麻烦就更大了。"

我当时干脆就没有问价钱，心想只要能让母亲站起来，即使倾家荡产，也在所不惜了。我很快将情况通报给兄长，兄长跟我是完全一样的心情：手术只要能做，即使负债，也得先把母亲从生命的煎熬中解救出来。后来因为准备款项的需要，我从侧面打听了一下，数字确实惊人，对于工薪阶层的兄长与我，意味着每人要拿出四五年不吃不喝的全部工资。这个消息无论如何都不能让母亲知道。她一旦知道，手术是绝对无法实施的。因为我们各自为买房所受的煎熬，她都一清二楚，如果再知晓了这次手术所需的惊人数额，兴许她会做出异常极端的事来。

一切都在有条不紊地运作、铺排着。兄长在那边继续做母亲的工作。亲戚朋友们也持续进行着"车轮战"。大伙说：你就是不为你想，也该为两个儿子想想，你病成这样，他们要是不给你治，不说他们自己心里过得去过不去，社会上会怎么议论这个问题？他们在外面都有很多事要做，你的病一天比一天重，缠绕得他们啥都干不成，你这倒是为了儿子还是害了儿子？终于，母亲看"胳膊拧不过大腿"，更是看着兄长和我为此奔波忙碌得可怜，到底还是放弃了自己的意见，最后，她不无戏谑地对兄长说："你们实在要动刀杀老娘了，那就朝手术台上抬吧！"

手术选在镇安县医院做，这是母亲的一再要求。一来在家门口，二来人都熟。加之镇安县医院的骨科技术在全省县级医院中处于领先水平，因此王臻教授同意赴镇安担任主刀，县医院院长、骨科专家马彦绍和其他几位骨科骨干担任助手。很快，母亲的第二次手术，便在一个多月的艰难准备中，进入了最后的实施阶段。

手术那天，母亲的精神状态非常令教授满意，一向痛苦不堪的她，那天显得特别平静，甚至谈笑风生。她不停地对我们说："妈是一颗红心，两手打算。活着抬出来了，就好好活；死了拖出去了，你们也算是尽了孝心。"兄长颤抖着双手，在签完了"手术可能导致病人死亡或各种后遗症"的"生死契约"后，我们一一与母亲捏了捏手。随后，母亲便被几位穿白大褂的人送进了手术室，时间是早晨八点半。紧接着，一场比炮火硝烟战斗更让人惊心动魄的手术便开始了。

我和兄长是坐在手术室旁麻醉师的办公室里，虽然这里禁止吸烟，但熟悉的麻醉师还是让我们一根接一根地吸着。而在手术室外的过道上，亲戚朋友已将走廊围得水泄不通。这是一个特大手术，在镇安县医院的历史上尚属首次，在全省据说也不多见。教授要求录下手术全过程，因此，县电视台的工作人员也在里外奔忙着。伯叔兄长陈训因在医院工作，也便干脆穿上白大褂进了手术室。是他来回传递着消息，一会儿告诉我们，麻醉已经结束；一会儿又通报说，切口基本拉开，是从腹部动刀，直拉到背部，伤口有一尺多长。我们都紧紧咬着牙关，不敢想象那种情景，好在母亲是在麻醉中人事不知的。手术前后进行了七八个小时，我们就那样吸着烟，一直静静等待着里面的消息。几十位亲戚朋友，自始至终围绕在手术室附近，有了这些精神与道义上的支撑，我和兄长也便在极度不安中有了一分慰藉与平静。术前王教授曾讲，这个手术最大的危险在于害怕撞破脊椎动脉血管，一旦撞破，病人很可能就会死在手术台上。因此，每当护士出来要血时，我们便会冒出一身冷汗来。好在手术终于在下午三点多顺利结束了，当王教授笑吟吟地从手术室走出来时，我们当即百感交集地迎了上去。

王教授说："手术进行得很彻底，把里面的死骨和脓肿全部清除了。你母亲是一个非常顽强的人，骨头已经被结核侵蚀成蜂窝状了，用一个形象的比喻，腰部整个成了'豆腐渣工程'，能坚持到今天是个奇迹。这下你们放心好了，手术用进口钛金椎体连接住了完全取掉的二、三腰椎，她会跟正常人一样站起来的。"

我和兄长的喉头都无比激动地哽咽着，什么话也说不出来。很快，母亲是活着被从手术室里推出来了……

蓝天微笑

母亲在有惊无险地经历了七十二小时危险期后，终于慢慢地露出了笑意。她开口说的第一句话是："妈这个老废物……怎么还没死呀！"我笑着说："教授说了，从理论上讲，这次给你换的人工钛金椎体，在体内至少能使用一百二十年。"母亲说："那我还不活成老精怪了。"

说实话，我们不指望母亲能再活一百二十岁，只期待她在有限的生命中，活出一个人应有的结实身板，活出最起码的生活质量。母亲一生为我们辛苦操劳，即使在重病期间，仍追求自食其力的生存原则，这让我们感受到了一种在书本上永远也感受不到的精神引领和意志提升作用。母亲是我们生命的来源，母亲是我们生命的钙质，母亲更是我们精神的蓝天。不敢想象，在没有母亲的日子里，我们取得的任何成就，还有谁能发出如此由衷的赞叹和会心的微笑；不敢想象，在没有母亲的日子里，我们遭遇了风吹雨打，雷劈电击，还有谁能像母亲那样无私地接纳、呵护、抚慰、安帖；母亲是儿子永远的根基，只要这个根基在，无论走到哪里，我们脚下都不会产生虚飘空洞感；母亲是儿子永远的蓝天，只要这蓝天在，无论飘到哪里，我们都会感到有一把无形的伞，在随时遮挡着无常的风雨。母亲是个人，但她更是一棵树，一眼泉，一架桥，一个巢，一座温馨的老房子，当我们远离时，她是孤独寂寞地存在着；一旦当我们走近，便感到了无与伦比的亲切、祥和、静谧与安宁。这种任何亲情都无法替代的感觉，是一种真正的人生归宿感。无论你能上天，能入地，唯有这种归宿是最安全的感觉。

母亲终于一天天好起来。有了兄嫂的真切呵护；有了小保姆的细心体贴；有了亲朋好友的诚挚关爱；我相信这片蓝天会越来越灿烂的。我该走了，儿子又该远行了，我拉着她的手说："妈，我走哇，你的腰板这下是要彻底硬朗起来了！"

母亲说："你走吧，好好干你的事，只要你们的腰板硬朗着，妈的腰板即使断了，感觉也永远是硬朗的……"

2001 年 5 月 15 日于西安

女儿中考

中考前一个月，我就给女儿表忠心，说那两天就是再忙，也要抽时间陪她一起受煎熬，我终于没有食言，那两天我自始至终与她战斗在一起。我和她妈妈将她送进考场后，她妈妈就忙着回去买菜、做饭了，我是捧了一本闲书，坐在一个阴凉的地方等结果。那天室外气温在40多度，开考后许多家长都没有散去，有的男人腆个大肚子，头上还顶着一个花手帕，在校门口绕来晃去，看上去样子很是滑稽，但却让人笑不出声来。其实这种守候必要性并不大，但家长们仍然要守着，一来是一种心理支持，二来也是怕孩子晕场或出其他什么意外，一旦出来也好有个接应。总之，考场外着急的"太监"并不比考场内人少，心脏的起搏速度也并不比里边人慢。看着分针、时针一点点转动，成长中的孩子也便在我眼前蒙太奇式地叠映着画面。

我一直在暗自庆幸，我们上学的时代竟然是那样没有压力，早上7点一路活蹦乱跳扑进校门，下午4点就箭一般射出去了，然后是上树掏麻雀蛋，下河捞蝌蚪鱼，晚上一般是在院子里逮羊、斗鸡（腿撞腿）、捉特务，9点多就被父母揪着耳朵拎回家睡了，哪里还有什么家

124

庭作业,一身的疲乏基本都是泼命玩出来的。而女儿我计算了一下,从上幼儿园就有了家庭写字功课,即使园里不布置,家长也是要在乐器、舞蹈、书画上找泼烦的。妻子觉得学钢琴雅,我便急忙迎合着弄回一架金丝伯格;朋友说练舞蹈对女孩儿身材有益,妻子又连忙把她送进舞蹈班。反正这些事都只是和卖钢琴的、教钢琴的、带舞蹈的以及各路家长商量,孩子从来都没有讲意愿说感受的民主渠道。总之,只要小家伙有一点喘息机会就让人坐立不安,不弄个事把空填满就挠搅得人心慌。大概是从小学四五年级开始,孩子一天的学习时间就接近十三四个小时,早上6点起床,中午12点放学,吃完饭1点半又得往学校走,下午6点往回赶,晚上从7点做作业到11点多,完整睡眠时间不足7小时,只有那个讨厌的"黑猫警长"闹钟才是她能够发泄的对象,让人感到庆幸的是,好几年过去了,"警长"的鼻子还没被揍扁,足见孩子的度量、涵养与韧性的非同一般。"半夜鸡叫"之于苦命的孩子高玉宝,那是何等不共戴天的深仇大恨哪!到了初中,就更是"三更灯火五更鸡"了,临近毕业的一年,每晚睡眠已不足6小时,而此时女儿才年仅十五岁,每早由"警长"和我把她从床上整起来,背着四五公斤重的书包,脖子勒得跟长颈鹿一样,步行、坐三轮、挤公交车,且不说心理承受的各种压力,单就勾腰驼背的体力支撑也是需要相当耐力的。我常想,我们再忙,能忙过孩子?我们再累,能累过孩子?我们再苦,能苦过孩子吗?我们把太多的失去硬交给孩子去捡拾,我们把太多的希望强压给孩子去实现,从动机上我们像仁爱的父母,从实际效果上却更像那个半夜假装鸡叫的周扒皮。

第一门考试终于结束了,我在人群中寻找着那张熟悉的脸,我最怕看到的是孩子痛苦的表情,一旦出现这种表情,那就意味着她妈妈精心准备的午饭一定不怎么可口。还好,孩子是笑着出来的,她见我

第一句话是："比想象得简单。"我如释重负地拍了拍她的脑袋："吹牛吧?""真的，出题的老师比咱家'警长'可爱!"从她的一言一行中，我似乎感觉到了牛刀初试的不赖。在以后的几门考试中，孩子仍然是把表情写在脸上走出来的，虽然没有那两天的阳光灿烂，但也照射得人心里乐融融的，我想是基本达到了预期的目的。根据她的估分，那几所特别红火的学校是进不去的，但进一个省级重点还是有可能的。由此我们便进入了广泛的摸底排查阶段。经过几天的努力，我得出的最大结论是：自己是一锅毫无主见的黏糊子。眼看报志愿的最后时限已到，手上还捏着一把理不出头绪的牌。开诸葛亮会的朋友们，公说公有理，婆说婆有理，饭吃完了，脚洗毕了，大主意还是拿不出，都只强调要让孩子上最好的学校。无奈中，我把可供决策的各种条件拿到了家庭会议上。

会议是在晚上11点召开的，参加人是我、妻子以及当事人女儿，这也是她第一次有幸参加有关决定她的前途命运的家庭会议。三个人都斜倚在沙发上，先是听我通报近几日的调研情况，然后进入民主程序。会议开到1点半毫无结果，这时我才发现，其实她们也都在到处摸底排查，眼花缭乱中也都成了十足的糊涂蛋。哪个学校都有利有弊，进哪所学校也都有易有难，不是路远嫌公交车不方便，就是寄宿怕不安全，还有恐分数不够愣交钱的，总之，定不下一个十全十美的。不过，在女儿的发言中，我还是听出了她倾向性非常明显的一所学校，顾虑是害怕我们花太多的钱，但她妈更多的还是考虑到郊区寄宿的各种困难。家有千口，主事一人，妻子再次把我推到了"家庭主要领导"的岗位上。我想着女儿整个花季时代的辛勤酿蜜之姿，日以继夜的童工稼穑之态，不忍心不满足她的要求，几乎是不假思索地决定：就按女儿说的办，散会!

这天晚上女儿挤在我们房间打了个地铺，这是她每每在感到孤独无助时采取的一种缓解方式，我感到大家都没有睡好，妻子和女儿在想什么我不知道，我一夜都在不无愧疚地想着孩子长这么大自己所负的责任，在想妻子的辛勤抚养，也在想孩子进这个学校可能数目不会小的学费和找人运作的行动路线图，直到天快亮时才合上眼睛。不知啥时女儿突然窸窸窣窣坐了起来，女儿轻轻喊了声："爸，再开一会儿会吧！"我问："咋了？"她说："我想好了，还是就近上学，这样妈妈也放心了，估计也不用花太多的钱。"我说："花钱多少不是你考虑的事。"女儿说："我不能花家里太多的钱，你现在这么忙，又没时间写东西挣稿费，不能让你太累着。"我的眼泪哗地涌了上来，但我不愿意让女儿看到这股泪水，我继续说："你还是去你最想去的学校吧，爸爸一定要满足你这个愿望！"女儿却是很坚定地说："我想好了，一会儿就报这个学校，这也是个很好的学校，我不能让你们太费心了，我昨晚都看见爸你鬓角的白发了。"我的眼泪终于泉水般地涌了上来。尽管我们对现行的教育体制有太多的不同看法和意见，有时甚至被逼得无法做文明人地想骂几句娘，但从个体来讲我还是要说，学校对我的孩子的教育是成功的，因为除了知识获取外，她的心底是柔软的，这一点使我非常满足，因此我想向教育她的所有老师致敬，向含辛茹苦拉扯她长大的妻子致敬，更想向披星戴月、历尽艰辛、百折不挠，甚至可以用忍辱负重、日理万机这些特殊词汇形容的孩子致敬！深深地！

2005 年 6 月 26 日于西安

彩铅肖像画家陈吉祥

用铅笔画人物肖像，是常见的一种绘画样式，一般素色居多，肃穆端方。而用彩色铅笔画人物肖像，不多见，即使见，也多有呆板、虚浮、造作感，少了生机、活泛与灵动性。之于人物肖像，也许单纯黑色更容易出效果，大体形准，再突出特点，易形神兼备。而彩铅，便提出了更高的甚至出力不讨巧的难度。难在不仅要形似、神备，更要对细部有精准的描摹刻画。因为着色，就意味着朝真实逼近。印象、意象，都不需要看到皮肤下血管的颤动，即使故意表现，手段也必然夸张。而在彩铅肖像画里，夸张、变形统统都用不上了，那么骨骼、血管、肌肉要搭建铺陈在丰富的脸面之下，就需要造型与创造的特别功夫。陈吉祥先生就是具有这种特别功夫的画家。

我与先生神交多年，我三十多岁担任编剧的长篇电视剧《大树小树》，他就是美工。虽未正面接触，但那些播出画面、场景，至今仍历历在目。他一生躬耕影视、美术、摄影，与人和自然打了七十多年交道，最终只凝聚在人的面部，这是一个很好的生命聚焦。人的一切都写在脸上，即使最具有克制力的人，内心活动也是不可能不在脸上抑或打雷闪电，抑或静如止水，抑或死水微澜的。画脸，更易捕捉到最广大的人世间。在那些毛细血管里，埋藏着一个人的所有生存密码，或喜悦，或寒凉，或悲欣交集……吉祥先生用一生的时间，在仔细端详、考量着这些细如游丝的生命变化。

直到最近，我才与先生在西安有一次当面交流。那天高朋满座，都是陕西文学艺术界的新朋旧友，大家畅谈的也多是陈年旧事、过往岁月。自然是有点争先恐后、生怕"忆旧"断片的感觉。吉祥先生却自始至终很少插话，想那一头白发，年近八旬的阅世经历，自是不缺故事的，但他却一直在静静地听，默默地看，脸上始终释放着谦和而欣赏的表情。刹那间，我似乎突然读懂了生命练达的含义。再看他的彩铅肖像画，也就知道屡屡被震撼的某些缘由了。细密的观察，沉静的思索，精微的创造，当是一切文学艺术的不二法门。

再回到"肖像"二字。哲学家说，一个人不可能两次踏进同一条河流，因为世界是动态的，上次你踩过的那些水再不会倒流回来。同样，人世间也不可能遇见两张绝对相同的脸面。这就是肖像画家的创造空间与难题，一切密码都在那一笔一笔的反复增添与擦拭中。彩铅，涉及到脸皮之下的生命细节，包括色系、温差、骨气等，陈吉祥先生正在以他的生命阅历，创造着他心中如同造物主一般精密细致而又性情独特的人间肖像。

2024 年 6 月 17 日于北京

酒鬼与艺术

　　酒鬼，是我们对嗜酒如命者的一种背地称呼。我不善饮，但从不反对别人饮，包括喝醉者，也不至于见了就鄙视或恨将起来。小时的确害怕这样的人，眼看着他就厌愣到你身上，倒也没有侵犯的意思，却吓得你会破几个胆，放箭似的跑一阵，回头看，他已然倒在路边睡着了。更有甚者，会像插秧一样斜插在麦田或粪坑旁，呼哧作鼾，虽畅美，那睡姿终是不雅且凶险的。这就是醉鬼，其实不大有危害性。倒是乡村里的大姑娘小媳妇比孩子们更怕醉鬼，骂得也颇解气，多是怎么不喝死灌死噎死之类的凶话，大概与醉鬼的某些失控失范行为有关。

　　我是有几个酒鬼朋友的，他们只招老婆怨恨，其余大姑娘小媳妇还都帮他们说话：喝了总比赌了嫖了强！这几个朋友还真没那些毛病，就是见酒便没命了。其中一个外号"闻酒起舞"者，最是活得"悲欣交集"。"闻酒起舞"是"闻鸡起舞"的反讽。人家听到半夜鸡叫就起来舞剑，是积极向上的意思。我这位"闻酒起舞"的哥们倒不舞剑，只要一听到谁家划拳猜宝，甚至飘出酒香，就坐立不安地要寻根溯源，引颈奔赴。为了行文简便，我暂且简称这位"闻酒起舞"的老兄为 W 君。

上世纪八十年代，大都住在大杂院里，日子差距不大，酒也都兴在家里喝，谁要是能在家里时常摆开酒场，喝得四邻不安，一般都是能干人，有两下子。一些好喝几口，手头又紧巴者，都是斜倚在街道的一个铺面上，孔乙己似的，或交几文，或欠上账，有的是连茴香豆都没的嚼，就干抿二两，抹嘴而去。普通人即使在家里喝，也不大张旗鼓，一来酒不宽余，二来叫谁不叫谁，是会得罪人的。真要大声喊叫着喝的，一般是过事请客，有昭告天下的意思，你不随礼，也没脸朝上凑。在寻常日子里还能品几盅者，一般是要藏着掖着的。对饮或群饮，也需轮流坐庄，只喝人家的，自己永远两个膀子抬张嘴，喝着喝着就被踢出局了。除非你有权。我这位老兄，就是因为惧内，屡屡答应请大家喝，终是没有结果，才喝成了"局外人"。酒这玩意儿，对于好饮者，似乎真的与性命攸关，有时几乎是哪一场不喝都过不去的。W 兄身在"酒界"，苦不堪言者有四：首先是没权；其次是"河东狮吼"，悍妇不可能成全他"一定请大家到家里喝一场"的"白日梦"；再是身无分文，工资、补助老婆"天下黄河一壶收"，单位附近酒馆、商铺，都有他的欠账单；第四才是最要命的，他对酒特别敏感，一个偌大的院子，无论哪个拐角飘出酒气，他立即就会一个喷嚏循香而去，误差一般不会超过两三米。大家早就防范着他一手，会突然熄灯，或敛声闭气，噤若寒蝉。但他用鼻子一嗅，就能坚定地判断此处有鬼！灵蛇总会出洞，猴子总要下山，虽能逮个正着，蹭个一杯半盏，却也看尽脸色，听尽恶言，受尽作难。

我忘了介绍 W 兄的职业，他是艺术家。更细致些说，是舞台表演艺术家。其实表演又不大行，就是跟头翻得好，"小翻"能连住翻三十到四十个，这要根据舞台大小和他当天的体力、情绪而定。我不得不对"小翻"这个专业名词有所解释："小翻"是一种向后倒翻的艺术，开始还能看见一个人"倒转乾坤"的弧形身影，当速度越来越高时，就成了一个倒转的滚筒，但速度再快的滚筒也不会有人体反卷时的生命活力。起始还能看清双手与双脚十分繁复的着地点，后来就只能看到躯体的弹性、韧性与惯性了。那种由人体骨骼、肌肉所训练出来的车轮式倒转，每每博得满堂彩。大家为演员叫好，大概也是在为自己喝彩，原来我们生命还能挑战这样的反转极限。因此，当W兄把"小翻"翻到四十个时，领导就当众宣布：这样的人单位应该养活一辈子，四十个"小翻"，就是他安身立命之本，什么是尖子？什么是人才？这就是尖子！这就是人才！W兄从此就吃起了"尖子人才"的饭。这饭还真不好吃。领导之所以说要养活他一辈子，就是因为唱武行，过了三十一二岁，便每况愈下，饭碗一天比一天难端。一日练一日功，一日不练十日空。你天天经营着都还有点伺候不住，一不伺候，功夫便要脾性，自是练得遍体鳞伤。好喝两口，也就成了一种习性。

可W兄这酒喝得委实有点难场。先前是缺钱，老婆"家法"又严，不管也不行，就那点工资，都让你喝酒了，还购米面油不，还穿不穿的确良，买不买运动服、回力鞋。W兄是爱穿白色运动服和回力鞋的。老婆倒是给他维护着这点爱好，并且总是洗得雪白，让他穿着体面，他毕竟是要在人前显示"尖子人才"的人。顾了这头就顾不了那头，再想抿几口，就没门了。可W兄是不让抿毋宁死的主，家里没的喝的，自然就要在外面打主意。老婆也没法，只能是喝死呢、哪一天就要喝死地乱骂着。再骂，W兄仍在外边胡蹭酒。一院子人，为治他这毛病，也确实出尽了奇招。有时故意门窗大开，大打"老虎""杠子"地吸引他来，结果杯里盛的是开水或白醋精，那种羞辱，他是痛彻心扉地体味过无数次了，但却管不住这张嘴，仍要不"舞"不由人地"闻酒起舞"去。

后来大家日子渐渐好些，W兄也能在外面"文化搭台、经济唱戏"的各类演出中，翻一串"小翻"挣点小钱，给老婆交一些，再给鞋底、裤头里夹两张，当然，与经济命脉打交道，也不免险象环生。有一次突遭老婆检查，他竟然提前眼皮跳得紧，有点预感，就早早把两张钱用唾沫贴在脚板底，脱了鞋袜，仍得以蒙混过关。有时老婆的"反贪"力度很大，半夜睡着后，裤头里的钱竟然被悉数查没，他也只好哑巴吃黄连。好在酒倒是慢慢喝得起了，他的标准也不高，始终都在一瓶二三十元左右说话，没人叫了自己喝也不是啥难事。可喝着喝着，年龄给喝大了，"小翻"也翻不动了，关键是领导也换人了。妈妈的，真是换人如换刀啊！他的"尖子人才"说，立马便没人认了。加上自己也不争气，翻不了"小翻"，连龙套也跑不顺遂，让新任领导不仅感觉他像废物，而且还有工作态度与职业道德问题。你年龄过了四十，翻不动"小翻"，挂根"衙棍"、背个"鬼头刀"出去晃悠一圈总是可以吧，他偏把自己晃倒在舞台上了。《窦娥冤》里的窦娥木斩，他先醉倒在窦娥该死的地方，这可是重大演出事故啊！平常演个"土匪甲乙丙丁"或"老弱病残若干人"过场，喝了酒，晃晃悠悠都能挺过去，观众也不大能看出来，可这斩窦娥谁不知晓，你个刽子手先倒地了，算咋回事？有观众把臭鞋扔上了台，他的演员生涯也就此终结。

那阵已开始讲绩效工资，几乎百分之七十都成了绩效部分，他也就越活越贱，越混越不成体统。老婆问他是要喝酒还是要家，他默不作声地选择了酒，老婆也就领孩子回娘家，帮着开饭馆端盘子去了。

他的那点微薄薪水，自是做了孩子的生活费。大家也都不知他是怎么过活的，反正身上再没穿过一星半点的白色，一年四季除了夏天，似乎全裹着一件黄色军大衣，边边角角都包了浆。脚上倒是蹬着一双皮鞋，却后跟歪斜，前边咧嘴。头发长到披肩，有时还见后边用皮筋扎个橛。更多的时候，是戴着一顶一把抓的帽子，帽檐常常遮到眉眼。真是有点破帽遮颜过长街的意思。可突然有一天，W君被邀请到省城开会，还是开的民歌与地方戏曲音乐研讨会，所有人都傻眼了。然后大家开始复盘，W君是什么时候走上民歌与地方戏曲研究创作道路的？推来复去，发现就是生活被推到绝境以后的事。那阵儿他常常出现在各种"白事"现场，地方死了人，一般会有三五日，甚或七日、九日的"做事"过程。每晚灵堂守夜，必有各路民间班社唱歌唱戏，主人管吃管住，还会给点"辛苦费"。W君几乎是场场必到，大家觉得那就是混吃混喝去了，甚至有点丢单位的脸面。可人既然已活成那样，能奈他何？时间一长，W君也便不再成为大家的话题。

一个"混混"，突然以音乐家身份横空出世，着实让一院子人目瞪口呆了。然后，W君就又喜欢上白色了。不过不再是一身运动服，而是一身白西服，包括白领带、白皮鞋，那是在他上省电视台当民歌大赛评委以后，这身白衣服便成了他的标配。脱下西服，裤子还是用棕色背带交叉挂在肩上的。头发也烫得小泽征尔一样地蓬乱，很是有些大音乐家的风度。经常有人高接远送，到外面剧团去给人家作曲，也有歌手来请他写民歌要上各类晚会的，甚至有很漂亮的女歌手，还把他的手紧紧挽着，生怕拧他不住。总之，W君是阔起来了。大家再复盘，都回忆起W君那时没嗓子，为练出最精彩的"小翻"，真是三更灯火五更鸡，比别人付出过几十倍的努力，才整了个"尖子人才值得养活一辈子"的名分。后来"小翻"与"人才"不灵了，他又改弦易辙，收集整理起民歌来。直到暴得大名，大家才在他房里发现了一摞摞码向天花板的手写曲谱，还有近千盒民歌民乐录音带，人进去是需要侧身收腹才能从音乐世界通过的。桌上有各种酒瓶子，也有满桌的"豆芽菜"。业内把五线谱音符戏称"豆芽菜"，说明他不仅作曲，还学会了配器。这时大家才觉得 W 君是个真正的狠角色，与他嗜酒一样，是任何力量都阻挡不住的。W 君也曾尝试过戒酒，甚至用胶布贴过上下嘴唇，但没粘住一天，仍撕下来喝。而他两次事业发迹，都与嗜酒般的坚毅秉性无二。

可惜的是，W 君五十岁就不在了，算是英年早逝的音乐家，也是表演艺术家。虽然他翻跟头从来不带表演，翻完挣得一脸胀肿，亮相极其不雅，且也立脚不稳，但他死后，还是给了音乐、表演双艺术家的头衔。因为他的"小翻"也是远近闻名的绝活。在他生命的最后几年，留下的佳话尤其多。核心仍然是喝酒。都说 W 老师曲作得没的说，就是酒喝得让人受不了，陪的人都喝出胃穿孔了。好在他对酒的档次一直要求不高，好伺候。有些地方干脆买几箱放在他房里，再弄些花生米、鸡爪子之类的小吃，任由他一边作曲一边喝。后来大家发现，W 老师喝酒是不要菜的，一早醒来，先到床下摸酒瓶子，美美咣当几口后，才睁开眼来看表，再看半天天花板，也许是在构思什么。这个平躺的节点有时很长，有时也会很短。他会突然翻身下床，甚或只急得趿上一只鞋，就哼哼唧唧地开始记谱了。再起身，除非是抓摸酒瓶子，抿几口，嘴里咴出很惬意的响声后，才又继续去改造《姐儿歌》或《小寡妇上坟》，那是一种化腐朽为神奇、化传统为新声、化小调为正大的过程，一般是不许任何人打扰的。直到快中午时分，他才洗把脸，刮刮胡子，然后把背带裤穿上，白皮鞋蹬上，西服提上，去与编剧、导演做必要的交流沟通。当然，仍是要喝酒的。如果没有酒，W老师会主动提出来：没酒咋谈艺术？酒就上来了。有了酒，W老师会谈得很兴奋，有时几乎是他一个人在连说带唱，每一板戏，他都会在这无数次酒桌的演唱中去自我丰富完善，直达到剧场里演出时的"炸堂"效果。

W君最大的喝酒佳话，是一次给市电视台搞春晚歌曲，遇见作词的也是一个饮者，两人整夜琢磨词曲，自是喝得云山雾罩。那位老兄不仅能喝，也能吃。半夜喊叫肚子咕咕叫。W君想起冰箱还有速冻饺子，就拿出来稀里糊涂下到锅里，吃时有一块硕大的饺子皮怎么都撕不开，直到最后，那位老兄才嚼出，原来是连垫饺子的抹布一起下到锅里了。不过这天晚上他们还是有意外惊喜，觉得曲调有了重大突破，旋律特别优美，歌算是写成了，然后双双倒在沙发上酣然睡去。早上醒来，说再把昨晚的成果复唱一遍，好交差。结果一哼哼，怎么是《黄河大合唱》的旋律，竟然一个音符都没动，两人哭笑不得地怨了半天昨晚的"饺子皮"。

W君重新发达后，就一直在考虑想把老婆娃从娘家接回来，跟自己过几天好日子。谁知老婆还有点不大情愿，仍是因为他好喝。几次谈判，老婆都提出让他先把酒戒了，他也直说，我说戒了你信吗？就这样搁下了。后来他又去谈，老婆说，能不能一天三响只喝两顿，留一次出来走走路，锻炼一下身体，毕竟是五十岁的人了。他强调说，运动员都不长寿，武功演员更短命，就是体力提前耗尽了。人一辈子就那点能量，跟灯油一样，点完就完。他得养着点，还强调酒是粮食的精华，喝了只会增加艺术细胞，给家里多挣几个。反正老婆也没改变他任何东西，但还是回来了，毕竟要朝孩子脸上看，也想帮他打理打理那身白西服，有时真的穿得有点不忍直视。谁知回来时间不长，W君就告别了。老婆知道W君过去因翻四十个"小翻"，领导说单位应该养活一辈子，可最后没兑现。这次她回来先找领导下文件。领导说老 W 都是市上有突出贡献的专家了，还下什么文件？他老婆说，老 W 爱喝酒，要是有一天喝中风了，喝傻了，还有人认吗？占大头的绩效工资谁发？团上刚好想让老 W 作个戏，要去参加汇演，还想争大奖呢。他老婆就死缠着团长立字据，说哪怕写二指宽一绺白纸黑字都行。老 W 还嫌她多此一举，说自己活到这份上，已不是"尖子人才"与"养活不养活"的问题，而是大熊猫的干活！可他老婆硬是坚持要个"说词"，并让老 W 先别动笔。老 W 接了活儿，哪里能按捺得住，早已暗中加班加点，写得笑一阵泪一阵的搁不下，癫狂得动不动就猛拍大腿，直喊叫自己把自己的才华服尽了！老婆偏是在外边放话，老 W 连一个"豆芽菜"还都没安上呢。领导也急了眼，就把字据立了。可老婆刚把字据捏到手上，回家就见老 W 已撒手人寰。一边是碰倒的酒瓶子，一边是厚厚一摞"豆芽菜"的《尾曲》……

W 兄已逝去多年了，大家回忆起他来，仍是那些酒事。说他是一个酒徒，酒鬼，但也都服气着他是一个真正的艺术家，并且是一个活得十分纯粹的艺术家。这种人如今已多乎哉不多也！

2023 年 10 月 28 日于北京奥林春天

第三辑　活在秦岭南北

我的塔云山

在我的风景里，塔云山始终是人间最险、最奇、最绝、最美的山，因为包裹在千山万山之中，而一直冷清寂寞着。我就出生在这座山脚下的几间石板房里，这个地方原来叫松柏乡，我父亲在那里当公差。当我第一次视力能够远眺的时候，大概看见的就是这个像刀切斧劈出来的山峰，那是全然孤立的一根通天柱，我奇怪很多地方都把这种山叫了天柱山，而我的这根通天柱，却有了塔云山这样诗意的名声。后来才知道，那是因为我的家乡镇安县，在清朝时出了一个进士，还在朝廷当了很大的官，并且很清廉，名叫晏安澜，是他把一个"祈福求子"的"塔儿山"，改成了塔云山，一字之改，自是生出了难以言喻的化腐朽为神奇的功效。塔云山，山似塔，云雾终日缭绕，在五百年前的明朝正德年间，就有道士建观布道，数百年烟火不断，说寂寞，其实也在淡淡长流水地悄然红火着。

我第一次登上去，是在十二岁的时候，学校野营拉练，让我们都背了捆得跟粽子一样的背包，还挎了自削的步枪，别着锅盔馍，一行几个班的百十号人，真像打仗一样，天还没亮，就顺着山脚猫腰往上攀爬起来。那根"天柱"是绝对爬不上去的，我们都是从"天柱"旁边的平缓山脉，迂回盘旋而上的。背包和"武器"辎重，在半山腰就被老师集中到一起了，光人上去都很困难，还别说背着捆扎得三扁四不圆的行李和几乎跟人一样长的枪械了。我们都顺手折下一根棍做拐杖，勉强爬上去时，太阳已当顶了。一些女生硬是"赖"在了路途上的临时"收容站"里。强撑着爬上来的，大多也累得够呛，我清楚记得，当我接近最后一级台阶时，脚咋都抬不起来，是先用屁股着地，一个驴打滚，才生生滚了上去。

山上确实很美，几人合抱粗的松树，布满了几座山头，松鼠也许是很少见到这么多叽叽喳喳的毛孩儿，都十分胆怯地四处乱窜着，竟然有同学一个石块飞上去，就见一只松鼠血淋淋地跌在了另一个同学正东张西望着的脸上，肇事者立即遭到了老师的痛斥。

那时山上有十几间塌了顶、倒了墙的烂房圈，房圈里长满了野草和青苔。断壁上有依稀可辨的画像，老师说是老子骑牛入关图。在房基四周，到处是被打碎的石碑，那上面刻着许多字，因为是繁体，我们几乎认不出几个来。但字都刻得非常周正，好看，老师说，你们的大楷几时要是能写到这个水平就行了。有学生问，这么好的字为啥都打成这样了？老师说，"文革"破四旧么。大家都在破石渣中捡那些相对完整的字，我也捡到了一块，是个"仁"字，比拳头略小一点，边缘部位破损得厉害，但总体笔画都在。老师说这些字应该很有些年代了，算得上文物了，可当时，这里荒芜得没有任何管理迹象。我把"仁"字揣了回去，至今还在书架上摆放着。

我们满以为这就是塔云山顶了，谁知玩了一会儿，老师说，这才是过去接待香客的地方，"金顶"还在山梁背后呢。我是一步都不想再爬了，一直磨叽着，但最终拗不过，还是被大部队簇拥到了"金

142

顶"脚下。真是太神奇了，一间白房子，凌空盖在了山石的峰巅，据说里面的"老爷像"，就是用山顶石自然雕琢而成。从山坳登临"金顶"，需要爬上几十级台阶，开始，那些台阶还是匍匐在岩石上的，到后来，就蹈空了。那些台阶都是一丈多长錾凿整齐的方石条，它们险象环生地排列在云雾中，石条周边即是万丈深渊，整个台阶是靠两道铁索牵引而成的，摇摇欲坠是它的基本形象。任别人怎么撺掇，我和好多胆小的同学都没敢上去。多年后，我还有这样的印象：当时要上去，无异于有点慷慨赴死的意味。老师也不让年龄小的同学上，第一次登临，我就这样与"金顶"失之交臂了。

可那"金顶"真是太神奇了，回来后，每每看着那个直插云端的山尖，心里仍产生着极大的好奇和恐惧。那间白房子是怎么在山顶盖成的呢？人为什么都要向那么险恶的地方攀爬呢？但那山尖又分明太美太惊艳了，尤其在阳光下，更像是一方黄澄澄的金子，在吸引着冒险家去拥抱，犹如飞蛾面对着美丽的火焰，咋都经不住诱惑，要奋不顾身地扑去一样。终于，我又去攀爬了第二次。这次，自己总算是摇摇晃晃地上去了。

当真的扶着石梯，一步步攀上绝顶后，那里的终极空间，其实只能容纳下三五个人，石雕是一尊观音菩萨，道观，却供着一尊菩萨像，这是中国许多名山的共同特征：儒释道合而为一，塔云山尤为鲜明。这里自古至今都住着道士，但它的主峰、主殿，却偏偏供奉的是大慈大悲观世音。

即使在主殿里，我也没敢站直身子，总觉得这间房是漂泊在云海中的。思绪不断穿过在天风怒吼中震颤不已的墙壁，臆想着山脚下我的那洼出生地，在那里仰望这里，那是怎样的一种高度，怎样一个神奇的所在呀！我现在就置身在这个光芒四射的金屋中了。而在这个高度，是以万丈深渊作为深度的，我知道我的脚下，就是那无法测量的迷茫深度。金屋的建筑技术，至今都是一个没能破解的谜，几百年前，在一个无法搭建脚手架的绝壁峭崖上，石条是怎么拉上去的，房坯是怎么矗立起来的，那盖顶的琉璃瓦，是怎么一片片插上去的，尤其是那在太阳照射下，放着万道金光的白墙，又是怎么粉刷出来的，那是需要怎样的胆量，怎样的智慧，才敢作为的事呀！因而，民间只能把这种后人无法理解的传奇技艺的金，统统贴在神话人物鲁班的脸上了。数百年前的那些英勇工匠们，因为没有图纸与文字的记载，一身绝活，也便都付与消散无常的苍茫云海了。

颤颤巍巍下了金顶，我与同行的朋友们，又在乱石仓中，寻找起了好多年前还捡过一个"仁"字的碑石来。这里已经有所恢复，一个道士不时敲响了让山顶更加静谧悠远的磬声。终于，我们还是翻到了一些破损的文字，我又捡了一个"宽"字，下面那个字只留下了一个无从辨认的脚边，有人说可能是宽厚的"厚"字，有人说可能是宽恕的"恕"字，字迹已有些风化，但字形完整，古朴大气，我如获至宝地拾回来，与"仁"字做了书架上永久的伙伴。

后来我又陪人上过几次塔云山，不再是脚力活儿了，公路已直接盘旋到了山顶，游客也越来越多。金顶我只上过那一次，以后再也没敢攀爬。我害怕那种高度，更害怕着那种深度。断碑残字再也寻找不见了，只有那金屋和苍松，仍是昨日的淡定模样，任由风月揉抚，雷雨摧折，依然沧桑挺拔故我。我也算是经见过天下的一些山水了，但如塔云山这样惊险奇绝的兀立山势，还是有些少见。无论远观，抑或近蹈，都充满了不二的个性风采。现今说好的去处，大多失望而归，那是诱惑者太能说会道了，而我的塔云山，却一直由一帮实话实说的"笨人"经管着，少了夸大、煽惑、欺诈，多了愿者上钩的仁厚者的守株待兔，因而总是没能"做大做强"。我倒是喜欢这样的无为而治。老子讲"孰能浊以静之徐清，孰能安以动之徐生"。从本质上讲，这样的经营，是最符合道家精神的。

我已经离开出生的那片洼地很多年了，但我的书斋号，还叫"塔云山人"。我始终向往着我的塔云山的风采和精神，我知道我永远也达不到那种高度与深度，但"虽不能至，心向往之"，有个方向，赶起路来，心里总是要踏实许多。

2013 年 10 月 13 日于西安

活在秦岭南北

　　人平时不太注意自己赖以生活的基础，以及形态、式样，一旦注意，就会发现，与我们联系最紧密，最不可或缺的，恰恰是我们最不在意，最容易忽略的东西。比如秦岭，我从小就偎依在它的南麓，长大后，又跑到它的北麓找饭吃，但平日能引起注意的，可能是房子，是饭碗，是荣誉，是钞票，是人际关系，是周边许许多多说不清道不明的小环境，至于提供了氧气、挡住了风沙、调节了温度、供给了无尽生活资用的秦岭，反倒不在心中作数，并且还一点都不后怕。因为忽视了小环境，马上可能就面临着饭碗、荣誉、钞票遭磕碰、错位、缩水的困扰，忘记了秦岭的存在，却不会因此回家有石头挡道，登山有荆杖抽腚，正活着突遭氧气管道拉闸，或限量、涨价，直至停供的危险。这好像正应了老子的一些话，真正大的东西，有用的东西，在我们心中是无形的，似乎也是没有直接利益和利害冲突的，一旦有形，有状，有物，就小了，矮了，贱了。秦岭正是这种大而无形、无象的物质，因此，在我们的世俗生活演进中，它就退至恍惚，无形，甚至让我们已经感到"不知有之"了。

其实，秦岭一直就横亘在那里，以它为界，在南为南方，在北为北方。我家住在秦岭以南百余里的镇安县，因此，给朋友们介绍时总要说，我是南方人，不过还要补充一句：陕西南方人。据说我们那个地方的所谓土著，祖上来自两个方面：一是湖广，多为大江发水，逆河逃难而来；另一方面来自秦岭以北，史载秦朝时，咸阳大兴土木，奴隶们被成群结队地驱赶上秦岭伐木，实在不堪重负的，就从这边跑到那边躲起来，另谋生路了。直到一二百年前，那儿还称"终南奥区"，也就是不为世人所了解的神秘地方。其实那里的文明遗迹，最早也能发掘到大秦帝国时期，只是一道天然屏障的阻隔，而使关中对它知之甚少而已。

现在，高速路一通，我从西安出发，仅一小时零五分，就能抵达县城，有几次，我先用电话告诉母亲，说要吃焖土鸡，结果，车开到家门口时，母亲刚从菜市场拎着惊悚的鸡回来。据说在上个世纪五十年代初，镇安的县长到省城开会，骑一匹马，警卫员挎一杆枪，两人来回是要走半个月的。我九十年代初，从秦岭南麓调到北麓，几乎每月都要往返一次，那时车少，天不亮，就得到车站挤长途公交车，常常是头进去了，屁股还得外边人用头或膝盖往进顶，勉强搋进去，又常没座位，能看师傅的脸色，蹭在引擎盖上，诚惶诚恐地端半个屁股，就算是十分幸运的了。摇摇晃晃十几个小时，天黑时，两腿跟硬棍一样，扑通一声，戳在西安的大地上，还暗自窃喜："今天真他娘的顺！"因为一遇雨雪天气，不定就撂在半山上，几天都下不来了。这一切，都因为"云横秦岭家何在"。如今，它十分慷慨地让人们从腹腔打出一个大洞来，南北由此切近，秦岭对于我去路与归途的遥远、高耸、阻隔感，以及"难于上青天"的无奈诗意，都荡然无存。它已实实在在成为我在老家镇安和西安之间，一道薄薄的凿开了门户

147

的"隔壁墙"。

让我们难以想象的是，延绵数千里的秦岭皱褶中，分布着数十个县，这些文明的集散地，不知潜藏了多少故事人物，仅一个镇安，就牵出了贾岛、白居易等数十位历代知名诗人。在这儿一个叫云盖寺的地方，贾岛隐居三年，竟然留下了这样的千古名句："一山未了一山迎，百里都无半里平，宜是老禅遥指处，只堪图画不堪行。"这是对秦岭山脉最为形象生动的描述。离云盖寺不远，还有一个叫白侍郎洞的岩穴，是因白居易与贾岛等诗人来此唱和而得名。那实在是一个太不起眼的地方，上个世纪七十年代末，这个洞穴还因一对年轻人殉情而名动一时，后经公安部门查清，是一家庭出身地主的十九岁男儿，"勾搭"上了"根正苗红"的大队支书的千金，婚姻自然受阻，双双入洞，用嘴咬响从"修大寨田"工地上偷来的雷管，血肉横飞，遂化蝶而去。如若白侍郎、贾岛和诸位诗人有灵，不知又会写出怎样再传千秋的名句。

想那时的文人，是如何的一种散淡从容情致，仨俩一伙，骑只瘦驴，进秦岭山脉，一钻就是数月，甚至几年，写些诗句，塞在布口袋里，见朋友念一念，遇见喜爱的，再用毛笔抄一抄，不上杂志，不求出版社，更不用传媒、网络忽悠，竟然就千古不朽了。现在信息爆炸，人人都自以为红得发紫了，稍多睡一会儿起来，却发现那紫色就变乌了，甚至黑了，反正几天不自我搔首弄姿、抓耳挠腮一番，就黯淡了，就边缘了，就忧郁了，就愤青了，就活得不自在了，就心里堵得慌。如若能放下，学学贾岛之隐，不说在秦岭山中一闷三年，哪怕是三月，甚至三天，也许都是一剂清凉剂。可惜哪儿能呢？我们的魂灵已经被尘世的浮华、欲望、信息死死攫住，生命的脐带，已经不能须臾中断与尘世躁动的链接了。

去年"五一"长假，手头接一"硬扎活儿"，实在无法动笔，就下决心准备进秦岭"隐居"一礼拜，本欲关了手机，谁知去的地方刚好无信号。开始还暗自窃喜，结果待了一下午，就心慌意乱得不行，很是有离群索居、与世隔绝，甚至被人遗弃之感，就急忙跑到更高的地方找信号，竟然找到了。就在信号微弱地冲进手机的瞬间，我甚至有一种终于"找到组织"的感动，嘟嘟嘟，几个信息急不可耐地别了进来，第一个是问要不要发票的；第二个是让速把钱打到他账号上的；第三个是问要不要窃听器的；甚至还有一个问要不要枪的。最可怕的是朋友连发的五个短信：一、"速回电，有急事！"二、"？？？？？？"三、"怎么回事，还不回电？"四、"真的有急事，速回！"五、"真的不回？再不回，再过一小时就不用回了。"几乎吓出人一身冷汗来。我急忙把电话打过去，朋友似乎很是着急地说："你赶快往回走，还隐居哩，西安的天都快要塌了。"我问什么事，他就是不说，反正让我赶快回。我开始也只当玩笑，结果越熬越觉得好像真有事，快傍晚时，山上一阵乌鸦叫，很是凄凉，我又突然感到一阵无法排解的孤寂，就把包一拎，驱车返回夜光如昼、繁华喧嚣的都市了。走进朋友画室才知道，先是约我吃合阳"踅面"，其实就是一种泡饼，后来又"挖坑"，"三缺一"，等我不来，又各方敦促，人早弥齐，我只好嘟嘟囔囔坐在一旁，配合人家娱乐了半夜，不过心内倒有一种饱受孤独折磨后的喜悦。由此我想，我们与能够隐居和游走在秦岭深山中的贾岛、白侍郎之间的生命定力和精神距离，已不是一点，而是很长很长，几乎已有千年之久长了。

我们总是时常讪笑昔日在终南山中的那些隐者，有些是真隐，没人用，就为民族文化制造一些"不动产"，再不出来了。有的干脆做了道士、和尚。多数隐者，总是三天两头从里边捎出话来，希望组织部门早点来考察，自己已熟透了，再不来就瓜熟蒂落了，实在等不来，也有主动扑出来，亲自吆喝"卖瓜"，直接请求安排的。总之，秦岭山中曾经隐者如织，佳话遍地，不一而足。古之隐士，虽多有待价而沽者，但隐也是真隐了，可笑的是今人，何谈隐，露都露不及，全裸了还怕引不起注意，还得通过各种手段，制造吸引眼球的轰动效应和怪叫声，无论形态还是精神质地，我们都与内涵十分丰富的历史秦岭，在分庭抗礼、分道扬镳。现在的我们，基本只打秦岭物质的主意，拼命吮吸着它所产生的负离子，挖掘着它体内的重金属，索取着它身上的绿色植被，偷食或把玩着它悉心呵护养育的珍稀动物，而从生命全息形态把握和精神内存的使用上，正日趋短视、渺茫、渐行渐远。

人类对生态环境气候问题的关注，在大自然越来越强烈的警示中，正进入惊慌失措的议事日程。十分有趣的是，哥本哈根世界气候大会正吵得莫衷一是，不亦乐乎时，美国导演卡梅隆的新片《阿凡达》，恰好在全球"震撼上演"，我去看了一场，震撼倒是没咋震撼，感觉还真是有些感觉。故事讲：地球上的人类，终于把有限的资源发掘完了，濒临灭绝，却意外地发现了一个叫潘多拉的星球上，有一种矿物质，可以用来实施拯救，就不顾一切地把现代化战争武器和巨型盗挖工具开拔上去，准备"掘宝"。先是进行政治思想工作，自作聪明的人类，把一个人的大脑与阿凡达人的大脑链接起来，企图通过"卧底""潜伏"之类的人类惯用伎俩，洗了阿凡达人的"公主"的脑，而引诱其族群就范，谁知派去"灵魂附体"的人，竟然被那里的自然和谐所征服，"堕落"成了叛逆者。人类无奈，即对那里的生灵、植被，进行疯狂屠戮、捣毁。结果，一切都处在原始自然生态的潘多拉星球上的动植物，瞬间通灵，全面发动起来，与人类入侵之敌，展开了不惜流尽最后一滴血的"保家卫国战",最后自然是正义昭彰,邪恶败北。全片收官那句话说得特别好,大意是:让地球上那些不善良的人回到他们地球上去,善良的可以留下与我们一道生活。只见那些贪得无厌的家伙——被潘多拉星球人称作"战俘"的——我们登上外星球进行科考、探险、弄资源的同类,灰头土脑,蔫不唧唧,傻眉耷眼,霜杀了似的钻进飞船,滚回地球去了。

影片最美的是潘多拉星球上的风景,用美轮美奂形容,真是再也精准不过。现实中,无论如何也是不可能生成这般完美景观的,唯有人类的想象,才能使这种美臻于极致。据说,这部影片曾在中国的张家界、黄山以及世界许多名胜采过外景,可想而知,是拼贴加工而成。我觉得十分遗憾的是,没有秦岭山脉的华山身影。倒不是希望华山借《阿凡达》扬名,而是这样一部全球都十分看好的电影,没能更加奇妙地展示人类所向往的生存美境,是《阿凡达》不可弥补的缺憾。华山的鬼斧神工、奇险诡谲,华山的生命力度、精神质地,在我所涉足和阅览过的山川图画中,是最具神秘力量的一个,华山我可以年年攀登,并乐此不疲,而其他山脉,登一次足矣。要妙是,华山总给我力量感,给我以脊梁挺拔感,每登临一次,都能平添一些丈夫气概,虽然至今也还没能成为顶天立地的大丈夫,但有华山在,家人和我,就都感到了自己成才的希望在。人们称华山为父亲山,真是再也贴切不过的山呼。而华山是秦岭的魂,是秦岭的胆。

秦岭,美在巍峨苍劲,美在雄浑质朴,美在生态原初,包罗万象,更美在人文遗存丰厚,内蕴深邃广博。这里曾经漫山书香飘动,这里曾经遍地诗句迸发,这里至今和尚、道士相携游走,这里千古依然孔庙堂堂、香火袅袅。从战乱中,辞了国家图书馆馆长位子,骑一头青牛,带着紫气由东向西而来的老子,是在走进秦岭山脉后,才留下五千言，然后继续沿秦岭北麓向西，去深入基层，考察调研，而不知所终的。我觉得秦岭能有今天的生态环境，当与老子的文化浸润不无关系。老子由于饱经了战国时期各位霸主的各种"有为"，而见百姓生灵涂炭，便给当下社会开出了"无为"的良方。对于企图成就霸业的诸位"圣人"来讲，谁又愿意听这个老家伙的絮絮叨叨，一气之下，他就从河南老家离开，彻底走向民间，去验证自己的"无为而无不为"去了。

老子对社会的胡乱作为，有一个最形象的比喻，说："天地之间，其犹橐籥乎？"就是我们俗称的"拉风箱"。社会本来好好的，结果一些人总想作为，总想把事捅大，煽圆，就把风箱拉得呼啦啦、扑嗒嗒一片乱响，结果就不稳定了，就动乱了，就民不聊生了。在今天的世界经济争夺战中，大家又何尝不是在抢着拉风箱呢？只听满世界扑扑踏踏拉得山响，今天把石油从陆地、海底、山间抽了出来，明天又把稀有金属从岩石中炸了出来，后天再把东河的水赶到西河，再后天又把北面的山移到南面，总之，风箱拉个不住，在扑嗒嗒、扑嗒嗒声中，天在摇，地在动，钱在旋，人在转。有人说，地震与人类老在地底下抽气、抽油有关，好像是有些缺乏地质构造常识，但又试想，地底下本来憋得实实囊囊的，突然气放了，油喷了，大风都起于青蘋之末，蝴蝶的舞动都可能带来千里之外的飓风效应，更何况是大地的头颅、腹腔遭无数次挨刀，曝了光，走了气，放了血？无论是否有科学依据，我都相信这个说法有一定的合理性。如若我们都能学点老子，哪怕把风箱拉得慢一点，缓一点，小一点，也总比全人类都吊在风箱杆子上，把个世界拉得飞沙走石、风雷激荡、昏天黑地还嫌科技运用不足，管理潜能发挥不够，经济增长速度不快强吧。秦岭与老子走得近些，早早就吃了偏碗饭，先前风箱不乱拉，日今风箱拉得慢，所以秦岭反倒是有些"无为而无不为"意思。它永远是华夏南北分界线，永远是长江黄河分水岭，它还是中国最大的动植物基因库，更是儒释道相互包容，文明史陈陈相因，历史精英层出不穷，文化巨匠纷至沓来的人文胜地。

老子在他的《道德经》中，一直在寻找一种叫"道"的东西，用八十一章，铺排了五千多个字，还是没能说明白，用他自己的话说就是：能说明白的就不是"道"了。老子所说的"道"，是治国，是治军，是治人，是了解天体宇宙，是释疑人生百态万方，当然不好说明白，说透了，能说明白就简单了，也就用不着人们用两千五百多年的时间长度，来揣摩他的"道可道，非常道"了。我们是小人物，我们的问题，是老子五千言中所捎带着要解决的那些小人物的小问题，所以，这个"道"反倒好找些，我突然觉得，秦岭不就是我的"道"吗？"道生一，一生二，二生三，三生万物"，吃的喝的穿的住的，都由此而生，精神营养又取之不尽，用之不竭。秦岭不张扬，不趋时，不争宠，不浮躁；秦岭能高能低，能伸能屈，能贵能贱，能刚能柔；秦岭耐得寂寞，忍得寒霜，木讷处厚，高瀑善下，它不是我的"道"又是什么呢？

能活在秦岭的南边和北面真好。

2010 年 1 月 27 日于西安虚一村中

过柞水

因为家在秦岭更深处，因而，一年总要路过几次柞水县。当你走出漫天黄尘的关中大地，入终南山的沣峪沟时，第一感觉便是空气湿润清新了。山绿，水绿，连人也想张开嘴多说几句话。特别是炎炎夏日，当城里的洋灰楼、洋灰板晒得脚沾不得、手摸不得、屁股挨不得的时候，你再从城里逃出来，一头钻进山里，就像铁匠把一块烧得通红的铁板塞进了水桶，只嗞溜一声，温度就降下来了。

柞水在秦岭的那边，如果没有到过长江的人，翻过秦岭，随便在哪条小溪里掬一捧清泉咽下，就算是饮过长江水了，因为这泉，是长江的毛细血管。再往前穿行一段青的山绿的水，就到了被誉为"西北第一奇洞"的柞水溶洞。已经十几年了，这儿的红男绿女，出洞入洞，逛得很是自在。我却因小小在山里长大，见过许多山的大窟窿小眼睛，便对这一切没有了兴致。直到近几年在城里混饭吃，看多了假山、假泉和历经人工裁剪的花草树木，才又突然眷恋起了真真切切的自然山水。

在一个闷热难耐的日子，我们一帮由山地突围出来的文化闲人，

154

又喊喊叫叫回去了。之所以要亲近柞水，不仅因了这里的人均森林积蓄高于世界平均水平，素有天然森林公园之称，更重要的是：这儿的山水几乎涵盖了山区所有奇异、俊秀、恣肆、诡谲的表征。

我们喝着啤酒，穿行在如此赏心悦目的森林王国中，有人就喊叫憋不住要排泄诗句了。结果，喷一些顺口溜出来，终觉得是缺了概括自然的大气。不像当年遭流放的贾岛，骑一头瘦驴，走了三天两后晌，弄得驴瘸人跛的，勉强爬上一座山梁，却又见一堵奇峰迎面扑来，才颓坐低吟："一山未了一山迎，百里都无半里平，宜是老禅遥指处，只堪图画不堪行！"想如今弟兄们都坐着一日千里的现代化小轿车，仅凭窗户里观得的一点浅红嫩绿，就想吟诵出具有生命震颤感的绝唱，那又怎么可能呢？

外面下起小雨了，车窗玻璃逐渐恍惚，只有如泼的浓绿在满世界淫浸。我们顺着一条哗哗作响的小河，一直由北向南仄斜。当水声由哗啦啦变作轰隆隆时，我摇醒了身旁的沉睡者说，都跌到瓮里了还睡。他揉揉惺忪睡眼不知咋回事。我说这就是著名的风景胜地石瓮子，一个只需架两挺机枪，就能要了瓮中千千万万将士性命的"口袋阵"。他观了观朦胧山势说，这里有佛在呢，佛法无边，谁敢动刀枪？谁动谁就会耳聋眼瞎，瘸脚跛腿。问他此话怎讲？言：感觉。

既然有佛，那就去拜佛爷洞。这是庞大的溶洞群中开发较早的一个。百十余级台阶由公路"之"字向上曲折，当眼前豁然出现一个崖石的半边厅堂时，洞就张开了锦囊绣口。从口入，仅三两步，就有一个能容上千人拜佛的大殿。据说，去年这里还办过舞会，终因面对我佛，凡夫俗女有些畏首畏尾，而使红尘未能在此长久滚滚。其实佛是姿态万千的钟乳。在洞中"三层楼"式的升腾结构中，几乎无处不有佛在。大概是过于庄严、肃穆的缘故，有人喊了声：那佛像一头憨猪。顿时，所有被佛法震慑得双膝发软、腿肚子转筋的人，统统都放开了芒刺一样的思维。很快，一切佛，便都幻化成了似是非是的鸟兽，连万古凝结的"佛堂幔帐"，也成了"无戏幕不拉"的演艺场。三个坐卧念经的"和尚"，更成了现代闲人眼中"三缺一"（麻将场）的寂寞等待。佛似乎并未立即让这群桀骜不驯者口眼歪斜，手脚抽筋，反倒从凡胎无法洞见的地方送来了徐徐清风，看来我佛也并非想象中的那样：见不得人说三道四。

从佛洞出来，入天洞、地洞、风洞，洞洞构造迥异，钟乳仪态万方：或玉宇琼阁，细腰飞天；或阴曹地府，阎罗判官；或曲径回廊，茅棚石庵；或花鸟虫鱼，塔笋柱签。走在阴阳两界，行在人妖之间，追溯着成百万年的溶蚀、刻塑、沉积、淀结，遐想着大千世界的人、情、物、事，便突然觉得洞外关于住房、职称、工资、级别、物价的烦恼，是何等地微不足道。据导游小姐讲，石瓮附近，群山皆空，期待开发的神奇洞穴尚有百余。倘若他日有幸尽游，不定真会堕入迷雾，而愿坐石化佛化仙，甚至化鬼化妖化猪，却再懒得朝洞外走人了呢。

出得洞来，细雨初霁。一瓮的苍翠，引来百鸟唱和声声。粼粼碧波，是在瓮底一溜白色鹅卵石上摇头摆尾。大家心绪陡然疏朗辽阔，纷纷指点着瓮中比比皆是的美妙处，天花乱坠地设想着给自己也弄一个"闲人斋"之类的书屋。有的甚至奢望在百年之后，能将尸骨运来瓮中，占去弹丸之角，好与佳山佳水同在。却听人说，瓮中的每寸土地，都已千筹万划，度假村、避暑山庄即将拔地而起。到那时，鱼贯入瓮者，想必多是挥金如土者流。如我辈清贫之士恐怕只能在这样的大美境界中，嫉妒那逍遥在枝头的鸦雀窝了。

旅游部门听说有舞文弄墨者，便在洞前摆下案几与文房四宝。果然有人握管挥就了上好的诗句，赢得观者阵阵赞叹。当一位大作家写下"今做陕南人，来世洞前柞"时，地方名士抱愧道：只有等千山烟囱如林，机声隆隆，厂房座座，车水马龙时，方不亏了你这棵"洞前柞"。我笑着说：果真那样，他可能就不来了。却是为何？我言：那还是柞水吗？

1995年5月于西安

我的"柴达木"山地

这并非包裹在阿尔金山、祁连山和昆仑山之间的那个举世闻名的柴达木盆地，而是商洛山中三个分别叫柴坪、达仁、木王的行政区域，它们像一根藤上的三个蚂蚱，牢牢维系于一条九曲十八盘的公路。这里没有盆地，地，是地图一般悬挂在峭壁上的；人与牛，是仄仄斜斜地平衡在地图上春耕春播。公路倒也陡中见平，这平却是在岩肚子上拉出的一道血槽，司机稍不留神，四个轮子便会腾空而起，高山瀑布般地射向千壑万潭。河分二路九岔，是千架山中的千条小溪交汇而成。溪水如锯，阴柔刻石，沟槽便被越拉越深。远古栈道的风化石条已高高闲适在路人的头顶。

春在这里是用粉红色铺天盖地的，那千万树桃花很难用绚丽、灿烂之类的字眼加以形容。山野人家全都蛰伏于密密桃林，远远地，只闻鸡鸣狗吠，不见墙梁瓦舍……

俨然古风的山野人家

清明时节，雨瘦花肥。

一辆北京吉普奔驰在蛇形山道上。车中，县委宣传部的老王部长有些激动地侃起了十几年前发生在大山皱褶深处的"刘总师"惨案。

那是一桩骇人听闻的冤假错案。被极左路线折腾得饥寒交迫的农民，毅然打出"坚决拥护刘少奇三自一包四大自由"的旗号。而当时的国家主席刘少奇已被打翻在地，成为"叛徒、内奸、工贼"。这个自发的群众组织自然遭到了残酷镇压，二十三人被错误枪决，刑讯逼供中，杀、关、管、斗，打伤致残的不下千人。直到三中全会后，冤案才得到彻底平反昭雪……

雨淅淅沥沥，山野坟凸上的清明剪纸花吊在随风飘摇。

司机说："到了，从这儿往里全是昔日'刘总师'活动的地方。"

我从车窗向外窥视，只见满山郁郁葱葱，竹林房舍星罗棋布。公路是顺着一条小河而弯曲，小河上架着座座窄高窄高的吊桥，牧童骑着黄牛从小桥上缓缓走过。

小车在一条小溪的边槽上抛了锚，趁司机修车的机会，我们随便走进了路边的一个院落。

谁知未等踏上场坝，五条恶狗迎面扑来，吓得我一个趔趄栽进了排水沟。打头的良华被团团围住，老王急忙捡石头驱赶。狗们无动于衷，只顾连撕带拽地剥夺着良华手中的照相机。这时主人终于从红漆大门里走了出来，连连喊叫："快把照相机扔了！"良华一松手，几条狗才衔着照相机回到主人身边。

"你们是干啥的？"主人问。

良华说："我们是县上下来检查减轻农民负担落实情况的。"

"不是记者吧?"主人又问。

"不是的。"

"那你们上来。"

眼前是明三暗五的新瓦房。走进堂屋,只见古老的神龛上置放着一台十四英寸的海燕彩电,彩电背后一炉香火缭绕着"天地君亲师位"。一个六十多岁的老爷子,一边有些难为情地瞥着电视里穿三点式泳装的性感女郎展示健美肌,一边有滋有味地撕扯着刚从吊罐里捞出的猪蹄子。见了客人,急忙用袖口擦了油嘴,提着吊罐进了内室。一个女人睡在一间门扇半掩半闭的房间里,一簇黑油油的头发懒散在一个绣花枕头上,一个红艳艳的牡丹花发卡已经溜到发梢。她自始至终没有转过脸来。

主人为我们沏了远近闻名的地方特产象园茶,还摸出了带把的公主烟。

老王与他攀谈起了农民负担问题,那人只是唉声叹气,懒得多说话。

"你们家有人在'文革'中受过迫害吗?"我借机插进了我最关心的话题。

"唉,那时穷得干胯骨敲破炕板,"主人向刚进房的老爷子努努嘴说,"我爹就参加过'刘总师',还坐过牢呢。"

我刚准备记录,一条黄狗忽地扑上来叼走了纸笔。主人连忙说:"到这儿来可千万甭玩照相机和笔杆子。"问其缘由,四十多岁的主人突然破口大骂起来:"你们不知道呀,前晌来了几个野狗日的,又是照相,又是采个啥子访的,还吹他们报社要重奖先富之家。煽得我领着他们房前屋后、楼上楼下看了个遍。哪知困一夜起来,几条狗被药得昏迷不醒,灶头上的陈腊肉让人家从窗口钩走三十七块,连藏在后檐沟地窖里的老陈酒，都连罐挑得无踪无影了。"

看着灶头上熏黑的腊肉串和大坛坛小罐罐封了口的粮食酒，我问："咋不卖呢？"

主人说："自家总是要吃要喝的。"

老王问："案破了没有？"

主人说："听说是一帮山外瞎家伙偷去放在广货街卖了。"

我故意激他说："贼比你高明哪，人家都有商品观念。你富成这个样子，不把物变成钱，贼还会来偷的。"

主人恶狠狠地说："只要他不怕腿断胳膊折了，来偷么，反正我到处都安的是电雷管。"

这时，司机在公路上喊，车修好了，我们不得不起身告辞。主人把我们送到场坝边上，归还照相机、钢笔和记事本时，故意大声问老王："炸伤了贼娃子该不犯法吧？"

老王说："那犯伤害罪呢。"

主人说："伤害罪就伤害罪，狗日贼娃子太可憎了。"

小车继续前行。我们一路估摸着那户人家的家产，议论着那种土财主式的生活方式。部长直感叹对山民进行市场观念教育的迫切性。

吉普在一低洼路段减速行驶时，我突然被兀立在公路边一个土塬上的独家村所吸引。我是爱上了那一蓬蓬捆扎得规规矩矩的柴火。村庄很平静，像一潭不流动的水，除了柴门里的一点地火在跳动外，人和一切都是木木的。我提议上去看一下，司机停了车。

四人冒雨登上溜滑的土坡，一阵肉香扑鼻而来。踏上三级石台阶，跨进一道门槛，只见一个吊罐从楼枕上用藤条吊下来，正在旺旺的柴火上煮得咕咕嘟嘟。火是从一个掘挖了半尺多深的方坑里生起来的，一个形状酷似奔马的大树根正燃烧得毕毕剥剥。放在城里，它也许会成就一个根雕艺术品，而在这里，耗尽全部能量也只能熬熟一块猪尻子。

我们的到来，并没有搅动这儿的沉静，围在火炉边的三个男人直勾勾盯了我们半天，一动不动。老王主动搭讪了一句，其中一个长者才磨磨蹭蹭将屁股从木墩上拔离，招呼我们一一坐下，然后翻翻"奔马"，一簇火星蹿上黑黢黢的楼板，火更旺了。

"请问老者贵姓？"老王问。

"蓝。"

"叫蓝啥呀？"

"蓝春源。"

"今年高寿？"

"六十七。"

"家里几口人哪？"

"四口。"

问啥答啥，没有半句多余话。当问到生活情况时，老人扭头看了看几芡子玉米，然后用身子靠了靠码在背后的一人多高的蛇皮口袋，憨憨地笑了。

我用手一摸，口袋里装的是小麦。再摸，还有黄豆。"这些全是粮食？"老人点了点头。我惊讶地站起来数了数，整整五十袋，少说也不下五千斤。良华与我合抱着量了量芡子的圆周，短两尺多手指不能交会，那么这半人高的三大芡子玉米又是多少斤两呢？问老人，老人笑而不答。这时司机走过来撞了撞我的肩膀，示意我往楼上瞅。我抬头一看，好家伙，简直是肉的海洋肉的森林么。我急切想上去点点数，忙问老人："能上去看看吗？"老人颔首应允了。

登上一个晃晃悠悠的木棍楼梯，一排排砍割得宽窄长短不一的腊肉吊子扑面而来，借着楼下折射上来的余光，我看见五根一丈多长的木棍是用篾条倒吊在房梁上的，每根棍上挂着二三十块肉，总共一百七十余吊，吊吊汪油欲滴，楼板上湿漉漉地滑腻。借着良华的闪光灯，我又发现沉睡在阁楼拐角的一口大板柜，走过去划着火柴一看，半边是陈芝麻，半边是核桃，各有百余斤。抓一把放下去，五爪墨黑如漆。

从阁楼上爬下来，问及腊肉年代，老人笑眯眯地回答说："最早有十年前的。"我说："能取下来看看吗？"只见老人站起来，走进另外一间房，摸索半天，取出一块黑如焦炭的腊肉来，放在地上一掸，声似顽石击木。

"那边还有腊肉吗？"我问。

老人轻启着厚嘴唇，仍是点头微笑。

这时我看见老人方才拿肉出来的房门口，倚靠着一位眼睛不怎么灵光的老大娘，正不知所以地向这边张望。我上前问候一声，便与良华走了进去。

这是一间比堂屋更昏暗的偏房，一道竹篱笆切开了灶与炕的连体。　锅泉水即将煮到沸点，一灶红火映彩了老大娘的胖脸，揉搓得浑圆的半簸箕荞麦疙瘩正待下锅。南墙下又是几箱陈粮摞成"品"字，几串红苕干子犹如一组排列齐整的蝙蝠方队，死死地固守着剩余的残壁。

又是一个木楼梯通向半边楼，攀登上去，漆黑一团。划根火柴，却被灶上的浓烟和蒸汽所窒息。良华掏出打火机打燃，又一奇特景观映入眼帘：楼顶上的腊肉犹如倒吊的钟乳石，鳞次栉比在檩椽上，翘着毛尾巴的尻蛋子一律反扣在墙上。一溜椭圆形的猪项圈顺着一根粗椽排进去，颜色由浅入深，最后几圈干脆像烙煳的锅盔。阁楼很矮，我只能猴着腰在肉林中穿行，稍不留神，干肉块子便会把头颅磕得嘭嘭作响。气体打火机呼呼哧哧地吐着火舌，若明若暗中，我清点完了肉数。难道只有二百一十七吊？我怀疑这个数字的准确性。正欲重数，忽听脚下咯巴一响，良华说："快撤，楼下可是开水锅。"

老王正在堂屋开导着老人，叫他把余粮和腊肉拿到市场上去，老人不哼不哈。司机见我们从楼上下来，忙喊："快来吃热砧板肉！"

一块油汪汪的木板上果然放着十几片热气腾腾的腊肉，闻起来香喷喷的，夹起来亮通通的，有两三寸长。虽然周边色泽蜡黄，中间却呈柳树根芽似的嫩红，司机说："这才是正宗腊味！"我咬下半截，果真油而不腻，滑润爽口，胃口为之洞开。问起腊制方法，老人说，血水未尽时用檀香熏烘九十九天。

"一人买一块吧！"老王给我们使眼色。

我是真的想买，便掏钱与老人议价，谁知好说歹说，老人只有一句话：不卖，留着自己吃的！

老王给老大娘做工作，并且故意抓起一块肉，撂下二十元钱就走。急得老大娘直跺脚："怪事情，不卖就是不卖么，还能强人，乡长来我都没卖的。"

就在我们要强买腊肉时，老蓝的两个儿子却像守护神一样守护在柴门左右，四只眼睛恶狠狠地盯着提在我们手中的腊肉。老人一直不温不火地应付着几个有些强人所难的买主。最后甚至还到地窖里搬出一坛老陈酒来，宁愿让我们在这里吃饱喝足，却死不言卖。

望着他那张自始至终没有变化的笑脸，我似乎突然触摸到了一根不再活跃的神经，那分明是一种对生存现状的极大满足。

良华一边品着苞谷酒一边说："你把这些正经东西卖一点儿，也好把房翻修翻修嘛。"

老人说："我都快进土眼儿的人了。"

"不是还有两个儿子嘛。"司机说。

"两个瓜娃么，能守住这破家业算是本事。"

老王说："这粮都生虫了，不吃不糟蹋了？"

老人说："马上就要派上用场了。"

"干啥呀？"

老人有些作难地挠挠头说："我想把丧事提前办了。"

"啥？"我们几个人都诧异地张大了嘴。

老人嗫嚅着说："两个瓜娃没用，等我死了谁来帮忙落葬？谁来做道场？我只有提前把亲戚朋友招待了，把道场做了，将来入土才不难场。"

老王说："没有必要这样想，你百年之后政府会管的。"

老人说："我们都算个弄啥的。"然后便久久地沉默不语。

被搅扰了半天的主人该吃午饭了，火炉里的"奔马"也已烧得只剩下最后两条腿。该起身了，良华请他们围到吊罐旁照个全家福，老大娘一边掸着衣袖上的灰尘，一边用手捋着头发嘀咕："连衣裳都没换一件。"看着那幅纯粹得醉人的山野民俗图，我也挤进了画面。

车又启动了，四个人在颠颠簸簸的帆布篷里讨论得很热烈。我把亲历目见的一切，统称为"蓝春源现象"；两位从事多年宣传工作的"职业杀手"，从政治、经济、文化方面，对此进行了全面而深刻的解析，其丰富内质非一言能蔽之。

我脑子里始终萦回着蓝春源那三百九十余吊腊肉和另一位主人的五条看家狗。他们的守业精神已经提纯到了结晶的程度。难道这仅仅是山地闭塞造成的小农经济意识？离此不远的"天麻大户"和"茶叶大王"不是也同样沐浴着从这道山梁背后升起的太阳吗？处在"刘总师"漩祸中心的山民，是不是至今仍心有余悸：因恐惧饥饿与死亡而拼命聚敛陈古食物呢？值得庆幸的是：他们毕竟结束了一个"衣不遮体，饭不饱肚"的时代。虽然老蓝仍然徘徊在"洋芋糊汤（如今应该是'美酒腊肉'）疙瘩火，除了神仙就是我"的生命喂养层，但战胜了饥饿，也便是他们人生极其辉煌的成果。

小车拐过几处急弯，便进了"柴达木"的第一要镇——柴家坪。

小街儿女

这是一条构筑在沙滩上的小街。

八百里旬河，是小街的衣食父母，也是小街的灾难瘟神。西安炭市街八十元钱一斤的甲鱼，在这儿有时一脚能踢出几只；而旬河一旦暴怒，又会一口咬掉小街的半边。

街面很窄，但小洋楼如篦梳之齿，排列得井然有序，家家洞开着门脸，讨价还价之声犹如铁锅炒豆——清、脆、尖、锐。

一家裁缝铺里，一妙龄女郎正在与浙江老板舌战："一点儿样子都没有，得改呢。"

"咋改？"

"你是裁缝呢，你不知道咋改？"

"是长了还是短了你说嘛。"

"你看看这《时装杂志》，超短裙就不是这样子嘛。"

"那是大城市人穿的超短裙，讲究半截尻蛋子露在外头。"

"你也不要小看了柴家坪，这儿在大城市干事的多的是。给我赔面料。"

"好好好，你说咋改咱咋改。再剪掉一寸咋向？"

"一寸五。"

女郎说着悻悻而去。

老板自言自语："黑尻蛋子，也不知道露出来谁看。"

在一家美容店里，拥挤着几个中年妇女，正头戴脸盆大的塑料盔，热汗涔涔地说枣花，说刘晓庆，也说刚从电视里认识的克林顿的老婆。美容师正在给一个俊俏少妇文眼线。

透过钢筋水泥上的花砖彩釉，我似乎看到了木柱石墙上的雕龙琢凤和更久远的茅棚石庵。面对所谓宋代的祭河牛头，我的双膝好像已跪进滔天洪水之中，与古人一道涕泗滂沱地敬畏起法力无边的河神。然而，我大惑不解的是：他们屡被河神剜根蚀底，为何还要屡屡在神唇上重建家园？是一条什么样的锁链绑缚着这群生生不息的人丁呢？访遍小街，柴家坪竟无一户柴姓人家，这使我更加如堕五里雾中。带着重重疑云，我拜会了"菜九公"——一个被誉为小街"活历史"的九旬老翁。

他是打坐在一个油汪汪的草垫蒲团上沐浴太阳光辉的，岁月已经将他压缩成了弃尽浮华的根雕。一本线装书，平铺在他精瘦的腿面上，一副红铜眼镜架，是用一根麻绳连接在高高凸起的后脑勺上的，镜片已裂痕遍体。

我讲明来意，菜九公从镜架上方白了一眼，有轻蔑之凉气刺骨。后恭问再三，方吐珠玑数点：

柴家坪，非柴姓之家园，柴乃菜之谐音也。明末清始，干戈四起，长江沿岸之草芥，抱头鼠窜，有缘河钻入这桃花源者，麇集休栖，不复出焉。后山人之太祖菜公名坚果，扎木排，运山珍，辗转汉口；引商船，运丝帛，溯源奥区；南通蜀汉之航运，北衔长安之古道，蝇头小街遂成商贾云集之福地。菜门发旺之迅疾，也如温泉浸豆。后小街彼岸之阎氏，弃耕读传家之祖训，步吾祖菜公之后尘，开店贾盐，竟成气候，菜家由是日渐衰微。欣逢山野游仙指点迷津：菜遭盐腌矣！须改菜为柴，方呈烈火克盐之势。柴家坪故名。

问及小街屡毁屡筑之缘故：是因了千里难觅的风水宝地？九公曰：然，不尽然。大水过，退居山梁者，筑舍百年不淹，然倚腐枕朽，仅温饱尔；大水过，重整旗鼓者，一淹再淹不馁，子孙创业，反成万千气象。所谓人杰地灵：动则杰，变则灵，如韭菜之愈刈愈茂。枯不摧，朽不拉，纵金盆银池亦出嗟食飘丐。

面对如此旷达的山野先哲，我肃然起敬了。柴家坪饱经风霜的历史，全部刻在了他果敢坚毅的脸上；旬河儿女百折不回的率性，更似九公那坐卧不化的仙风道骨。站在分切河、街的现代化防洪堤上，我有些冲动地构思起了一部电影《老街》，最后的画面是：沙滩上，一个赤裸的九旬老翁，正将他一群才学会走路的光屁股重孙，赶向金色河潮……

沙洲踏金

"小街人都说八百里旬河黄金铺底，是真的吗？"我问地方父母官老汪。

老汪笑笑说："祖辈都这么传。不过，据地质学家近年勘探论证：仅小街上下一千七百米河床，就潜藏沙金近两吨，现已进入开发前夜。"

"沙面上能见到吗？"

"有人在河边打鱼，捡到过板栗大一颗呢。"

这话在我脑海里整整萦绕一夜。第二天，我便下决心不坐小车了，我对老汪说："你忙你的去，我想徒步领略旬河风情。"

老汪让良华与我结伴而行。我便用一根木棍撬起行囊，专走沙洲乱石滩。眼睛瞪得铜铃大，不曾放过一只蝼蚁。然而，板栗大的"万货"到底没有露面。我用双脚蹭散了所怀疑的每一窝沙石，三接头的皮鞋都踢成了蛤蟆嘴，获得的，仅仅是一个生满绿锈的铜烟锅儿，良华还说有可能是一个灾中"水鬼"的遗物。

在一月牙回水湾，三五成群的淘金者布满沙滩。他们是从河岸的黄沙坡上掘土出洞，肩扛背驮到明镜水面，用一梯形木匣筛、罗、沉、浮。木匣谓之金盆，泥沙从大口面顺水漂走，金子便沉坠在窄窄的底部。我们观察了许久，只有一胖嫂获得了三星两点的闪耀，是用一青霉素瓶盛着，牢牢藏在胸脯起伏的地方。背土的瘦男人想瞧瞧，胖嫂抓起半瓶太白酒，咕咕嘟嘟喝下几口，噌地扔过去说："放心，老娘吞不到肚里去，快背你的。"瘦男人拿起酒瓶狠狠往嘴里促了一下，才背起背笼快快入洞。

突然，远远地有人喊："六叔淘到一对金牙！"只见一河滩人噼里啪啦撂下金盆，飞沙走石般扑向上河湾。叫六叔的人正盘坐沙上入静，围观者心急火燎地要他拿"牙"出来，他偏无动于衷地只顾拿火柴搅耳眼。几个后生实在躁气得欲强人硬下手了，六叔才"啊"地张开嘴："看，看，看，有啥好看的。"随后咯噔一声如大坝关闸。就在那宝物闪现的四五秒钟，我算有幸从人缝中瞧见了那对"牙"，是金灿灿黄澄澄对比在六叔那两排烟釉斑斑的黑牙中间的。见者无不咂舌舔唇，都说六叔已有数月未见金面了，真是十日淘金九日空，一日能顶百日功啊！

拐过月牙湾，眼前呈现出更为壮观的淘金场面：一个桩柱立架，如宝塔一样兀立于沙洲。机声隆隆，人声鼎沸，千年沉沙便从霸王潭底翻卷上来。金、石遴选处，但见残铜、断刀、骨殖、片陶，异物纷呈。

据淘金人讲，一月前还曾出水青铜箭头六枚。难道这儿曾是某位霸主建功立业抑或折戟沉沙的古战场？不然怎称霸王潭呢？

潭水深不见底，而沙层更是厚积如山。机器钻入个七米方见基岩，黄金就沉睡在那万古岩床上。所谓淘沙金，至此我才明白是翻河槽的老底，艰难困苦，确非常人所能想见。这使我猛然想起了《拾黄金》里那个懒汉小丑的可笑可怜。贵为金子者，如果大路上就能拾得一方，沙滩上也能踢出几粒，它还能套住美女的脖颈，环贯娇娃的耳朵，箍瘦世人的笋指，勾走悍夫的性命吗？我打消了"拾板栗"的美梦，缩回戳出破鞋的脚趾，乖乖上路了。

桑园美人

路依然在桃林中延伸，旬河被桃花半遮半掩在路的脚下。滋润在满世界的嫩红里，我遽然替张艺谋担起忧来：他的《桃花满天红》能拍出特色吗？外景点定在什么地方？那儿有如此染天浸地的滚滚红潮吗？

这时，一缕婉柔清音从红潮深处飘来：

> 风和日暖好春光，
>
> 刘海打柴在山冈；
>
> 九妹爱上了砍樵汉，
>
> 桃花林里追赶忙……

循着歌声走去，只见河畔桑园，星罗棋布着一群斜挎俏腰花背笼的采桑女，一律脚尖点地提气收腹地修长在桑冠华盖下，一边揉枝掐桑，一边歌唱爱情。

良华说："柴坪桑蚕历史悠久，早在清朝时就已成批收购，由旬河航运武昌，远销全国各地。手工缫丝坊所产丝绸、丝帕，也曾畅销西北五省……"

我已被旬河大屏幕里的投影所俘虏。那相映成趣在水中的青枝、绿叶、桃花、粉面，怎么就这样勾魂摄魄地楚楚动人呢？桑姑们是割过眼皮、文过眼线，还是用影膏勾勒过鼻梁，就这般眉清目秀，妩媚生动？

我忽然联想起百里外的"镇安缫丝厂"：久闻那儿全封闭式现代化管理着五百美人，是搬动了县上最高父母官的大驾，我才获得进厂一睹佳丽缫丝的殊荣。千般感叹之余获悉其中五分之一是旬河岸边人。我奔旬河岸边来了，这旬河果然是孕育天姿国色的摇篮。我干脆席地而坐，"花港观鱼"了。

突然，不知是什么东西，从我们旁边不远的地方栽了下去，只听"噼呀"的一声，河水溅起数丈浪花，顿时，水里枝折、花碎、"鱼"散；岸上，桑姑惊悸，环臂抱团。过了许久，才见一个毛头小子咧嘴出水。他说他是放牛娃，踩失脚了。这宽路，他就真能踩失脚？

客宿桃花坞

我们继续顺大路走马观花。当丽山秀水渐渐沉入暮色时，后面传来"大路朝天，各走半边"的喝道声。扭头一看，竟是数抬嫁妆接踵而来。呼扇呼扇的长轿杠上，捆绑着成双成对的箱、柜、桌、椅、铜锅、铜盆。良华说陪嫁很重，那大斗小橱里可能全装的粮食、腊肉、甘蔗酒，不然三十几条汉子不会压得直喘粗气。我们跟着小跑了一段，只听前边传来口令："天还没有黑呀，新娘等不得呀，眼看要进新郎门，爷儿们歇一歇呀！"一阵山摇地动的集体诗朗诵后，十六抬嫁妆落地了。汉子们纷纷扇动衣襟，有人干脆剥了线衣，赤裸出雄健的体魄。

我们走到一个拿领带擦汗的野洋小子跟前，问他嫁妆从哪儿抬来，他说七十里外的冬瓜潭。"还远吗？""拐过弯弯就到了。"

我实在想体味一下轿夫的潇洒飘逸，便对那小子说："我替你换一肩，行吗？"他忙递过垫肩："巴连不得，快快有请！"我一头钻进轿杠，"起轿——"的口令便从前边传来。那完全是一种身不由己的感觉，领头的定好了速度节奏，后边人只是机械地抬腿换脚。开始小跑，继而引颈欲飞。欢实的轿杠眼看要闪断，却偏又皮条一样反弹回来，一曲一直中，肩上的压力便轻柔于美妇勾肩撒娇了。更有趣的，是那一连串类似"转弯鸣号靠右行"的交通口诀："前边一朵花啊，闪开莫踩它。"闪过后我才发现，那是路中一堆狗屎。他们还极尽幽默调侃之能事，一路妙语连珠："前边一条沟哇，驴蹄子往起抽哇！""前边一面坡哟，小心猪脑壳哟！""前边一道坎哪，蹾尻子又伤脸哪！""前边一块砖哪，小心底朝天哪！"正当"大路好走，甩脚甩手"时，前面喇叭、鞭炮、三眼枪齐鸣，桃花坞里，已是酒肉飘香，人头攒动，大红灯笼高高挂了。

停轿后，哪由分说，我与良华便被三个"支客"拥戴进堂屋，公主烟夹了左耳，金丝猴卡了右耳，嘴上还连着大雁塔。有人误以为良华是娘屋表哥，沏茶都用的洋瓷缸子；我为轿夫，便饮土陶黑碗了。

天黑尽时，只听满院子喊口叫："新娘到了！"等我挤进人窝，扒开一条缝往里窥视时，一个苗条背影已蛇形溜进偏厦小屋了，这时，只见八个吹鼓手一齐瘪了腮帮，直了眼；连一个放雷子炮的都忘了手中的已燃物，直到响响地炸焄了自己的巴掌，才狠狠骂了一句："狗日的麻狗子艳福不浅哪！"一个花白胡子的缺牙老汉也挠着痒痒说："这娃怕是把人家冬瓜潭的油花子撇了。"

新娘是乘了用软缎被面扎了数朵红花的手扶拖拉机来的，当机上的其他贵宾被迎进堂屋后，就有人喊叫开席了。堂上廊下，屋里屋外，顿时热闹了十二张八仙桌。当八小件子吃得油干捻子尽时，八大件子就源源不断地送上桌来。一个跑堂的被走猫绊了个狗吃屎，双手托举的大木盘里，仍然平衡着六海碗肥肉坨。有人来缠"娘屋表哥"划拳了，良华暗示我赶快上茅房。我刚出门，就听里边喊："新郎新娘敬酒——！"我欲折身回去，良华已趁乱溜了出来，搋住我的手说："快跑！"我便被不明不白地拖出了庄园。

"'柴达木'人特别热情好客，酒席宴上不撂翻几个就不丢手。"良华说，"甘蔗酒后劲儿特大，进嘴甜甜的，下咽绵绵的，半夜才知不是好玩的。你知道新郎新娘拿啥敬酒吗？大茶盅。"

我的天神爷，看来喜酒不是好喝的。走吧，伸手不见五指，何处投宿？再说行囊还在堂屋耳房，这会儿说啥也不敢去取。我们只好在庄园坎外静坐。过了一会儿，只听院里有一醉汉到处找"娘屋表哥"和"洋轿夫"，最后还跑到茅缸里拿棍搅了搅。乐得我和良华不住地窃笑。

又过了许久，里面喊叫："闹洞房了——"紧接着，跑堂的便抽走了残羹剩汤。有七八条游狗叼着骨头跑出院来，美滋滋地卧在花下享福。当新房里开始"翻江倒海"时，我与良华回了院内，"支客"连忙邀我们进厢房，又要上酒上菜，我们婉言谢绝了，只请求安排个铺。很快，厢房的门扇就被卸下来支了床。我们刚爬上床躺下，一个醉汉就歪携着一坛酒扑了进来："我说她娘屋表哥没走吧，咋向？起来，喝！还有你，抬嫁妆的胖子，快起来，一齐……喝！麻狗子是我兄弟，媳妇找到我前边去了，人梢子……你表妹是个人梢子呀……我高兴……娘屋表哥……我高兴哪……"醉汉说着哭了起来，是"支客"找人把他架出去，我们才得以安歇。

上房整整闹了一夜，大概是凌晨四点，有人喊叫床板闪断了，我隐隐约约感觉有几个愣头小子下了堂屋的门扇，再以后便困乏得啥也不知道了。是阳雀的几声叽喳，把我从睡梦中惊醒，太阳已照红了柜盖上的睡猫。我叫醒良华，一脚踏出厦房，眼前的景象不禁让人愕然呆立：鸡、鸭、人、狗，横七竖八地拉叉了一院子，一条醉汉是将一颗头颅装在酒坛子里幸福作鼾的。一夜春风，逗引几树桃花飘零，人醉，鸡醉，鸭醉，狗醉，唯有洞房里清醒着一个娇滴滴的声音："要人命呢……"

我们恋恋不舍地告别了桃花坞。

茶乡情韵

一辆拉盐的大卡车抛锚在路中。司机正卸轮胎。驾驶室里睡着一个嘴唇抹得血红的女人。

我与良华干蹭上去，一边殷勤地递烟点火，一边飞快地帮忙拆换零部件，直到涂抹出两个小鬼来，司机才恩准上车。

我们福分不浅地硬卧在成百袋碘盐上进了达仁河。

良华在这一带抓过计划生育，沿途都是熟人。下车后步行七里，有几十人与他打招呼。东家的三胎生没？西家的二胎扎没？南角梁的赵二嫂复婚没？北宽坪的刘老汉尿不下的病治断根没？等走进达仁区公所，已是晌午过了。

区上的头头脑脑全都去茶山督战了，门卫说：象园茶今年给耍大咧，要出口呢。听说把炒龙井茶的专家都请来了，连门跟前的人都喝不起了……

最后老门卫认出良华是去年县上来搞计划生育的程部长，才从箱子底翻出个装茶的"洋铁盒"来，给玻璃杯各捏一撮，冲上水说："这还是儿媳妇孝敬我的半斤清明雨前毛尖呢，贵客临门了，拿出来尝个新！"被沸水腾上杯口的绿茶，膨胀后舒缓下沉，条形果然紧结、圆直、匀齐，有锋苗欲引颈拔节。汤色黄绿明亮，香气扑鼻，如入八月之稻田。呷一口，满嘴生津，味同嚼梅。难怪国民党的一个保长要留下一句名言：品象园毛尖，如喰少女之唇舌矣。想去年差旅杭州，我专程登上龙井山，啜茗西湖龙井珍品，味道也不过尔尔。

我们直把两杯浓茶牛饮得清淡无色，才抹嘴拍腿起身。当我们步行到二十里外的茶山脚下时，身影已被月光拉得很长很长。但见家家点灯熬油，摆平笸篮栲栳，支起大锅小鏊，将一掐冒水的嫩芽揉搓得银针一样长圆。

我们投宿在一刘姓人家的板楼上，脑壳从楼梯口塞出来与主家谝闲传。这家是婆娘拿事，淡话多于牛毛，天南海北，秦汉魏晋，很少有不知道的，但也很少有真知道的。说到象园茶，更似大坝决口，男人几番插话堵塞，波涛仍然奔涌不息。照她的说法，象园茶是她老公公的太祖爷一九四四年从安徽带来的种子。开头一直归刘家所有。一九六四年毛主席号召"山坡上要多多开辟茶园"，这茶才撒播得漫山遍野的。她还骄傲地回忆起了她当"铁姑娘队长"的峥嵘岁月：为了深入贯彻落实毛主席的教导，她亲自率领十几个婆娘从河边肩扛背驮了成百吨白火石上山，用仿宋体把领袖教导摆得满坡架岭……

175

"批干好了没？嘴受活了没？"男人在炕沿上把烟袋锅一阵猛磕，"明天要赶早采茶，你不困人家客还要困呢。"

女人又说了几句改革开放后象园茶如老母猪下崽一样"发扬光大"之类的话后，楼下就传来了鼾声。开始我们以为是男人打鼾，后来听男人踹了一脚："猪！"才听女人哼哼唧唧一个翻身。

灯灭了……

　　　　早上下地露水深喏，

　　　　妹背挎箩哟茶山行。

　　　　情哥躲在梁背后哟，

　　　　趁着大雾把妹亲，

　　　　差点撞着人喏——

一阵悠扬的男高音喊山调，把我和良华唱醒来。下楼一看，主家早不在了，只有一条黑狗卧在门口警戒。

晨雾浓得山隐地灭，隔数尺便不能看清对方的嘴脸。茶山早已沸腾，只是人声似在空中缥缈，欢歌宛若仙界清音。现实不知比神话与梦幻纯粹浪漫几许。

　　　　这山望见那山高哎，

　　　　山上几树好鲜桃耶，

　　　　哥哥想吃想疯了，

　　　　不让尝了上树摇咿哟嗬……

一个男人领唱，成百个男人帮腔。强大的气流竟然把浓雾从阳坡赶向了阴坡。旋即，阴坡冒出了个花腔女高音：

> 这山望见那山小哎，
>
> 一群馋猫想吃桃哟，
>
> 长棍短棍打不着，
>
> 上树小心闪了腰咿哟嗬……

阴坡的帮腔者不知比阳坡要多出几倍，俄顷，走雾就掉转航向，浪涛似的翻卷了回去。

良华撞我的膀子说："你也来一段。"我有些怯火。他说："怕啥？这大的雾，谁又看不见谁。"我的喉头还真被此情此景逗痒了，便爬上一个大石包，目中无人地野起嗓子吼了几句：

> 不会开的兰苹花吨，
>
> 开在青山陡石崖地
>
> 哥哥有心折几枝哟，
>
> 又怕跌到山脚下呀……

"不错不错。"良华连忙鼓励说，"有点像李双江。"我的自我感觉也不赖，见山上半天没动静，还认为是把人给震了。谁知捅了马蜂窝，不一会儿就招来了铺天盖地的花骂：

> 哪个奶腔子嫩娃娃吨，
>
> 蹴在沟底说胡话，
>
> 蛤蟆想吃天鹅肉，

当心石头打掉牙哟……

真是骚情把蛋打了。良华笑得捂着肚子蹲了下去。这时，一面山上"哟嗬嗬嗬……"地长呼，一面山上"哦嗬嗬嗬……"地应对。突然，一个花不棱登的东西趔趄下来，嘭地砸在我肩头，是山上人动武了？良华却喊："锦鸡！"只见他一把抓住鸡尾，那花货振翅一顿拍打，留下一束美丽的雄毛，光着屁股挣飞了。

雾渐散淡，青翠欲滴的满山浓绿，夹窄了两条远从天上来的白练。空气的清纯湿润，使散布在茶林中的男女老少越发显得汁水饱足，眉眼生动。太阳出来了，南梁北坡间拱起一道彩虹。彩虹下，一群苗条茶姑正对着沟底两个东张西望的人笑。

一个小伙走下山来，良华说这是乡长。乡长也背了扁挎箩，箩里盛了嫩毛尖。他说象园山上有雾，地下有泉，汲日月之精华，成天下第一名茶。我说精神在茶之外呢。

乡长问良华：这客说啥哩？

良华道：醉人醉语。

小桥流水人家

借乡长的金面，我们一人才掏八十元，就从南方茶叶专家手中批发了十盒一两装的特级毛尖，兴冲冲地背着走木王了。

这是一条更加狭窄偏僻的山沟。因为尽头有一万多公顷原始森林，路倒修得平平整整，不时有运木料的大卡车呼啸而过。

一条小河千回百转，人家尽在河水两岸。有无数宽不盈尺、高却数丈的窄桥，画一样悬吊在两岸田园的阡陌之间。大风吹得摇摇摆，小风吹得摆摆摇，我总怕牵桥的锈铁丝会突然断裂，几番想过不敢过。后见一对父女抬着一条大肥猪过桥赶集，桥只往下掉了几寸又反弹回来，我才试试火火地上去走向人家。

人家的房前屋后大多搭着木耳架。将一根竹子劈成两半，一头插在屋后的泉眼里，一头就引水浇灌了木耳棒。一个仅剩一颗门牙的白发老媪，正踩上一条独凳，将一篮子湿木耳，用头顶到猪圈棚子上晾晒。最生动的是一河两岸到处都开辟了火纸坊。修一条堰渠，找一个落差点，借飞流直下的动力，推转一个木轮。木轮又带动两个大木碓，砸碎用石灰水腌渍过的竹麻后，拌浆捞、榨成纸……

在一家油坊里，几条热汗涔涔的赤膊汉子，正举着"千斤榨"打油。油榨的丁头是包了铁的，油槽的梆子也包了铁头，每"咣——"地撞击一下，一条沟都有了回声。打油者是在一个埋进地里的长条石上来回奔跑，麻鞋已将石条磨得光滑如镜。节奏与步伐是用一首山歌来统一的："张相公——呀，李相公——呀，紧开弓——呀，慢开弓——呀，打野鸡——呀，不落空——呀……"蹲在一旁舀热油的老板娘，不时要骂几句："挨刀的骚公鸡！"不骂便罢，一骂汉子们反倒跑得更欢，撞得更猛更重了。

咣！咣！咣！……

山越来越大，沟越来越深，林越来越密，人烟越来越稀。这已是海拔一千多米的高寒地带了。万木尚未复苏，大姑娘小媳妇仍然紧裹大红袄。报春的，还是野桃花、家桃花，树大枝繁，花密如毡，红粉扑鼻，行者身轻脚软。突然，一声磬响，惊飞花间无数麻雀，引来学童放歌声声。良华说："魔王坪到了！"

179

千山深处大集镇

魔王坪，其实叫木王坪。"魔王"，是明、清官府对一个农民起义领袖的诬称。据《镇安文史资料》载：一个叫李奎的土寇，在李自成退兵商洛山整休扩军时，曾率众起义投奔，但只踞寨援应，不入大营，有事征战，无事耕猎。官府深恶痛绝，曾屡派官兵镇压，但屡剿屡败，最后甚至连头领也被农民军擒斩。故明廷官兵称李奎为魔王。清雍正三年，义军被汉镇总兵镇压，英雄死后，葬于木王街头，故有"魔王坪"之称。

其实这是一个木头王国。修筑襄渝铁路时，许多枕木，就是从这片原始森林开采出去的。据说，当第一辆卡车，于七十年代初开进来时，山民大惊失色，问司机："这大的家伙吃啥呢？"司机说："吃油。"有山民爬上去，让司机开着动一动，司机说："车走饿了。"便有山民拿来猪油、熊油，让司机喂。刁钻的司机是将珍贵的熊油，塞进座下工具箱内，把车吃走的。当时引来山民一阵惊叹："好家伙，四个脚趴着都跑得这样快，要是站起来，那还了得！"

所谓坪，其实只是方圆百余里山野中的一个大窝荡，水落石出的地方，便做了寸土值千金的房庄基。机关、学校、人家，拥拥挤挤，一些房子硬是被编排得仄仄斜斜地上了坡。使我感到十分惊讶的是：街上流行红裙子。尽管一些少女的脸面冻得红紫不匀，但胖乎乎的双腿，还是只包了一层肉色健美裤。少男是喜欢着一身白西服，穿一双白皮鞋的，这与我想象中的闭塞、古朴，已相去甚远。我问良华：山旮旯人咋这洋气呢？良华说：这儿有一条离西安很近的公路，干部职工度假、购物均在省城，追浪逐潮自然不在州、县之后了。

一家川菜馆门口，摆着一台招揽生意的大彩电，女老板正坐在转椅上遥控调频。几个手握蓝带啤酒的后生，竟然嚷着要看香港台。山高有山高的好处，当州、县还看三四个频道时，这儿就有五六个台的选择余地了。火爆的美国黑人摇滚歌星正"闪电行动"呢，一群踏着斜阳暮归的黄牛，却踢踏得石板小街一阵山摇地动……

天黑了，月亮卡在山头的千年树上，小街一片银白。不知是谁家的后生，在给一个笑得地皮子打闪的姑娘教摩托车，"咕咚"得一街人半夜都不得安宁。

卧在区公所的客房里，我一边用针挑着脚上的水泡，一边想着即将走进的大林莽。我激动着传说的神秘与珍奇：难道真的有野人？如果有，那么这几家人与野人之间，确算得是近在咫尺，远在天涯了。难道真有描状得"万恶"的"水桶粗"的巨蟒？北方高寒山区，怎会有这等尤物呢？火红的杜鹃花，难道是真的怒放了十里？十里杜鹃，那又该是怎样壮观哪！

我睡不着了。

良华说："快睡吧，不睡好你是走不出大林莽的……"

十里杜鹃花胜火

昔日的校友，今日的区委书记艾相宗，让我换上了他的旅游鞋后，用吉普把我们送上了海拔近两千米的宽坪梁。我惊呆了，脚下一望无际的杜鹃花，确实灿烂得让人无法找到合适的形容词。说它如油画，油画哪能有了这样丰富的色彩和灵动的质感呢？说它像满天繁星，繁星又哪能有如此大的密度和起伏跌宕的布局呢？我只能想象，这可能是某位天神爷作的风景画，是挂在他的对面——地上的，犹如人间的风景挂在迎面能见的中堂，不然，怎会有如此大气的手笔呢？

我想在这里留张影，风却大得让人扎不住根子。上衣的纽扣被风解开了，米粒似的石子，被旋起三五尺高，竟然抽打得人满面麻木。找个石头坐下来，谁知一屁股竟把脸盆大个石头塌散架了，拿脚一踢，那散架的片块，一下碎为米粒，似雪飘去。这里的石头全部风化了。想看风景，眼睛却不能大睁，戴上墨镜，那花又乌不唧唧，失了火红的光焰。为了避开风头，我们下到沟槽，顺着小溪蜿蜒而下。

　　从这个角度向上仰观，不仅能看到满坡的火红，也能透视到托举火红的梁柱。按资料上说，杜鹃属灌木科。而灌木与乔木的分野，在于有无明显主干和树身的高矮粗细。可这儿的杜鹃，已呈现出某种松木的品格：树干端直粗壮，树冠如伞如盖。当我为了折到最鲜艳的花枝，攀上一两丈高的树丫时，老碗口粗的大树竟然不摇不晃，灌木哪有这样的承受力？

　　那枝，那叶，那花，把个小溪蓬罩得有一处没一处的，我们时而在浅水中踩踏，时而在斜枝上翻跳，一个跟头栽下去，却被坎下的另一架如伞的花网给兜住了。卧在花上，慢慢发现，花是二至六朵为一簇的，并且都呈喇叭状，活像是大小不同的嘴，噙着多少不等的喇叭，在奏一种人类无法感知的音乐。是这音乐把山吹红了，把水吹红了，把天吹红了，难怪这花也叫"映山红"了。

　　那还是很小的时候，在一部电影里见过这种花，那电影叫《闪闪的红星》。冬子妈说：当映山红开的时候，你爸爸就回来了。那冬子便天天盼着映山红开。终于，映山红开了，当红军的爸爸回来了，冬子泪流满面，我也泪流满面。那是寄托着怎样一种深情的红花呀！没想到我的故乡就有，这还是在我二十八岁时，从陕西和中央电视台的新闻节目里看到的。它的出名是太迟了，也不知在这深山野岭，悄悄美丽了几百几千年，怎么就这样耐得住寂寞呢？

颇懂植物学的良华说："杜鹃花主要产于我国长江以南地区，同属种类很多，光咱们国家就有六百多种，野生在山坡上或栽培于庭院内，是世界著名观赏植物。奇怪的是，这儿的杜鹃，只在海拔一千四百米到两千米的高度开放。许多人试图移栽为家中盆景，都失败了。要么不活，要么只长叶子不开花。"我想，这儿的杜鹃，从科目到性能，是不是会使植物学家也面临着新的研究课题呢？

在蛇一样弯曲的盘山公路上，不时有装木料的卡车和小车滑过，那速度比人行更慢，所有的脑袋都探出来，被花的情绪感染得笑眯眯的。一个满脸络腮胡子的大胖子司机操一口秦腔，把车上一个描了眉画了眼的苗条女子抱下来，轻轻放在花丛中，给她睡着拍一张，站着拍一张，跪着拍了一张后，自己也走进花丛，一蒲团散在花上，睡拍一张，站拍一张，跪拍一张，那花便被踩躏得只剩下一树光秆了。

我想，要是这十里杜鹃能生在城里，那该有多好哇！可又一想：城里人爱啥那么疯狂，见了这样好的东西，还不拧一把，掐一把的，掰断了她的笋样玉腿？我还想：如果在这十里美艳中，建上成百座别墅，吸引城里人来，春季赏花，夏季避暑，秋季登高，冬季打猎。但又一想：城里人爱猎奇是爱猎奇，在这样偏僻、吊野的地方，与他们的心性又是极不适应的，尽管他们也爱清静，但那种清静，与这山里的清静是两个概念。一旦夜幕降临，山色隐退，狐叫狼嚎起来，他们便会思念起柔和的草坪和温馨的夜总会。胆战心惊一夜，爬起来折几枝花就跑了，遭殃的还是这美丽的杜鹃。

想着，赏着，走着，照着，不知不觉中，六个小时被我们在十里花林中转悠掉了。当告别最后一树火红时，前边突然传来了似乎是一场激烈的球赛的喧嚷。良华说，林场到了。

林场是在一个山包上坐着，院落不大，但洁净而排列有序。一个篮球凝聚了所有人的精神，只有当赛事的最后一声哨音响过后，他们才感到这个世界闯进了陌生人。

我们在林莽的心脏里休息了片刻，交谈中得知，这里的许多人都具有林学专业的大、中专文凭，但他们的装束、举止、行色，已经与当地山民没有二致。他们在雕塑大山的同时，也被大山所雕塑。我想象不来，这种雕塑过程，是一种怎样的人生大孤独。这又何尝不像十里杜鹃那种耐得岁寒、寂寞的品性和不求浮华的卓然独立之姿呢？

野叟之死

陕南千山深处的一个桃花庄。

当我们采风走到这里时，一村人都在传说着一个不幸的消息：九公死了！

我们去了九公家，见一个骨瘦如柴的老头是真的躺在炕上睡过去了。一圈人围着哭成一笼蜂。

主事正在堂屋策划：一边吩咐孝子孝妇赶快用包袱拾掇了屋外的细末零碎，以防人顺手牵羊；一边安排闲人下了堂上廊卜的门扇，好畅迎八方来客。

俗话说：一家的亡人，百家的丧。一般人不用请，就会主动找上门来寻活听差。九公的胸口窝还是温热的时候，便早有"飞毛腿"去给村外的亲朋报丧了。而当九公被硬挺挺抬到堂屋的一块停尸板上，准备澡后穿衣入殓时，就有远房的侄孙跌扑进来，磕头如捣蒜地喊叫："我来迟了！"

也有一种人是需要孝子上门三拜九叩后才来的。他们一般是村上的当权者和德高望重者。他们不来，一场丧事往往办得无声无息，有时甚至麻里麻达，弄得死人活人都不安宁。他们来了，拣一间上好的房子住下，上好酒，上好烟，上好茶，只见人家吃吃喝喝，胡谝乱侃呢，外面的一切却进行得有条不紊，秩序井然了。这很有些像城里的治丧委员会。

九公的治丧班子是在他断气后的两小时宣告成立的。一瓶红西凤蹾在一方油漆柴桌上，你抿一口我抿一口，便有口令随着酒气传来：张三请阴阳先生，李四接厨师，王五、赵六搭帐篷，周七、吴八垒锅灶，不到一顿饭时辰，光桌椅板凳就借了一院子。

窗上的纸花糊了，墙上的年画遮了，门框上的春联残迹罩了，连九公孙子媳妇套在里面的大红袄都脱了。一阵吭唥声从房后传来，八个后生用手抬着早已用土漆油染过的棺材，放到帐篷下的两条凳子上，就有人忙着给九公"牵床"了。

纸钱在九公的脚头燃烧，纸币在后檐沟坎上制造。那是两个人手执钉锤，用刻了面值和"阴司通用"字样的木凿在火纸上打图案。若把两背笼火纸造完、烧完，九公到阴间该是个亿万富翁了。

阴阳先生姗姗来迟。当孝子们把他从一辆临时绷了黑布的架子车上接下来时，一看才是个二十刚出头的小伙子。人瘦得一把骨头，骨头上挂了件西服，西服里吊了根紫领带，领带上浸满了油花污。我们只说这等山野稼娃，就能游刃于阴阳两界了？旁边人却说：这小伙子道行深得很呢。十二岁学艺，十六岁出师，所看阴地，个个后世发旺，连谁家出乡长还是副乡长都能看个针针到眼眼圆呢！

阴阳先生是被前呼后拥着迎进上房的，打一碗鸡蛋臊子面端上来，几口吸溜得只剩下半碗油汤后，就吩咐笔墨伺候。一阵写、画、掐、算，九公的沐浴、更衣、入殓、落葬时间，就分别落在了几张黄表纸上。

其实九公人生的最后一个澡洗得极简单。那完全是一种仪式，一种"质本洁来还洁去"的象征，打一盆清水，蘸湿毛巾，前胸三下，后背三下，就更衣、着帽、穿鞋了。

入殓选在黄昏时分。

九公是头戴金瓜圆帽，身穿长袍马褂，脚蹬白底皂靴，手捻七色馍珠走向另一个世界的。当沉重的棺盖咣啷一声落下时，他也就有了享受人间香火的资格。香火台上摆了一只拔了毛的鸡和三盘切成坨的熟肉。一双筷子是端插在一碗米饭上的。小碗大个茶盅里还盛着满满当当的酒水，想九公那么大的年岁，有此一杯下肚，也就西去一路威风了！

天渐渐黑下来。

一班龟兹被从邻村接来，于房檐下设一小桌，摆上几个凉盘，烫一壶热酒，就边吃边喝边吹开了。喇叭声很凄厉，听得一村人都在家里坐卧不安。当两对雪白的檐灯开始放亮时，就都过来给九公"守夜"。

那夜很像唱大戏。

九公占领了舞台的中心，却只睡在一个贯串始终的道具里死不亮相。竞相登场献艺的，净是山野民歌手。观众里三层外三层地把灵堂围得水泄不通。

"戏"从《开歌路》响锣。那是由孝子、龟兹和四名地方"歌坛高手"联袂演出的节目。先给香火台上插三炷特制的长香，然后安排孝男孝女跪倒一片。再由怀抱灵牌的长子，手操鼓、钹、锣、镲的歌手甲、乙、丙、丁和吹得白眼直翻的龟兹组成一路纵队，从灵堂出发，绕院落一周后返回。

歌手甲开始韵白：

187

一对鼓槌圆溜溜，

孝家请我开歌路。

开天天有八卦，

开地地有五方，

开人人有三魂七魄，

开鬼鬼有一路的豪光……

又是一阵喧天鼓乐后，歌手甲拱手抱拳道："诸位走阳过阴的礼乐大仙，今有人间九公度完了苦难人生，奉天诏曰：斩断尘缘，日夜兼程，返回天堂。你我动乐相送了！"

众乐仙齐呼："动——乐——相——送——"

而后，四人围着九公的棺材，一边轮回敲鼓打锣，一边咏叹生离死别：

开罢了歌路我先唱哟，

一脚蹬开的是龙凤榜，

马不抬头铃也不响哟！

为人的在世有什么好哟，

说声死了就死了，

亲戚朋友都不知道哟！

亲戚朋友知道了，

亡人过了奈何桥。

阴间不跟阳间桥一样，

七寸宽来万丈高。

大风吹得摇摇摆，

小风吹得摆摆摇。

两头都是铜钉钉，

中间抹的花油胶。

有福亡人桥上过，

无福亡人滑下桥。

早上过桥桥还在，

晚上过桥桥抽了。

亡者回头把手招，

断了阳间路一条……

歌声如泣如诉，凄婉悲怆。听口气，九公是不想走得这样早，在阴间路上一步三回头地流连忘返。孝子们伤痛得涕泪滂沱，观众们感动得珠泪涟涟。想九公八十有四的年纪，西去路上还得走七寸宽、万丈高的独木桥，且两头钉钉，中间抹油，阴风刮得两面倒，怎不让人替他担惊受怕、直竖毛发呢。

《孝歌》很长很长，先是描状险象环生的阴间诡谲环境；然后是历数前朝后代帝土将相的生死荣枯；再后来是颂扬古往今来烈夫贞妇的忠孝节义；当三炷香烧完后，第一乐章才画上休止符。这时孝男孝女已长跪三个半小时，个个显得体力不支，是被一一搀扶着退出灵堂的。据说谁家儿女要是平日不孝，乡邻便在此时设法惩治，三炷香未烧完再换三炷，直跪到五更时分，个个失了人形方罢。

第二乐章是在吃过了夜宵后开始的。歌手已杂七杂八，谁愿意都可以站出来围着九公唱。内容大多是因果报应、劝人行善之类的，也有借别人灵堂哭自己恓惶的，反正以能拉住观众守夜为原则。这其间最数一个名叫刘二嫂的人唱得生动精彩，一曲《劝郎歌》，几乎义愤得九公都要从棺材里跳出来骂"烟鬼"了。

挨刀的吃洋烟败完家当，

挨刀的吃洋烟奴遭饥荒，

挨刀的吃洋烟四处赊账，

挨刀的吃洋烟颠倒时光。

大冬天耍单片冻如猴样，

三伏天背破袄臭如粪缸。

穿一件破汗衫有肩无膀，

穿一条破裤子有腿无裆，

穿一只破袜子顺腿抹上，

穿一双破鞋子有底无帮。

想往日你也曾头油鞋亮，

想往日你也曾眼明脸光，

想往日你也曾人前逛荡，

想往日你也曾五马长枪。

看如今吃洋烟脸瘦牙黄，

走一步晃三晃泪眼汪汪。

搂着奴睡热炕死人一样，

哪比得昔日里倒海翻江。

烟盘子好比那杀人战场，

烟葫芦好比那毒人砒霜。

奴劝你再莫受洋烟败葬，

若不然滚出去猪狗同房。

不知不觉中，东方已泛了鱼肚白。几名龟兹手，人困马乏地怀抱喇叭溜进桌底睡熟了。一群敲过锣打过鼓的歌手，也喊叫腰疼背胀，喉头发炎，手生血泡了。一夜悲歌，到此懒懒地降下了帷幕。观众纷纷打着哈欠晕头转向地退场了。

我们本当继续前行，但几个城里的文化人听说九公明早就要入土，便坚持要再等一天，看完丧事的全过程。

野叟之死，已经由一场严肃惨重的悲剧现实，演化成了一幕抒情浪漫的喜剧艺术，这是山民对死亡这个不可逾越的现实的达观和超越。

大概是十一点左右，答谢宴会开始了。

由治丧机构从礼簿上录下名单，然后派"跑腿的"挨家挨户去接人。客到齐后，再由"支客"按长幼辈分排好座次，然后静候孝子"出菜"。

其实孝子给每席只出一个菜，那是一碗蒸煮得油汪肉酥的冰糖肘子。孝子是在主事的率领下，将肘子举过头顶，跪着献给各位来宾的。主事代孝子致辞曰："承蒙各位大爷、奶奶、叔伯、婶娘、兄弟、姐妹赏脸，九公的丧事办得脚板上抹油——一光千里。这正是：一家有孝，百家举丧。浪费了你们的金工，破费了你们的银钱，孝子实在过意不去，备了几杯水酒，略表谢意。因他们孝布缠身，伺桌陪饮委实不敬，故望叔伯长上海涵见谅，自斟自饮了……"

这宴会与婚宴、寿宴几乎没有质的区别，大家猜拳行令，谈笑风生，主人以大伙能酒足饭饱为乐事。有几个开怀畅饮得满嘴喷饭，颠倒了阴阳黑白的，主人更觉得来客没把自己当外人。所谓红白喜事的白亦为喜，在此尤其让人体味深刻。

当一个个吃得饱嗝响屁后，便有一些老辈子剔着牙花儿，走进灵堂陪九公说话。有人羡慕九公死得撒脱；有人叹惜九公走得太早；有人感念九公润泽的恩惠；有人伤悼失去知音后的孤寂。一个与九公年岁不相上下的白发老者颤抖着嘴唇说："老九这辈子要说也算活得英武风光了。十几岁虽然给人放牛，却被东家的小老婆缠上，给了身子给银钱，活得不算不滋润。后来学劁猪骟牛，走州过县地吃香喝辣。凭着一副俊模样，睡过多少美女人！人嘛，一辈子还想咋吗？俗话说：好汉占百妻！老九就算是桃花庄的一条好汉哪……"

大家用不同的方法从不同的角度祷告亡灵：比上不足，比下有余；要他知足常乐，死而无憾。

九公无言。

又一个夜幕降临了。打杂的拨亮了堂前灯盏；龟兹们吹响了《老龙哭海》；歌手们响动了锣鼓家伙；观众们拥实了百米灵堂。

孝子依然灵前长跪，乐仙们传来了九公在西行路上的训诫：

> 劝你们清明要上坟哪，
>
> 祖先个个荫儿孙。
>
> 劝你们种田要发狠哪，
>
> 皇天不负有心人。
>
> 劝你们下苦读书本哪，
>
> 多读诗书有前程。
>
> 劝你们书要读得深哪，
>
> 书读深了有功名。
>
> 劝你们夫妻莫打架呀，
>
> 三打两打成冤家。
>
> 劝你们莫交瞎朋友哇，

花天酒地出赌徒。

劝你们为人要正派呀，

偷鸡摸狗不应该。

劝你们莫把野花采呀，

伤了身子破钱财。

字字血，声声泪，感动得孝子们匍匐在地，泣不成声。想老先人活着千般照应，死了万般关心，却在临走时还未吃完年前杀的大肥猪、年后吊的甘蔗酒。眼看端午迫近，新麦子即将下世，他面未尝一根，馍没吃一口，只喝了半碗洋芋糊汤就匆忙上路了，那是怎样一串让人无法排解的伤感情结呀……

孝子们又一次哭得死去活来，被人一一架了出去。

晚会进入第四乐章了。

这是九公冲破了重重艰难险阻，即将步入天堂的一幕。先是龟兹终了哀乐，后是歌手止了悲腔。用一曲《贺新春》作引子，顿时群情亢奋，满堂生辉。《孝歌》的《欢乐颂》开始了。

这是一个与悲悼活动极不协调的乐章，外人如果不了解九公的行踪，很可能以为悼念活动流于儿戏了。其实这正是《孝歌》的高潮所在。亡人经过艰苦卓绝的努力，终于到达了目的地，护送人岂能不围着他欢天喜地哉？

这阵儿什么都可以唱，并且越轻松越欢快越好。大伙儿争先恐后地抢鼓夺锣，独唱、领唱、对唱、合唱，形式变化多样。内容涉及生活的方方面面，但主要还是生动有趣的爱情片段。一个爱出洋相的老顽童，在唱《平地芝麻起高台》时，竟然是给头上包了一花帕子扭捏登场的：

平地芝麻起高台，

小奴家生就一副好人才，

至今见人不说话，

单等夜晚情郎来。

等郎一更郎没来，

小奴家绣了条花裤带。

等郎二更郎没来，

小奴家绣了双花绣鞋。

等郎三更郎没来，

小奴家架起了一炉柴。

等郎四更下大雨，

郎从河那边唱歌来。

头戴一顶烂草帽，

脚穿一双满耳子鞋。

身披一件破蓑衣，

扑扑沓沓进房来。

架上有盆浪脸的水，

踏板上放了双靸脚鞋。

火盆上温了壶大曲酒，

碗柜里有碗腌韭菜。

自己喝酒自己筛，

喝完酒了上床来。

你要睡觉那头去，

你要玩耍这边来。

嘴对嘴来腮对腮，

咬住舌头叫乖乖。

小情哥哥个头大，

压得小奴家气出不来。

老顽童绘声绘色的表演，赢得了一阵通堂好。大伙儿纷纷要求他再来一个，他摸摸喉头："嗓子眼不如从前了！"有人马上递上了茶水。他咕咕嘟嘟灌下几口后，又学着女人的花腔，唱开了《闹五更》：

一更里响叮当，

小情哥来到奴前门上。

娘问女儿什么响，

莫不是哈巴狗翻院墙。

二更里响叮当，

小情哥爬上奴家房梁。

娘问女儿什么响，

莫不是风吹石板晃。

三更里响叮当，

小情哥跳在案板上。

娘问女儿什么响，

莫不是老鼠偷生姜。

四更里响叮当。

小情哥溜到姐床上。

娘问女儿什么响，

莫不是猫儿喝米汤。

五更里响叮当，

小情哥走出了奴绣房。

娘问女儿什么响，

莫不是隔壁的和尚烧早香……

这时，几个后生一齐站起来，与老顽童对唱道：

日死你的先人，

操死你的娘呀，

你女子偷人养汉，

赖我和尚啊！

观众激动得狂呼乱喊起来，后生们干脆来了个空中走尸的动作，把还想再露一手的老顽童，横着从人窝里撇了出去。然后他们自己敲锣擂鼓，唱开了更酸更解馋的《十爱姐》……

一村人都沉浸在九公升天的欢乐中。家家柴门上锁，连儿童也蜂拥过来，散在灵堂四周捉迷藏、逮羊。狗是穿桌子钻板凳地寻骨头找肉，吃饱了喝足了，就一溜一串地在场坝边上抒情做爱。

夜越来越深，歌愈唱愈欢。

面对死亡，能如此纵情放达，不能不说是一种气度和境界。人的生死覆灭，唯有在这里才能真正体验到是一种平淡无奇的自然规律。不排除其中有不关痛痒者的借题发挥和宣泄，但更重要的，是长期生活在大自然中的山民对自然生命现象的一种深刻理解和顺应，这种顺应是原始的，也可以说是超时代的。

想九公生性风流，死后听《欢乐颂》也许更对胃口，要是一个劲儿地"哭灵""祭灵"，兴许他早就不耐烦得一个跟头栽下"奈何桥"了。

世间没有不散的宴席，再快活的事情也有个终了的时刻。

天麻麻亮时，九公归天的最后期限到了。

孝子们抬起了一纸仙鹤，龟兹和歌手们换了《长亭送别》。他们绕棺材三周后，吹吹打打来到了庄外一个山头上。

"九——公——归——天——！"

只见仙鹤一个跟头栽下了深渊，人们一齐极目远眺西天，直到九公走进南天门……

天大亮了。

按阴阳先生的算计，九公的肉体该在九时九分落土。八时整，举行了掩殓仪式，也就是让亲人们最后再看九公一眼。那是"八仙"抬起棺材盖，不一分钟，又哐啷合上，一阵锤敲钉铆后，九公就被死死地封存在一个戳不破顶不烂的世界了。八时三十分，孝子们早已白花花跪倒一片，给九公和"八仙"再三再四地磕头作揖后，"丧夫头"才拿起香火台上的祭碗，照棺材头"叭"地一击粉碎了。

送殡队伍在锣鼓、鞭炮、喇叭、三眼枪的混响中，浩浩荡荡向墓地进发了。

墓地是在一片桃花林的尽头，那儿有一个形似莲花的土台。九公的棺材就要落在那朵莲花心子上。

据说数年前九公就看上了这块莲花地，并对长子说："老子死后，除此哪儿也不困。"长子是怕这朵莲花于后辈不利，才接阴阳先生前来勘察论证的。谁知阴阳先生一架罗盘，直喊风水宝地也！并明确预示：三代后将出风流才子，名分不在唐伯虎之下。

九公如愿以偿了。

灵柩走得很顺利，不到半小时，就穿过桃花林，步上莲花台了。

漫天桃花飘落，大地一片红粉。

九公幸福地入土了！

故　乡

　　故乡，是人生的起点站，抑或是一个在漂流中停泊过的港湾。人无论走到哪里，都会在梦中，或是成功的时候，失败的时候，兴奋的时候，孤独的时候，想到故乡，想到故乡的人。即使像终生都在旅行，终生有许多时间但却从来不回故乡的李太白，也在某一个月光溶溶的晚上，大概是旅行到了一个非常陌生的地方，没有朋友，没有知音，便斜倚在客栈的一张硬板床上，一边喝闷酒，一边吟道："床前明月光，疑是地上霜。举头望明月，低头思故乡。"故乡是什么？故乡是一种情结，故乡对许多人来说，也是人生的最后一道防线，最后一条退路。

　　许多大人物在成功以后，都忽然感念起故乡来，说得头头是道，写得云里雾里，我们小人物，谈故乡便成了一种奢华。但我们毕竟有故乡，虽然在故乡旷工要扣工资，现在超假也要扣奖金，端着同样随时都可能打的碗，看着同样随时都会变的脸，但在故乡的岁月，已被年轮磨尽了尘垢，留下的只是一些发亮的片段，而现在却是一副既装着鲜桃又盛着烂杏的生活担子，因此，故乡便时不时成为我们气喘吁吁的跋涉途中的一个精神驿站。

这个驿站对我来说，基本是每隔一两年的春节才享用一次。它在千山深处，这里没有发生过惊天动地的历史事件，也不可能进行决胜千里的宏大战役，更没有出过彪炳千秋的风流人物，因此地名也就显得寂寞冷清。唯有镇安板栗在省内外还有些影响，据说大吃家慈禧都曾品尝过一二粒，因而，每年秋季，倒是有不少天南地北的吃客，站在热气腾腾的铁锅面前，一边尝着糖炒板栗，一边打问镇安是安康的还是商洛的。近几年，又因黄金产量过了双万两，而使穷乡僻邑声名大振。据说一个故乡的生意人，在西安吃完酒席，因多用了两瓶高档酒，超了预算，最后短了老板娘九块九毛钱，只说回头补上，却被老板娘三儌四纠的，气得他一口啐出一颗黄亮亮的金牙，"哨"的一下就把盛王八的景德镇瓷盆砸出小拇指大个眼来，"看这值九块九不？"说后扬长而去。这是我在省城听到的第一个有些使人扬眉吐气的故乡的传奇故事。后来，有文友来信说，他也下海开了金矿，并调侃说，要是吃好东西把牙崩了，千万别胡乱装修，回去他给弄个金的，我一直盼着缺一颗板牙了再回去找他，板牙却至今牢固得能嚼碎鸡肋。猪年岁末，我就是带着这样一副绝好口回去过春节的。

在亲朋家肥吃海喝之余，最深刻的感触是：我离故乡遥远了。这是我离开故乡七年后第一次产生的强烈感受。这种感受是由"股东"二字引起的。在省城我所活动的圈子里，很少听到这两个字眼，而在故乡，股东已经成为人们饭后茶余的重要谈资。这不仅仅因为家兄是商业部门的一个经理，就连昔日的一些文化闲人，也在大谈特谈股份与红利分配，它使我感到了自己与故土的格格不入。在一个名叫金凤的豪华卡拉 OK 歌舞厅里，一位旧友问我愿不愿意合资开发桑拿浴或游泳池，我随便问了一句，得多少钱，他说一人先拿个二三十万吧，那种一掷万金的身心轻松，把我闹得紧张得只会一个劲儿点唱《一无所有》。

这是一个让我过得很不安分的年。我觉得：七年了，我没有真正融入现代化的都市；仅仅七年，我却被故乡遗弃了。难道眼红的仅仅是故乡人口袋里的那几个钱吗？不，我吃惊的是故乡人猛醒的经济意识、开创意识和现代意识，唯有这些意识，才是山里人彻底摆脱穷困命运的大矿藏。我为故乡写过不少鼓吹的文章，而面对今天这样的经济意识的全面觉醒，却深感笔力不逮。故乡，已不再是一个让人喘息、歇脚、松弛、入静的精神驿站，而是一根鞭子，抽得游子在年宴未散时，便匆匆踏上了通往域外的茫茫山道。

一路上我在想：故乡是不能常回去了，因为故乡对游子已不具有一种休憩性。千百年来，一直被军事家作为调养生息之地，被隐者作为恬淡栖息之所的终南奥区，已经成为与外面没有两样的"花花世界"。连歌舞厅里唱歌，也已不习惯于光听别人哼哼，而要自己亲自抒情，有的干脆用英语、日语、粤语过瘾，面对这种充实、阔绰而富有激情的现代生活，我真的感到我是一无所有。当翻过逶迤的秦岭，放眼一望无际的关中大地时，我又在想：这是人家关中人的大地，我是被悬浮在一个无根无涯的空间了。

故乡已不再是需要游子创造和完善的记忆，故乡已经成为对游子构成了生存压力的现实。李太白一生不愿回故乡，大概是因为不被故乡人所理解，把一个天才只当了"酒疯子"拾掇，而使他终生只愿在异地"低头思故乡"。我辈无太白之才，也便没有不被人理解之累。虽说清贫些，却也吃饱了穿暖了，况且又被故乡人厚待着，又不似叫花子回了故乡还是被人鄙夷着，为何不想再回故乡了呢？不想回故乡，正是因为回了故乡才产生的人生迷失与觉悟。

故乡还是要回去的，不过得在自我调整到确立了自信心以后。

1996 年 3 月于西安

商州无言

这是一个喧嚣的时代，人事纷杂，雾里看花，许多本真的东西，反倒默默无语，而花花绿绿的气泡，却到处吹得明亮虚胖，大而无当。因此，面对商州的历史，我真是感到发言的人太少了，而亏了几千年的丰富律动。

据史载：早在尧舜时期，这里便是商国所在。秦设县。商州称州名始于北周宣政元年，也就是公元578年，此前二百多年的建制称上洛郡。历经北周、隋、唐、宋、金、元、明、清以及民国等九个历史朝代与时期的反复切割缝合，最终在二十一世纪初的撤地建市中，即将恢复历史沿革下来的商州称谓。商州是一个饱经沧桑的历史治州，同时也是中华文明的发祥地之一。它几起几落，时有时无，一时划归河南，一时划归湖北，一时又划归关中，由于偎依在以秦岭为分水岭这个特殊的地理环境中，因此，它兼有雄秦秀楚的诸多人文意蕴和内涵。加之"一山未了一山迎，百里都无半里平，宜是老禅遥指处，只堪图画不堪行"的特殊地貌构造，历来都被军事家所看好。李自成的部下就曾在此厉兵秣马、将养生息达十余年之久。国内革命战争时期，李先念、王震、贺龙等中共要员，也曾率军途经此地，留下了至今仍可觅踪的足迹。政治上商鞅之变法，使秦国出现了政通人和的兴旺景象，而变法者最终遭谗言被车裂分尸，更是成为中华民族历史上永警后世的浓墨重彩的一笔。在经济上，商州曾是南北交通要道，水陆两路畅通。尤其是四溢的河水，曾经使航运事业十分发达，现存丹凤县城西南隅丹江岸上的清代船帮会馆，就是自春秋战国时期以后，航运事业兴盛的佐证。因此，南方的文明也随之裹挟而来，连民歌也都是四川与两湖之行腔特征，养蚕、缫丝、织锦等手工业劳作，据说也都曾出现过异常茂盛的局面。可惜如今生态失衡，大河成溪，小溪断流，舟船早已绝迹，留下的，只是四处可供今人"大力发展旅游事业"的现代"漂流"，红男绿女们坐在皮筏子上，随着波势，忽上忽下、忽高忽低地乱喊乱叫一通，那水便在历史的流变中，越来越演化成鸭戏小溪般的风景了。

商州最值得骄傲的文化珍藏，恐怕要算现存于丹凤商镇的"商山四皓"墓了。据载，四位秦朝时皓首银须的智者，为避秦始皇焚书坑儒之残暴，隐匿商山。后刘汉王朝统一天下，邀四皓出山。四位长者虽然也曾帮汉室建功立业，但终又摒弃高官厚禄，毅然归隐山林，颐养天年。他们的率真性情与人格风范，曾使途经商州，专程拜谒四皓墓的李白慨然长吟："白发四老人……万古仰遗迹。"

而商州由于群山起伏、层峦叠嶂、林泉掩映、气候宜人，又使历代文人墨客足迹遍地、墨宝四溢。除李白外，白居易、贾岛、李商隐、杜牧、温庭筠、元稹、柳宗元、司马光，甚至郑板桥、谭嗣同等成百位历代诗圣画仙，都曾在此留下诗句与画幅，并在民间播撒下了千古佳话与绝唱。新时期以来，以贾平凹为代表的商洛作家群，多以商州为载体，摹写出了许多令世人动容的人间故事，抒发了许多以商州为载体的人间情怀，并进行着新的具有商州特色的文化精神建构。虽然力量仍然显得单薄一些，但它与商州的核桃、板栗、柿饼以及秀美山川一样，已越来越成为一种名品与独特风景。

商州是苍凉的，但商州也是热血奔涌的。随着西康铁路与西南铁路的建设，在这里的人群已显得越来越躁动不安，那是一种骨节在伸展运动中的咯吧作响和肌肉拉动。但商州给我的感觉总是默默无语的那种憨实姿态，不太爱对人讲"我爷怎样能干""我婆怎样能行""我家后沟埋过清朝进士""我家磨盘上坐过李自成"之类的昔日辉煌。商州人比较注重脚下的实际，但这也容易被外人勾勒成人生格局小、气象小之类的"南山猴"形象。总之，外面一片喧嚣，商州人只默默行动，那片蓝天无语，商州无言。

2001 年 9 月 26 日夜于西安

真风景

连风景前边都要冠以"真"字，这是我们的无奈。因为我们亲历的假景太多，有时出门几日，几乎处处陷景（阱），常常是舍了钱财，起了血泡，崴了脚跟，还觅不到一星半点胜迹。故近几年出差，当别人早出晚归地访景问胜时，我一般都蜷缩在宾馆的破电视前"审片子"。任你煽惑得天花乱坠、清水点灯，我这个瘪钱包，是任谁用老虎钳子都难以夹开链扣的。

当然，有一种景观我还是要看的，那就是真山真川真流真潭。尤其是辽阔的江河、无际的湖泊，那种浩浩荡荡的气度，常常让人产生形而下和形而上的双重感叹。我想只有这种动情动心的走读，才是接地摩天的真游览。

作为饮长江水系之水长大的人，对黄河常怀神秘感。我记得十几年前第一次亲睹黄河时，车还行在渭北旱塬上，人便先站了起来，一眼看见古铜色的河床，心中顿生苍凉和敬畏感。苍凉的是，泱泱大河，怎么只有如此浅薄的一点细水；敬畏的是，茫茫古道，竟是那般辽远宏阔。想潮汛涌涨时，该是怎样一种铺天盖地的恣肆雄浑哪！

那是一次有组织的深入生活采风活动，主要是参观东雷抽黄工程。当车顺着黄土塬与河床的切面蜿蜒至河岸时，一道顶天立地的壮美景观几乎震撼了所有的人，由于黄土切面突兀高耸，站在河岸看塬上，天便是一床覆盖黄土的锦被。那一排排井然有序的硕大的导水管，既像云梯，又像一根根刺向云端的擎天柱，虽然顺坡面斜倚着，但那种承天接地的力量感，却并没有因为立姿倾斜而减弱丝毫。黄河水便是通过它们的心脏，泵到天上去的，最高扬程竟达三百余米，由此涌上去的滚滚波涛，不仅泽及旱塬一百余万亩板结的土地，而且还成为近二十万人畜的生命"龙泉"，想那造化，又是怎样一方硕大的碑记也难以尽述其功德的呀！

　　十几年后，当我再次来到这个地方时，亘古河道没有变，引黄形态没有变，变了的，是塬上千尺厚土的作物品类和环绕塬人工造化所形成的巨大自然生态游览区。引黄工程，真正成了能够开发、可持续的人文景观。这不仅使我想到了西湖的白堤，更想到了巴蜀的都江堰，它们都是人类改造自然的重大遗存，今天似乎已很难辨识人工斧斫抑或天然造化的痕迹，但有一个共同点，那就是它们不仅能够愉悦人们的精神世界，同时仍在以其自身的巨大能量，提升着人们的物质生活水平，这便是这些景观青春永驻的生命秘密所在。而今天遍地开发的各种"奇观"，不是从文学名著中生吞活剥一些故事对号入座，就是在神怪演义中杂交一些传说进行涂红抹绿，更有甚者，干脆指鹿为马，硬说某山是一尊卧佛，某石乃一方坐僧，总之，五花八门，异想天开，言者昭昭，听者昏昏。这些急于发旅游财的"奇思妙构"，不说文化积存，单说眼下掏人腰包的手段，也显得过于幼稚笨拙，更遑论持续发展了。

　　我以为，围绕着黄河东雷抽黄工程进行旅游开发，是一道越开越发的大菜。在已有十二平方公里的"黄河魂"自然生态游览区内，既有人工造化，又有历史凝结，更有茂密的森林，荡漾的芦苇，漂浮的舟排，纷繁的鸟语，加之比邻黄河洽川湿地风景区的优势，相信这块蛋糕会越做越大。

黄河是不需要刻意打扮的，无论断流季节还是奔腾时日，都有各自的内涵和韵律，游客自会品读出个中意蕴；抽黄工程是不需要作秀美化的，那种超越自然的努力，自会震撼游客的心灵，擢拔游客的精神；至于森林和花鸟，更应唯自然是美，似乎都没有太多必要再去考证周文王是在哪儿爱上了太姒，韩信是在哪儿渡过了大军。我觉得一片风景，越是能够单纯地集中在对一个主题的开掘上，才会越有个性与魅力。"黄河魂"自然生态游览区应在三个关键词上下功夫：一是魂，二是自然生态，三是东雷抽黄精神。唯其如此，这片风景才会越概括越大，越凝练越真。

2003 年 4 月 2 日于西安

上善若水

老子言：上善若水。我想意思大概是说，最大的善行，犹如水一般随物赋形、润泽无声。依据科学的说法，一个成年人的体内含水量大约是百分之六十五，而地球面积的百分之七十一，也是被海洋占领着。因此，水对人类的生存作用，是须臾不可或缺的。

当然水也有恶名在外，譬如洪水猛兽、浊水污泥、恶浪滔天等等，可以说人类在充分享用它恩泽的同时，也饱受其肆虐的痛苦。为了战胜这个恶魔，几千年的文明史中，关于治水的神话与史实俯拾即是，大禹为治水"三过家门而不入"的故事和西门豹治邺的生动传说，都为我们留下了宝贵的精神遗产。尤其是李冰父子在两千二百多年前创造的都江堰工程，更是至今都福利着千万百姓，堪称是人类历史上一劳永逸的治水绝唱。

我曾先后两次到过都江堰，第一次是去青城山路过，本以为一个水利工程，没有什么看头，谁知一看就不想走，因为两千多年的风雨蚀剥，已使一个人工建构变成自然存在，一切开凿痕迹都被悄然风化，加之由此生成的文化积累，几乎无处不景，无景不富含咀嚼力，因此匆匆过往，便有一种踏入宝山而两手空归的感觉。这次公干成都，得空一人前往，慢慢走，细细品，确实咂出了一些景中之景、物外之物的意味。

从技术层面讲，都江堰工程至今仍让国际国内的水利专家啧啧称奇。我们是行外人，无法从科学的角度进行论述，但却能从世俗的层面进行感知。我总觉得这是一个最不事张扬的工程，看不到雄伟的堤岸，见不着高耸的大坝，匍匐在脚下的是"逢正抽心"的"鱼嘴"分水工程和溢洪排石的飞沙堰、人字堤。就连取名为"宝瓶口"的岷江改道出口，也在树木葱茏中隐蔽得紧急窄小，确实让人无法想象它浇灌蜀地千万亩良田的"供血"能耐。面对这种与自然融为一体的和谐改造，我甚至感到如果没有了庙宇、游人和各种碑记、标示，一切便是一种原初的物象。尤其令人感慨的是，世界上与它同时或先后开创的诸多引水工程，悉数成为"史书记载"和断渠残堤，与其相距仅十数年开凿的郑国渠，今天甚至在许多地方连残槽遗迹都难以寻见，可见都江堰是怎样一种真正的不朽基业和人间奇迹呀！

都江堰工程得以千古不朽，还有一个重要原因，是历朝历代一些心中装着百姓的官员的悉心呵护维修，如果都是一颗龌龊的心灵，只给咱自己建功立业，不给他李冰涂脂抹粉，那么还不知都江堰已成什么堰，在此还将留下几多劳民伤财的"烂尾工程"呢。因此，建立起一个良性的吏治循环机制，确实是实现"造福千秋万代"口号的关键词。人民心中是有一杆公平的大秤的，连在维护都江堰工程中犯过错误的蒙古族官员吉当普，都仍被塑像，列入堰功人物系列，可见老百姓是不以成败论英雄的，他们看的是一个人的心地和处事动机。

一项工程的成败优劣，常常从民间故事和民歌民谣中能洞见一些带本质性的东西。都江堰的修筑，想必也是要费尽千辛万苦，耗尽人力财力的，单就还未发明炸药，仍要豁开玉垒山、洞见"宝瓶口"、让岷江改道这一点，不知有多少人流淌鲜血，甚至牺牲生命。然而，翻遍都江堰的典籍传说，找不到一星半点毁誉的文字。而伟大的长城建筑，便出现了"孟姜女哭倒长城"这样动天地、泣鬼神的悲愤传说。尽管长城在历史上的安邦定国意义不可妄自菲薄，但对老百姓造成的生命重荷，以及由长城维护安全下的封建皇权统治者对人民的欺侮压榨，确实使长城成了一个非常复杂的存在物。如此映衬下的都江堰，却是一个清澈见底的透明体。难怪同是两项伟大工程的缔造者，秦始皇至今毁誉参半，功过难评，而李冰却被老百姓奉为庙堂之神，香火延绵千年不绝了。它们的本质区别，就在于谁能给老百姓带来最直接的利益，这其中固然有政治家与老百姓在宏观与微观上的视角差别，但从根本上讲，一切功业只有建立在老百姓能忍受的度上，并为他们带来生命的润泽，才是经得起历史评说的德政善行。

我曾到过长城的起点山海关、终点嘉峪关，也上过北京的八达岭，登过陕西的镇北台，作为一个游人，除了跟着游人一道气喘吁吁地干哄哄外，最大的感慨是：把我们的祖先给扎咧！雄是雄哉，伟是伟哉，却留卜了太多的人道遗恨。而两游都江堰，心态总是呈现出一种悠然的平牙口感，也许是与水有极大的关系，漫步在低矮的堰堤上，不喘，不累，不焦，不渴，观有清流，扶有绿枝，倚有石砌，卧有草滩，很是舒心惬意。难怪联合国世界文化遗产评估专家要说，都江堰是"人与自然和谐统一的突出范例"了。

在渠首工程的臂弯上，依山斜筑着一座二王庙，这是最早用来纪念蜀王的"望帝祠"，在一千五百多年前改为专祀李冰的崇德庙，后定名二王庙，由李冰父子共同享受供奉和香火。连帝王都请走了，供着一个相当于现在省长一级的官员，这是人民对为他们创造了幸福的人的最深刻纪念。我们这个民族有一个传统，那就是把一切智慧、善良、勇敢、忠义的人杰，都要神化成千万尊通灵雕像，安排在一些地理要冲或风景优美的地方，从而永远关照着我们的世俗生活。这是一种无奈，更是一种精神传承与教化，它无疑是有积极意义的。当然有时也弄得有些莫名其妙，譬如把关公也封成帝王，沐一顶皇冠，穿一身龙袍，让一个忠勇的英雄别别扭扭坐到皇帝位子上才算心甘，确实也有些说不出的怪味。

但对李冰父子的祭祀，却让人感到一种神化后的亲和与自然。据四川《灌县乡土志》载："每岁插秧毕，蜀人奉香烛祀李冰，络绎不绝。"这是一种最大的信任情怀。当然后来被官方利用了，每岁春秋盛典时节，宰羔羊五万头，以至使方圆几十里血腥刺鼻，真是变了大味了，想李冰那等善行若水的父母之官，是会在庙中坐立不安的。好在元代以后这种排场便废止了。时间推移到二十世纪五十年代，才从炮火硝烟中走出来不久的毛泽东视察都江堰，他在二王庙后的公路上拿着望远镜看渠首工程时，问过地方官员这样一句话："都江堰每年岁修，给不给民工钱哪？"这句话深深震撼着我的心灵，我以为这是都江堰工程自完成以来，所有游历者创作的最得修堰要领和最具深刻思想的一句话，它是李冰治水精神的真正发展和延伸。任何伟大的工程、不朽的基业，如果不能建立在对当下人的生存权利和人的劳动价值的确保上，仅用理想的光辉进行遥远的昭示，那是会留下诸多历史遗憾的。尤其是那些"面子工程"，仅为一些钻营者修筑加官晋爵的攀升阶梯，而使民间叫苦不迭，那就更是应该从李冰和持续维护都江堰两千多年的诸多功臣的人格中，寻找修复自己灵魂的间架龙骨了。

人间造化，上善若水。

2002 年 6 月 6 日于西安

212

钟情重庆

重庆这个名字，我最早是从小说《红岩》熟知起来的，真正踏进这个山城，还是在它成为直辖市以后。由于我是山里人，所以在走过许多大都市后，最钟爱的还是重庆。钟爱它那种错落有致的螺旋式上升感，这是它有别于任何现代化城市的最本质特征。

重庆在我心目中是一个厚重而又大气的城市，这不仅在于它所依托的群山的分量与质感，在于它重工业生产的影响，更在于新中国诞生前夜那些不屈灵魂的精神群像。我先后两次从天而降，飞机一落地，第一个念头便是要看朝天门码头。因为在我十几岁看歌剧《江姐》时，剧中那围着红围巾的漂亮女人，就是从这里被后来成为叛徒的甫志高送到川北游击队去的。剧中的朝天门码头，白雾茫茫，浪击船鸣，特务扮成各类商贩，贼眉鼠眼，穿梭盘查于往来人群中，很是戒备森严。然而，机智聪慧的江姐，还是有惊无险地插翅北飞了，最后，是身陷在自己人的告密中，才结束了一个物质生命的春华与运动。今天的朝天门，已一改往昔的阴森恐怖，豁然延伸出一个水泥钢筋体的现代化巨型船模，使长江与嘉陵江的雄浑交汇，显得更富有生命的激情与实际负载的意义。

这里大概是山城的最低点，因此抬望眼，便能看到依山而筑的楼群，是如何生根于悬崖峭壁之上，又如何在仄仄斜斜的环境中勠力保持平衡的。而攒动在这些楼体缝隙的人群，或上或下，似乎都保持着一种竞技状态，少了那种行走在平缓大道上的散漫与慵懒。连擦皮鞋的匠人都是站立着飞动手上的擦布，更别说成群的棒棒军挑起东西时的行走如飞了。也许是环境的险恶，锻造了重庆人极富动感的性情，因此，在偌大一个朝天门码头，除了游人，很少看到四处济公和尚一般乱偎乱依乱谝的闲人。当江上的船笛一响，楼群缝隙中的人流，更似昔日吃着力的纤夫一样，呈现出一种坚忍不拔的行进的力量美，确实使人能从骨子里感到重庆人的生存分量。

而重庆更能让人感到有分量的东西还是渣滓洞，这个以幽僻、阴暗、肮脏、残暴而臭名昭著的监狱，终于因为有了一群为理想和信念敢于舍生忘死的特殊"犯人"，而光耀史册，彪炳千秋。

当我踏进这块山间凹陷处时，一场暴雨突然降临，尽管如织的游人的行进受到阻碍，但那种风泣雨诉的呜咽声，对嘻嘻哈哈、勾肩搭背的红尘男女的轻浮举止，还是有一定稀释作用的，而这种稀释在我看来，是更适宜于走读这种特殊环境的。无论怎样，当你一步步向那院黑黢黢的房屋走近时，都会有种阴森感。特别是透过窗棂，看见那锈如血色的手铐脚镣和其他刁毒刑具时，更是会不寒而栗。面对已经发生的真实故事，用今天的某些价值观，有时几乎无法去衡量这些人的生死作为。大概也正是价值观的变化，而使他们本来真实的故事，慢慢变成了似乎久远的神话。

当我们带着这些神话，走进这个历史的真实场景，把神话再还原到真实历史时，我们感动的就不仅仅是一种肉体的韧性和刚毅了，我们感动和惊叹的是灵魂这个任何物质都无法使它屈服与泯灭的无形物的顽强与博大。面对渣滓洞，不由得人不去思考人的精神意志的消沉、堕落与退化问题。是什么使得一些具有相同信念的人，在几十年后，变得对金钱、美色如此不具有抵抗力，并为之奋不顾身呢？这个让死者遗憾、生者无奈的答案，恐怕一时还难以有人作出完整的解答，但那些本来并没有什么信仰的人，却裹上"迷彩服"，并用渣滓洞流成河的鲜血蘸起了精粉馒头，而最终消解了渣滓洞英雄的奋斗价值，恐怕是不容争辩的事实。当然，英雄毕竟是英雄，就为他们牺牲自己、拯救别人这一无私行为本身，历史就必将奠定他们不朽的英雄地位。我相信他们充满了美好希望的无形灵魂，一定会比歌乐山上竖起来的有形雕像更天长地久，因为一个民族永远都需要精神上的神话与支撑，尤其在今天，面对金钱与声色犬马的诱惑，人们恐怕更需要增补已使浑身疏松发软的钙质。

重庆是中国一座太具个性色彩的城市，不仅屋舍依山势向天际斜筑，还因浓雾使咫尺变得盲目而驰名。想当初，终日警笛声声，船鸣枪响，却又看不清南来北往者的真实嘴脸，那是怎样一种孤独无助的生存环境哪！现在当这一切都由灯红酒绿、软舞细歌所替代时，即使雾浓一些，大不了错进了歌厅、茶社、洗脚房，却大可不必为突然顶到脑门上的黑枪所担忧了。当然，事情也有例外，就在我第一次到重庆时，后来发案于湖南常德的那帮劫匪，刚好在朝天门陕西路抢了一家银行，并当场射杀两人后，逃之夭夭，而使我们乘出租车去红岩村游览时，受到几位持枪武警的严厉盘查。好在我们未做杀人越货之事，也便不怕枪里装有可能已上膛的子弹。这是一次奇遇，一次让人体验到了生命被暂时胁迫的重庆式奇遇。

我爱这座城市，不仅爱它陡峭的城体、混沌的浓雾、时有时无的细雨和星河一般灿烂的夜色，更喜欢它大概是历史罩上的那种神秘氛围。我总觉得这是一座雄性的城市，尽管世俗生活已使它五彩缤纷，某些角落也变得嗲声细气了，但那种骨子里透出的雄性感觉，还是让人无形中具有了一种时时在面对壮怀激烈场景时的激情与冲动。尤其是像呐喊一样的川剧高腔和裂帛一般的船笛长鸣，更是使这座厚重的城市，具有了一种生命的勃发力与张力。据说我的曾祖父曾在这里拉过纤，撑过船，打过铁，作为男人，我很喜欢这个传说。

2001 年 1 月 10 日于西安

雾庐山

要说这里景色确实很美，山下有长江、鄱阳湖缠绕，山上有密林、巉岩、清泉、飞瀑掩映，真是看山有山，看水有水，加之历史名人点山成佛、点石成金的本领，把个庐山已经人文得无处不是名胜景观了。

我上山时，是农历端阳前后，山下已呈暖热气候，山上却冷风灌袖，池鱼尚不出游。唯行人东张西望，大呼小叫，那种叹为观止的惊诧声，不时吓得树上的群鸟扑棱棱，中天乱飞。

除了山水林泉、花鸟虫鱼，庐山最值得看的，恐怕就是那时隐时现、时浓时淡的蔽山云雾了。几乎眨眼间，它就会把天地遮蔽得混沌一片，又几乎是眨眼间，它又会漂泊得无影无踪，让千山万树毫发毕见。这种莫测的变幻，有时真让人产生一种神性的质疑。可更让人感到神秘莫测的，还不是这些来去无踪的天然云雾，而是云雾中的林隐别墅和别墅中曾经居住过的神秘人物。

在庐山，你永远看不到一座完整的房屋，能看见的仅仅是那些房屋神秘的一角。可当你漫步在林间小道上时，一座又一座欧式建筑，便会在冷不防中悄然显形。这些房屋都很精致，大多上下两层，占地二三百平方米，与自然林石互生互掩，和谐得几乎让人难以分清是人工所为还是天工造化。当讲解员把这些别墅和一些历史人物与历史事件相连接时，吓得人常常要倒吸一口凉气。

我在彭德怀居住过的别墅前坐了许久，并在一个小书摊上买了一本历史见证人李锐写的《庐山会议实录》，读着读着，一切便都比迷雾更加迷茫得双眼模糊，两腿拖拉不动了。也许是雾的原因，那么多大人物，在这里突然连是非都辨别不清楚了，即使能辨别清的，恶者火上加油、落井下石，善者也装聋作哑、哼哼哈哈，以至让百战百胜的元帅在"天生一个仙人洞"这样的游览胜景中马失前蹄，跌跌撞撞下山后，从此人生辉煌不再。望着这神秘的浓雾和隐蔽的房子，我在想，如果当初那个著名会议不在这里召开，而是在一个阳光充足、视野开阔的草坪上，与会者的心理是不是会比在这儿光堂豁亮一些，而不至于导致紧接着发生的重大历史悲剧与灾难呢？一切都过去了，然而，这组神秘的房子，仍然保持着比过去更神秘的卧姿，永远蛰伏在密林深处，将它们掩盖下发生的全部秘密，守口如瓶地封存在历史可能永远也打不开的"黑匣子"里。

庐山又名匡山，据传是殷周时期，有匡姓兄弟结庐隐居于此而得名。几千年来，先由文人学士题诗作画，以广告天下，然后，达官贵人才闻风而至，附庸风雅。渐渐地，文人反倒缺了在名山落脚的银两，达官显贵却高楼矮檐地盖满了凉亭别墅。本来这是一个休闲的地方，一旦达官显贵卷入，也便破坏了山川本来的宁静，据说当初蒋公偕夫人来美庐避暑，特务和军警每每将方圆几十公里的山体，密闭得铁幕一般，不时密林中还传来几声枪响，这哪里还有休闲的空气与意趣呢？如今庐山虽然与政治少了缘分，但经济显贵们却又趋之若鹜，到处是安营扎寨的钢筋混凝土，有些房屋"誓与天宫试比高"，弄得山川风物失去了比例的谐调，很是让人"触景生怒"。好在我们没有那么多银两，去购买寸土百金的地皮造别墅，看一下就走，以后眼不见为净，也便懒得生那些就是生了也没用的闲气。

庐山的景色确实宜人，庐山的空气确实清新。我第一次认识庐山，是从一部名叫《庐山恋》的电影上，那些奇、险、诡、秀的风景，那场美轮美奂的爱情，确实让人心向往之。当我真的走上庐山，面对那些比电影上更真切的景物时，却深感心灵上的压抑与憋闷。这儿林太密了，雾太大了，峰太险了，沟太深了，对于一个不知深浅的人，确实不是一个好玩的地方，真的，一点儿都不好玩。

2001 年 3 月 4 日于西安

上海没有围墙

也许是在围墙里住惯了，到上海第一感觉是这儿很敞阳。尽管人流如潮，车流如注，但该疏朗的地方还确实疏朗开了。最明显的是陆家嘴开发区，每一幢高楼，都能让人既看到头上的帽子又看到脚上的皮鞋，不像北方一些建筑都圈起来了，也许是下半身不好看，你看到的永远都只能是膝关节甚至更上一部分的残缺，而这种把下半截围起来的意识，似乎不仅仅是一种自然的安全保护，好像更多的是心理上的防范措施。

旧上海就散落在一个滩上，尽管内地极其封闭，但这儿却是洋人可以来去自由的地方。虽然他们有些猖狂，客居在主人的地盘上有时还欺侮主人，但这个窗口，毕竟让中国人洞见了自己的不足和一些挨打的原因。今天的上海已真正跻身国际大都会的行列，我想除了临海的地理优势外，恐怕与这种没有自然围墙的敞阳，和由此带来的眼界与心理上的辽阔不无关系。

上海人本来是嗲声细气的，生活中也爱斤斤计较，但干出的事却确实让人瞠目结舌。一个电视塔一修就戳到云里，夺了东方之冠；一个金融大厦一盖就是八十八层，直领亚洲风标。连文艺也是石破天惊的创新，搞一部越剧《红楼梦》，一掷三百万金，并且转瞬即全部收回投资；一台《蝴蝶是自由的》，端直脱光了衣服，把人体美与性，和盘托上了艺术圣殿，且多方看好并认同，这确实是内地文艺家想都不敢想的事，但上海人说弄就弄了，这不能不说是一种骨子里的开明、放胆与大气。

在上海小住三日，由于离开大西北时正逢沙尘暴天气，因此飞机一降落，倍感空气潮润清新。极目远眺，大楼摩肩接踵，并且千姿百态，极少抄袭之作，确实令人目不暇接，心旷神怡。但上海也有令人不满足的地方，特别是作为游客，在这里除了能感受到现代化建设气息和发展速度外，几乎看不到它虽然短暂但却丰富异常的发展史，让人有一种无根之萍、无源之水感，如果是一艘大船，好像一旦启航，便会消失得无影无踪一样。这里曾经住过鲁迅吗？这里曾经是饱受列强蹂躏的苦难"洋场"吗？虽然在某些角落还有遗迹，但在大的建构，特别是文化建构中，确实少了对这些历史与文化的醒目记忆。因此，今天去感受上海，很可能产生"上海宝贝"已成为上海流行文化的解读，但愿这是一种误读。上海没有围墙，这是上海发展的优势，但上海应该有根，应该有像鲁迅那样深深扎在民族灵魂上的文化之根。仅仅看到世界一流的经济发展速度，确实让我们不满足，不满足呀！

2001 年 3 月 17 日于西安

我爱呼伦贝尔

我不得不如此深情地歌咏赞叹呼伦贝尔草原，是因为她深深打动了我。青壮年时期，我特别喜欢写游记。后来渐渐淡化了这种习惯。有很多很好的地方，看了也很感怀、感念，可就是再也没有拿起笔来记述。大概与创作戏剧与长篇小说有关，总是不愿零敲碎打地把一些集聚起来的气息，让跑冒滴漏了。其实游记是一种很好的文体，我们今天那些"甲天下"的山水，大多都是古人的游记与诗词歌赋创造下来的，没有那些文字，诸多景观都是不大有什么内涵与外延，值得我们挤出一身臭汗，去游览观瞻的。

很小的时候，我就听说过呼伦贝尔这个地方，几十年也从来没间断过对这块土地的叠加印象。那么多歌曲、绘画、摄影、文学作品，都在传递着她的辽阔、碧绿，以及草长莺飞、牛羊成群的气象。当我一脚踏上这块土地时，突然觉得一切艺术再现，都没有完全传递出自己眼球晶体所摄入的这种不可言喻的浩大、蓬勃、壮美意象，我的精神生命，迅速被这亦真亦幻的苍茫世界所击倒。她的开阔、丰盈、生机、张力都是不可概括描状的。我突然感到视角的单调与疲软无力。

在写《星空与半棵树》时，我研究过猫头鹰，也研究过苍鹰与雄鹰，它们都是飞翔艺术家，而堪称大师的只有雄鹰。它们之所以能把飞翔行为发展到顶级艺术的阶段，除了地域提供的浩瀚空间外，根本还是得力于优越的视力。可极目远视，雄图千里，也可对身下的细枝末节，洞幽发微，并精准地予以打击。那种立体的对整个草原的辨析与认知，才是我此刻最向往的生命视角。

我也去过一些草原，包括阿根廷的潘帕斯草原，但没有产生这种从气象到色彩，再到湖水波光、植被蓝天已浑然一体的仿佛是自带着交响乐的立体震撼。说大地是一块完美的翠绿地毯，天空是一幢与地毯无缝衔接的蓝宝石盖顶，都不足以形容天地合成的有机性与完整性。置身其间，我每每有一种幻觉，觉得天地是可以随意翻转倾覆的，即使倒扣过来，那翡翠地毯也是可以成为亮丽深空的。

绿色，是大自然中最清新、静谧、舒适、养眼的颜色，什么豆绿、葱绿、茶绿、墨绿、苹果绿、孔雀绿、橄榄绿、祖母绿等，据说有四十多种色系，如果是画家的调色盘，当有更无穷尽的变数。七月的呼伦贝尔，一眼望去，我起先只看到一种最纯粹的碧绿。可在不同的光照反应下，又分明呈现出那么丰富的色谱，甚至在湿地、湖畔、土丘、河岸上的草色，都有着全然不同的浓淡深浅变化。即使叫森林绿、苔藓绿、松石绿，甚至荧光绿，都能找到切切实实的对应物。光合作用的伟力，在呼伦贝尔大草原上，得到了最完美的呈现。生机盎然，已不足以形容她的灿烂，她不因人来而摇曳多姿，也不因人去而慵懒倦怠。她仪态万方、喜笑盈盈地盛开了一个生命的磅礴季节。这时不由人不想看看太阳，是它在一亿五千万公里外，操纵着她的丰盈与动人，而在太阳的视野中，兴许这块草原都是可以忽略不计的，但在我们眼中，已然浩瀚得双腿敬畏于自然的神性，只想跪扑在她美丽的怀抱了。

真羡慕牛羊在柔软草地上的自由徜徉，当地人称溜达牛、溜达羊，这真是一个极其美妙的称谓。不过美妙背后，却潜藏着人类对它们鲜嫩肉质的觊觎。溜达对于人生，也是最舒适的样貌。不愉悦、不闲适你是不配叫溜达的，顶多叫散心或乱窜，松弛的肉质也是不必担忧被谁惦记的。我总担心如此无边无际的草地，牛羊会不会溜达丢。当地人似乎没有这种担忧，说一家牛羊有一家牛羊的溜达范围。当然这个范围，就绝不是我们住惯了挤卡的城市，对"范围"这个词的适恰理解了。我们的范围概念，在这里有时是需要放大一百倍、一千倍，甚至一万倍的。看似很近的地方，驱车跑很久才能抵达。而先前瞭望到的遥远草色，似乎还在更加浩茫的地方。牛群和羊群的随意撒落，好像是处于无人经管的状态，但突然你会看见一辆摩托车蹿出，绕着那泼洒得过远的"珍珠颗粒"，一阵弧旋，就见乱滚的"珍珠"有归拢的趋势，我们就意会了自由与范围的概念。

到草原了不能不说马，它们也的确无处不在，但已很少见到奔腾之姿。马也近乎在溜达，在闲庭信步，在明媚的阳光下慵懒静卧。就在它们的脚下，数千年来最具敲击地心的震撼声音，便是它们的铁蹄。这种声音的交汇处，每每都会留下传之久远的故事，这些故事的核心是战争、是争雄，也是融合与统一。在那如风般轻盈的草地下，每一个文化层都沉积着波澜壮阔的历史景观。是人的野蛮争斗、文明进化，更是马的一路狂奔、慷慨悲歌。人类生存与文明攀升有四种特别重要的外力因素：火、盐、文字、马力。而马力，至今仍是人类雄心万丈的助推，不过此马非彼马，但力量仍是以马力来计算的。人类现在已发明出近11万匹马力的发动机，要把这11万匹活蹦乱跳的马，生拉硬拽在一起来奋力，需要多么浩大的场面哪，我想也只能放在呼伦贝尔草原了。

马是为人类出过太大力气的。古代统治疆域，如果超过八天八夜的马力信息传导，一般会失去统御效能。马力便是国家的统治力。"一战"时期，有一百多万匹马参战，活着回来的寥寥无几。一部儿童文学作品《战马》由此诞生，并点燃了斯皮尔伯格导演的电影《战马》，以及诸多话剧、人偶剧等。我曾经坐在剧场里为马几番落泪，那种拟人化的表达，令人深深敬畏着战马的忠诚、勇毅、坚韧与信念。马是人类最可靠的朋友，它神情高贵肃穆，举止优雅沉着，我们与它可以建立起真正的友谊信赖与无契约的生死共赴。尤其置身呼伦贝尔大草原上，面对博物馆里的马骨化石，以及无处不有的马头琴声，我突然感知到一种历史的巨大回响与深沉的纪念仪式。尽管今日的草原之马，运输力已变为一种补充、填空，甚至只能做"马文化节"的"万马奔腾"表演，但马头琴声所传递出来的生命意识、历史况味、旨远忧伤，仍然让我对这种动物肃然起敬。草原不能没有马，没有马的草原不是草原。我们不能因为马力的失去而鄙薄它的存在，一如老人失去了膂力不能成为不被敬重的理由。人类走到今天，马是最根本的推动力之一，它还活着，就是一种图腾。在呼伦贝尔，我看到不少用真马头骨制作的马头琴，我觉得它有一种神性，一听到它的演奏，我就止不住要泪流满面。那是一种饱经沧桑的历史行吟，在我心中，马是最伟大的吟游诗人。

面对丰隆而盛大的草原，让人最惊愕的就是生命力的雄奇磅礴，这时我们不能不对处下处弱的明河暗溪、湖泊水泽，表现出极大的关切与注目。生命的存活要素第一是水。人类对外星生命的寻找，首先也是判断有无水源，无水、无液体必然无生命。而滋养万物的水，被老子做了最本质与哲学的概括，它善行德被一切，却处下守弱，"利万物而不争"。在堪称伟大的呼伦贝尔草原上，"居善地""事善能、动善时"的水，现实版地将老子的亘古思想注释在了宏阔的大地上。弱水总是行走在草的下方，礼成小草茂盛作岸，自己谦卑而垂顺地相伴于下，随物赋形。我走过了根河、海拉尔河、额尔古纳河的部分水域，还有随处可见的大小湖泊，只恨不能获得雄鹰的视角，从而收获对老子思想更加丰富的理解。以呼伦湖与贝尔湖相加命名的呼伦贝尔草原，其本身就是一种最伟大的生命哲学妙悟。

来到呼伦贝尔，我感觉是与世界上最美好的事物相遇了。从来不喜欢拍照的我，几天竟然拍下数百张风景照，自以为是可以转行干专业摄影了，却被同行者笑得喷饭。一看别人的，才知景色如许，哪一个都拍得想办个人摄影展。可谁的"精品力作"，也概括与抽象不出草原的丰富肌理与撑破想象力的壮阔画卷。你会觉得你是那么渺小，渺小得无力去表达当自然超越你想象后的那种真实。按说艺术创造正是从这里开始，去完成一个超越现实的表达，从而实现属于艺术的真实，但呼伦贝尔自身就是一种艺术最高境界的存在，美得不可摄下，不可绘下，不可写下，艺术也就似乎有了不可抵达的边界。阳光下，你是这块巨型翡翠中的一个微小颗粒；星空下，你是这片皎洁月光里的一丝暗影。在博大与雄浑、丽质与姣好面前，你感到百般无助与捕获的不逮。你只能努力融入，切实地接近艺术的水草、牛羊、马匹与人，才能感受到你也是艺术化境的一部分，是万物齐一与天人同构的既艺术又现实的风景。那几天我时时在嘴里嘬嚅：老天真是恩赐，还有比这里更美好的存在吗？我没有为任何一片风景如此迷醉过，但在这里，我醉倒了。呼伦贝尔，我真的很爱你！

2023 年 10 月 21 日于北京奥林春天

希腊阳光灿烂

2010 年 8 月 20 日　星期五

应希腊政府邀请，我与小梅花秦腔团的二十八名同学和几位政府官员一道，今天开始了赴希腊进行文化交流演出的行程。

晚下榻上海一个机场宾馆。

有点兴奋。去希腊似乎比去哪个国家都让人兴奋。

随身带了本《古希腊政治、社会和文化史》。几位美国研究古希腊专家写的，书很厚，足有七十多万字，躺在床上看，稍不留神，一瞌睡，塌下来都可能有致命危险。但它确实是一本古希腊的百科全书，将政治、军事、社会、文化和经济史熔为一炉，讲述了从青铜时代到希腊化时期的诸多古代文明故事。引人入胜，也发人深思。真是一本好书。带着一本好书旅行，那是比旅行本身更快意的享受。

8月21日　星期六

一整天都在飞机上。由上海起飞，中途经停德国法兰克福机场。那年到德国访问演出，就曾降落在这个机场。多年过去，似乎除了比过去破旧、肮脏些，再无新的变化。在这个机场停留三个多小时后，又转乘希腊航班飞雅典。

坐飞机最大的好处就是能看书。虽然人在说不清"魂系何处"的空中飘浮着，但书已把人带到了希腊，甚至是遥远的古希腊。这本书好就好在不仅说正史，也说野史，甚至对古希腊农村生活、宗教习俗、田径运动、妇女待遇、奴隶制、婚姻制度、同性恋都有研究。古希腊文明之于我并不陌生，从荷马的口头诗歌到城邦制度，再到斯巴达历史，再到哲学家苏格拉底、柏拉图、亚里士多德，再到悲剧作家埃斯库罗斯、欧里庇得斯、索福克勒斯，再到雅典民主制度，再到奥林匹克、古希腊雕塑等，总之，都知道一些，但这样整合起来看希腊，还是第一次。加之，马上还将直接阅读这个充满了历史故事和幻想的国度，兴奋状态就始终不得减弱。

飞机终于还是把人坐得软瘫如泥了。

希腊的半夜时分，星空寥落，一帮睡得迷迷糊糊的中国人，双脚麻木不仁地跌撞在了历史名城雅典的大地上。茫然四顾，什么也看不见，那种感觉并不比半夜被人拉到陕西关中道的某一个村镇的感觉更真实可靠。然后，又被塞进一辆大巴，摇摇晃晃拉出了城。翻译说了一长串名字，脑子已经明显迟钝的一群人，大概谁也没记住。然后，就在黑夜中向更远的地方驶去。我回头一看，所有人都把嘴张得很大地睡着了，连美女们也都失去了优雅的姿态。公路极差，路面窄而欠平，颠簸得很厉害，虽然不时有"过山车"之惊悚感，但我还是进入

228

了梦乡，梦中是乘坐着儿时坐过的手扶拖拉机，吞吞吐吐地行进在乡间小道上。人就是这样与环境既熟悉又陌生着。梦境与现实也永远是这样既交汇又疏离着。

我是在希腊大地上睡着行进的。

8月22日　星期日

当眼睛被初升的太阳刺开时，我们已被放置在爱奥尼亚海的伊奥尼亚群岛上，这个城市叫莱夫卡扎。一眼望去，像一个集镇。房屋都很低矮，但十分有个性，很少有相同的"克隆"状构建。有房子的地方就有树，有草，有花，连许多墙壁上都吊着奇异的盆景。巷子逼窄，很多地方只能人行，不能走车。早上十点多钟，我们走进城市的主要街区时，几乎还看不到人影，连狗也是懒洋洋地卧在各自的门前或阳台上，对行人只睁开半只眼觑一下，就又幸福地眯上了。像童话世界，一切建筑都酷似孩子们的积木，恬淡而随意，浪漫而艺术。

早十一点钟，应市长邀请，我和另外两位负责人以及我国驻希腊大使馆的文化官员到市政府参加酒会。同时出席酒会的还有英国、爱尔兰、意大利、美国、巴西、日本、印度等十几个国家的演出团负责人和希腊，以及欧洲的一些新闻记者。市府里除了几个工作人员在忙碌外，就是应邀来的几十位不同肤色、不同语言的客人。直到酒会开始时，我们才发现，一直在忙着布置会场的一个"老勤杂工"，就是莱夫卡扎市的市长。方才他一直在搬桌子、安话筒、试音响，我们还以为是音响师。连他坐的椅子也是自己从办公室搬来的。据使馆官员介绍说，这个城市在国内相当于一个省级城市。她说，希腊是一个"小政府"社会，加之现在希腊正处于经济危机时期，国家在削减已承担不起的福利，政府都在大量减员，就是平时，也看不到国内政府的那种"繁荣"景象。相比之下，我们一个镇政府，恐怕工作人员也会超过这儿好几倍。

酒会极其简单，市长致辞，然后是艺术节组委会主任介绍各国代表团，并通报一些艺术节背景材料。再然后是相互碰杯，客人们捏几根薯条、吃几块蛋糕，就算结束了。市长在他办公室专门接待了中国代表团，我们进去时，正看见他把刚才开会的那把椅子亲自搬回来。他之所以要特别与我们坐坐，原因是他来过中国，并且莱夫卡扎市与中国某个城市是友好城市。他本人很喜欢中国文化，当我们给他送上民族剪纸和书法作品时，他双手不停地在微胖的肚子上揩拭着，然后才近前接过礼品。过了一会儿，他又提出，能不能把这些礼品拿到晚上艺术节开幕式上赠送，让市民们都能分享到中国文化和礼仪的快乐。

晚上，先是十八个国家的艺术团，各自打着国旗，穿着自己的特色服饰，在莱夫卡扎市区巡游。市民们全部出动，沿着一街两行观望、狂欢，然后进入主会场，第十八届莱夫卡扎国际艺术节就开幕了。据说往届艺术节规模都比这次大，这次缩减的原因主要是经济危机。开幕式很简单，还是市长致辞，组委会主任介绍各国艺术团。我们按照市长的要求，在开幕式上赠送了礼品。市长专门高调介绍了"文明的中国"。演出开始，各国艺术分头亮相。我们的小梅花秦腔团表演的两个节目获得了满堂彩。希腊观众的文明热情，让人对骨子里的社会文明有一种渴慕感。

晚会开始后，我才发现这么大的艺术节，其实组织者就三个人，国际艺术节组委会主任这样的角色，放在我们这里，那是怎样了得的身份，可在这里，他的位置就在侧幕旁，拿着一个演出单子，指挥音响师、灯光师配合演出，并催场、捡场，活活一个大剧务。三个人撑持一个有数百位艺术家参加的国际艺术节，这在国内是难以想象的事，我们少说也得上一百人，还都会喊叫人手不够用，可他们就这样干了，也确实漏洞百出，接待粗疏，但他们已经干了十八届，"国际友人"还趋之若鹜。再一个精彩的细节是，当市长上台致词时，给他在一排中间留的位置被人占了。他下台后，在没有任何人跟班的情况下，四处找着自己的位置，见都已坐满，就在一排边上一个工作人员的位子上坐了下来。他看节目很投入，好像一点都没在意十分边缘的位置，像是一个宽厚的长者，憨憨的，木木的，两个肥厚的巴掌比谁都拍得响。

演出结束后，整个城市才全然进入活跃期，一条又一条街道上，布满了白色桌椅，人们都穿着十分随意地喝起啤酒、咖啡来，热气腾腾的生活直进行到凌晨两三点。当人散物移后，第二天清晨起来，满街干净整洁，仍是似乎有很久不曾有人来打扰过的静谧生活。

8月23日　星期一

一早又乘面包车返回雅典。车主是一个中国留学生，一路介绍希腊人文、地理，以及当下世俗生活，算是对希腊有了更进一步的了解。

在希腊大地上，生长最多的植物是橄榄树和开心果，几乎遍地都是。

公路不时从海滩穿过，海滩上摆着许多赤身裸体晒太阳的人。

一切都充满了懒洋洋的诗意。

快中午时分，我们到达雅典。车主也是导游，安排我们吃了一顿中国餐，红烧鱼、东坡肉、煎豆腐、未婚鸡炖蘑菇、紫菜鸡蛋汤，吃得还算惬意。然后，就登上了心仪已久的雅典卫城。

这里阳光灿烂，远看金碧辉煌。一步步踏进卫城，原来那金灿灿的一切，就是矗立数千年不倒的花岗岩柱石。建于公元前四百多年的帕特农神庙，在风雨剥蚀中，依然保持着如磐的姿势。

许多柱石已经悄然倒下，有的已断成数截。诸多雕塑也已残破不堪，但昔日的精致和大气，仍历历在目，令人流连忘返。

物体倒塌成什么样子，就保护成什么样子，不人工修复，不刻意重建，让人深刻地感知到历史的沧桑和岁月的无情，这是物质文化遗产最好的保护方式。我们不乏很好的历史遗存，但在保护口号掩盖下的拼命造假，已使本来极其厚重的历史遗迹显得恶俗不堪。旅游文化产业"大发展""大繁荣""大跃进"的虚浮肿胀，更是让没有的被编了出来，无价值的一夜之间突然价值连城，连西门庆的出生地也争得脸红脖子粗地难分轩轾。对于一个文明古国来讲，这样的无知无畏，真是到了寡廉鲜耻的地步。其实真正值得保护的，又因缺钱，而日晒夜漏，无人问津着。

最负盛名的古希腊剧场，还保持着环形的舞台，前排石椅虽有许多已断裂了靠背，但仍能让人感到几千年前，人们在观看悲剧时的优雅坐姿。

雅典生活中一个特别重要的场所，其实不是这些建筑物，而是一个叫普尼克斯的山坡，它比卫城低，但又远远高于城区地耸立在半坡之上，在整个公元前5世纪，雅典公民们就挤在这里，风雨无阻地倾听那些"高人"的演讲和辩论，辩道德问题、法律问题，论人群的管理方式，也提出动议，追究高官要员行使职务的责任，并举手表决，行使公民的参议权利。这里也是苏格拉底等哲学家的大讲堂，他们在这里为西方人点亮心灵火炬，也在这里被自身点亮的精神火炬所焚烧。今天，放眼望去，只剩下散懒涌流的俗众，再也建不起同等高度的精神灯塔，无休止絮叨咀嚼的只是先哲的余唾和牙慧中的残渣。

这里最为不朽的就是阳光，灼人的艳阳永远都在自然升起，投射在不朽的人文柱石上，让人看到的是人类通过自然才留下了这些传之千秋的雕琢物象和精神光斑。人远比自然渺小。自然这个庞然大物，最终只允许人类留下他的精神遗产，物质即使再华贵，再坚硬，迟早也会被它捣毁得荡然无存。真正意义上的雅典卫城，迟早也是会灰飞烟灭、不留痕迹的。只有雅典的自由意志和精神会像太阳一样永放光芒。

8月24日　星期二

一早起来，被那个中国留学生拉到码头，登上一艘游轮，去爱琴海的三个岛屿参观。

有"爱琴海诗人"之称的诺贝尔文学奖获得者奥季修斯·埃利蒂斯说："作为一个诗人，我的想象力是从爱琴海的礁石和小帆船，以及岛上的白灰屋和风车的世界里培育起来的。整个爱琴海在我的意识中已烙下了不可忘怀的印象。"这是驰骋文学的沧海，更是希腊远古神话的摇篮。因岛屿众多，爱琴海又叫"多岛海"。它是黑海沿岸国家通往地中海以及大西洋、印度洋的必经水域，因而在历史上，也是战争频发之地。

当我们进入一望无际的爱琴海时，阳光已像黄金一样，镶满了海面。一群群海鸥，紧随着游客抛向空中的食物，而上下奋飞，争相觅食。大概是他们太熟悉游客的习性，而不时献媚似的编队表演，以争取更大的利益回报。

当太阳毒如火烤时，船上的铁甲板也已晒得滚烫如烙。我们都龟缩在船舱内，而更多的西方游客，却纷纷登上铁甲板，男的穿着三角裤，女的穿着三点式，有的甚至只穿着丁字裤，就或躺或趴在甲板上，任凭太阳烧灼，铁板煎熬。身上一层层涂上橄榄油和防晒霜。白色人种都烙烤成了古铜色，油光汪亮，分外健硕。这也是希腊最迷人的景观，到处海滩上、礁石上、甲板上都摆着十分悠闲的享受阳光者。其实生活本该如此，就像那个有名的乞丐与那个富人的对话所说的，追求一切物质条件，最终无非还是为了到沙滩上享受阳光，乞丐现在就在沙滩上享受着，又何必再去打鱼敛富后才来享受呢。物质的过分追逐、攫取，永远是人类幸福生活的最沉重负担。那个乞丐可能才是人类最富有智慧的哲学家。

我们登上的第一个岛屿叫伊兹拉岛，这里没有任何电动交通工具，毛驴和马是主要运输交通手段。岛上的一切都还维持着三百年前的面貌，据说这是英国戴安娜王妃生前最爱来的地方。环保是这里叫得最响亮的口号。沿途沙滩上仍是摆满了赤身裸体的晒太阳者。由于游客众多，置身岛上，几乎连独自照张相都很困难。风景被人所困扰，一切登岛者，也便成为环境的垃圾。

登上的第二个岛叫波罗斯岛，岛名翻译过来是涉水的意思。面积很小，仅三十五平方公里。登上岛顶，便能看到四周的海域。岛上仅有古老的教堂赫然矗立，其余皆是漫天游人。

第三个岛叫埃伊纳岛，离雅典很近，盛产橄榄、开心果。由于与雅典比邻，战略位置十分重要，而备受"拉锯"战之苦，留下了与雅典同样富有的人文历史故事。中国留学生讲得头头是道，可惜我们毕竟离得太远，而脑子的资讯储存有限，离开岛屿，就随着海风飘散了。

当我们的船只在黄昏中驶向雅典城时，那群追食的海鸥仍在波浪中频频起舞，争食。那份苦累、执着，让人在残阳中直感到生命的悲凉。

晚登上雅典城最高那座山峰，俯瞰雅典夜景，真美。这是一个紧紧围绕雅典卫城环形建起来的城市，雅典卫城在夜间，仍被雅典人投上了太阳一样的光芒，整个城市都在这种光芒的笼罩下熠熠生辉。没有哪一座城市像雅典这样具有向心力，古老的卫城更像一个生命轴心，一层层将散落的珍珠环扣起来。那种严密感，又酷似从这里生长起来的哲学逻辑，看似张力四散，实则构成谨严。无论在这里产生过的城邦，还是在这里时兴起的民主，都似乎在这个夜景中有深切映象。在这里观景，现实总是被淡忘，有小贩推荐甜玉米，才让人感到双脚是踩在现实的大地上。一个甜玉米两欧元，与人民币一换算：二十多块，不便宜。

快二十三点时，城市突然沸腾喧嚣起来，所有街道都被汽车堵得水泄不通。雅典的夜生活开始了。我们被人潮裹进一个夜市，喝啤酒，吃烧烤，聊拉登，说奥巴马，说金融危机，说希腊高福利已使政府不堪重负……反正也学人家，硬熬过了凌晨三点。

8月25日　星期三

一早起来，又安排了半天的市区游览。车在窄窄的街道上穿行，行人稀少，都刚入睡才四五个小时。这里没有高楼大厦，多是七层以下建制。阳台、窗户、楼顶，凡能利用的空间，都摆满了绿色植物和鲜花。很多传统建筑物上，都布满了雕塑，这是希腊文化最本质的形象。那位留学生把我们领到了一个自由市场，除橄榄油产品独具特色外，其他与国内此类市场大同小异，诸多产品还是中国制造。购物兴趣不大，就早早奔机场了。

　　本来这次行程还有土耳其一站，因故取消，这就给返程带来了麻烦。国际机票都是几个月前订的，临时一取消，再购返程票，三十几个人，分成了七拨，分别还都要在几个国家转机。有的落在了匈牙利的布达佩斯，有的降在了德国慕尼黑，有五人一组的，有三人一组的，还有两人一组的，好在孩子们都会些英语。我带的十个孩子再次降落在了法兰克福。七拨人的组长都开通了国际长途，当我降落在上海国际机场时，很快收到了其他六拨人发来的顺利转机、登机的消息。

　　出国真累，但到希腊很美妙。

春天的创痛

——一九九九年五月德国纪行

克林顿前脚从德国走，我们后脚就踏上了德国领土。克林顿是去德意志检阅他狂轰滥炸有功的军队，而我们是应邀赴德国参加迈宁根国际艺术节，进行文化交流。

迈宁根国际艺术节，据说在欧洲是一个有一定影响的世界性艺术节，已经举行了七届，我们应邀参加的是第八届，许多专业文艺团体都以能参加这个艺术节为荣。本届艺术节是从世界五大洲各选调一台节目，我们陕西省戏曲研究院青年团是去年十月正式接到邀请函的。

当我们乘坐的国际航班平稳地降落在欧洲著名航空港法兰克福机场时，有人指着一个角落停放的许多军用飞机说：军用飞机怎么停在民用机场？原因不得而知，我们只知道德国也是北约成员国之一。而离此不远的南斯拉夫正在经受着北约的第四十五天空袭。

艺术节组委会工作人员把我们一行四个人从机场接出来，然后乘大巴向迈宁根市行进，我们一路感受到的是和煦的阳光和满目的苍翠。一百七十公里的路程，几乎像漫步在公园里一样，花艳草香，树木葱茏。德国以汽车工业的先进，带动了高速公路密度位于世界第一的发展，那经纬交织在宽阔田野上的黑色纽带，几乎把所有松散的土地都捆扎得结结实实，给人一种力量美，加之纵横交错的滚滚车流，让人深切地体味到一种逼人的速度。突然有人喊：看，地里拉粪的都是奔驰！一车人全笑了。确实，奔驰与宝马这些国内稀罕的高级轿车，在这里就同我们大街上行走的奥拓、夏利一样寻常。

当地时间下午六点，我们住进了迈宁根市一个叫凯塞公园的四星级宾馆，由于旅途疲劳和六个小时的东西方时间差，折腾得每个人几乎都已手无缚鸡之力。躺在床上，只是不停地按动电视机遥控，遥来控去，不是西方摇滚就是生活片和德语电视剧。好不容易找到一处新闻，那画面上好像是与南斯拉夫有关的内容，我急忙找到翻译，他告诉我说，电视里在讲对南空袭"战果"。炮火很猛烈，与在国内看到的镜头没有两样，但说法却不一样。晚上，外国友人邀请共进晚餐，当谈到北约对南联盟的轰炸时，他们好像更多谈到的是科索沃的人权问题，而很少涉及北约轰炸的正义与非正义性。夜深了，我站在房间的窗口向外瞭望，德意志在静谧的气氛中安享着和平之夜，而电视里南斯拉夫街景却是千疮百孔，战火纷飞。也就是这个静谧的夜晚，中国人的人权和国家主权，遭到了震惊世界的粗暴践踏和蹂躏。

那是八号早晨九点，我们全体出访人员在宾馆大厅集合，准备参加艺术节开幕式，有人突然告诉大家，昨晚北约把咱们驻南斯拉夫的大使馆炸了，伤了好多人，好像还死了人。虽然听不懂语言，但国旗是中国的，有好多中国人在抱头痛哭。很快，我们与中国驻德大使馆取得了联系，证实了这一消息，大家立即沉浸在一片悲痛之中，尽管迈宁根市鸟语花香，阳光灿烂，但遮不住我们心头的阴冷、屈辱和愤怒，说实话，我们在一种窝囊感中等待着北京的反应和声音。也就在这时，大使馆用电话传来了中国政府的严正声明，我们立即从这种声音中找到了精神支柱，国家的概念只有在这时才那么强烈、具体地浮现在脑海中。

这天晚上，友人再次邀我们到迈宁根的中国餐馆吃饭。路上，我问他们对北约的这种行为怎么看，翻译翻过来的语言是：这是太不应该发生的事，太粗暴、太野蛮了！尽管饭菜非常可口、非常香，但我们却都没有胃口，我们像是一群受了欺侮的人，那种阴影在心头久久挥之不去。

九日，是我们参加艺术节的正式日子，我们早早来到了迈宁根剧院——一个被欧洲人称为"德国剧院的一颗珍珠"的古老剧院。大家一边装台一边议论着从电视及其他渠道获得的国内信息，一整天，我们就在这个有着一百三十年历史的名牌剧院里进行着文明交流的准备。我们能做的工作就是完成好文化交流任务，我国驻德大使馆也几次打电话来反复强调这一点，最后还派外交官亲临现场指导工作。由于语言障碍，与剧场许多配合工作都进行得很艰难，但双方工作人员都异常敬业，咱们许多同志一整天都没时间吃下一口饭，然而却充分保证了装台质量。晚上七点，当四层楼的剧院座无虚席时，秦腔那激越高亢的音乐奏响了。青年团在欧洲已经成功地进行过多次文化交流演出，这一次碰巧带的是具有强烈爱国主义色彩的传统剧《杨七娘》，它讲述的是大宋将军杨七郎征战死后，夫人杨七娘强忍悲痛，挂帅出征，面对敌寇，又大义舍子，终于攻破敌阵，收复失地的故事。当剧情的正义与艺术家的正气接通时，戏便活似游龙，唱念做打俱佳，剧场掌声不绝。全剧在险象环生的绝活中戛然而止，观众全体起立，以长达十三分钟的掌声和口哨声为艺术家喝彩不止。

演员们卸完妆后，艺术节组委会为我们专门准备了酒会，主办方和许多出席酒会的世界各国文化名流，都纷纷拿起话筒，为中国艺术的"精美绝伦"倾尽敬慕之词。剧院经理米莉茨女士一再感谢中国艺术家为他们奉献了这样一台"绚丽多彩、魅力四射"的秦腔剧目，并对"完美的组织工作和所付出的巨大努力"表示由衷的敬佩，直到此时，大家才相互频频举杯，为一种莫名的战胜感，饮下了多滋多味的干白、干红和香槟。

十日，大家就在一种归心似箭的忙碌中，踏上了回国旅途，在法兰克福机场候机时，我们从无处不有的电视画面中，看到了国家主席沉重的表情和大学生示威游行的场面。虽然看不懂报纸上的内容，但每份德语和英文报的头条，几乎都刊登着中国人在美国驻华机构前抗议的巨幅彩照，我们从中深深抚摸到了祖国心脏的剧烈跳动和世界为此加速律动的脉搏。当十个小时近八千公里的飞行把我们送回北京国际机场时，各种中文报纸便成了我们抢购的奇货。如果不是在异国他乡，特别是在北约成员国之一的德国感受祖国这场飞来横祸，也许并没有如此强烈的创痛感和羞辱感，我们急切想看到祖国的愤怒和呐喊。终于，这种愤怒、抗议、谴责和呐喊，在国内已铺天盖地，我们心灵的创痛得到些许慰藉。

四天的德国之行，虽然走在阳光下，行在春光里，然而，五枚炸弹留下的创伤，使春色黯淡无光。美丽的房舍、漂亮的汽车、公园式的田野全都在那些惨烈的电视镜头中化为虚无，我们为春天遗憾，我们为人类悲哀，我们期待着和煦的阳光能使这块春天的创痛早日止血结痂。

1999 年 5 月于西安

第四辑　打开的河流

重读老子的当下意义

老子五千言，流传了两千多年，据说是世界上仅次于《圣经》发行量的一部人类文化典籍。之所以有这样历久弥新的翻译量、印刷量和阅读量，其根本在于它对人类精神世界的恒常思辨、警醒和"淬火"作用。人类社会总有许多疯狂的时代，要么是战乱频繁期，要么是急剧上升期，要么是转型期，这时都需要听听老子不冷不热、不温不火、不疾不厉、不狂不躁的言说。南怀瑾把儒释道对于中国人的作用，分别比成"粮店""百货店""中药店"，我觉得十分有趣，也很有意味。"粮食"不吃不行，这是"儒家店"几千年来的作用；佛门对于绝大多数人来说，真是"百货店"，进去转转可以，也可能买些东西，但多数是转转就出来了；而道家是"中药店"之说，很是有些奇思妙想，有病了总会来把把脉，开开方子，抓抓药，中药虽不能"刀落病除"，但文火炖汤，平衡阴阳，全面调理，自会产生长效。而思想、文化、哲学对于人类的作用，不正在于调理精气，平衡阴阳，文火炖汤吗？

我们不能否认，现在是一个美好的时代，物质极大丰富，文化快速发展，思想相对活跃，精神日益自主，既可以说是经济社会急剧上升期，也可以说是人的思维意识与社会结构的巨大转型期，我们如何在到处莺歌燕舞、日日有庆典、时时有捷报、处处有欢歌的盛世沸腾中，保持一点清醒、常态、低温，保持一点警觉、思辨、冷眼，我以为读老子，当是时下十分需要推崇的一部文化原典阅读。西方过去就有许多人重视老子，黑格尔把老子学说看成是真正的哲学；尼采说老子思想"像一个不枯竭的井泉，深藏宝藏"；现在也有许多西方人在老子的智慧中，寻找改良经济社会畸形发展的出路。我们得天独厚，更应近水楼台先得月。

老子到底说了些什么？他对当下社会到底能开出一些什么样的"药方"？这虽然过于实用主义了些，但仍是许多学者都在解答的问题。老子不仅对哲学问题有诸多论述，同时对历史、伦理、社会、政治、军事，以至修身养性，都有绝妙阐发。虽然"道"是其核心，用孔子的话说，这个人有些"神龙见首不见尾"，但他的辩证哲学观念对于客观历史、社会、人生的具体应用，仍然是深入浅出，并颇具实践性和可操作性的。我以为老子对于当下社会起码具有三个方面的重要认识价值。

一是如何处理好人与自然的关系问题。

随着人类文明的高度发展和科技的不断进步，人与社会、与自然之间的矛盾日益凸显。一浪高过一浪的强大"减排""低碳"舆论，与人类对自然的疯狂开发、攫取步骤相比，几乎是小巫见大巫。其症结在于人的享乐之心、占有之心、贪婪之心、狂悖之心的被蛊惑不息。《道德经》在第五章中，对大自然有一个很形象的比喻："天地之间，其犹橐籥乎？虚而不屈，动而愈出。多言数穷，不如守中。"意思是说自然天地，如同一个大风箱，空虚时并没有穷竭，越是拉动不止，产生的风就越多越大。就像人说话越多，越容易招致耗损与失败一样，老子希望人们能保持静虚，别胡乱拉动自然这只"风箱"。这似乎越来越不可能，满世界为了全球化进程，为了人类的穷奢极欲，把"风箱"拉得震天响，还嫌"风箱杆"太短，"风箱肚子"太小，都在拼命用科技的手段，提升着"风箱"的潜能，谁又能抑制住这种着了魔似的人类集体的疯狂"拉动"呢？

老子讲："知常曰明，不知常，妄作凶。"这个"常"指的就是自然永恒不变的规律。老子始终希望人们清醒自然的伟力，许多人说老子的"返璞归真""无欲""不为"观念是一种倒退，我们能放弃小汽车、放弃电脑、放弃手机，回到"不知有汉，无论魏晋"的"桃花源"时代吗？甚至回到老子所倡导的"小国寡民"时代吗？我想读老子，在于认识"道"，也就是认识事物的本质，从而把握事物的运行规律，是远观一条长河的涌流，而不是近视一个浅滩，或一个深潭的短暂波动。一时的精彩，可能带来长久的黯淡，这就是老子讲给我们的辩证法。"见素抱朴，少私寡欲。"即使各种原因，让你不得不继续拉动欲望的"风箱"，读了老子，能保持一份清醒，一种省察，一点对自然的敬畏、后怕和歉疚，也总比老以为"风箱"拉得越欢越有理、有功、有划时代意义强吧。

二是如何处理好争与"不争"的关系问题。

在《道德经》中，几乎通篇充满了"不争"的理念。"上善若水，水善利万物而不争。夫唯不争，故无尤。""夫唯不争，故天下莫能与之争。""天之道，不争为善胜。""我有三宝，持而保之：一曰慈，二曰俭，三曰不敢为天下先。"等等等等。在今天这个提倡竞争的社会，似乎老子这些"语言碎片"又是极其过时落伍的言论，然而，恰恰由于我们失去了对人类哲学思想的常态把握，而导致了过度竞争中各种"潘多拉魔盒"的无序和倾覆。战争是这样，经济发展是这样，以至于人的常态生活，也在无处不有的竞争中，变得不堪其累，甚至畸形变态。人类进行军备竞赛，导致核武器泛滥成灾；人类进行太空竞赛，很可能要导致太空垃圾的"乌云密布"；而人类的物质占有竞赛，已使地球不堪重负，人与人之间尔虞我诈、弱肉强食、贫富不均、冲突不断、硝烟四起。我们回过头来，再听听老子怎么说："知足之足，长足矣。""多藏必厚亡，故知足不辱，知止不殆，可以长久。"老子还说："勇于敢则杀，勇于不敢则活。""吾不敢为主而为客，不敢进寸而退尺。"在五千言结束的时候，他还侃侃而谈："天之道，利而不害；圣人之道，为而不争。"这就是深受春秋霸主们争强好胜以至祸国殃民之苦的老子，对历史无奈的反复规劝。

社会如果没有竞争的动力，可能成为一潭死水，然而，过分提倡竞争，又没有行之有效的制度加以框范，必然搅动人性之恶，进入明枪暗箭、血肉相残、你死我活的无序厮杀境地。最典型的是：一切都舍去艰难困苦的奋斗过程，直取辉煌结果。不管种没种树，桃子必须要摘最大的。无所谓用什么手段，能摘到最大的就是最成功的。长此以往，为政，必然贪大求洋、好大喜功、旁门左道、欺上瞒下；为人必然夸夸其谈、文过饰非、草蛇吞象、不可一世。万事万物，一切都有个由少到多、由小到大的积累与量变过程，老子说："合抱之木，生于毫末，九层之台，起于垒土，千里之行，始于足下。"我们一夜之间就想直捣金字塔，竞争成天下首富、人间阔佬、文化大匠、政治巨星，学唱几首流行歌就想成声乐大师；盖几间小庙，争来几个莫名其妙的历史人物或传说人物，就想吸引世界眼球，成就文化产业霸主，凡此种种，不一而足，真是怪象林立，闹剧丛生，若老子再世，恐怕连"不争"这个"方子"也是不屑于给这些人开的。

三是如何认识"强"与"弱"的关系问题。

强大，是人类社会苦苦寻寻的一种生存目标，无论邦国、民族、团队、家庭、个体，概莫能外。老子却苦口婆心地要人"守雌""守弱""守柔""处下"。老子说："江海所以能为百谷王者，以其善下之，故能为百谷王。"老子要"大国者下流"，不逞强好胜，处于"下流"，才能真正成为兼容并蓄的大国，强国。老子说："曲则全，枉则直，洼则盈……"老子对强大、强硬说了许多不利的话，他比喻说，人活着时柔弱，一死就坚挺了，草木活着时柔脆，一死也就僵硬了。"兵强则灭，木强则折，坚强处下，柔弱处上。"国家、族群、团队是这样，个人又何尝不是这样呢？社会的浮躁冲动，个人主义盛行，短视与功利主义泛滥，都是一味要强惹的祸。老子一再讲"强梁者不得其死"。"大音希声，大象无形。""直而不肆，光而不耀。"连古代帝王也要自称"孤、寡"，以示低贱。老子反复强调"柔弱胜刚强"。要"知其雄，守其雌。知其白，守其黑。知其荣，守其辱"。老子认为水是最柔弱的，处万物之下，然而却无坚不摧，无所不至。在这些哲学观点上，老子看似有些阴谋家的意味，但其骨子里仍是为了缓解社会纷争，平复生命激荡，让强者内省收敛，让弱者得以舒筋活络，缓释物质与精神的多重挤压。

今天是一个贫富悬殊落差巨大的时代，强者与弱者界限分明。世界上，无论国家、民族，还是团队、个体，都在进一步加大着这种分界。强者欲望的无限扩大化，必然挤对更多人的生存空间，导致人与人之间、族群之间、国家与国家之间的仇恨、纷争。强者如何"去其去奢去泰"，改变穷奢极欲、炫耀攀比、拼命享乐的骄奢淫逸生活，继而转向怜悯、同情、提携弱者，以"以德报怨"和"心善渊、与善仁、政善治、事善能"的襟怀来担当责任，当是一剂不使用暴风骤雨的激烈手段或可解决部分问题的良药。构建和谐社会与和谐世界，必须把过度膨胀的各种欲望限制在一定范围内，尤其是要限制在公平正义的竞争范围内，否则，和谐就只能是人类一种遥遥无期的愿景。

老子毕竟离我们太遥远，他所经历时代的社会问题，也远没有我们今天复杂多变。但他热爱生命，反对瞎折腾，反对争强好胜，反对物质奴役，反对动辄战争的思想，对于今天的我们，仍是非常适用的哲学。他主张顺其自然，主张简单、朴素，主张谦卑、守弱，主张养生、长寿，我以为是抓住了人的生存本质，我们不能过分放大经济、物质对人类的幸福安康作用，应当剥离诸多舍生忘死的聚富敛财和劳民伤财的建功立业思想，顺应自然，循序渐进，从而活出人的从容、淡定和美好诗意来。

2010 年 7 月 5 日于西安

对经典须有温情和敬意

国学经典，近百年来，冷热起伏，几起几落。拥戴者，奉若瑰宝，誉为济世灵丹；弃之者，视若鸦片，恨其铲除不尽，恐再"吃人"。在上个世纪初那种积贫积弱、饱受屈辱的年代，当时的精英人士，对家国恨铁不成钢，骂几句祖传典籍，说点"砸烂""打倒"之类的话，也确实是出于一种责任情怀和担当意识。不过有些掷地有声的话语，在今天看来也未必都是理性的，家道衰落了，不定全是那些祖传典籍惹的祸嘛。历史，是一个复杂得不能用任何单一方式注解的复合体，任何企图用简单话语归纳历史的做法都是粗暴的和捉襟见肘的。同样，在今天这个已跃居世界第二大经济体的中华家邦兴盛期，我们对自己的文化认知，也未必都是理性的，什么典藏翻出来都能"包治百病""包打天下"，恐怕又是另一种"夜郎自大"式的"笑傲江湖"。因此，对于我们的传统文化，尤其是那些堪称经典的宝藏，更需要悉心阅读，理性梳理，全息认知，从而使我们能够更加美好、持续地活在一个既不自失，也不盲从的精神家园中。

曾几何时，对传统文化经典的解读，"忽如一夜春风来"地"花开遍地"，大小书摊，琳琅满目。几千字的原典，能解读成数十万字的"砖头"，你方抢罢我方拍，其中有让人醍醐灌顶、豁然开朗者，也有"文抄公""瞎蒙公"之流，更有"膨化酥""注水肉"之类，总之，借经典的灵堂，哭自己恓惶者居多，如果一味地想从这些被彻底稀释的"软阅读"中，获得文化典籍的原味汁液，多半会倒掉胃口，甚至完全看轻典籍的价值，直至成为新的传统文化"蔑视者"。因而，在当下，要想全面认知民族传统文化经典，必须从触摸元典开始。

其实历史上已经多次出现这样的开始。孔子是一种开始，他从周文化元典开始，孟子也是一种开始，他由孔子开始，董仲舒、朱熹、王阳明是又一种开始。这种开始都有从元典出发的特征，梳着梳着，后面越来越粗的辫子，就未必还是原来的那缕头发了。今人梳出的一些"花辫子"，更是焗、烫得油汪水亮，再硬接到孔、孟者的发髻上，文化的庄严感顿失，想要发扬光大，岂不贻笑大方。

尤其是近年流行的典藏"修缮"热，更是牛头不对马面，无论是《三字经》还是《弟子规》，这些传统文化的浅显读本，都因具有所谓的"实用性"，而惨遭阉割，生生搞成了传统与现代的"拉郎配"，让人读后哭笑不得。问题都出在我们总是怀疑别人的判断力，总是想给人一个现成的思想让人"就范"。因而，便搞出了许多非驴非马的"精心"篡改。这种篡改的结果是：传统的似乎很现代，现代的似乎很传统，让人更加难以对这些典籍有好感。至于各类与当下经济社会直接"对号入座"的"演义"读本，就更是远不止"三俗"地俗不可耐，读后只会让人对被阉割的传统经典敬而远之。

读中华元典，不仅是对文本原意的回归，更是对历史人文图谱的还原，无论《论语》还是《孟子》，在阅读中，我们甚至能感到两位圣贤的飘然而至。孔子略显木讷，弟子问几句，他只回答一句，那一句出来，用了两千多年，还找不到更合适的替代话语。而孟子却是滔滔不绝，无论是弟子还是王者，只要问一句，他就会回答十句，不仅辩证，而且充满情感与道德力量，嘴多得让人甚至有些讨厌，太好辩，还"当今之世，舍我其谁"地傲态十足，但也不得不佩服他思维的缜密与用语的精到。如果不读元典，就难以还原出一位先哲的生命质感。任何学术，远离了人性温度，就变得枯燥乏味，形同僵尸了。无论读老子、庄子，还是孔子、孟子，性情的无处不在，也是他们能沧海桑田、历久弥新的重要原因。触摸元典，其实更是触摸先哲们性情深处的本来温度，从而准确把握精神光源对现实世界的可能照耀。如果直接用现代话语进行勾兑，这些可以穿越历史隧道进行触摸的人性温度，便荡然无存了。

在《论语·乡党篇》中，有这样十二个字，读后令人直接感受到了两千年前人本、人道的浓郁气息："厩焚。子退朝，曰：'伤人乎？'不问马。"马棚失火了，孔子从朝堂回来，先问"有人受伤"吗，而没有问马。曾几何时，我们的社会只问"财产"，不问个人生命安全，演出了多少不该上演的悲剧。其实这些轻贱生命的病毒并不在传统文化的源头那里。无论孔子、孟子，都是以人为价值主体的，孟子甚至当面批评梁惠王说，你们的厨房有肥肉，棚栏有壮马，而百姓满脸饥色，遍野饿莩，你们这样治国等于是率领禽兽吃人哪。"率兽而食人"的严厉斥责，让人看到了儒家悲悯恻隐的人道温度与仁者爱人的人性深度。孟子还讲："民为贵，社稷次之，君为轻。"当然，这些理想因没有制度保障，而终使整个封建社会并没有成为孔孟所期望的人本社会。

在元典中，我们还能看到先哲们在政治与道德上，与今人处理事务方式方法上的异同度。譬如在处理国与国的关系上，孟子时代的齐国，见燕国内乱，就出兵去"帮忙"治理，打下燕国后，齐人征询孟子的意见，吞并还是不吞并。孟子回答说，燕国老百姓高兴你吞并了你就吞并，不高兴了就赶快撤离。天下哪有情愿被别国奴役者，但齐王误以为燕国老百姓为了规避战乱，"箪食壶浆以迎王师"就是拥戴他的霸业，结果深陷战争泥淖，最后又去问孟子怎么办。孟子说：赶快发布命令，把俘虏送回去，把掠走的国宝还给人家，再与燕国人士协商，择立一位新王，就立马撤退。只有这样做，才可能避免新的动乱和战争。读《孟子·梁惠王》中的这段话，看今天国际纷争中的一些场景，就不得不佩服孟子的深刻。今天的政治家们，其高明程度也并未超越孟子，相反，不知孟子者，却定然要重蹈两千多年前齐国的覆辙。

孔子和孟子都是当时的批评高手。与古希腊文明时期的政治、道德批评力量相比毫不逊色。孔子周游列国，是宣讲团，更是批评团，一路走来，没少惹人，并且惹的都是君王和权臣，除了接待上让他不满意，多有"丧家犬"之感外，批评始终没有因外力而中断。他颠沛流离地游走批评了十四年，虽然到处遭白眼，但总归还是没有因言罹祸。这其中除了一次差点被宋国最高军事统帅桓魋所害外，总体嘴巴没遭掌掴，批评环境不算太坏，爱嘟嘟你尽管嘟嘟去，终没成为强权者的刀俎。孟子就更是批评得毫无顾忌了，经常弄得一些想从他那儿"取得真经"的君王下不来台，你失败了他批评，你成功了他也批评，你慢待他了他批评，你太巴结他了他更批评。这种不冷不热、不即不离的状态，可能正是批评与被批评者之间的最好状态。孟子有时批评某些实行霸道而不实行王道的国君，甚至有老子训儿子的感觉，但这些国君最多变变脸色，翻翻白眼而已，拂袖而去的往往是他自己。有一次，孟子因对齐王不满，卷起铺盖走了。但又并没有离开国境，而

252

是在齐国边界的一个小县城盘桓了三晚上。一个叫尹士的人就批评说，这家伙还是不想离开么，还是贪婪"干泽（俸禄）"么，既然想离开，何必又在齐国边界上磨磨蹭蹭三晚上不走呢？孟子也毫不讳言地说，他是盼着齐王有了认识后来追赶自己，他真的觉得齐王要按他的想法干，还是能干成一番事业的，结果齐王睬都没睬他一下，三日后，大失所望的他才"浩然有归志"。尽管批评每每还是以"王弗听"告终，但批评的机会和批评的样态，仍然让人感到一种大气和宽松。在这些元典中，我们读到的不仅是修身、齐家、治国、平天下的理想和智慧，更读到的是一种不能不让人向往的批评与被批评者的听之任之、放之纵之，抑或豪情万丈的生命气象。

我们真的应该回到经典源头，看看文化生成过程中的历史与生命信息，说有现代民主、人权思想的某些影子，也都不是完全不靠谱的认知。可惜的是，始终没有形成一个维护这些批评声音的制度保障，以至于孔、孟二子，一时被誉为至圣，一时又被唾弃为臭大粪。有时我们清算历史账目，也有些不由分说，孔子、孟子常成替罪羊，西方哲学家叔本华、尼采，虽然不知后生希特勒为何人，不是最终把纳粹主义的形成原因也多多少少清算到他们头上了吗？无论他们的哲学思想与希特勒的纳粹暴行是怎么联系上的，但在这个人类历史丑剧的脚本创作者名单里，也赫然添上他们的名字，署名权也总还是值得争议的。就像我们民族最终把积贫积弱的总账都算到孔孟那里一样，两个老人也是很冤枉的吧，且不说批评了一辈子当权者，并没有人好好听，即就是从批评的内容看，也是与后来积贫积弱的社会现实相背离的。他们主张人民当"富之""教之"，当"有恒产"，认同"人亦孰不欲富贵"，不过反对不择手段，将天下财富"一人货之"而已矣。

西方的现代文明，是从古希腊哲人苏格拉底和柏拉图的哲学大树上生长出来的果实，无论他们的赞美者还是批判者，都为这个文明增添了无尽的枝叶。如果拿孔孟与希腊这两位哲人相比较，从本质上，企图确立道德、建立秩序、追求至善等，应该说从精神上是隔河相望的。他们的共同特点是善思，并且特别喜欢教育人，尤其是始终站在社会批判的立场上。他们的共同命运是当时都不风光，宁可忍受不公正，也不去做不公正的事，苏格拉底甚至被处以极刑。孔孟都喜欢扮演"王者师"的角色，由于主体意识太强，太想推行自己的政治主张，而都被王者所不待见。柏拉图也先后两次到暴君那里构筑哲学王国，也都以失败告终。在文明的源头时期，先哲们远隔万里，却有着相同的人格精神，对于人类社会发展也有着诸多相近的思考，后来，渐行渐远，以至形成十分对立的中西方文化冲突。其实，中西方文化是两条优美的平行线，共同照耀着人类的历史。在全球化的今天，梳理好自己的文化源流，为和谐世界大家庭多提供一份精神动力，当是我们民族的责任和担当。

西方当代最负盛名的历史学家阿诺德·汤因比说："就中国人来说，几千年来，比世界任何民族都成功地把几亿民众从政治文化上团结起来。他们显示出这种在政治、文化上统一的本领，具有无与伦比的成功经验。这样的统一正是今天世界的绝对要求。"中华文明几千年延绵不衰，核心是文化中的睦邻、谦和、礼让、宽恕、仁义、孝悌等因素，多于西方文化中的竞争、豪夺、雄强、以自我为中心等因素，在老子、孔子、孟子这些中华文化的先祖那里，始终反对"霸道"，力主"王道"，所谓王道即"仁爱""恻隐""亲民""止于至善"之道。而西方文化自古希腊古罗马以降，崇尚丛林法则，优胜劣汰，以强为美，喜好征服、占领，从本质上，西方文明具有进取心、进攻性，而中华文明具有柔韧力、内敛性。西方文明得力于法制的不断完善，而终于把狂悖之心羁绊在社群所能容忍的轨道内。中华文明，始终在法制上偏向人治，相信自我修养，自我约束的力量，从源头的孔子就不喜欢"听讼"，他说："听讼，吾犹人也。必也使无讼乎！"意思是说在听取诉讼方面，我比别人也好不到哪里去。不过我以为最重要的是不让诉讼的事发生。这是中西方文化源头上的区别。也是我们今天开放的中国需要修补的一课。但作为人类社会的一种生存方式，一种不要过度拉紧人与人之间关系的"忍让"文化，也应该是人类社会学家不能不正视的问题。任何事都过犹不及，法制也不例外，"木强必折"。

作为一个世界公认的传统文明国家，几经变迁，今又崛起在世人面前，无论我们有没有准备，我们都需要为人类的和谐发展拿出我们的"药方"。所谓人类问题，其实就是生存着的人们的各种关系问题。人类出了那么多先哲，到现在把这些关系也没理顺，有的相反还越理越糟。在华夏民族始终没有中断的文明中，确有许多解决这些复杂关系的良药。"一根筋"地推崇中华传统文化的钱穆先生说，对本国历史要持一种"温情和敬意"，这是一句非常到位的话。这里不仅有感情因素，更有普适的理性蕴含其间。孔子其实就是一个古代文化爱好者，他终其一生克己以复周礼，就是为了融通当下。对历史的尊崇，对古代精神的复兴拯救，其实是防止一种傲慢自大心理，通过对永恒真理的温习，从而产生新的生命哲学，这是人类永远不能放弃传统经典的原因。无论孔子、孟子，回到元典阅读，他们都像普通人一样极其鲜活地存在着。如何去发掘隐藏在已千变万化了的各种学说背后尚未完全遗失的经典原貌，获得真实的体温和人格图谱，从而剥离后世僵化、变异、乏味、随心所欲的解读，尤其是那些自以为智慧的肢解和篡改，当是目前国学热中应解决的重要问题。其实孔子从来都是开放的，他周游列国，既是兜售，也是学习，传说中，孔子曾两次拜访根本瞧不起自己，且思想精神实质也大相径庭的老子，在遭受批评以后，回来还对老子大加赞赏。这种胸怀正是我们今天既正视自己的传统经典，固本培基，又不失自我地向别人学习，从而在自己的森林中，重新培植起为世人瞩目的参天大树的最佳时机。

2011 年 3 月 5 日于西安

在佛教文化中汲养

佛教博大精深，典籍浩如烟海，我是门外汉，所涉猎不过皮毛，大雁塔方丈增勤法师托韩金科先生让我为此写点文字，真是诚惶诚恐，不知从何着笔。

对于佛教文化，恐怕一切从事文化工作的人，都是绕不开的话题。无论你从原典中直接汲取了多少，只要涉及中华传统文化，你都是自然深陷其中了。尤其我所从事的民族戏曲这一块，更是与其紧密相连，甚至可以说是血肉相连。在民族传统戏曲中，佛家的言语，佛家的生活，佛家的故事，佛家的精神义理，可以说经意与不经意地贯穿了几百年戏剧创作的始终，其中相关剧目、故事、人物、寺院不胜枚举，我作为一个传统文化的继承者，也就毫不例外地游走在其中了。

我个人与佛教文化的接触，最早应该从儿时读《西游记》开始。不过那时只对佛家弟子孙悟空、猪八戒、沙僧感兴趣，对唐僧就大打折扣了。唐僧历尽九九八十一难，并且是唯一一个历史真人，却被吴承恩弄成这么个形象，这对佛家来讲，可能多多少少有些遗憾。但悉心阅读，我们也会发现，吴承恩对唐僧这个形象，也是充满感叹、敬重与理性思辨的。面对各种妖魔鬼怪，唐僧的"迂腐木讷愁痴"，甚至"不辨真假"，恰恰是佛理佛性的自然展露，如果佛界将天地之间的各色人等区分得跟人间一样，那佛的横空出世，对于斗斗杀杀、流血不止的人间又有什么意义呢？具有世间大爱的佛陀的降生，恐怕就是要用来模糊、修正人妖、善恶界限，从而化育万物，让生命本性归一的。从这个意义上讲，无论是吴承恩的《西游记》，还是舞台上的各种西游故事，抑或是电视剧《西游记》、现代动漫等，对真和尚唐玄奘的形象塑造，也就应该得到我们的理解和宽容了。佛的包容应该越过人的经验世界，去化和世间纷扰的万事，这似乎才更接近佛的原初旨意。

我始终对佛家的精神定力有一种特别的感念。这还得先说唐僧。对于儿时翻得滚瓜烂熟的"娃娃书"《西游记》，我们是太多地埋怨了唐僧对孙悟空的不公，而没有想过，作为这个取经团队的"一把手"，如果一路听凭猴子率性杀伐过去，西天取经的价值意义又何在何存呢？如果任由孙猴子、猪八戒们的性格发展，这个行进的队伍早就四分五裂了，之所以最后能够到达西天，取得真经，根本是团队领导唐僧的坚强信念使然。是他貌似柔弱，其实内心十分刚毅的精神定力，凝聚了人才、凝聚了队伍，指引了航向，最终完成了壮举。

我还读过一个叫彭端淑的清人笔记，篇名叫《为学一首示子侄》，说是四川边远偏僻的地方有两个和尚，一个穷，一个富，两人都有到南海普陀山拜观音的理想，穷和尚总催富和尚出发，富和尚却老说没准备好，催得急了，富和尚就问穷和尚："你凭啥能到几千里外的普陀山去？"穷和尚说："一瓶一钵足矣。"富和尚笑他说："我准备了这么多年，想买条船去，都没成行，你凭一瓶一钵就想去南海，真是太可笑了。"后来穷和尚就离开了。富和尚还在准备。谁知一年后，穷和尚从南海取经回来了，文章写到这里说："富僧有惭色。"结尾疑问句更是好："西蜀之去南海，不知几千里也，僧富者不能至，而贫者至焉。人之立志，顾不如蜀鄙之僧哉？"这篇清人笔记，我推荐过很多人看，甚至让女儿背诵过，我觉得它对我的人生影响是巨大的。无论唐僧，还是这个西蜀贫僧，给我们的都是一种人生行进的姿态，这种姿态是用信念雕塑而成，无论面目如何柔弱卑微，其内在的精神力量都是坚不可摧的。这些僧人的故事虽然过去了几百年、几千年，但当他们在任何时代、任何一个人心中被突然唤醒时，都会让人心灵震撼，并为之赞叹唏嘘不已。

好几年前，我去法门寺参观，时任法门寺博物馆馆长的韩金科先生，给我们讲了一个老和尚的故事，使我当时浑身颤抖不住，甚至热泪涌流不止。这位和尚叫良卿法师，是法门寺上个世纪五六十年代的住持。在"文革"中，一群稚气未脱的红卫兵小将，杀气腾腾地闯进法门寺，对风雨剥蚀的千年古刹，进行了极尽能事的毁坏。八十高龄的良卿法师双手合十，打坐在蒲团上，嘴里念念有词地诵读着佛咒，但这些咒文没能阻止住疯狂人群的所向披靡。终于，这群无法无天者在佛祖安息之地，深挖起了"蒋邦匪特的电台"，而那下面就是二十年后佛指舍利"盛世重光"的地方。眼见佛界最大的秘籍就要在不该揭秘的时候"漏光走气"，无数珍宝可能毁于一旦，良卿法师先是奋不顾身地滚进挖开的地沟予以阻止，在惨遭暴打仍无济于事时，这位大德齐天的圣僧，非常高贵地穿上木棉袈裟，将香案上的供油从头泼下，而后抱来一捆柴草，在释迦牟尼真身宝塔前，刺啦一声划着火柴，让自己的肉身，在冲天的火光中，完成了惊天动地的涅槃。这种壮怀激烈的场面，瞬间凝固了一切愚顽的盲动，对于未曾经历过死亡的人来讲，无异于头顶爆响一枚炸弹，先是惊悚，继而战栗，惶恐之余，一切热情、狂悖顿失，纷纷四散逃去。良卿法师用他的生命，保住了法门地宫的隐秘门径，未被愚昧提前打开，以至今天在我们目睹了这些出土圣物、国宝后，仍要后怕当时那千钧一发的境况。从这个意义上讲，良卿法师不仅是佛界的圣徒，更是人间的英雄、民族的精魂。我当时甚至产生了一种创作冲动，却因对佛家生活的陌生，而久萦绕于怀，始终未敢下笔。但对佛门精神境界的感知，由此提高到了一个新的层面。佛是超验的，又是现实的，良卿法师何不就是我们心中那尊最神圣的佛呢？

话题还是回到唐僧身上，这是我近几年创作中，几次想触摸的人物之一，另外还有司马迁、颜真卿，他们的人格与故事，都深深地打动过我，各种资料也搜集了很多，就是还没有落到字面上。尤其是唐僧这个人物，我觉得特别让人有一种创作冲动。他的那种精神定力，在今天这个时代也是最需要的。前几年，我练书法，正临颜真卿的楷书时，有个书法家朋友，让我把怀仁和尚集的王羲之的《圣教序》临一百遍，说字就会大变样，我按他说的做了，两千多个字，先后用两年多时间临了一百遍，不仅书法有所长进，更重要的是，每日与唐僧的精神活动为伍，深感获益颇多。两位大唐皇帝，都用十分精到且不吝赞美的文辞，弘扬着一个高僧大德的功绩，临着临着，禁不住总要诵出声来："有玄奘法师者，法门之领袖也，幼怀贞敏，早悟三空之心；长契神情，先苞四忍之行。松风水月，未足比其清华；仙露明珠，讵能方其朗润。""引慈云于西极，注法雨于东垂。"等等等等，真是精妙绝伦，书法、文采双绝，两年下来，不知把多少精美句子临摹下来送了朋友，至今回想起来，仍是一件十分惬意的事。尤其是《圣教序》之后，还录了玄奘翻译的《心经》，也是集王之字，大家由于爱《心经》，而向我频频索求所谓"墨宝"，几年下来，已有几百幅抄录送人。走得最远的一幅，甚至进了美国白宫。那是2008年的事，我们单位一个培养艺术人才的项目，获得了美国总统人文艺术委员会"站得更高"奖，我带人去领奖时，送给小布什夫人劳拉的礼品，就是自己临习的《般若波罗蜜多心经》。在《圣教序》和《心经》的反复临习中，玄奘在我心中的形象更加活跃起来，我甚至已经铺开稿纸，开始了他的人生故事的舞台构思。这期间，又翻阅了季羡林先生等校注的《大唐西域记校注》，以及《大慈恩寺三藏法师传》和电视专题片《玄奘之路》等，由于资料丰富，且人物久远地植根于百姓心灵，因而，深感人物塑造之难，艺术突破之不易，走走停停，到现在也依然还是个构思。幸好去年秋天，大雁塔住持增勤方丈突然找我，说是要搞一台佛教主题晚会，配合长安佛教论坛活动，我才用一个小节目的形式，把唐僧形象搬上了秦腔舞台。也算是创作的一个前奏吧，反正玄奘我是要写的，不写灵魂似乎不得安宁。

还说那台佛教晚会，我们单位接受了这个任务之后，投入了五百多人力，先后创作排练了近三个月。这里面最大的亮点是：用秦腔演唱玄奘翻译的《心经》。这是著名作家樟叶先生的点子，他是作家，又是官员，担任着这次活动的总策划。他以为：《心经》是在长安翻译的，玄奘又是大慈恩寺的首任住持，这次论坛活动又叫长安论坛，就应该用长安的声音，将《心经》咏唱出来。经过作曲家的反复揣摩，增勤方丈几番点化，艺术家们再三再四修改，《心经》最终唱出来时，获得了满堂彩。

在这台晚会上，我还创作了一首主题歌，也算是我对佛教认知的一点心得总结，歌词是这样写的："我在繁华的人间生活，心中打坐着一尊静谧的佛，这尊佛让我慈悲为怀，这尊佛让我不可作恶。我们干干净净地活着，我们实实在在地收获。给别人以赤诚和金诺，天地会清澈如露心不愧怍。我在喧嚣的尘世走过，心中淡定着一个微笑的佛，这个佛让我善良祥和，这个佛要我大度宽博。人间彼此相依才有我，生命和美与共自蓬勃。给他人以温度和薪火，世界会阳光无限行走辽阔。"我给它起了个名字叫《微笑的佛》。作家樟叶在《华商报》上，给予了几乎是一个整版的点评提携，让我深感暖意。曲是赵季平作的，演唱是杨洪基，观众给予了热烈的掌声，我想那是给他们的，我为自己能给佛教做一点微薄的工作而感到由衷的快乐。

对于佛教，自己真的知之太少，写《微笑的佛》，不过是俗人看佛而已。前两年一文友赠我三卷本《印光法师文钞》，细细品读，深感佛教的精妙高蹈，佛教界真是"藏龙卧虎"之地，印光还是陕西合阳人，那种对儒释道的深层打通，读来令人叹为观止。他的许多信件，已不是在单纯讲佛，而是在讲道，在讲儒，在讲人类的普遍哲学。我想，古往今来，之所以有那么多文人雅士热衷于佛学，这种对人类真正文化大师的仰望，当是覆之蹈之者络绎不绝的重要原因。弘一法师就是这方面的典型代表。当然，他有他心灵的难题，需要佛理去化合释觉，但从他对诸多经文的个体解读来看，那又何尝不是在追求人生的另一种哲学把握高度呢？我特别临摹过弘一法师书写的《心经》，那种脱俗、静谧、内敛、高洁之气，是能临得了外表，临不了精神的，这恐怕是李叔同脱离尘世，皈依佛门后生命最本真的流露，看似平淡无奇，实是字字见心，不可企及。其实佛门还有许多如雷贯耳的名字，在支撑着它的精神体统，我想，佛教界跟其他学术界一样，在时代的发展演进中，也要呼唤饱学之士，呼唤真正有定力的精神传承者，呼唤佛门的参天大树，不能扁平化、世俗化，甚至平民化，佛界有开先河的鸠摩罗什、玄奘，有近现代的印光、弘一法师，还有以身护法的当代良卿住持，这些精神领地的高蹈、华贵者，当是佛教得以持续发展的不朽基石。

我与佛教的缘分与愚知，大概就是这么多。另外，需要说的是，我是一个特别喜欢去寺院感受文化氛围的人，也是一个爱与僧人交朋友的人，除了增勤法师，我还与长安石佛寺住持演德法师、华严寺住持宽昌和尚等有过较多接触，我爱听他们讲僧人的生活，听他们讲佛道。无论走到哪里，每遇寺院，必进去看看，看僧人神情专注地打坐念经，看建筑、看雕刻、看泥塑、看匾牌、看对联，特别好的我还会抄下来。寺院的好对联真是太多了，内涵丰富，对仗工稳，平仄协调，读之朗朗上口，并令人茅塞顿开，常有醍醐灌顶感。因出差机会多，国内的许多佛教圣地，都得以拜谒，这对我人生的多维滋养，帮助是巨大的。前一段时间去台湾，我先后跑了两个大寺院，一个是台南的佛光山，因为那里有星云法师，我读过他《金刚经讲话》和《六祖坛经讲话》等几本书。进山后，当然是希望能够巧遇，自然是没能巧遇，问一和尚平日能否见到大师，和尚双手合十说："那要看缘分。"后来又去看了中台禅寺，规模很大，并且十分注重文化的浸润。这是大陆许多寺院所缺乏的东西。我们好多寺院历史悠久，文化内涵十分丰赡，但并没有很好地打文化牌。相反，有些寺院已被浓厚的商业气息所遮蔽。我近几年游寺庙，甚至几次被穿着僧衣的所谓僧人所欺骗，要么是把你领进一个地洞，要么是领进一个密室，说里面有稀世佛像，或佛门真迹，一旦踏入，即变成强硬索钱的"战场"，有些还是很有名的寺院，这让人对佛门净地的神圣感大打折扣。佛家一旦浮躁、伪善、趋利、媚俗、堕落，必然使其精神大厦轰然坍塌，并由高贵迅速沦为贫贱相。

增勤法师说："佛门也非净地，佛门更需在时代发展中，强化自身定力，以自己的修为，发出正大光明的声音。"

他是新当选的中国佛协副主席，我觉得这话讲得好。

2010 年 6 月 14 日于西安

由秦腔生存状态想到的

　　秦腔是梆子声腔的鼻祖，属民族最古老的戏曲剧种。曾对山西、河北、北京、安徽、浙江、江苏、湖南、湖北、四川、云南、贵州、广西等地的梆子声腔剧种，产生过重要影响。有的地方剧种直到上世纪五六十年代，还叫秦腔，后改名为地方"梆子"戏。鲁迅说他家乡的绍剧，就是"秦腔的旁支"。作为产生于大西北的秦腔，又是如何形成了如此广泛的流播区域呢？成熟于明代中叶的秦腔，一是靠李自成起义军的"四处点染"，得以"恣肆泼洒"。李自成军队的军乐是秦腔，他的"军队文化"是秦腔戏，他的主要将领都是秦腔迷，有的甚至是高级票友，因此，军旗指向之处，秦腔便绕梁不绝于耳。这是明末清初时秦腔得以广为播种的原因。后来，秦晋商人，又将秦腔作为经商的媒介，带到了"山陕会馆"所建立之所。山陕会馆设立最多时，在全国拥有近三百个，几乎没有空白省份。这些会馆大都养有秦腔班社，即使没有，也会定期邀请秦腔名家巡回演唱，因而，秦腔再一次得到了传播机遇。

　　秦腔又一次产生广泛影响，也因此而走向衰落的转折点，是清朝中叶所出现的戏曲的"花雅之争"，所谓"雅部"，指的是昆曲；"花部"指的就是以京腔、秦腔为代表的地方戏曲，俗称"乱弹"。"雅部"由于过于文人化、贵族化，已经到了看戏时需掌灯翻阅剧本才能弄懂戏文的地步，辞藻华丽，用典冷僻，佶屈聱牙，普通观众"听戏"如听"天书"。而"花部"则家长里短，通俗易懂，"其词直质，虽妇孺亦能解；其音慷慨，血气为之动荡"。很快，京城"六大班伶人失业，争附入'秦班'觅食，以免冻饿而已"。"花部"因深接地气，而取得决定性胜利。在这种地方戏的竞相聚集交流中，相互竞争，也相互汲养，使民族戏曲进入空前发展阶段，京剧就是"花雅之争"的最终硕果。

任何事物都有其两面性，以秦腔为代表的地方戏曲，在破"雅"之旅中，由于过于看重"市场份额"，为迎合观众，也不断制造了许多低级趣味，甚至不惜在舞台上"打情骂俏""以色赢人"，最终不仅遭到清政府的"围追堵截"，甚至大开杀戒，而且也被观众弃之若敝屣。取得"花雅之争"最后胜利的"花部"团队，争到手中的是一把锋利的双刃剑，虽然封堵了"雅部"的咽喉，但终因缺乏对自己的清醒认识，盲目乐观于"上座率""出票率""追捧率"，作为"高台教化"的戏曲艺术，为单纯的"经济效益"一再失守道德底线，也让自己在观众中渐次"声名败落"，终究还是纷纷"抱恨而归"，也无异于是一种拔剑自刎。

秦腔在"花雅之争"的最后落幕中，既是壮怀激烈，也是沧桑悲凉的。秦腔最著名的"男旦"魏长生，也是"花部"的"盟主"式人物，在清代乾隆嘉庆年间，曾先后三次进京演出，第一次"初试锋芒"，未获成功，回到西安后，发奋努力，刻苦钻研，背负"惊人绝活"二次进京，竟然"轰动京师""观者如堵"，其他戏班的营业都受到巨大影响，有的难以为继，为趋迎观众爱好，干脆纷纷改唱秦腔。当时流行着这样的话语："谁家花月，不歌柳七之词；到处笙箫，尽唱魏三（魏长生小名）之句。"魏长生的成功与"艺不惊人死不休"有关，艰苦玉成，终至登峰造极。但在他的秦腔生命形态中，也有"野狐教主""妖媚过头"，甚至有"坑死人"之誉，意思是说，谁看一眼就能把人害死，终因"色情成分过浓"，而被驱逐出京。为此耿耿于怀的他，虽到南方演出，对扬州、苏州、四川等地的戏曲发展产生了重大影响，但"哪里跌倒哪里爬起"的内心纠结，使他终于在对剧目做了重要调整后，第三次踏上了进京献演之路，企图以此重振"花部"雄风。然而，这次演出虽获成功，但终因心力交瘁，英雄末路，苦苦"战死"在了舞台上，以至最后谢幕时，师兄师弟们用椅子抬上舞台的他，已是心脏停止跳动的一代秦腔巨匠。艺术的高度是由顶尖艺术家撑持起来的，有时一个天才的陨落，可能就是这门艺术的低谷甚至终结。秦腔在清代的辉煌鼎盛，就是以魏长生为起始、终结点的。

秦腔与魏长生在清代的"峭拔"与落寞，对于今天的艺术创作发展，甚至文化建设，都有十分重要的启示与省察意义。一门艺术的勃兴，必定与地气相连接，不能植根于深厚的生命土地上，再鲜艳的花朵也是会枯萎的。戏曲的"花雅之争"，就充分揭示了这个道理。秦腔在昆曲的"作茧自缚"时代，冲决一切，所向披靡，凭借的就是"地气"，是老百姓的拥戴。秦腔有一位十分著名的剧作家李十三，也活跃在那个时代。他创作有脍炙人口的"十大本"，其中《火焰驹》等几本戏，已成为不朽经典，《万福莲》一剧，上世纪中叶经由戏剧大家田汉改编为《谢瑶环》，至今仍活跃在京剧和多个剧种的舞台上。李十三与蒲松龄的经历十分相像，一生求取功名，"高考"不第，最后干脆回到乡间，一边教书，一边帮老婆推磨贴补家用，一边与皮影艺人打得火热，为他们创作剧本。由于他的"戏本"能"挠到百姓痒处"而"红极一时"。他的剧作具有民本思想，并闪烁出早期民主思想的火花，最终，也是在"花雅之争"的"扫黄"打击中，不分青红皂白，悉数"斩尽杀绝"的。可怜一介书生李十三，甚至是在朝廷的追捕中，暴跑二十里，一头栽在一块麦田中殒命的。

秦腔在清代的兴盛，得力于它的民众性、草根性，但由于艺人们毕竟文化层次不高，没能把握好表现的度数，加之那个时代本身就是大量制造"文字狱"的时代，文艺作品动辄撞"高压线"，当一些作品越过统治集团的"红线"时，以"扫黄"名义弹压下去也不完全是清人甚至中国人的发明。问题是，具有如此强大民间推动力的秦腔，怎么从此"一蹶不振"，而未能"野火烧不尽，春风吹又生"呢？从大量清人笔记中，可以看到"花部"乃至秦腔，在"誉满京华"时，危机已经显现，那就是民众自身对过于低级庸俗表演的挞伐。一种事物当成长得过于自信，甚至膨胀时，狂悖之心就会产生，加之一味看重"票房"价值，"温水煮青蛙"般地一点点下探道德底线，"接地气"就成了"放地气"，连拥戴自己的大众都贱看了自己的放纵失守时，辉煌的拱顶自然就轰然坍塌了。

秦腔的再度复兴，是直到辛亥革命以后的事。1912年仲夏，古城西安的一帮知识分子，创建了易俗社，办社宗旨非常清楚，他们认为："社会教育感人至深、普及最广者，莫若戏曲。旧日戏曲优良者固多，而恶劣淫秽足以败坏风俗者亦属不少。"有鉴于此，他们发起了"编演新戏曲，改造新社会""不专以营业为目的""以补社会教育之缺陷"的办社倡议，拉开了"启迪民智""移风易俗""改造社会"的新秦腔的序幕。1938年夏，毛泽东又在延安倡导组建了陕甘宁边区民众剧团，以唱陕西地方戏秦腔、眉户为主，进入这个团队的一部分是知识分子、进步学生，也吸纳了许多知名秦腔、眉户艺人。团长是"狂飙诗人"柯仲平。毛泽东之所以要求组建这个团，就是考虑到当时延安的实际，希望以地方戏的形式，发动群众，投身抗日，直到解放战争，剧团先后演出近三千场，观众数以千万计，毛泽东曾表扬说："秦腔对革命是有功的。"

最重要的是，秦腔在这个阶段，还开拓了现实题材的创作实践活动，民族戏曲现代戏在延安应运而生。以著名剧作家马健翎为代表的民众剧团的戏剧家们，第一次用时装表现当下生活，创作演出了《穷人恨》《中国魂》《血泪仇》《十二把镰刀》等作品。由此，中国戏曲现代戏这个新生儿，又从最古老的秦腔剧种这里呱呱坠地并出发了。

纵观秦腔的发展流变史，另一个重要启示是：任何一门艺术都不能脱离时代而存在，尤其是传统精粹艺术，如果一味强调所谓的"遗产原生态"，以遗址和博物馆的保护方法进行保护，只能加速它的衰亡。连花岗岩质的摩崖石刻最终也是会风化完的，更何况"活体"艺术，如果不在"活"字上下功夫，也就必"死"无疑了。笔者以为，"活"字首先表现在自觉吸纳时代精气上。秦腔在上个世纪之初的大面积复活，与秦腔人自觉将自己的命运同国家的复兴"气场"紧密相连有关，如果一味龟缩在自己的小天地中，即使"唱、念、做、打"得再精良，流派继承得再传神，也仍是一种"伴宴下酒"的精致"把玩"，当它饱蘸生命的琼浆，插起哲思的翅膀，在时代的演进中深刻省察历史和现实，并发出强有力的声音时，它的生命形态便是不喊叫"振兴"就自然处于振兴状态的，相反，一旦脱离时代，自我封闭，或者成为时代的"应声虫"，即使再"振兴"，也是振而不兴的。"文革样板戏"就是民族戏曲沦为"应声虫"的最好注脚，脱离时代不行，沦落为时代的"活报剧"更不行。戏曲唯有始终站在民众立场上，坚持独立思考，持守美学品格，守望恒常价值，恒常伦理，不跟风，不浮躁，敢于担当，勇于创新，与国家、民族同呼吸、共命运，才可能赢得与时代艺术同步发展的空间，否则，就只能是一些人所希望看到的"微缩景观"。

戏曲另一个不能丢弃的"法宝"是"高台教化"。这也是一个屡遭批评的"古董""短板"。在今天这个"娱乐至死""愚乐至死"的时代，重提舞台艺术的"高台教化"传统，具有深刻的反思意义。在文化几成感官刺激、欲望满足、游戏滥觞的"快乐时代"，有一点正经，有一点正形，有一点常规判断和识别，继之有一点教化作用，让人在娱乐中获得一点人生启迪，是没有什么坏处的。更何况今天这点"娱乐至死""欲望至死"的"偏方"，秦腔早在清代就用过了，事实证明，那是秦腔的"苏丹红""瘦肉精"和"三聚氰胺毒奶粉"。一种文化，过分推崇覆盖面、关注度、收看率、发行量、点击率，也就有意无意催生了它的"邪僻性"，持守恒常是一种"道"，如果守道容易，几千年来，那些圣贤也就不会日月轮转不息地絮叨个没完了。

秦腔属于大众艺术，至今仍在西北大地上具有广泛群众基础，陕西甚至有"三千万儿女齐吼秦腔"的民谣，虽然没有一些时尚艺术、"惊艳表演"那么具有"卖点"，成为市场的香饽饽，但在广大农村地区，优秀专业院团的广场演出，人山人海的簇拥场面并未锐减。秦腔依然是大西北人把握世界、认识世界的重要方法之一。面对今天文化普遍奔向市场与产业化之路的热闹喧嚣，秦腔的市场化之路明显处于尴尬境地，想看秦腔戏的老百姓，手头并没有太宽裕的文化消费款额，因而，常态看戏的人群，仍处于对低价戏票和公益性演出的期待之中。任何企图从这种古老大众艺术身上获取暴利的想法，都是不切

270

合实际的。因为这种艺术没有能够刺激欲望的妖冶之姿，也没有"语出雷人"的时鲜怪叫，更不能"立竿见影"地指明生财之道，它只是向你诉说着仁义、道德、孝敬、良善、宽厚、忍让、自尊、自立这些生命通识，与当下物欲横流的诸多生命动脉不大对接得上，因而，"边缘、淡远"这些名词将会长期相生相伴。秦腔是秦地的一张文化王牌，因受众面广，并深牵底层百姓精神生活样态，而备受关注。陕西"十二五"规划中，以秦腔为代表的"陕西戏剧"，被列入文化强省的第一品牌。近年不断致力于以"文化惠民工程"的方式购买秦腔演出，服务大众，并以低票价推动秦腔市场发育，鼓励剧团以多演出促非遗保护，无疑是新时期值得探究的秦腔发展方略。

无论怎样，秦腔和更多的民族戏曲艺术，都是有数百年生命的老人，已经经见过不少世事，也就更应该以一个历史老人的淡定情怀应对沧桑剧变，既不"讳疾忌医"，抱残守缺，也别见医就投，以至于过度治疗而死。更别眼馋时尚艺术的"灯红酒绿"与随物赋形，金钱固然是好东西，但对于一位文化"长者"的千年标高与风范来讲，又是无法等价交换、等量齐观的俗物。古老艺术更应活得有些尊严感，更应"心明眼亮"，懂得守常、守恒、守道，有所为，有所不为，真正根植大众，对历史负责，对未来负责，从而寻求属于自己无法替代的那片生命天空。

2011 年 5 月 7 日于西安

读巴金

我们这一代人见过巴老的可能并不多，但大凡是读过书的，就肯定与巴老有心灵的融会与神交。得到巴老去世的消息，我并没有悲痛之感，更没有眼泪，有的是一声叹息和担忧，叹息的是这面呼啦啦飘扬的旗帜终于永远凝固在了风中，有他活着，我们总感到在这面旗帜下行进很体面很周正，也很朗阔；担忧的是巴老这种责任与良知是否能成为后学的一种自觉。如果责任与良知不能成为文学艺术家的自觉，那将是我们这个民族的巨大悲哀。

很小的时候我们就在读巴金，中国大凡有点文化的人，可能都知道《家》《春》《秋》，寻常百姓的书架上大概也都摆放着他的作品。我在初读"激流三部曲"时，由于年龄小，并不懂个中三昧，爱的就是像随便说话一样的文字和那种家常感，读他的书最容易引发一个青年的作家梦，面对皇皇巨著，觉得当作家并不是一件难事，只要把心里所想的话能如实说出来就行，尤其是那种不断转换的自然段，疏疏朗朗，轻快如风，读着读着就被巨大的感情风暴所裹挟，当你再转出来时，被荡涤过的心灵便有了一份做人的沉重和明白了某种事理的轻松。十六七岁时读这些书，也不操心什么主题思想，什么民主启蒙和反封建之类的问题，从头至尾只关心人物命运和情感缠绕，吸引住了眼球并被感动了，半辈子便记下了，那种受用是潜移默化，也是写作技术上的直截了当。

作为小说家的巴金，一生与戏剧也有颇多缘分，先是慧眼识《雷雨》，在他的极力举荐下，年仅23岁的曹禺一举成名，最后甚至成长为民族文化的巨匠，齐名于鲁、郭、茅、巴、老。试想如果没有巴金这个负责任的编辑对《雷雨》"四次流泪"的赏识与推崇，也许民族文化的这份珍贵财产会永远压在曹禺的抽屉里难以面世，不仅成就不了《雷雨》，也成就不了曹禺。这就是一个人的责任与良知的最忠实体现。除了这段剧坛佳话外，巴老自己的作品更是屡屡被搬上舞台，其中《家》甚至出现了多个剧种的多种版本，成为民族戏剧永远的精神养料。作为戏剧从业者，我们深深敬重巴老的不朽功业。

读巴老的《随想录》是80年代的事，那时我还在陕南的一个县城工作，那本书很厚，我记得买回家整整读了十几天，这几天翻出来，还能见到上面用红蓝铅笔勾下的许多重点。在那本书里，巴老用最平实的语言，深刻反思了诸多社会问题和文化问题，尤其是对自己举起的解剖刀锋利而又坚韧，大有刮骨疗毒之风，整本书让人品味到的是责任和良知，作为读者，我们不能不为巴老讲真话的气魄所折服，尤其是在"文革"过去不久，捧读这样的书，让人不禁衣衫阵阵汗湿。如果说早期读《家》《春》《秋》总被情感所困扰和激荡，那么读《随想录》所收获的就完全是思想的冲击与震撼。这是一种阅历，更是一种无可替代的生命个案的深刻。

我曾经两次到过巴老倡导创立的中国现代文学馆，每当看见他的手模时，都要禁不住把手伸进去比一比。在我想象中，那是一只硕大无朋的手，然而，那手却要比我的小得多，并且手指并得很拢，在那一刻，我突然觉得人即使活得再大再得意，也是不必要张牙舞爪的，这就是我所读懂的巴金。

2005 年 10 月 20 日于西安

路遥给我们的启示

一直以来，路遥的小说《平凡的世界》，在市场销售量、图书馆与大学的借阅率上，都有趋势十分稳定的名列前茅记录。无论从哪个角度讲，这都是一部严肃的文学作品，并且可以在前边冠以"非常"二字，且篇幅那么长。为什么这样一部并不靠离奇情节，不靠色情、物欲、自恋、自残与"在西方的目光下"为写作宗旨的作品，具有如此大的魅力，吸引和征服了如此多的读者，确实是当下文艺创作应该好好研究的一个课题。现在讲以问题为导向，我觉得我们的问题来了，就这个具体问题，谈文艺创作与批评，可能收获会比笼而统之、大而化之地就理论说理论，具象得多，生动得多，恐怕也深刻得多，管用得多。尤其是《平凡的世界》电视剧播出后，再次掀起了路遥热，这的确给了我们很多启示。

启示一：作家生命气象的强弱、生命格局的大小、使命担当意识的自觉程度，决定了他作品的宽度、厚度与高度。所有跟路遥接触过的人，都有一个直接的感觉，就是路遥是个干大事的人。这是说他的生命气象与格局。他能以那样一种苦行僧般的吃苦精神，创作那样的巨幅画卷，本身就是对"干大事"这三个字的最好注脚。人类那些堪称其大的作家、艺术家，其实都在思考大的问题。比如当今世界，有许多作家艺术家为人类的环境问题、贫困问题、战争问题、艾滋病问题，甚至包括动物问题，在身体力行地四处考察、发言、批评、抗争。2005年获得诺贝尔文学奖的英国作家品特，一篇获奖感言，几乎全部都在指斥伊拉克战争，认为英美入侵伊拉克是"国家恐怖主义和土匪行径"。看似与文学风马牛不相及，但这种生命气象与格局，决定了一个作家的高度与深度。路遥正是这样的作家，他由他生活过的陕北的一个芥豆村庄看起，一直把眼界放大到县、地区、省乃至全国，全面思考着一个民族的精神历程与发展走向，尤其是贫困问题，物质与精神的双重贫困问题。作品细到对毛茸茸的底部生活的毫发毕见，大到浓墨重彩的时代笔触的皴、擦、点、染，无不折射出他宽阔的生命视域与精神情怀。贴着大地行走，站在云端俯瞰，最终成就了路遥《平凡的世界》的宏大与广博。与当下一些蜷缩在蜗牛壳里的过于自我的低吟浅唱、声色犬马、胡编乱造，甚或赤裸裸的物欲精神肆意放逐，的确形成了十分强烈的生命精神格局比照。读者持续在选择《平凡的世界》，尤其是在今天众多影视频道，以"娱乐为王"的旗幡竞相招展中，大众能锁定并自发热议起电视剧《平凡的世界》，的确是一件让人感到惊诧并兴奋的事。我们可以商榷作品的技巧问题，探讨表达方式方法问题，甚至时代局限问题等，但有一点，似乎不能不认同，那就是：人民是真的喜欢路遥。

启示二：作家艺术家心中的的确确要装着人民，是真的要装着，真装与假装，甚至伪装，是不一样的。尤其是拉开了时间距离以后，这种真伪，便昭然若揭。看《平凡的世界》，尤其是经历过那个时代的人，你眼中不由得不时时要饱含泪水，它是真的触动了你的生命记忆，那些人事，那些情境，那种质地，我们都真真切切地经历过，甚至抚摸过，痛疼过，路遥没有隐，没有讳，没有为吸引眼球而精神狂躁不安，他是冷静地观察，平实地记录，真诚地打捞，虔敬地编织，电视剧改编，也承继了这一传统，因此，人民也就用感情去真挚地认领这个"孩子"了。陕西作家都有一种自甘苦难的意识。愿意把自己拿到火炉里去淬火、锻造，柳青是这样，路遥也是这样，他几年沉潜在矿区，他"早晨从中午开始"，他写作孤独寂寞得与老鼠为伴，当完成百万字巨著后，甚至"身心抽空"，放声痛哭，都体现出为一种使命甘愿压榨出自身生命琼浆的决绝情态与献身精神。我们今天讲深入生活、扎根人民，只有像柳青、路遥那样是真的生命内里需要，才可能真正完成好这一课，否则，只会是生命的又一种躁动、忙乱与达人秀。路遥做好了这门功课，因此，他的作品就与人民的心灵真正扭结了起来，那种温度，甚至随着时间推移，越来越炙手可热。

启示三：作家艺术家要有创造经典的意识。"高山仰止，景行行止，虽不能至，然心向往之。"要有这个心，这个意识，法乎其上，取乎其中，经典意识十分重要。关于"高原"与"高峰"的忧患，与此密切相关。如果仅为"五斗米"创作，为身体快感创作，为泄愤创作，为媚时创作，为博眼球创作，为赶各种节点创作，为五花八门的"排行榜"创作，就会匍匐在地，一己之生命体统尚难猝扶，更何况精神。而路遥心中有经典意识，有创造经典的自觉追求。要不然，他不会下那么大的功夫去开挖生活，并为此耗尽生命的最后能量。虽然他的作品到底是不是堪称经典，也还需要假以时日检验。鲁迅说："文艺是国民精神所发的火光，同时也是引导国民精神前途的灯火。"路遥始终在他的作品中全力拨亮着一种叫"国民精神灯火"的东西，即使再苦难，这盏灯都闪烁着希望的"火光"。一个时期以来，好像总有一种声音在告诫我们：中华民族唯外来灯火照耀而不能重振。但《平凡的世界》始终在告诉我们，这种"精神火光"来自我们内里，来自最最平凡的"每一个"，看似全然崩塌处，仍有希望之光在跳动。这大概也是人民始终喜欢路遥的原因：路遥的精神火炬，透彻地照亮了最卑微的生命群体，让不能不相信悲苦命运的无助者，也能在最后时刻，自己举起前行的火把。无论看小说，还是看电视剧，我们虽然都被巨大的悲剧氛围所笼罩，尤其是电视剧里，对那首陕北民歌"羊肚肚手巾三道道蓝"的多处恰当运用，真是悲从心起，泪由腑涌，无奈、无助甚至几近绝望，但"灯火"又始终在前方亮起，让我们依然能树起信心，继续赶路。

路遥给我们的启示很多。尤其是在今天，面对文学艺术创作出现诸多难以破解的症候时，解剖路遥，深入研究路遥创作道路，感知路遥的文学精神，我甚至觉得也可以叫路遥精神，本身就具有一种特别的价值意义。路遥全景式的为时代立言的雄图，加之电视剧既尊重经典、基本忠实原著，又追求立意上的当下阐释，为《平凡的世界》带来了新的更加广阔的血缘延伸。但愿路遥最喜欢的那句话——让生活之树常青，也成为他作品生命力的恒久象征。

2015 年 3 月 27 日于北京

参加《平凡的世界》电视剧座谈会发言稿

读李泽厚

　　我读过李泽厚先生几本书，一是《美学论集》，二是《中国古代思想史论》，三是《论语今读》，四是《美的历程》。我最惊叹李泽厚渊博的学识，是真正学贯中西的学者。没有李泽厚，我们的时代在哲学上是寂寞的。就拿《论语今读》来说，站在东西方思想文化交汇点上的李泽厚，对《论语》的解读，明显给了我们认识孔子的更大空间，最重要的是增强了思辨的色彩。在新时期出现的许多《论语》注疏读本上，我们是无法读出李泽厚的带着中西文化比较的宽博认知的。他的《中国古代思想史论》，从孔子的仁学开始，到"天人合一"结束，很少"掉书袋子"，到处充满了他对东西方思想文化的深切理解与自然化合。书很薄，但里面多是"干货"，让人在极短的时间里，就比较清晰地了解到了中国几千年思想发展史的轮廓，并且是深入历史肌理的，是不折不扣的能够启迪人思想的"史论"。他的另一本《美的历程》，与这本"古代思想史论"相同，也不算太厚的"砖头"，但却把中国几千年古典文艺史，梳理得十分清晰。让人看清了文艺与历史进程的复杂关系，揭示出了社会发展对审美和艺术创造活动的本质影响力，是一种有独特见地的文艺历史发展审美把握，有些段落读着会让你有醍醐灌顶感。这就是好书的魅力。当然，我也注意到网上的很多批评之声，但以我之浅陋，似乎还不能苟同那些声音。我喜欢李泽厚，喜欢的正是那种清醒的思辨力，以及对历史经验的主客观判断力，我想各种批评之声，可能正是李泽厚美学思想不断产出后所需要的结果。

2010 年 6 月 13 日于西安

读京夫　听鹿鸣

京夫先生的长篇小说《鹿鸣》出版了，作为邻居和老乡，我得以先睹为快。整个五一长假，人们都蜂拥着出去旅游去了，我也回到故乡的小县城，睡在老母亲的脚头，抱着这本近四十万字的长篇，看了个昏天黑地。有时看得太晚，母亲说"该睡了"，我却说"鹿完了"，闹得母亲呵呵直笑，说："书把你看傻了。"

没有想到京夫是以这样的创造精神，充满生命激情和想象力地建构起了这样一幢外观、内脏与各个通道都十分诡谲的艺术大厦。开始我还看得有些不以为意，这很像先生的为人，不惊不乍，不温不火，静静走来，默默离去。看着看着，就被那种博大的生命气象和地河一般涌动的潜流所吸引。这又像我前不久才读完的奥尔罕·帕慕克的长篇小说《我的名字叫红》一样，表面看似是在侦破一桩谋杀案，内里却是整个土耳其民族历史、宗教、政治、艺术、民风民俗民情的大推演。《鹿鸣》讲述的是一个叫林明的年轻人，遵照父亲的遗嘱，要把一群人为集中起来采集鹿茸的野生鹿群，再放归到适合它们生存的大自然里去的故事，历时两年多，行程两万余里，相当于人类历史上的又一次二万五千里长征。可悲的是，在经历了丘陵、荒山、高原、大漠、草地、森林后，终于没能为这群活鹿（最终不到五十只），找到适合它们生息的地方，这是一种巨大的象征，也是一种荒诞不经，更是一种严酷的现实存在，正是这种现实生存的严酷性，烛照我们去反思为满足各种欲望对自然和人的本能需求所进行的疯狂开拓进取的价值，去省察我们为各种竞争力和数字叠加所津津乐道与奋斗不息的实际精神意义。当鹿毁人亡时，我们不能不倒吸一口冷气，并为之惊恐万状，后怕不已。

小说是从林明看见飞碟开始的，这种有人死说见过，有人死说绝对不存在的天外异物，先为小说进行了现实与虚幻的模糊假定，用京夫在引子中的话说："你无妨在梦幻与现实之间确立自己的阅读定位。"而"对于这个人的故事将信将疑也是错误，不信则更是错误"的箴语，一言中地将小说的思想精神旨归，如"甄士隐""贾雨村"般地辩证演绎出来。我们可能不相信南极冰融、地球变暖、臭氧黑洞、地下水源枯竭这些大而无当的人类警示性灾害对生命个体的直接影响，但我们不能不正视，如果有人在我们的住地周围，挖满了淘金的沟壕，我们出门就会摔得鼻青脸肿、腿断胳膊折的现实。京夫在讲鹿之嗷嗷鸣叫，更是在隐喻人的自掘坟墓与孑然哀叹，在今天看来，这本小说有虚幻性，在未来的某一天，它就可能演变为严酷的现实存在。就像恐龙曾经不可一世一样，现在留下的只有僵死的化石骨骼和再无生命活性的石头蛋。

小说中的"主角"鹿，是一头名叫峰峰的公鹿，它有一对奇异的长角，作者描绘说"其大无比，美丽绝伦"，小说还说，峰峰"因这副角而神圣，它是一种权威的象征，如同王冠一样，是至高无上的权力啊！有了这副长角，鹿群如同有了一幅图腾，便有了一种安全感，便成了动物界华丽之一族"。就是因为这副华贵的长角，而使它成为角逐的对象，据说这副大角能使一个无能的男人变得坚挺如角，威猛有力，便有一个巨富外商，愿意为这副角慷千万元投资之慨，以求换取生命的春天。谁知主人公林明，一个从父亲那里继承了遗志的养鹿人，不仅视鹿如命，而且还有了一种叫理想信念的宗教般护鹿情怀，一场捕杀与反捕杀、保护与反保护的多头拉锯战，便在数万里逃亡与寻觅中，惊心动魄地铺排开来。说它是多头拉锯战，皆因为这副鹿角和这群逐鹿，不仅牵动了为"保护招商引资成果"而卷进来的地方政府和公安机关，而且还使诸多"闻鹿起舞"的真假动物保护组织和渴慕饮血食角的人间饕餮，围追堵截，离间反间，恐吓威逼，感化利诱，可谓千姿百态，千奇百怪，尽显了大千世相与人间本色。无论飞沙走石，跳崖越涧，抑或是铜墙合围，刀山火海，都未能阻挡住养鹿人与这群逃亡鹿奔向"光明（森林）"的脚步，这是力量的角逐，更是信念的对决与抗争。

如果说小说仅仅以这种"美国大片"式的角力场面与险象环生的悬念故事一泻到底，充其量只能是一部贴近阅读时尚的情节小说而已。京夫先生似乎已不屑于这种阅读讨好，他把更多的情感和笔墨，都浓泼在了人性在自然面前的回归、觉醒与升腾上，并把人类长期以来习惯于俯视动物的目光，扳到了平视甚或仰视的角度，不仅让我们看到了动物与人一般的高贵思维、情感，而且具有了"品德"一类的理性光斑，它们发扬着团队精神，维护着集体意志，拥戴着精神领袖，呵护着弱势个体，同时，还表现出忠勇信守、舍生取义、知恩图报、仁爱宽恕的可贵品质，这有京夫对人性失落后的理想补缺，但那些已然发生的动物界生命奇异现象的屡屡不能破译，又何尝不是人类知识的巨大盲点呢？从这个意义上讲，京夫在这部小说中所做的工作，又何尝不是对动物界不可知生命现象的深度探究与重新开发呢？小说中的父亲，先后讲了十几个动物界的传奇故事，那都是我们似曾相识的"动物义救"的久远传说，京夫用切割主体故事的穿插方式，不断地以近镜头的形式，将这些故事十分强烈地推到我们面前，不仅增强了小说主体情节的真实性，而且使作品有了更加广阔的生命平等认知背景，最终使以鹿为代表的动物（也包括人）的鸣叫，具有了宽博厚重的生命全息形态。

当然，这部小说最重要的还是在写人，动物是人的参照物，是人的对应物，是人的伙伴，面对这个对应物与伙伴，人类欲望之火的理性与感性缠绕，人性与兽性撕咬，良知与本能的交战，大道与私我的搏杀，便显得尤为撼人心魄，毫发毕见。林明与女主人公秀妮的恋情与责任担当，之与鹿王峰峰与鹿后的生死相守，日本战犯铃木与女儿惠子在大漠中的生命内省，以及草原歌手嘉措次仁与诸多"草根"生命对大道的本能维护，都为小说增添了十分美好的生命和谐情怀。但整部小说中，自始至终所充满的欲壑难填的生命劫杀，不仅营造出了阅读的紧张情势，而且也使人感到了一种头悬利剑的生命胁迫与窒息，这是京夫对同类的生存警示，更是一种对同类向茹毛饮血的原始荒蛮生活倒退的愤怒指斥与控诉。鹿之茸，鹿之鞭，鹿之血，鹿之筋，鹿之肉，无不成为一路生命放归的剿杀死穴，每次突围，都会以伤亡惨重的代价平添血腥。尤其是沙漠瀚海中的那个度假中心，里面住着一群特殊身份的俱乐部会员，他们除了钱多得不可胜数外，整个身心虚空得不置一物，其中的一些性无能者，正在接受着特殊的"治疗"，而大批活鹿的闯入，自是给他们带来了生命的惊喜，他们嗷嗷待哺地渴慕着鹿角对软体的硬撑，望眼欲穿地企盼着鹿血对掏空了的生命的补给。小说在这里如江水回旋，大河聚潭般地放慢了行进的速度，让人在表面看似宁静和谐的氛围中，去感知生命透支到极限的苍白，去领略欲望燃烧到沸点的图穷匕见。这是人类不能忍受生命之轻的精神"逃难所"，更是欲壑越填越深的生命"屠宰场"。最终大地风沙骤起，一切化为子虚乌有。这既像一个寓言，但又何尝不是已经发生或正在发生与即将发生的严酷现实呢？小说叙述到这里，更让我们感到了京夫开辟这个创作领地的价值和意义，人类只有与大自然和谐相处，知耻、知止地放弃疯狂盗掘与占有，大道自然地将养生息，才会生命鲜活，颐养永年。我们正在倡导的科学发展，和谐建设的主题，不正是这种生命觉醒后的指向校正吗？

峰峰与它的群体，最终并未逃脱失败的命运，连养鹿人林明，最终也纵身大海，当再次漂起时，又置身于一个海上度假中心的"虎口"，那是已经消亡了的沙漠度假中心的"借尸还魂"，物非人是，一切照旧，想陆地动物"吃尽杀绝"后，海洋里能使人根坚挺如鹿之角质、寿数等同于千年乌龟的诸多动物，又要承受如鹿一般的灭顶灾祸了。这是一部真正意义上的具有人类共同思维角度的"生存环境考问"小说，这是京夫先生在几十年不间断地创作了《手杖》《娘》《没有野兽出没的山林》《文化层》《八里情仇》等400余万字优秀作品后的一部巨献，它不仅充满生命激情与活力，而且涌流着具有青春气息的情感热浪，凝聚着深广的生命价值意义与终极目的追问，作为已满头华发，六十有三的写作人，可谓宝刀不老，生命之树常青了。

这是一个特别有意义的五一长假，我虽然没有完全走进大自然，但却通过京夫先生的眼睛与思想，同大自然进行了一次最深切的对话。近几年我先后看过几部可以称之为写生态的小说，作为长篇小说的热心读者，我更喜欢京夫视野的广博与雄奇，喜欢他对自然的敬畏与神秘，喜欢这项艺术创造工程的想象丰富与精神独具。他是在叙述，是在呐喊，更是在如鹿般地哀鸣战栗，这是征服读者心灵的最好状态，他甚至让我对几年前的那次餐食美丽、和善、通灵的鹿肉丑行，感到罪当割舌，遍体不适。幻觉中，那些过去多多少少都曾经品尝过的熊、狸、豹、鹿、蛇、蝎、蛙、鸠、野猪、野羊、野鸡、野兔，甚至包括家禽、家畜、鱼鳖、走狗，就都如小说里描写的那样，突然堆聚起一个庞大立交桥，不吃不喝，不动不挪，让人顿生惊愕，深感罪恶，这是京夫的宗教，更是我等不得不跪诵的阿弥陀佛。从这种自觉引发的忏悔意识上看，《鹿鸣》又是一部具有救赎意义的小说，它让我们反省过去，打理未来。我们不可能如尾声中"神情有些恍惚"的主人公林明一样，被恋人沿着他过去放归鹿群的路线，"重上雪域高原……实施拯救和精神放归，让他去享受那里的蓝天白云……去过一种最简朴的生活"，但在浮躁、喧嚣、穷奢极欲的现实生活中，保持一份淡定、素朴以及对同类和世间万物的敬畏，当是我们不该再错过的基础"修行"。

读京夫，听鹿鸣，过长假，万物依然，我心飞翔。

2007 年 5 月 6 日于西安

打开的河流

—— 看话剧《白鹿原》

在我的记忆中，北京人艺是首次来陕西演出。剧场的一票难求，充分说明了陕西观众对北京人艺和《白鹿原》这个双重品牌的深切期待。看了演出我很兴奋，我认为总体是成功的。要把五十万字的长篇小说搬到仅两三个小时演出时值的话剧舞台上，这是一件十分不容易的事。改编的途径无非是截取横断面，抽筋剥丝法，或浓缩，或重构等几种样式。而我们现在看到的无疑是压缩饼干式的高度浓缩。尽管它不可能还原小说《白鹿原》的广阔、丰赡和深沉雄浑的气魄，但目前所呈现出的总体风貌，仍然是博大、厚重而又苍劲雄健的。

编剧孟冰是我国话剧舞台上的创作高手，曾成功地创作过《绿荫里的红塑料桶》《黄土谣》等话剧力作。这次改编《白鹿原》，始终坚持要把原著的面貌尽量完整地再现给观众，因为他喜欢的正是"白鹿原上"浑博的历史气象和广阔的生活图景。因此我们看到的是，他把更多的笔墨用在了开挖历史与生活的长河上，让我们在风云际会与民风民俗民情民意的"泼墨式"氤氲中，感知历史的繁复和家族史的盘根错节，从而找到一扇重温和认知历史与中国式家族秘史的大门。由于时空限制，虽然好多地方显得匆忙了些，但改编初衷无疑是达到了。他展示出了宏阔的历史背景，也打开了壮阔的现实画卷，从这个意义上讲，话剧《白鹿原》的创作，仍使我们不得不信服孟冰这个编剧高手。

林兆华先生是我国话剧舞台上一直被推为"先锋派"的导演艺术家，他执导的高行健的《绿色信号》《车站》《野人》"三部曲"和《狗儿爷涅槃》等其他许多作品，每每以引发各种争议而"曝亮"于戏剧舞台，最近引起又一番争议的话剧《厕所》，也出自他的手笔。他是我国戏剧界始终"独领风标"的人物，这次《白鹿原》的呈现，再次让我们看到了他独到的戏剧追求和精神，那种原生态生活情境的再现，不仅令人惊愕，有时甚至让人慌悚、不知所措，包括对陕西方言的整体运用，都是具有很大艺术创作风险的尝试，但为了追求心目中的原生态完整呈现，林兆华仍然大胆地这样做了，我们不能不在语言的"夹生"缺憾中，肯定他坚定不移的探索勇气。另外就是对老腔和秦腔的运用，可以说为这个戏的表现找到了精神灵魂，许多地方的凸现、托出与背衬，都让人有一种莫可名状的思想催化感和精神透彻感，我们不能不钦佩林兆华的神奇。

濮存昕、郭达、宋丹丹等艺术家的创造与表演，完全把我们带进了《白鹿原》的历史生活图景中，除了舞台美术工作者的功劳外，他们塑造人物的功底和能力，是不能不让我们深切认同的。尽管语言障碍使濮存昕和宋丹丹有些不能游刃有余，但进入人物的状态与他们所创造的白嘉轩和"嫦娥的娥"，仍然使我感到了他们对《白鹿原》的独到理解。也许是我坐得特别近，看到了他们太过细腻的表演的缘故，反正我是很喜欢他们这样去表现白嘉轩和小娥的。我们应该有"一千个观众就有一千个哈姆雷特"的艺术宽容。而郭达的鹿子霖更自然地融进了整个陕西文化氛围中，大家更喜欢他也是再也自然不过的事。总之，北京人艺就是北京人艺，他们在艺术创造过程中，用了那么多业余演员，竟然让我们找不到专业与业余的界限，所有断裂处都缝合得如此严实，这充分说明了他们进行艺术创造活动的严谨态度和能力，我觉得他们是真的走进了"白鹿原"。

另外让我特别感动的是他们对老腔的发掘与运用，不仅对《白鹿原》有特殊价值，我们很难想象这个戏里如果没有老腔和秦腔的植入，会是一种怎样孤寂的境况，我甚至直接怀疑戏的脊骨是否会如此坚挺硬朗；同时，他们对陕西民间文化的发掘精神和保护态度，也是令我们肃然起敬的。在时尚文化、商业文化、快餐文化快要充斥我们生活全部的时候，千年老腔的突然走红，不能不说对传统文化的发掘保护，具有深刻的启示意义，这当是《白鹿原》以外的重大收获了。

如果有不满足，我觉得全剧的剪裁还是可以再下一些功夫的，既要开河，也要掘井，现在河是开开了，但掘井的地方似乎还有深入的必要。过程多了一些，开掘人物内心矛盾和痛楚的地方就略显得有点慌张了。另外，有些语言似乎也可再作净化，尽管可能是真实的，原生态的，甚至是情感宣泄和性格特征表现所需要的，但我们还是应该向复杂的观众群体做点中和的妥协。

2006 年 7 月 10 日在话剧《白鹿原》座谈会上的发言

为诗圣造像

——说说《杜甫》这个戏

杜甫这个人物，以其诗歌成就和影响力，戏剧画廊本应早有他的雕像，可事实上与他同时代的诗仙李白，早已享有多种演出版本，而他却至今少人问津。我想根本原因在于他们的性情和故事与戏剧性之间的关系。李白生性浪漫，人生故事大起大落、大开大合，稍一着笔即色彩氤氲、意趣盎然。而杜甫却给我们留下的是生活严谨、不苟言笑、终生苦吟苦叹的印象，入戏则容易因缺情趣而少可看性。我的同道党小黄偏不信这个邪，硬是用两年多时间，十一易其稿，苦吟成三万多字的剧本，给诗圣杜甫画了个像。剧本一出来，便在陕西和北京的各种座谈会上转圈，在陕、京两地的专家手中游走，多数时候是挨的"闷棍"比吃的"糖果"多，好在小黄从陕北黄土高原上来，有忍性，有负重感，任你万炮齐轰，我自岿然不动，批评声越强，八字步迈得越稳，好的意见吸纳，不能接受的意见也笑着说"您说得对着哩"而悄然"贪污"，七磨八砺，终于把一个打磨得比较成熟的剧本送进了排练场。我在看第一次联排时，禁不住几次眼眶含泪，以我对杜甫的粗浅了解，我是被这个舞台形象深深感染并打动了。

细翻史料，发现杜甫也并不是一个活泼不足、严肃有余的人，他35岁前也曾生性狂放，遍游名山大川，与李白有极多相似之处，只是后来生活所迫，才逐渐变得沉稳内敛，直逼现实起来。据说他曾把后来不甚满意的"两囊"早期作品付之一炬，足见其思想、阅历与心灵世界的变化之大。小黄的《杜甫》并没有选择他太多青壮年时那种踌躇满志，甚至略带浪漫色彩的生活图景，而是把诗人的命运与大唐由盛及衰，特别是"安史之乱"的大背景紧密相连，让人在宏阔的历史画卷中看到了诗人艰难的生活轨迹和痛苦的心灵演进过程，从而极其自然地揭示出诗人贴近底层劳苦大众，替压迫者呐喊，最终成为"人民诗人"的合理性与必然性。杜甫是一个具有远大政治抱负的人，但他跟李白一样，又都不具备封建社会政治家所需要的复杂才能，加之他骨子里秉性淳厚，做官便常常捉襟见肘。《杜甫》剧紧紧围绕杜甫积极入世而又惨遭败北的几个生活片段，深刻剖析了诗人悲剧命运的生成原因，同时，还让我们看到了一些脍炙人口的诗篇的孕育诞生过程，确实具有帮助当代观众解读杜甫及其部分诗作的价值和意义。戏剧家曹禺说，他写作就是"想写一首心中理想的诗"，我觉得，这个剧具有某些党小黄"心中理想的诗"的成分，他让杜甫饱经沧桑和离乱，但为国家勇于担当的情怀不变，为百姓甘于吐丝的信念不灭，全剧自始至终充盈着一股正气，引领着人直捣"安得广厦千万间，大庇天下寒士俱欢颜"的精神结穴，很是有些史诗的品格和诗剧的味道。

这个戏选择秦腔作为表现形式，尤其具有深入腠理的精神焊接作用。秦腔最适宜慷慨悲歌，而杜甫的一生恰恰历尽磨难，精神世界充满了慷慨激昂和深切叩问的元素，加之诗人又在长安生活多年，近读研究家新论，还有"杜甫生于长安少陵塬"之说，无论怎样，他与陕西都是有不解之缘的，想必用秦声秦韵传情达意，是再也精准不过的"复活"方式了。中国京剧院导演李学忠先生，是活跃在我国戏曲舞台上的一个"独行侠"，他对戏曲表现手段运用的精到，使其屡有佳作呈现我国剧坛，这次对《杜甫》的倾情打造，再次显示出了不凡的艺术功力，诸多场面的铺排和营造，一改话剧加唱的某些"新戏曲模式"，让人自始至终都浸淫在"以歌舞演故事"的戏曲美学统领中。陕西知名导演贺林，在剧本修改加工后，为该剧舞台呈现再添新笔，可圈可点处多多。主演李东桥，曾成功塑造过秦腔《千古一帝》中的秦王嬴政形象，因此为陕西戏曲舞台捧回了第一朵戏剧"梅花奖"。这次出演杜甫，完全从一个不可一世、横扫六合的帝王，进入到一个饱经忧患、忍辱负重的知识分子心灵，那种巨大性格反差的寻找，是需要深厚的艺术功底才能完成的，东桥深入研读杜甫传记和诗歌，反复体悟诗人的悲凉命运与心路历程，最终演出了一个人的苦难感，让人看到了一个表演艺术家生命质量的擢拔与提升。剧中其他演员郁苏琴、司卫东、王战备、卫小莉、王少华、胡林焕、魏天堂等都有上好表现，总体阵容显示了陕西省戏曲研究院眉碗团的艺术实力。另外，剧院的作曲家群体和舞台美术家群体，为这个戏寻找了很多唐文化遗存元素，匠心独具，这种孜孜以求的精神，实在可敬可佩。

一个戏虽然与观众见面快两年了，艺术家们仍是怀着忐忑不安的心情在等待着来自方方面面的评判，尽管这个文学本在2004年文化部举办的"全国精品剧本评选"中进入了前16强的位置，在2005年举办的秦腔艺术节和陕西新剧目调演中，也取得了名列第一的好成绩，并且在2006年，还应邀参加了北京国际演出活动，但观众的更进一步鉴定与认同，仍然是这个戏未来加工提高的主要参照坐标。尤其是杜甫这个形象的塑造，不可能是一蹴而就的事，我甚至觉得是需要一个很长的磨砺过程才能逐渐完善起来的。我们期待着批评，期待着建设性意见，当然，也期待着心疼与托举。作为民族文化瑰宝的杜甫精神，我们有天赋的责任和义务来弘扬和彰显，让我们一同来咀嚼杜甫的苦难，一同来感知一位伟大的文学家贴近生活、贴近人民的生命律动吧！

2005 年 6 月 18 日于西安

必须抵达

——百部经典剧作读记

这个命令是我自己给自己下的。不是登山，不是涉水，不是旅游，不是什么重大的人生目标，而是读书，读一百个外国现当代经典剧作，并且限定在两个月内完成，因为两个月后就要进入新的创作任务。其实按一天读两个剧本计算，五十天便可顺利读完，但就这么个小计划，在实施过程中，可以说历尽挫折，几番险些夭亡。后来，我便把读完一百个剧本作为"攻占山头"的目标，要求自己必须抵达。为了警策自己，甚至效法颜真卿的笔力，将其书于墙上，以至让朋友们见了，还以为我有了什么狼子野心、登月计划，其实才是羞于告人的"高射炮打蚊子"的虚张声势。最后目标倒是实现了，但翻开那两个月的日记，至今让人感喟不已：人要在这个浮躁而又充满了各种诱惑的世界沉潜下来，做点想做的事情，真是太不容易了，有时，那简直是一场心灵的战争。

以下是这场"战争"的日记摘抄，时间在二〇〇二年夏。

七月一日　星期一

　　读一百个外国现当代经典剧作的计划从今天开始，我首选的是《等待戈多》，尽管这个剧本过去曾读过多遍，但总是读得稀里糊涂。萨缪尔·贝克特这个爱尔兰荒诞派剧作家有一个非常棒的同乡，那就是意识流小说大师乔伊斯，他的《尤利西斯》读糊涂了几代人，我想这两个老兄凑在一起，恐怕没少商量关于针对人的太多小聪明所应该布下的一些迷魂阵的问题。因此，当满世界人都在唾沫四溅地表现如何深刻领会了他们作品的内涵时，他俩可能凑在都柏林某个咖啡馆的角落里已笑出了眼泪。这两个不怀好意的家伙真是把人害苦了。戈多是谁？等他干什么？他到底来不来？是否真有这么个人？读着读着，我们便对自己的诸多等待也发生了疑问……

　　第二个剧本刚翻开，就有朋友打电话来约我去吃"鲍鱼"，说是南非的"四头鲍"。天哪！一听就让人流口水。让贝克特的《结局》见鬼去吧！

七月三日　星期三

　　开局第一天就只完成了当天任务的一半。

　　昨天又只读了一个剧本，那还是游荡到晚上九点左右，才斜倚在床上，草草读完了《结局》。贝克特把他的四个人物都弄得残缺不全，不是瞎子，就是没有双腿的人，过得都异常凄凉绝望。今天一早爬起来，又读了贝克特的《啊，美好的日子》，主人公是一个半截身子已经埋入黄土的老妇，但却梳洗打扮个不住，一边赞美着"美好的日子"，一边拼命想象着她永远也不可能得到的幸福。在她全身都已入土、只剩下脑袋留在外面的时候，还唱着一首臊乎乎的情歌，那种浑浑噩噩的麻木状态，已经到了精神错乱的程度，让人读着不寒而栗。

看贝克特的生平简介，说他三十三岁在巴黎街道上散步的时候，曾被一个陌生人一刀刺穿肺叶，幸亏路过的一个女学生叫来救护车，才使他保住了性命，这个女学生后来成了他的妻子。这一切荒诞的人生经历，都加深了他对荒诞现实的深切体验，这种体验的艺术再现，甚至使他戴上了诺贝尔文学奖的桂冠。当然，在这个世界上，有许多人有比他更荒诞的人生经历，不乏被陌生人莫名其妙地打破头、给腿钻穿了眼的，但终没能写出《等待戈多》，也便永远只能是荒诞中的荒诞不经了。

下午本来准备再看一个剧本，可昨天那帮勾魂鬼又开着车来了，说要在终南山脚下找一处有水的地方建别墅，非要我们去参谋参谋。富人的游戏总要拉着穷鬼去看场子，真是太残酷也太荒诞，可吃了人家的非洲鲍鱼，能不去给人家"文化"一下吗（好像我还有了文化似的）？文化这个字眼现在真有些让人大倒胃口。

七月六日　星期六

六天过去了，只看了五个剧本。今天我把自己在办公室整整关了一天，读美国戏剧大师尤金·奥尼尔的作品。学院派导演、演员们，常把奥尼尔挂在嘴边，好像不说奥尼尔就显得自己很无知似的。奥尼尔确实很特别，在获得诺贝尔文学奖后十几年蛰居家中，渐无声息，有人说他江郎才尽，其实这也符合多数作家的创作规律，成名作即是封山之作，美国有人把它叫"艺术生活没有第二幕现象"。然而，奥尼尔在沉寂了十几年后，又拿出了一批比获诺贝尔文学奖以前更轰动的作品。因此成为艺术创作中的"第二幕个案"。其中《送冰的人》和《进入黑暗的漫长旅程》，演出后甚至有获得"空前成功"的赞誉，这确实使奥尼尔毫不夸张地成了美国现代戏剧史上"最引人注目的一页"。这两个剧本都很长，如果不删节，每个剧大概能演五小时左右，也不知美国人是怎么弄的，四百页让我整整读了一天，比一部二三十万字的长篇小说还长。《送冰的人》是由十几个住在一个叫哈里·霍普旅馆里的房客，相互做着诸多白日梦连缀而成的故事，他们各自代表着人的不同追求，吹嘘着过去的"过五关斩六将"，幻想着未来的不劳而获和功成名就，酒是他们的兴奋剂和麻醉剂，在一个炎夏的那二十几个小时中，他们自始至终也没有见到那个对他们来说似乎很重要的"送冰的人"。剧中充满了经历过第二次世界大战的奥尼尔对现代西方文明的深切质疑和反思，读整部剧作像置身在一个垃圾场中。而《进入黑暗的漫长旅程》则是以一个家庭生活进程为背景展开的，剧中充满了相互的埋怨和责备，同时也夹杂着愧疚与懊悔，所有人的心态都处于一种摇摆不定中，据说这是奥尼尔青少年时期家庭生活的真实写照，大概正是这种无奈的家庭环境，丰富了一个伟大作家深刻的灵魂。总之，读奥尼尔让人魂灵不安，他的作品弥漫着一种对人类灵魂失落的交响乐式的强烈而又立体的表达。

今天过得很实在。

七月七日　星期日

今天一天都在为女儿上学的事四处奔跑，小学升初中，没想到有这么难。孩子四处报考，太好的学校，没上分数线，一般学校考上又不想去，弄得人左右为难。女儿是有进取心的，老有不甘人后的思想，尽管沉重的学习负担常常让我感受到弱小生命的力不从心，一天十五六个小时围困在学习一线的窘迫状态，甚至让我怀疑孩子的脑袋除了机械运转还有多少智性的创造力，但谁又敢让孩子多休息半小时呢？学校的名次三日一排，五日一榜，谁又愿意让自己孩子那可爱的名字，刺眼地戳在那倒数才容易发现的位置呢？这种该死的应试教育，到什么时候才是刹车关机的时候呢？面对孩子，我常想，谁累都没有他们累，谁苦都没有他们苦。大人们工作一天，晚上还能看看电视，打打牌，甚至出去洗洗脚，泡泡茶馆，那孩子们呢？十一点前又有几个是能离开书桌的呢？如果不加强营养，他们的脊骨又有几个是能挺直的呢？我以为所有给予大人物、英雄和先进分子的光环和形容词，现在的孩子们都受之无愧，什么日理万机，什么废寝忘食，什么临危不惧（应试），什么久经考验，什么肩负重任，什么历尽磨难，什么百折不挠，什么坚忍不拔，什么烈火金刚，等等，哪个词在他们日常生活中找不到生动的对应注脚呢？而可憎的大人们，形象却越来越与文艺画廊中的周扒皮、黄世仁、刘文彩、南霸天、索命鬼、母夜叉相接近，这实在是一种尴尬，当然，更是一种无奈。我们给了孩子生命、食品、衣物，我们就有权利从他们身上超常地索取名次、荣誉和骄傲吗？这真是一个怪圈，谁都走不出的怪圈，有识之士早都认识到这是一种教育悲剧，但更可悲的是，至今还看不到结束这种悲剧的东方拂晓的鱼肚白。

　　一天颠簸，寻情钻眼，总算给孩子找了一家不错的学校，谁知晚上拿回人情条子让孩子一看，孩子说她早都考上了，我有些不信，可孩子从那沓初中录取通知书中抽出一张让我一看，是真的。这种十数小时的劳而无功，让我想起了《等待戈多》中，那两个等待者在百无聊赖时抽下裤带上吊，可连裤带都不争气地断了的人生荒诞。

狗日的脚，肿得连鞋都脱不下了。

七月十一日　星期四

几天断断续续读了奥尼尔的《休伊》《诗人的气质》《月照不幸人》《榆树下的欲望》《无穷的岁月》等几个剧本，深感奥尼尔洞察社会与人心的独到视角与悲剧笔锋的力透纸背。悲剧是不幸的，但悲剧更能给人带来巨大的精神鼓舞，并让我们从中看到高尚的曙光。我以为，奥尼尔从古希腊悲剧中继承了太多促人觉醒的东西，奥尼尔让我们在许多寻常的生活歧异处，发现了应该重新认识的真理。奥尼尔不朽。

晚翻报纸，许多事件触目惊心。连日来，山西一金矿发生爆炸，死亡三十余人，还被矿主毁尸灭迹；吉林发生瓦斯爆炸，陕西韩城煤矿透水，死亡均在数个人以上。这都是怎么了？我们的文艺创作，在这些重大灾难面前，是不是思想与行动已完全缺席？我们的眼睛只盯在各类英模身上，视野与精神空间怎能不越来越狭窄呢？

七月十三日　星期六

又是一个大礼拜，本来想好好读两天剧本，补一补前边的课，谁知刚翻开美国又一位戏剧大师阿瑟·米勒的戏剧集，朋友的电话来了，说山里边有一个寺院，想请城里的一些文化人（又是文化人）去写些字，要刻几十通碑子，栽在院前院后。我一怔，陈某人的字能上了碑子？能刻碑子的都是些什么字呀？能书这些字的又都是些什么人哪？你邀请的是我吗？直到朋友又说出一大串名字，我才相信我是有资格混进这个写碑子的队伍的。习书几年，临颜真卿，摹张猛龙，仿张黑女，效王羲之，也曾把称之为作品的东西装裱起来，悬挂于展室厅堂，就是不曾有刊勒于石上的耐久货。只要不地震，不发山洪，这碑子兴许还能存留几百年，即使将来寺毁庙塌，那碑子也许有一天又会被谁在农家厕所的砌石上一脚踹出来，这岂不是千古不朽的作业？此等大事焉能缺席？上一趟厕所竟然一切都没抖尽，便提着裤子飞身下楼，乘车扬长而去了。

七月十四日　星期日

昨天在山里钻了一天，今早爬起来，捧起阿瑟·米勒，却怎么也读不进去，老想着昨天写的那幅准备刊石的字，怎么就那么不理想呢。放下书，又铺开纸，一幅幅地重写，终是越写越糟，那神情有些像阿Q画押，怎么就画不圆呢？白纸废去几十张，终是一揉，晚上都被看门的朱师卷去，丰富他那从垃圾堆里集散起来的废品库存了。

七月十五日　星期一

早起匆匆处理完一些公事，便将办公室反锁起来，开始展读阿瑟·米勒的《推销员之死》。剧本讲述了一个叫威利·洛曼的推销员，因年老体衰，无法胜任"跑街"的推销工作，而要求留在办公室，竟然被老板辞退，回到家里，又惨遭两个儿子嘲弄，遂使他自尊心受挫，精神幻灭，最终为使家庭获得一笔人寿保险费，而深夜驾车自毁身亡的故事。剧本构成手法新颖，现在时与过去时犬牙交错，读后让人心中的惨痛阴影久久挥之不去。该剧在美国百老汇剧场，曾连演七百余场，为阿瑟·米勒获得了世界性声誉。当然，也有杂志批评它为"一枚被巧妙地埋藏在美国精神大厦下的定时炸弹"。还有人干脆认为阿瑟·米勒是一个被悲剧所迷惑的马克思主义者，称此剧是"共产党的宣传"。这位曾与美国共产党人有些瓜葛的作家，上个世纪五十年代甚至还受到过众议院非美活动调查委员会的传讯，但不屈的性格，使他始终没有说出以前曾和他一起开会的左派作家和共产党人的名字，最后终以"藐视国会罪"被处以罚金和一年徒刑，缓期执行。足见美国的创作自由，有时也是要大打折扣的。推销员威利·洛曼的悲剧，在中国恐怕也有相同的上演，但我们没有这种剧目出现，只在上个世纪八十年代，由阿瑟·米勒亲自来华执导，北京人艺演出过此剧，以后便再没有多少这个剧的信息了。我觉得这个剧在今天尤其有重新打磨上演的价值。

晚看阿瑟·米勒的另一个剧本《回忆两个星期一》。

七月十六日　星期二

今天看阿瑟·米勒的《堕落之后》，有人说这是阿瑟·米勒的自传体戏剧，堪与奥尼尔的《进入黑夜的漫长旅程》相媲美。奥尼尔在"漫长旅程"中真实地记录了他青少年时期的家庭生活，而阿瑟·米勒则在这部剧中反省了自己与三任妻子的良心故事，有深层的人性与灵魂撞击。阿瑟·米勒这家伙有些艳福不浅，曾与美国著名影星玛丽莲·梦露有过将近六年的婚史，最终因性格不合告吹，次年玛丽莲·梦露去世，六个月后他又娶了他的第三任妻子。再一年后，他写出了《堕落之后》。对这部新作，评价不一，有人说好得很，好的理由是赞扬他有直逼自己灵魂的勇气；有人说糟得很，糟的理由是混乱、乏味、冗长；他却埋怨别人没有读懂，自以为这是他"一时不能让人理解的"最佳之作。也许是翻译的原因，我读着总是觉得有些松散，且作者跳出来，借人物之口阐发哲理的段落偏多。我能理解的是，作者在这个戏里有太多的话要说，由于生活与心灵积存的丰厚，反倒使一个剧本的长度与容量不能完全承载，因此，这个戏读着最有味的，可能永远是阿瑟·米勒本人。

晚读他的又一个剧本《美国时钟》。

七月十九日　星期五

这几天虽然没有保证一天读两个剧本的速度，但每天总还是能翻那么个几页。昨天读阿瑟·米勒的《桥头眺望》，已使我深深震撼，当移民马可将刀尖刺向美国亲戚埃迪的胸膛时，我感到了这幕社会道德剧在探讨人性与人的尊严上的深切力度。社会越开放，寄人篱下的人越多，但寄人篱下的人很少能获得人的起码尊严，为获取这种尊严，有时最后的道德底线可能是以身试法，甚至同归于尽。在桥头，眺望的是平等、仁爱和同情，更眺望的是社会良心。

尤其让我拍案叫绝的是阿瑟·米勒的《萨勒姆的女巫》，原名叫《炼狱》，其实我觉得原名比后来更改的名字更具剧名的包容性和提炼精神。《萨》剧是阿瑟·米勒三十八九岁时完成的，一经上演，便经久不衰。它取材于十六世纪发生在北美马萨诸塞州萨勒姆镇迫害"行巫者"的真实事件，那种迫害形式和残忍程度，让人在捧读剧本时，眼中始终闪着泪花。阿瑟·米勒在《萨》剧中成功地塑造了一个名叫普洛克托的主人公，他遭人诬陷，被宗教法庭处以重罪投进地牢，虽跟寻常人一样，具有强烈的求生欲望，但却最终没有以出卖他人为代价，换取可怜的苟且生命，而是毅然决然地走向了绞刑架。有人说，《萨》剧作为一部伸张正义的作品，具有一种少见的庄严气氛。我国曾两次将《萨》剧搬上舞台，第一次是上个世纪八十年代初，由上海人民艺术剧院适时地移栽复活，由于人们才经历那场浩劫，因此获得了观众对外国戏剧空前的深刻理解。历史的惊人相似，使阿瑟·米勒在中国具有了光彩照人的艺术生命力。从报上看，北京最近也在琢磨这个戏，我坚信，它仍然会使二十一世纪的观众目瞪口呆，无论怎样坚硬的心，都会为之深深刺痛和震撼。

阿瑟·米勒曾几次访华，并与他的第三任妻子合写过日记体的《访问中国》，也不知都是些什么内容。在这个被人看成是"被悲剧所迷惑的马克思主义者"的眼睛中，中国又是个什么样子呢？想象不来。

七月二十日　星期六

今天本来是能好好读一天剧本的，结果外省来了个朋友，只好夹个包，一早去机场。全天陪着逛钟楼，登大雁塔，上古城墙，晚上又有好心的朋友招待洗脚，忙碌得两头没见天，有些像张天翼笔下那个永远都忙不出所以然的"华威先生"。

七月二十一日　星期日

今天又陪朋友参观兵马俑、乾陵，累得贼死，沤出几身臭汗。想秦始皇和武则天，人物活得大了，是不会感念小人物这点想了解他们的诚意的。

七月二十二日　星期一

　　一到正常上班的时间，总是有许多不能不应付的事情，一晃悠便是一天。晚上早早沏了茶，闭了门，开始了美国戏剧史上比较公认的"最杰出戏剧家"田纳西·威廉斯的阅读。威廉斯生于一九一一年，家庭生活的捉襟见肘，使他自幼便产生了强烈的孤独感。干过鞋厂学徒、酒店侍者、电梯工人、打字员等杂差，与一些孤独、绝望的社会底层人物关系密切，因而，作品中自始至终都在解剖那些被社会遗弃的小人物的内心痛苦与挣扎，并很少给他们以出路，因为只有这样表现，他才觉得是真实的。使他一举成名的《玻璃动物园》，就是这样一部带着一定自传性质的作品。剧中塑造得最成功的形象，是那位永远都在幻想和回忆的母亲，她在少女时代曾风流一时，后遭丈夫抛弃，因而便更加疯狂地追求另一个世界的虚华，陶醉在络绎不绝的求婚者中间，可现实世界那破旧的公寓和难以摆脱的家庭重荷，以及完全步着父亲后尘的儿子的无情无义，还有始终玩弄着那些易碎的玻璃动物的残废女儿，都让她无法逃脱这种奈何不得的悲惨现实，最终在"把蜡烛吹灭"的幽暗中，落下了《玻璃动物园》这个极具象征意义的剧作的帷幕。

　　我们常常感叹找不到好题材，难道这种题材还需要我们带着放大镜到现实中去寻找吗？我们又何尝不是那个充满了各种狂想，但一进入现实又觉得一切都格格不入的母亲呢？中国戏剧不景气的根本原因不在于观众不爱看，而在于给观众看的东西少了心灵冲击力和生活与精神的真实对应点。

七月二十五日 星期四

又把几天交给电视台了，拍十分钟个人专题，整整折腾了三天，一时在室内，一时在户外，还要去老家镇安，被我阻止了。这玩意儿过去也弄过几次，开始还新鲜，一播出总有人打电话祝贺，似乎真的增加了知名度。后来好像人们也不太看电视了，播出后就如石沉大海，我也便没有了什么兴趣，可每次来拍摄时，人家总要列出这个专题的一长串人名字，谁谁谁都播过了，谁谁谁前几天才拍，咱算老几，也配牛？只好配合，当然心里也指望着能越混脸越熟，正面上镜头终不是坏事嘛，虽然说过来说过去就干了那么点事，但一想，有些人就开了些废会说了些废话，都常在屏幕上摇来晃去，咱又何必脸红呢？

晚上躺在床上看威廉斯的《欲望号街车》，又是一个以失败而告终的小人物形象。这个剧在搬上舞台四年后，又被搬上了银幕，我曾从西影厂大编剧芦苇处拿回一张碟片看过。女主人公白兰琪一出场便把自己弄到了生存的绝境，由于责备年轻丈夫行为不轨，而导致他饮弹自尽，从此使她终身悔恨愧疚，生存状态也由此滑落不止，由一个庄园主妇跌落为整日怀念庄园生活的无依无靠者。当她来到住在贫民窟中的妹妹家里时，最终又遭到粗野妹夫的强暴，以至精神彻底崩溃，被送进疯人院。这部电影虽然在上个世纪五十年代搬上银幕后，曾名列美国当年十大最佳影片榜首，但要真正体味威廉斯"这个剧本的意义在于现代社会野蛮、残忍的势力摧残了那些温柔、敏感和优雅的人"的主旨，还是应该品味话剧原著。这里有太多让人丰富想象的空间。剧本把白兰琪自身放纵且好幻想的致命弱点，揭示得比银幕上的形象更具有感性与理性的双重思辨力，从而也使白兰琪的毁灭，具有更复杂的思想笼罩。

戏剧这种形式是任何其他艺术样式所无法替代的。

七月二十六日　星期五

今天读威廉斯《热铁皮屋顶上的猫》和《蜥蜴的夜晚》，这两部都是威廉斯的重要获奖作品，作品也都是表现小人物在无望中如何继续坚强地生活下去的主题。威廉斯的作品中确实充满了象征意味，单就一些剧作的名字，便把人带进了无法不去深入思考的象征层面。《蜥蜴的夜晚》中，甚至把一个巨型蜥蜴，就捆绑在旅馆的走廊上，让精神失落的牧师，面对它更感到自己绝望生活的不能解脱，直到夜半在别人鼓励下偷偷割断绳索，放掉那即将被人吃掉的怪物，才从孤独与困境中摆脱出来。这种象征的直观性，让人对一颗困境中的心灵的解剖，更直接地获得了理性以外的情感介入，观众在获得剧作思想张力的同时，也被牢牢绑缚在情感和情节推动这两根戏剧生命本质的链条上了。据说威廉斯在《蜥蜴的夜晚》之后，再没有写出过像样的作品。虽然一直也在勤奋努力，但终于再也轰动不起来了，从这一点上讲，似乎比阿瑟·米勒悲惨，但有了《欲望号街车》和《蜥蜴的夜晚》等几部作品，我觉得老威廉斯也就有资格去什么协会当当头儿，开开会，再到各种台面上去摇头晃脑、唾沫四溅了。

晚上本来准备看他的另一部作品《夏与烟》，这部作品北京曾在上个世纪八十年代排演过，可刚翻了几页，连人物关系还没搞明白，便有朋友来电话约去推拿。我先是推托了。过一会儿，电话又来了，并且听到电话里捶得一片响，朋友说手法好得很，脚底都捶酥了。我突然就条件反射地感到下肢是有点酸痛，既然有掏钱的"冤大头"，何乐而不为呢？书就看不进去了。

七月二十七日　星期六

今天一口气读了苏联剧作家 A. 盖利曼的五部作品。它们是《反馈》《验收书的签字人》《家丑外扬》《长椅》《齐努莉娅》。看盖利曼的作品比看美国人的作品容易进入也容易理解，根本原因在于我们曾有过相同的社会经历，剧中所写的诸多生产关系和人物关系，都是我们似曾相识的。但苏联戏剧在伟大的俄罗斯文学的支撑下，尽管处于那种特殊的政治环境，剧作中所蕴含的批评力量，仍是令我们瞠目结舌的。尤其是作品骨子里透出的灵魂撞击，至今读来仍有借鉴价值。《验收书的签字人》甚至几次让我拍案叫绝。盖利曼是有责任感的作家，对人类的正义与良心，时时处于拼命呐喊的姿态，读他的作品，有一股耿耿正气透过脊骨，直冲脑门。盖利曼这一页也许已翻过去了，但他的存在，仍是那个时代有光彩的一页。我们不能向前走一步，就连身后的推动力量都扔给黑夜了。

七月二十八日　星期日

早读英国剧作家彼得·谢弗的《上帝的宠儿》。"上帝的宠儿"也是音乐家莫扎特名字的意译。从编剧技巧上讲，我以为这是我近来读到的最绝妙的一个剧本，故事编织紧密，悬念迭生，引人入胜，且发人深思。剧本着力塑造了两个人物，一个是莫扎特，还有一个是他的戏剧冲突对手——一心想登上皇家歌咏团首席指挥宝座的萨利埃里。西方有莫扎特系萨利埃里害死之说，各种文艺作品和纪实性作品也都沿袭这一说法，甚至有的音乐教科书上也做出了这样的评定，因而，可以说彼得·谢弗是根据真人真事创作了这部使整个西方世界倾倒的名剧。该剧深刻在全剧没有在个人嫉妒心上着太多的笔墨，而是把两个人拉在历史的显微镜下，努力放大一个没落王朝的虚伪宫廷生活对一位具有叛逆精神的旷世音乐奇才的多方审视上，从而使与时代格格不入的莫扎特，一步步陷入了人生的绝境。剧本中，莫扎特才华横溢，但却放荡不羁，不仅耽于声色，缺乏上流社会的礼仪，而且好说下流话，开玩笑常常过头，并狂妄自大，因而招致了多方的憎恶。而萨利埃里作为宫廷音乐家，却一切都合规中矩，在他身上几乎集中体现了宫廷生活中表面彬彬有礼、温文尔雅，背后却尔虞我诈、暗藏杀机的虚伪本质，因而，剧本的谋杀，便上升到了层面更广阔的社会冲突。他的惨死，也就成了一种合情合理的人生结局。这个剧本值得一读再读，他为编剧提供了诸多值得研究探讨的综合与归整庞杂素材的技巧，同时，在心灵冲突方面，让我似乎听到了利剑砍崩刃口的声音，绝！

下午看彼得·谢弗的《马》，同样是一个结构精美的剧本，尤其是时空交错的自然，为现代剧本提供了多侧面、多角度表现生活的空间。在人物心理推导上，由于作者对弗洛伊德的偏爱，而使全剧充满了精神分析的铺排，且自然而又充满感性色彩，读来气韵贯通，不枝不蔓。从构成意义上讲，这个剧可以做专业编剧的结构教科书。

八月四日　星期日

今早走进办公室，翻开澳大利亚剧作家大卫·威廉森的《足球俱乐部》，却是怎么也读不进去。习了一阵字，想让心态平静下来，可字也写得龙飞凤舞，整个生命似乎都在空中悬浮着，我想我是生病了。

八月五日　星期一

　　早上起来，盘点了前一个月读的剧本，竟然不到三十个，我对自己有些失去信心，难道连这样一个小小计划都完成不了？掐指算了一下，如果要完成一百个剧本的阅读，从现在开始，每天必须保证三个剧本的阅读量，这可是一个不轻松的任务。

　　翻开威廉森的《足球俱乐部》，慢慢又读了进去。据介绍，这个剧本在墨尔本首演时，曾创下连演数月不衰的纪录，作者也因此"快成了百万富翁"。戏里写了澳大利亚足球界几个高级人物的权力之争，相互攻讦的手段极其毒辣恶劣，虽然只是几个人物在一个会议室里无休止地对话，但隐藏在对话背后的你死我活的斗争，却让人有一种面临"斗兽场"的提心吊胆。足球这种游戏，近几年也风靡我国，在这种万众瞩目的名利场，我相信那种表面的所谓"顽强拼搏"，一定遮蔽着诸多像《足球俱乐部》这部剧里所揭示的黑幕与阴暗。有利益的地方绝对干净不了，要不然哪能衬托出"光明、崇高"这些闪耀着光辉的字眼呢？

　　下午读《第十七个玩偶的夏天》，这是一个叫雷·劳勒的剧作家的作品。这一部剧的成功，使澳大利亚向世界剧坛宣布，他们的民族戏剧诞生了，这才是上个世纪五十年代的事。作为一个移民国家，戏剧一直处于一种输入性文化状态，当《玩偶》一剧诞生时，澳洲人才看到了他们自己的精神维度、生活故事和语言方式，因而，这部剧对澳大利亚来讲，是有开创性意义的，据说当时演得不亦乐乎，几乎到了让观众欢欣雀跃的地步，但放到世界戏剧坐标来看，仍不是一颗太刺人眼的"夜明珠"。

八月六日　星期二

昨晚，又一个不眠之夜。

我一直在想，前几年读元杂剧时，比现在读外国剧本要艰涩得多，不时要查字典，但还是比较系统地坚持读完了能找来的所有剧本。那时说坐下来，绝对一屁股能塌十几个小时，现在是怎么了，一切都那么虚浮肿胀，飘忽不定，甚至总是惶惶不能终日呢？我连自己都控制不住，还能使自己的作品产生什么精神定力呢？今早起来，我用颜体书了"必须抵达"四个大字挂在墙上，像是要攻占山头一样，命令自己必须完成剩下七十个剧本的阅读任务。我觉得自己的创作，必须经历一次与世界戏剧的心灵交流，同时，更是想让自己的毅力接受一次考验。一个人的生命安排，如果一切都只停留在计划上，必定会养成志大才疏的狂妄病，每一次计划的落空，都将使自己向虚妄升一回级，因而，最好不要定什么计划目标，既定，那就必须抵达。

读《被残害的人》，读《赶牲口的人》，读奥地利剧作家托马斯·伯恩哈德的《习惯势力》。今天的任务圆满完成。

八月七日　星期三

读瑞典剧作家斯特林堡的《我比你强》，读法国剧作家于乐·罗曼的《科诺克或医学的胜利》，读苏联剧作家阿列克桑德拉·赫米利克的《地球毕竟在转动或猿人在天空遨游》。

八月八日　星期四

早看俄罗斯剧作家阿·杜达列夫的《列兵们》，属于描写"二战"创伤的作品，尤其是结尾关于"二战"死亡人数的画外音的内容，对全剧起到了太重要的思想与悲剧内涵的提升作用。画外音：法西斯主义带给世界人民什么？第二次世界大战中，法国死亡了五十二万人，意大利四十万人，英国三十二万人，美国三十二万五千人，捷克和斯洛伐克三十六万五千人，南斯拉夫一百六十万人，波兰六百零二万八千人，德国九百七十万人，苏联两千万人……

阿·杜达列夫一九六五年出生，比我小两岁。

下午看加拿大剧作家考琳·魏格纳的《纪念碑》，仍是一部对战争进行反思的作品，全剧虽然只有两个人物，但惊心动魄，让人在阅读时几乎没有喘息的余地，我相信这部作品会成为世界戏剧史上不朽的经典。让时间证明这一切。

晚看瑞士剧作家马克斯·弗里施的《安道尔》，一个有关人的立场、人性与尊严的故事。

今天没有人给我打电话，我也没有打电话给别人。

八月九日　星期五

今天又看完了三个剧本，最感兴趣的还是美国作家桑顿·怀尔德的《我们的小镇》。它采用的是年轮推进式的写法，由一个"舞台监督"把十几年小镇上一群人平凡而又琐碎的生活穿了起来，完全淡化了"冲突"这个戏剧要旨，只让人在时间推移和生活进程中，去感受那周而复始的生活故事中的价值与意义，这是对传统剧做法的挑战与颠覆。它的特点是，让我们能够自然地感受到戏剧反映生活的真切性；缺点是，对悬念和冲突要求过高的观众，会觉得淡而无味，而这恰恰也可能正是桑顿要不怀好意地偷着乐的地方。

八月十日　星期六

今天开始读布莱希特的厚厚三大本戏剧集，共收录十八个剧本，长达一千六百多页。德国剧作家贝托尔特·布莱希特对于中国人来说，不是一个陌生的名字。自上个世纪中叶，著名戏剧导演黄佐临建议中国剧作家和表、导演艺术家向布氏学习以来，布莱希特的好多作品已搬上中国舞台，巴蜀"鬼才"魏明伦甚至还将他的《杜兰朵》和《四川好人》改编成川剧上演。张艺谋更是在拍电影之余，用《杜兰朵》在太庙前大显身手。尤其不能忘记的是，在一个时期，布氏作为我们所说的梅兰芳、斯坦尼、布莱希特这世界三大戏剧体系之一，曾大量作用于我们的戏剧创作实践。今天虽然已经很少有人再提到"三大体系"，但他的戏剧思想，已部分渗透于我们戏剧事业的血液，当是不容置疑的事实。

今天读布氏的《夜半歌声》《人就是人》《三毛钱歌剧》。

八月十一日　星期日

读布氏的《马哈哥城的兴衰》《屠宰场的圣约翰娜》《圆头党和尖头党》。

布氏的作品充满了斗争精神，这大概与他亲历了两次都源于德国的世界大战有关。

八月十三日　星期二

昨天读了布氏的两个剧本，今天便得读四个，否则，目标就难以抵达了。

《四川好人》的社会批评能量是巨大的，光有善行对建设一个有序世界是无助的。这个剧今天仍有深刻的认识价值。

《城市丛林》中农村来的孩子与城市木材商之间的斗争，更像一个寓言，一个具有非凡包容性的寓言，这个寓言故事今天还能找到很多相同的素材。

《伽利略传》深刻在科学家面对战争，应如何自省自己的科研成果对社会所负的责任问题。

《大胆妈妈和她的孩子们》，仍是以战争为背景展开的故事。大胆妈妈作为一个靠战争谋生的随军小贩，历尽艰辛，甚至连三个孩子都被战争吞噬了生命，但她仍未觉醒地跟在大炮和坦克后面兜售饮料、食品和一些战利物资，让人读后颇有读鲁迅某些作品的感伤与无奈情怀。布氏能把这样一个故事提升到寓言的层面，很是值得解析与效法。

八月十四日　星期三

读布氏的《阿杜罗·魏发迹记》《西蒙娜·马夏尔的梦》和《高加索灰阑记》。布氏太擅长于把一个普通的故事，浓缩升华到寓言的高度，这是对人生的一种超级感悟。《高加索灰阑记》是这种超级感悟中的典范。

八月十五日　星期四

读布氏的《杜兰朵》《巴黎公社的日子》和《第二次世界大战中的帅克》。能找来的布氏的剧本和有关资料全都读了。布氏在西方至今仍是一个争议很大的人物。有人把他与莱辛、歌德、黑格尔、海涅、马克思相提并论，说他是德国文化史上伟大的人物；有人反对他，甚至到了要轰炸上演他剧本的剧院的程度。有的干脆说他是一个可恶的知识分子，这其中有西方反对共产主义运动势力的影响，连布氏自己都承认："我陷入《资本论》足有八只靴子深。"但布氏作品太强调斗争性，而对人文、人性、人本讨论之不足，恐怕也是他渐次淡远的原因之一。无论怎样，布氏仍是一种高度，仍是一座丰碑。这个精瘦的德国人，无论怎样往前走，要彻底撼动他恐怕也还不是一件容易的事。

今天从报纸上看到一条消息，说萨达姆再次被推举为伊拉克总统候选人，我想最终当选，恐怕也会是"全票通过"之类的游戏。极权政治总是使这些极端分子的权力宝座稳如泰山。萨达姆作为一个不屈不挠的男人，是有其个人英雄主义的某些魅力的，但作为政治家，伊拉克这种无奈选择，总是让人感到有不祥伴随其后。还有报载，萨达姆是一个大知识分子，写了几本什么长篇小说云云。首先，写了几本长篇小说就是"大知识分子"，这说法很可笑。其次，贵为总统，尤其极权总统，有几个不署名的"南书房行走"，恐怕也不是怪事。如果真属萨氏"亲自"操刀，看来"大知识分子"与暴君之间，似乎也没有什么不能联系的地方。

有知识不等于不行暴政，何况萨氏还只是写了几本小说，那玩意儿即使是杀人犯也未必弄不了。前几天不是还报道某个地方的作协主席当街打人，甚至还踢烂了某女的下部吗？

八月十八日　星期日

难得这种读书的痴迷，虽然有一定的强迫成分，墙上甚至悬挂着"必须抵达"的利剑，但还真是读进去了，并且读出了滋味，越读越觉得自己有些小儿科，我想读书的意义也就产生了。

今天又接着读比利时作家莫里斯·梅特林克剧作选，昨天读他的《玛兰公主》，已初步领略了这位象征主义戏剧大师在剧情结构、人物刻画与艺术处理上的与众不同，一切都企图通过存在的相对性去掌握事物的本质，许多事都想通过暗示和借喻去表达不容否定的真实性，据说这在十九世纪末，是连左拉都极其反对的艺术游戏，但由于梅特林克平均每年一部地向观众提供新作，而最终成为连法朗士、王尔德、纪德、罗丹、儒勒都要常去造访的顶尖大家。一九二一年，诺贝尔文学奖终于落在了这位甚至被比利时天主教当局宣布为"一切著作均为禁书"的象征主义大师头上。一年后，当这位"浪子"回到比利时的布鲁塞尔时，国王在接见他时甚至有些"胆怯"，因为他要见到的是"全世界的思想之王"，可见梅特林克象征主义戏剧事业辉煌之一斑。

今天读他的《盲人》《室内》和《青鸟》，更清晰地触摸到了一些象征主义的思维方式和手法，尤其是《青鸟》，世界上很多国家都上演过这部类似于儿童剧的死长活长的东西，全剧其实一直在寻找那个谁也不知是什么形体，甚至也弄不明真实颜色，更不知会待在哪儿的但人们都想见的"青鸟"，这个青鸟便是幸福的象征，这种幸福正是人类苦苦寻觅的那种超越一切世俗享受之上的东西。尽管到最后也没有找到，事实也是不可能找到的，但梅特林克仍然要告诉人们，这种"大多数人视而不见"的"青鸟"是存在的。梅特林克的多数作品都与"死神"的召唤有关，唯有《青鸟》给了人们光明而又向上的希望，据说这与他的婚姻生活有关。梅特林克直到二十七岁尚未爱过，也未被人爱过，后来与一个已婚女人姘居二十多年，使他心灵受到了"良好而又健康"的影响，《青鸟》便是在这个时期诞生的，后来虽然有了正式安宁的婚姻伴侣，但却从此只是写了些"只证明他还活着"的东西。人类的戏剧史，恐怕也还得给那位"已婚女子"，悄悄敬上一杯感激的薄酒，否则，正统得是不是有些自私了？

八月二十日　星期二

一切都在顺利进展中，谁知家中来电话，母亲和兄长双双病倒，不得不卷起二十几个剧本回老家镇安。

八月二十六日　星期一

母亲自上次手术后，身体始终处于恢复状态，用钛合金换了三节腰椎的人，能站起来行走，已是十分地不易，家庭的千斤重担便落在了兄长身上，而兄长也是老乙肝，多年靠吃药打针维持着肝功能的正常运转，稍一累，便出现了诸多的不适。我回家，也只能给他们增添更多的麻烦，好在亲情的维修，有时是超越一切自然物理的良药，因而，六日的团聚，还真带来了精神上的疗效，我走时，一切都已运转在正常的生活轨道上了。

这六日，我每晚在坚持不断地读着外国剧作，为了保持数量，我甚至拣篇幅最短的读，终于，又有十八个剧本成了"过眼烟云"。坚持到这阵儿，阅读的性质似乎已有所改变，那就是同毅力和意志的对抗较量，哪怕囫囵吞枣，也须如数歼灭。

九月一日　星期日

昨天一整天带大半个夜晚，都与法国著名存在主义哲学家、文学家和社会活动家萨特"泡在一起"，不仅读了他最负盛名的几个剧本，而且还读了他《存在主义是一种人道主义》《为什么写作》和《七十岁自画像》等文论，因为不读这些文论，不利于全面理解他在剧本创作中所蕴含的存在主义哲学思想。

萨特的作品其实过去接触过不少，小说《恶心》《墙》《卧房》《闺房秘事》，剧本《苍蝇》《间隔》，甚至包括上面提到的几篇文论，都是读过的，并且画满了道道杠杠，但要系统阅读他的几个剧本，又不得不把这些东西再拉出来过一遍。

萨特自小聪明绝顶，七岁便已读了福楼拜的《包法利夫人》，并能编写让大人们称之为"神童"的文学故事。他一生有五十多部专著，其中有戏剧十一部。就我接触到的他的文学作品，我以为戏剧创作成就在小说之上。他的戏剧创作结构严谨，情节紧凑，冲突迭起，让人在阅读时几乎难以找到停下添茶续水的气口，这也就难怪他的作品在上个世纪四五十年代，能占法国戏剧舞台的"统治地位"了。同是取材于古希腊神话的阿伽门农之子的复仇故事，世界文学不知因此演绎了多少悲剧神话，然而，萨特却给这个故事弄来了一群挥之不去的苍蝇，让人不仅感到了环境对精神的压迫，同时，也让人触摸到了存在主义的一些本质，那就是必须行动，必须改变，客观存在强迫着你必须为获得自由而抗争。他的《死无葬身之地》和《魔鬼与上帝》，都体现了这种为维护人的尊严和获得人的自由而不屈斗争的精神，而这种斗争过程，正是展示现实真实存在与人们顽强行动的存在主义哲学的辩证统一认知。过去我们常听人解释萨特的存在主义核心意旨是：存在的即是合理的。我认为这是对存在主义的断章取义，最起码可以说缺乏完整统一性。从萨特的文论和他的诸多文学作品看，萨特是一个不折不扣的"行动主义者"（引号是笔者所加），而行动本身便蕴含着对存在不合理性的违逆与颠覆。纵观萨特的作品与人生，可以说充满了打破现实平衡与存在的传奇行动，连他自己都在《存在主义是一种人道主义》的演讲中说：存在主义就是一种"怎样使人的生活过得去的学说"，这种"过得去"学说，不正是一种不维持现实不合理存在的行动吗？他在《七十岁自画像》中表明："我的立场扼要地说，在于把资产者作为坏蛋来谴责。"他还说："我有一个敌人，资产阶级读者；我为了反对他们而写作。"为了坚持这种立场，他甚至与多年好友加缪彻底分手，且老死不相往来；他与古巴总统卡斯特罗曾是好朋友，但一九七一年为反对古巴政府逮捕一位诗人而与卡斯特罗绝交；为反对法国政府进行的阿尔及利亚战争，竟然闹到使一些维护殖民利益的右翼分子，上街游行大喊要"枪毙萨特"的地步，他的住所也因此两次被炸；为抗议美国的对越战争，他甚至拒绝去美国讲学，原因是"不到敌人那里去"；尤其精彩的一笔，便是"我一向谢绝一切来自官方的荣誉"，而拒绝领取诺贝尔文学奖的决绝行动。这一切都全面而又系统地完善了一个文学家和哲学家的思想和人格，让我们看到了一个独立知识分子的形象，看到了一个立体行动者的坚定背影。

萨特在一九五五年还来过中国，待了四十五天，在《人民日报》

上发表过一篇叫《我对新中国的观感》的文章，说中国的直接现实是未来。后来也曾对"文化大革命"有些"不太理解"，但对毛泽东却是"我给予毛以完全的器重"，这种口气我们可能有些不太习惯，但心中的友好，当不容置疑。

萨特活了七十五岁，死时有数万群众自发地跟随灵车送到公墓，世界纷纷哀悼，时任法国总统德斯坦说："我们这个时代陨落了一颗明亮的智慧之星。"

读完萨特，已是九月一日凌晨四点半，至此共读一百零一个剧本，历时六十二天，虽然人困马乏，双眼布满血丝，但总算抵达了。

一日酣睡，省掉毛粮一斤，蔬菜一斤，肉蛋六两，食油四十克，茶叶三十钱，香烟两包，以及水电、交通、卫生甚至不小心还可能发生的"挖坑"费若干。

2003 年 5 月 8 日整理

这是人间真烟火

亲历贵州"村 BA"是一种缘分。那是去年夏天到贵州调研民族文学发展现状时，在黔东南苗族侗族自治州台江县的行程中，有一个安排，就是参观台盘村的"村 BA"。我当时真的有点孤陋寡闻，不知道要看的是什么。当同行者介绍是大山深处的一种篮球运动景观时，我有些不以为意地翻了翻手机，谁知一下就被镇住了：在如此闭塞的自然空间里，竟然活跃着这样一种具有一定都市时尚感的运动赛事模式，且火爆出圈，享誉境内外。我一是诧异着自己信息来源的"茧房"状态，二是惊愕着读图时代那生命烟火的无从遮蔽、无尽漫卷与持续放大效应。

当置身台盘村那个无数次被曝光、直播、重播的运动场地中心时，不由我不思考一个问题：是什么让如此促狭逼窄的山地空间，突然具有了这等魔幻般的传播力量，成就了点击量动辄过百万、千万，甚至以亿计算的数据奇观？我当时还很认真地把周边环境看了看，除了山还是山，目光总是被很清晰的树木岩石反弹回来，再寻出路，仍然是相同的山林遮挡，能飞升出去的，只有那高高在上的一线蓝天。

而就是这个地方，创造了一个不可思议的传播神话。除了偶然性，以及由此走红的诸多推送力外，总有她成为今日之独特景观的必然理由。随后在一个座谈会上，侗族作家姚瑶，谈到了他正书写的这部有关"村BA"的书，我以为很有意义，我们需要回答一些问题，这些问题既是一种受众的好奇之问，也应该是我们的时代之问：台盘村人打个篮球怎么就突然红火成这样了？

今年年初，我收到了贵州民族出版社出的这部书，书名长得分了好几行：《村BA：观察中国式现代化的一个窗口——台盘村乡村振兴故事》，我想作家姚瑶在努力回答很多问题。以五章三十二节再带一个后记的方式，从历史到现实，对这个"现象级"的"村BA"，进行了深入膝理的解剖，让我们知道这个深山老林中的苗族村寨八十年前就有人打篮球，并且爱好已积淀为一种民俗，在步步演化中，华丽转身成今天的模样。正像书名中"中国式现代化"与"乡村振兴"这两个关键词，在关键时刻，关键节点，成全了一个村落久远的爱好与梦想。

由此我想到有关自然、气候、土壤、风俗、文化这些修辞。任何美好的意愿，都要跟这些东西结合起来，台盘村的"村BA"与几十年形成的"爱好打篮球"的小气候关系甚大。如果是一个没有打篮球习惯的村落，突然想把"村BA"搞火，恐怕是不大现实的。许多异想天开的政绩工程，正在用"网红"的方式，极力催生着"昙花一现"的怪胎。姚瑶在告诉我们，是"怀抱最原始的热爱，星星之火点亮了信仰的灯盏"。做任何事情，都要同与之适配的土壤、风俗、文化习性结合起来，要努力在自己的骨头上去生长更多的筋腱与肌肉。令我最感动的是，台盘村的"村BA"的奖励方式，更多时候是一头猪，或者几只肥羊，但愿这种接地气的赛事与奖励规则，不要在动静越来越大的"包装"中夸张变形。

在书的背面，我看到了自己写的一句话：贵州"村BA"发端自然，演化自然，走红自然。锅碗瓢盆，叫卖声声。厮杀阵阵，干净输赢。让"村BA"永远带着浑朴的人间烟火气，凝醉远方。这是当时看完台盘村的真实感受。也是阅读姚瑶大作后的一种情结。无论自然"村BA"，还是这部叫"村BA"的纪实文学，都给我们一种启示：在有广大民间根基的事情上发力，一般会达到事半功倍的效果。所谓意志力，最好建立在意愿的基础上。台盘村处处都显示出一种爱篮球、爱打篮球、爱看打篮球的意愿，这个"村BA"就有了赓续其生命力的持续动能。我们讲人民，我们讲人民性，我们讲一切为了人民，这个苗寨小村落的篮球故事，就生动地阐释了这一点。

这是一本好书！这是一片人间真烟火！我们希望看到更多这样的风景。

祝《村BA》北京阅读分享会圆满成功，也祝这本书能像"村BA"一样走好走远！

2024年6月19日于北京国家会议中心

我们在这里以文会友

经过一年多的努力，这套由七人组成的散文自选集正式出版了。首先要感谢百花洲文艺出版社的鼎力推动，感谢责任编辑郝玮刚、蔡央扬老师呕心沥血的编辑校勘，更要感谢这套书的主编王久辛先生不辞辛苦、多方磋商，最后一锤定音的绵绵情怀与持续用力。书终于以这样好的品相摆在我们面前，让我们向所有付出辛勤劳动的人致以崇高的敬意！

散文是文学园地中一个非常重要的书写样式。自古至今，我们每个人阅读最多的可能就是随笔散文。它以短小精悍的体量存活于世，读来简便容易，章句信手拈来，因而，也对人的精神建构，甚至包括性格、性情、语言习惯，都有独特的塑造力。人是相互雕刻、彼此成就的动物，思维方式、行为规范最终都以修辞的方式沉淀下来，从而影响着一代又一代人的赓续接力。宏观到《春秋》《史记》，微观到《浮生六记》《父亲的背影》《从百草园到三味书屋》，都能让人从中收获历史与现实的经验，从而更好地去完成自己心灵的踽踽独行。我们都在书写着属于自我的散文体。有的是以文字的方式，有的是以口述的方式，有的是以行为的方式，最终要完成的，是一个生命驳杂而立体的感性触动与精神记忆。这些记忆可能对别人有用，但更是自我形塑的一种需求。我们渴望自由成长、真切向善，那么散文书写正是在进行着这种独特的修行。

散文看似简单轻快，却也是太难找到进步路径的一种困兽犹斗的写作。我想我们最古老的散文集应该是《尚书》，它是有关上古历史、政治、军事、法令、哲学、宗教、艺术以及天文地理的文献汇编，论说起来一泻千里、气势恢宏。那些史策、政论、讨伐檄文、外交辞令，甚至包括安民告示等，今天看来，都远离了本来用途，越看越像书写精美的大散文。历史告诉我们：散文是一个非常宽泛的概念，它的根本在于言之有物、有事、有情、有趣，继而有道、有恒。恒是恒常性，能管久远的那些恒常之道、之心、之情。从这个意义上讲，我们的书写，还需要在视野、格局、胸襟，以及同理心、同情心，与生命的共情性上着力。散文需要真情，需要真诚，任何矫揉造作，过于修饰与拧巴的表达，都会与她的初衷相去甚远。想来想去，我觉得散文的密码，可能还在"质朴"与"有用"上。有话好好说，朴朴实实说些有用的话，当是我们写作的出发点。

这套散文集是七位作家的个体性灵书写，也是七位作家的散文观念呈现。首先，我们是在以文会友，也在彼此偷经学艺，从而期待着在未来空间里的受教、成长、提升。文学是没有尽头的攀爬，山峰永远在远处一个比一个更高地露出头来，我们敬畏着这些挺拔的山峰，在向往追赶中，结一本小集，于半山腰驻足小憩一会儿，就需要立即躬身赶路去。

祝今天的发行推介活动圆满成功！

2024 年 6 月 22 日于北京

用平常心态叙述平民生活

——《迟开的玫瑰》创作杂谈

《迟开的玫瑰》已经演出近二百多场了，作为编剧，我不仅参与了一度和二度创作排练，并且有幸亲睹了多场演出的全过程，面对不同层次观众在剧场的不同反应，确实得到了许多创作上的启示与感悟。戏剧是由观众"签单"的艺术。《迟》剧先后有三四十万观众直接或间接"埋单"入场，最多时，一个野场子拥塞四五万人，最少时也近千人。这对今天的戏剧工作者来讲，确实是一件深受鼓舞的事，特别是近一年多的时间里，先后为五十多所大专院校和中等专科学校的二十多万名师生直接交流演出、联谊、座谈，更是让人从中学到了许多书本上学不到的东西。

《迟》剧讲述的是一个极其家常的故事，主人公乔雪梅在年仅十九岁时，由于家遭不幸，不得不挑起一家五口人的重担，因而失掉了学业，甚至爱情，直到用瘦弱的脊梁托起三个年幼的弟妹，并把瘫痪在轮椅上的父亲养老送终后，才与通下水道的许师傅擦燃情感之火。如果要猎奇，这个故事是会使人失望的，它已平常到了与每个人的日常生活见天都能擦肩而过的地步，然而，我想正是这种平常，才

325

使观众感到了一种可以触摸的亲切与真实，而最终使它备受青睐。

《迟》剧的第一场"签单"演出，是为陕西省地、市、县委书记会议进行的，反响之强烈是我们始料未及的。很快，省委副书记范肖梅邀请来了陕西四十多所大专院校的党委书记和校长们观看了演出。随后，西安电子科技大学第一个将《迟》剧请进校园，为了确保演出成功，校方几位负责人甚至带着学生先后多次来研究院排演场观摩论证，最终，《光明日报》记者以在西电剧场的亲身感受，于头版报道了《眉户剧〈迟开的玫瑰〉轰动西安电子科技大学》的盛况。西安交大的徐通模校长和校方其他几位负责人，为了论证陕西地方戏能否被百分之八九十的外地学生所接受，甚至亲自到西电剧场现场感受，最终决定在交大一百零三年校庆时，将《迟》剧邀请进了这所闻名遐迩的理工大学。当两千余名师生在两个多小时的演出中，以一百一十七次掌声把剧情推向高潮时，新闻媒体以极大的热情向外界作了广泛而深入的报道，由此，拉开了《迟》剧大学巡演的序幕。

作为《迟》剧的编剧，每当我被剧场里密集的掌声一次次鼓舞得热血沸腾时，也同时强烈地感受到，这台戏的创作者其实包括了每一位观众，是他们艺术思维与思想触角的延伸，丰富了戏剧的内涵。那毫不掩饰的情感和毫不吝惜的掌声，几乎把戏中所有的思想火花、精华台词、表演、唱腔都提升了起来，而使整台戏具有了极大的艺术张力。在剧场里感受观众对每个情节、每句台词的反应，要比从书本上学习编剧技巧具体得多，直接得多，形象得多，深刻得多。观众的这种心灵共鸣，不仅可以使我触摸到创作的成败得失，同时，也使我得到了许多对当代社会精神质地的感知和启示。

启示一：对崇高人生境界的仰望与追求，仍然占据着当代人心灵很重要的位置。

我们常说这是一个物质的时代，一个消费的时代，人们为了获取利益，早已放下了崇高的向往和追求。甚至媚俗都已经成为一种时尚，崇高更成了嘲讽的对象。然而，《迟开的玫瑰》震撼当代人心灵的正是剧中人崇高的人生境界和具有强烈社会责任感的利他主义精神。在西安交大召开的《迟》剧座谈会上，学生和老师们在发言中使用频率最高的一句话是：这个戏向我们揭示了人类崇高而又美好的情怀，我们为崇高鼓掌。在为北京大学专场演出后，校党委和学生会举行的《迟》剧座谈会上，北大党委副书记、著名心理学博士生导师王登峰教授讲："这是一曲呼唤崇高的戏，它将引起当代知识分子乃至成功人士的抱愧心理。我们在追求知识、追求成功、追求实现个人价值的道路上，几乎没有时间，也没有想过要认真回溯一下自己的人生历程。观看这个戏，给我们提供了时间，提供了回溯人生的切入点，让我们惊讶地发现，原来在我们成功的路上有这么多托举的力量，这些崇高的力量，将成为我们完善人格、获得更大人生成就的精神动力。"在为西安翻译学院演出时，每场观众达六千余人，第一场演出后，校园便出现了许多标语："看《迟开的玫瑰》，思考人生深层次哲理"；"为《迟开的玫瑰》喝彩，向含辛茹苦的父母致敬"；"珍惜来之不易的求学机会，为乔雪梅式的父母争气"；"学习乔雪梅的爱心、良知、责任感和崇高品德，做新世纪主人"。在解放军西安二炮工程学院、解放军西安通讯学院等院校演出，甚至引起了一连串关于人生观、价值观的大讨论。总之，《迟》剧对崇高的呼唤所引起的共鸣，让我对当代题材创作的人的精神世界的把握，有了底气和信心。我们的社会并不拒绝崇高，但崇高必须是建立在真实生活基础上的，可触摸、可信任的，而不是虚假、伪善的，要揪起头发脱离地表的。

启示二：在这个多元价值并存的社会中，以社会为本位的价值观仍然是我们这个时代的主流价值观。

我们今天所有的创作，几乎都要涉及价值观的问题。社会主义市场经济体制的确立，必然引起人们思想意识和价值观念的深刻变化。在对许多事物的认识上，其实已经变得越来越模糊，创作自然也在这种越来越模糊的价值观念中飘忽游移不定，什么是值得肯定的，什么是应该扬弃的，有时确实难以辨别；什么是有价值的，什么是更有价值的，常常混淆得难分轩轾。《迟开的玫瑰》最先引起争论的，也恰恰是价值观的问题。乔雪梅的行为值不值得颂扬？乔雪梅如此牺牲自己，托举弟妹有没有价值？等等。尽管在多数人对这种价值取向表示赞同，研究院决策层也极力支持的情况下，《迟》剧得以投排，但这总是我的一块心病，一个脆弱点。因此，在一百六十多场演出中，我就特别注意收集这方面的反馈信息。奇怪的是再也没有找到这方面的不同论点，应该说三十多万观众，百分之八十面对的是大专院校、部队、机关的知识分子，甚至是高级知识分子，他们这些社会的前卫思考者都能对乔雪梅的行为表示认同和崇敬，那就说明我们的社会，在强调个人能力发挥、个性独立、个人奋斗、物质利益、社会竞争的同时，并没有放弃对公共关系、社会关系、集体利益、关心他人利益的追求。从剧场里对这些人物行为所发出的雷鸣般的掌声中，甚至让我感到了社会对这种传统文化精神、人格精神的强烈呼唤。人作为一种社会存在，他的意义和价值不仅仅体现在物质财富的创造上，还应该包括他的精神价值和社会价值，这些价值是不能物化和商品化的，是不能用其他价值来衡量的。雷锋和比尔·盖茨怎么比？劳模时传祥、徐虎、李素丽与科学家钱学森、陈景润、香港巨富李嘉诚怎么比？八十年代初关于大学生张华舍己救助掏粪老农值不值问题的大讨论，其实都是把精神价值物质化、商品化了。如果把物质价值作为衡量一切社会价值的尺度，那么这个社会就会向天平的一端倾斜，最终使这个社会成为没有精神追求和道德准则的无序社会。连美国人在九十年代末还要创作《拯救大兵瑞恩》这样牺牲自我、拯救他人的精神产品呢，何况我们在搞社会主义，乔雪梅当然不会在九十年代末就失去她存在的价值和意义。现在回想剧本初次出来时，首都戏剧家康式昭先生的一段评语，不能不说具有某种先见之明。他在第一次读完剧本后，于剧本的最后一页写下了这么一段话："该剧视角之新颖，内涵之深邃，为近年戏曲创作所罕见。它对目前社会上比较混乱的利己主义、个人至上的价值观，具有反潮流意义。"当然，《迟》剧并没有把乔雪梅的奉献精神作为唯一正确的价值观来推崇，而是在确立奉献精神的同时，大量肯定了个人能力发挥、社会竞争这些新型价值观念，因此，面对复杂的观众群，这种本身就趋向多元的价值取向，自然再不会引起平面看剧本时那种常常出现的以偏概全的论争。《迟》剧关于价值取向分辨的全过程，给我最大的启示是：创作不能追逐时尚，要面对深厚的民族文化传统，去小心翼翼地剥离那些落后的东西、封建的东西，打磨亮仍然有价值的东西，最终才能得到社会群体的广泛认可。其实也就是把个人思考纳入到以社会为本位的大的价值体系中去，否则，这些思考很可能堕入一种私人化写作状态，而永远找不到与社会群体真正的共鸣点与焊接点。因为戏剧毕竟不是小说，它是要通过群体的观看来最终实现创作目的的。

启示三：创作要具有平常心态，写自己熟悉的阶层，熟悉的人物，熟悉的生活，量体裁衣。

俗话说：吃饭穿衣量家当。创作更应该如此。有多少底蕴，有多宽的视野，对什么熟悉，就在什么地方下功夫，否则，很可能事倍功半，出力不讨好。创作是一种兴趣爱好，一种职业，一种手艺，既然成了一种职业和手艺，便有谋生的内涵在里边。职称、住房、荣禄等诱惑也天天在向手艺人抛媚眼、送秋波，勾引个不住。为了那些杯光交错的大奖小奖，创作者自然要在评奖宗旨上狠下功夫，只揣测什么题材获奖的可能性大，而少琢磨什么题材是自己的拿手好戏，当架子搭起来自己又驾驭不了时，十遍八遍地改，只会把自己和剧团陷在欲罢不能的尴尬境地。自己过去也曾在找好题材讨巧上下过很多功夫，后来发现这种巧是讨不成的，戏剧说上天说下地，得有拿人的好戏，除此别无旁门左道。什么题材使自己受了感动，并且具有大众情怀，下些功夫去把它的内涵挖出来，一般不会落到没人看的地步。而各种奖项评比，在开始时，是会制定许多条条框框，一旦评委坐在观众席上，他们又会受观众情绪制约，最终让戏的自身含金量来决定它的优劣高下，有时甚至会对条条框框做出惊人的修正，比如导向性极强的全国"五个一工程"奖，最终将上海京剧院的《狸猫换太子》收入囊中，就是一个很有说服力的例证。《迟》剧不能说有多成功，但我是从平常心态进入，老老实实讲述自己熟悉的平民生活的，驾驭起来很轻松，当时只想到如何抓观众，其实回头看，抓住观众就等于抓住了一切。那些荣誉，那些褒奖，又何尝不是观众的热情和口碑为它赢得的呢？近来我常想，创作不在大而全，而在小而精上，这个小不是小气、小题材，而是一种以一斑能窥其全豹的点，把这个点用 X 射线穿透，透出它的五脏六腑来，那一定就是一个精致的东西，唯有精致才具有观赏与玩味价值。戏剧是掘井的艺术，不是开河的艺术，在一点上掘得越深，泉源会越旺，张力会越大。否则，贪的越大越长，得的越小越浅，仅见皮毛，不见骨肉，纵然抓住了黄河、长江这样浩瀚而又博大的主题，又能若何呢？

启示四：强化文学力量，将是使传统戏曲与当代社会进行沟通的唯一通道。

这个说法可能有些绝对，但干什么的吆喝什么，面对低谷中的戏剧现状，作为编剧，我所能找到的重要原因，仍然是戏剧文学与当代社会审美需求的错位与落伍。戏曲曾经有过辉煌的历史，在这个辉煌历史过程中流传下来的东西，都是具有强大文学力量的文本，无论它的情感力量、亲情力量、思想力量还是文字水平，都是要令今天的继承者叹为观止的。不论其余，单就唱词一样，读元散曲时，我们可能就会为之汗颜。那种比拟的丰富性与准确性，那种触类旁通的隐喻与象征，都是使其成为不朽经典的根本。而今天，我们可能只注意了故事的编织，情节的交代，事件过程的叙述，丢掉了能上升到文学层面的对语言的琢磨与提炼，最终使它成了不演出便没有独立存在价值的舞台提示图。这是使戏曲与当代越来越知识化了的观众疏离的最重要的原因之一。我有时甚至不无偏颇地认为，哪怕故事编得蹩脚一点，情节织得简单一点，都比把唱词没有写好强。一本大戏的三四百句唱词如果没有写好，哪怕思考得再深刻，故事编织得再精巧，都会使这本戏失去风采与神韵。一个没有风采和神韵的东西或人，是不会具有耐看力和咀嚼力的。当然文学的力量最重要的还是它的思想洞穿力与艺术感染力，不是文字，但文字又是支撑文学力量最基本的要素。我这样说，不是说《迟》剧就具有了文学力量和文字水平，而是说我有这样一种意识和追求。我曾经为五十多部影视作品创作过主题歌词，从中学到了一点提炼主题、精炼文字的技巧，用在戏曲创作上大有裨益。一本戏我可能只用十五天时间创作，但创作完后，我会用二十天时间修改几个重点唱段，使其出现几个让自己满意的句子。而这些句子，恰恰是观众看后过目成诵的片断。《迟》剧在演出中，观众每每为唱词鼓掌的地方，也正是我在创作中下功夫最狠的地方。这点启示会使我以后在这方面做得更好，但目前仍不尽如人意。

启示五：好戏是抓出来的。

这是一个我过去一直都在反对的观点，但《迟》剧的实践，使我对这个问题产生了新的认识。只要是行家抓，能抓到点子上，戏就一定会产生质的飞跃。因为我们的艺术生产是政府行为，这种集中人力、财力、物力进行精品生产的方式，在现阶段无疑有它非常重要的意义。如果放任自流，剧团必然疲于奔命，哪里还谈得上投入与产出。政府在现阶段对戏剧生产的扶植，从很大程度上讲，是对被滚滚经济洪流冲刷得找不着北的民族文化遗产的强力保护。一旦失去这种保护，民族戏曲文化很可能出现断代现象。《迟》剧从剧本初生到超百场演出，几乎一直处在各级领导的呵护之中，直到迈上国家舞台艺术最高奖"文华大奖"的最后一级台阶。抓的层次分三部分，一是集中了最优秀的导演、作曲、舞台美术设计人员和一批艺术实力非常雄厚的青年表演艺术家；二是调动了省上及首都的许多戏剧专家，进行反复论证、会诊、打压、输氧；三是利用各种手段对社会的大力推广。作为编剧，我清楚地知道，不是我有了什么超常的本事，而是大环境的和谐与融洽，使我成了其中一个幸运的行走者。

经济车轮正在高速运行，戏剧还会发展，作为一个以写剧为生的人，我会永远以一颗平常心态，去叙述属于自己置身于其中的平民生活……

现代戏创作的几点思考

有人把我创作的《迟开的玫瑰》《大树西迁》《西京故事》称为"陈彦现代戏三部曲",其实我在创作完《迟开的玫瑰》《大树西迁》后,一直想转向古典戏创作,主要是觉得现代戏创作太累,太难把握,我们都生活在现实当中,由于人们对当下生活的谙熟,对现实生活深度、广度的切腹感知,而容易对现代戏提出更高更苛刻的要求,因而,现实题材的戏曲创作就尤其难以为剧作家所青睐。但也有忍不住的时候,那就是某种生活与自己的创造神经突然对接上了,被打动了,被感化了,被纠缠不休了,并有所悟道,就容易"重操旧业",《西京故事》就是这样的产物。

我写现代戏从未接受"命题作文",觉得那是十分难办的一件事情。《迟开的玫瑰》是因为我所居住的院落,一个下水道老不通,常常满院漂起污秽物,而使我把目光投注到一个通下水道的师傅身上,他不来,一院子的生活都会因下水道的泛滥成灾而龌龊不堪,他一来,一院子的日子又会因下水道的正常流通而阳光灿烂。我们愿意看到的,永远是城市表面的整洁光滑,而不太喜欢看到亮丽背后的瘢痕点点。尤其是喜欢看塔尖的高高耸立，而不愿正视塔底的艰难负重。我们理想中的生活，是人人都能人尽其才，而其实真正的生活，又是绝大多数人都得无奈地按照生活无常的轨迹前行，而不能以理想的标示按图索骥。《迟开的玫瑰》中的女主人公乔雪梅，就是在这种无常、无奈中，既怨尤又持守，继而无怨无悔的小人物。在这个戏初创阶段，当时的社会时尚价值观普遍以为，一个女性唯有奋斗成女强人、大款、大腕、社会白领，才是实现了人生价值，否则，就是"不值得省察的人生"。但严酷的生活本身，永远不是我们审视生活时能随意给它贴上观念标签的尤物，生活就是生活，我们能够正视的就是它不能够理想化的真实性，深刻性，而一切观念，永远都是观者审视作品时不同社会背景下的不同认知角度而已。随着时间迁移，所有观念论争都会成为笑谈，唯有生活的真实能够穿越时空隧道而经久存在。《迟开的玫瑰》已经演出十三年，全国十几个剧团移植，我想，它之所以有了这一点生命力，就在于它没有"观念先行"，它的立足点是生活本身的不具有理想色彩的真实性。

到创作《大树西迁》时，西安交大本来是要我创作几十集电视剧的，谁知进行了长达半年的深入生活后，觉得有难度，尤其是上海与西安两方为西迁的史实有诸多争议，不好下笔，加之我这时已担任院长职务，没有大块时间搞电视剧那种"长线"劳动。但我心里一直觉得是个事，那么多大教授接受采访，他们多已两鬓斑白，接受采访时，真诚希望西迁史实通过文艺形式昭告于世的心情溢于言表，让人难以忘怀，我觉得自己不能欺骗这些共和国的教育功臣。终于有一天，这些生活搅动着我写出了《大树西迁》。在《大树西迁》舞台剧构思时，我采取的是用"底层小人物"的故事，"以小见大"地映象重大西迁史实的方式，以主人公孟冰茜这个青年教师的心路历程为纵线，切开六个重要历史时期的横断面，通过中华人民共和国五十年的兴衰变迁史，让人看到知识分子艰难而又曲折的奋进历程和拳拳报国之心。孟冰茜本来是一个西迁反对者，由于爱自己的导师、丈夫，而来西部，一生始终有"东归"上海的梦想，可阴差阳错，又始终没能回去，儿女也全然散落在大西北。当最终她回到魂牵梦萦的上海时，才发现自己的生命已完全融入西部，对故土上海反倒彻底陌生化了，在百无聊赖中，她又自己回到了西部，由此完成了全剧的精神西迁。这个戏如果说在创作上有可取之处，那就是在重大历史事件叙写时，坚持用小人物的角度开掘事件本质内涵，从而规避了"正面强攻"可能引起的"方案之争"与其他诸多非戏剧化因素的介入，从而更艺术化、更具有象征意味地表现生活，以达到对生活与知识分子性格、命运，以及精神历程的更高层次涵盖。

《西京故事》的创作，完全出于一种心理需要，我本来准备从《大树西迁》后转入历史题材创作，可我在西安所居住的文艺路地区，每天都有一两千农民工为生计翘首以盼，这是一个自发的劳务市场，它就在我们单位对面流动着，有时也会聚集到我们单位门口，在一些城市人眼中看来，这就是一块咋都清理不掉的"牛皮癣"。我们的现实生活，已与农民工群体密不可分，城市的所有皱褶中，几乎都走动着农民工的身影。每每看着这些身影，我就想着他们可能有的故事。在这些农民工中，也有我老家的亲戚，他们也来找我寻求过活计，在与他们闲聊中，我深深震惊着他们生活的苦焦与无奈，也深深感动着他们的韧性与负重精神。我暂时放弃了历史题材创作，又一次进入现实，开始了长达三年之久的关于农村人进城寻梦的《西京故事》的创作。

这部戏写得很累，一遍又一遍过去，都觉得没有传递出这个生活群体的真实境况。如果仅仅是泛泛地表现一下农民工艰难的处境和寻找到一次改变生活困境的突围，似乎意思不大，我希望寻找到的是撑持这种困境，并努力改变命运的那股一以贯之的精神气力，以及在这股气力背后深深蕴藏着的生命价值。他们在如此艰难的生活条件下，背负着人格、尊严被歧视、嘲弄的现实，忍辱负重，抗争生活，如何一点点改变窘境，并一步步赢得做人的尊严，当是目前写城市农民工生活所应充分观照的问题。剧中罗天福带着妻子儿女一家四口进西京寻梦，儿子面对城市优裕得超出他想象的纷繁生活，以及做人尊严处处受到严峻挑战的现实，再也固守不住传统教育下所持守的道德底线，不仅背弃了父亲的意愿，而且毅然出走，形成了尖锐的父子冲突。而这种冲突的更大背景，恰在于今天整个社会矛盾冲突的着力点，也紧紧扭结在这种满足欲望与道德持守、改变命运与放弃信念、实现梦想与颠覆价值的角力上，我想，观众之所以能够引起共鸣，就在于主创人员的共同审美传达，与观众也十分焦灼的人生命题相吻合，因而才有了首轮演出即冲百场的历史纪录。

我创作过十二部现代戏，也走过不少弯路，只是近十几年的创作，才慢慢摸到一点属于自己所看重的规律。我对现代戏创作有这么几点不成熟的思考：

一、开掘常态题材，关注平常生活，让现代戏创作真正进入艺术思维和创造。

从数量上讲，现实题材戏曲作品并不少，然而，能够长期坚持演出的并不多。有很多戏，排出来演几场，或参加一下什么活动，就束之高阁了。过几年，你要硬拉出来演，就发现什么都不对了，那些有趣的话语没趣了，那些热点问题不热点了，那些感人的情节不感人了，那些有意味的思考也没意味了，总之，哪里看着都不对，只让人深感：戏曲真的很落后，现代戏真的没搞头。究其原因，就是戏曲现代戏创作功利性太强，目的指向太明确，一想着写现代戏，就是英模人物、成功人士，或者重大事件，抑或地方盛世清明。当然，这些东西也不是不能写，但"一窝蜂"地表现，长此以往，就给现代戏造成了极不好的印象，似乎就是新闻人物事件的立体再现，充其量也就是个深度报道，既然艺术创作异化为新闻摹写，那就自然难免要跌入新闻速朽的窠臼。

戏曲现代戏首先应该是艺术创造，既然是艺术创造，那么在事件、人物筛选上，就要进行有价值的艺术甄别。这种甄别不仅包括生活的普适性，更包括这种生活对时间和历史的长久印证能力。从这个角度讲，努力开掘常态题材，关注平常生活，可能是现代戏真正把握生活本质规律，从而与生活自身的恒常性一道进入艺术恒久性的最重要通道。因为对于没有限定的寻常生活的发掘，更能使一个创作者身心自由地迈入艺术王国进行创造劳动，而这种经过艺术家完全粉碎、咀嚼、消化、省察了的生活，再精心抟成艺术之器时，艺术家对于生活的历史认知把握和对艺术自身的永恒性追求，便沁人心脾地化合到他的"器物"之中，这个"器物"自然就有可能避免"流感"侵扰，从而构筑起能够抵抗"短命效应"的强健体魄。

二、持守恒常价值，关护真实内心，远离时尚观念，努力让现代戏创作能够形成文化积累。

在文艺创作上，大家都特别希望涉足"永恒主题"，所谓永恒主题，其实就是人类永远都在演出的那些生活。这些生活经过艺术家内化后重新排序、演绎，赋予一定的价值意义，从而成为始终照耀人类前行的精神灯塔。因而，文艺创作的恒常价值坚守就显得十分重要。持守恒常价值其实就是固守作品的生命力。人类经过几千年的文明史积累，已总结出了诸多生命演进的常识与通识，也可以叫价值范式，其实我们更多的时候，是需要站在当下，做好承继既往价值谱系的工作，把那些最有价值而又被时尚不断遮蔽、湮没了的东西持续"打捞"上来，让它在新的生活现场重放光芒。现在许多所谓后现代的东西，我们已能明显读出中华民族传统元典的意味，这就是有价值的文化的恒常性与螺旋式上升的不灭轨迹。随时能颠覆与改变的价值观，肯定不是值得"打捞"的瑰宝。同样，随便即能创造出来的新价值新观念，也肯定不是隔夜还能发光的金子。人类精神创造活动是循序渐进的，任何企图用断裂法创造新的价值观念的做法都是不现实的。因此，戏曲创作更应以一种成熟心态，远离时尚，远离猎奇，远离怪叫，持守恒常，真正把心思用到关护人的真实内心上去，把心思用到钻探生活的真实原浆上去，只有这样，才可能切入到生活的本质，"打捞"起有价值的"干货"，从而创作出有价值意义的作品。从这个意义上讲，持守恒常价值、恒常伦理，关护真实内心，远离时尚喧嚣，放弃新旧观念争辩，可能是现代戏这种直接取材于当下生活的艺术创作的最重要"法宝"。

三、戏曲现代戏更应关注小人物，关注大众精神生态，这是戏曲这种草根艺术的生存本质所决定的。

任何一位创作者，都希望自己的作品能够广泛作用于社会。如果不能为社会所接纳，我们创作的意义又是什么？民族戏曲数百年的历史证明，能够流传下来的作品，一定是持守正道，持守恒常价值、恒常伦理，向上向善，并特别照耀弱势生命的。戏曲这种草根艺术，从骨子里就应流淌为弱势生命呐喊的血液，如果戏曲在发展过程中忘记了为弱势群体发言，那就是丢弃了它的创造本质和生命本质。当下生活，千姿百态，千变万化，在十三亿生命奔小康的路上，有多少焦灼的心灵和多少值得我们去关护和抚摸的真实内心哪，从这个意义上讲，现代戏创作大有可为。我们应该发出有价值的声音，现代戏也有能力在当下生活中发出有价值的声音。于喧嚣中，力戒浮躁肤浅，力戒热粘硬贴，力戒助强凌弱，力戒娱乐至死，深刻探讨社会问题，关注大众精神生态，从而让现代戏在我们越来越现代化的生活中立足更稳，并真正取得一份有价值的收获。

2011 年 7 月 10 于西安

游动的大鲸

——写在北京人艺建院七十周年

在我的印象中，北京人艺就是游动在深海中的一头大鲸，从容而淡定，悠游而自信。无论戏剧文学、演剧风格还是丰富多样的戏剧美学探索，北京人艺都呈现出既有异峰突起，又有高度综合性的整体勃发态势。七十年过去，这种态势如水盆显影一般越发清晰起来。人艺始终坚持在历史中探索现实需求，也始终坚持在现实中整体把握历史动脉与朝向，并能从人类的演剧创造结晶中汲取丰富的美学与精神营养，从而形成自己独特的价值追求与生命样貌形塑。首先向人艺致敬！

回溯人艺的七十年历史，最根本的面向，还是民族的面向、人民的面向，那些脍炙人口的经典作品始终在思考国家的前途，民族的命运，人民的生死存亡、幸福安康等问题。这是一个大剧院的文化自觉，也是一个大剧院的历史担当。我觉得一个剧院如果没有一批有大格局、大情怀、大担当的人，是走不远的。小情小调、风花雪月、追风逐浪固然能迎合市场，但大剧院就应该像巨鲸一样，面对大海，有更大的吞吐量和更长远的眼光。否则，就会晕头转向、不知所往，甚或搁浅于海滩。

戏剧不能不关注现实，这是人类戏剧史已经反复告诉我们的经验。我们生活在现实当中，作为戏剧人，如果在属于自己的舞台上发不出声音，就必然被历史所淘汰，被时代所遗弃。所有艺术门类，都在努力向现实掘进，作为反映时代的最灵动、最具生命力的戏剧艺术，自然应该具有更深更广的视角，并用多维的美学与技术手段，对现实进行更有力的洞穿。人艺七十年的演剧史告诉我们，关注现实、深切当下是剧院的生命线。这里有英雄史诗的抒写，有普通人命运情感的真诚表达，有波澜壮阔的时代演进图谱，也有对个人生命困境的洞幽察微的咏叹。戏剧不关注现实，现实就不会关注戏剧，戏剧永远是现实最亲密的朋友，这是群体观剧样式所决定的一种关乎情感共鸣与生存样态的直接互动，须臾不可或缺。

戏剧也是历史的自然担责者。从诞生之日起，戏剧就在讲述"四方上下、往古来今"的历史。戏剧很多是通过"往古"告诉人们现实与未来路径的一门艺术，它有巨大的概括力、隐喻性与纵深性，因此，也就自然而然地成为荷载历史道义的铁肩膀之一。人艺七十年创作、演出了无数历史题材作品，对中华民族的灿烂文明有着大河星月一般开阔的讲述，如颗颗珍珠，镶嵌在源远流长的星辰河海中，蓦然回首，令人感慨与惊叹。时至今日，我们更有信心、有能力、有必要讲好自己的历史故事。无论是传统、经验，还是观赏习惯等方面，戏剧都有对大历史与民间社会生活的独到诠释、传播与化育。我们有五千年文明史，因而我们就有更大的责任去做好接续工作，使之永不中断地涌流下去。从这个意义上讲，我们还应充分打开历史剧的创作空间、传播空间、认同空间，让它成为讲好中国故事、弘扬中华文明的主阵地。

话剧是世界戏剧的一个门类，传播到中国也就一百多年历史，在这一百多年中，以人艺老院长、中国戏剧家协会原主席曹禺先生为代表的无数智者先贤与中坚力量，用他们的创造性劳动，实现了这门艺术的民族化转换，以及落地生根与开花结果。今天，戏剧已然成为中华民族蔚为大观的艺术宝库。我们仍然应该保持这门艺术的开放性，向一切优秀的文明成果学习借鉴。要让中国观众看到世界戏剧的精华与最新成果，从而实现创造性转化，并促进交流互鉴。在这方面，北京人艺仍然是一个重要窗口。

戏剧是积累的艺术，是可以反复打磨、提升的艺术，是可以通过表演实现永生的艺术。一次性完成的作品，总是会留下诸多遗憾，而戏剧可以通过一而再、再而三的复活，弥补其先天不足，从而实现真正的经典化。戏剧故事大多充满了结构的严密性、完整性和细节的丰富性、生动性，这些都与它的动态存活方式有巨大关系。于一次次再现中，无数的艺术家，以及与他们产生生命互动的观众，不断地贡献着聪明才智，才让故事更加生动，风格更加鲜明，人物更加传神，思想更加深刻。因此，戏剧的反复上演是成就或淘汰这门艺术的试金石，自有一代代伟大的观众来汰选作品。北京人艺定期推出一批批优秀作品，其本身就是一种规律性的生存演进，既是打捞，也是提升，更是完成"文化不动产"的积淀过程。猴子掰玉米棒式的掰一个撂一个的生产方式，是典型的戏剧艺术政绩工程，要高度警惕。

剧院是剧作家的精神归依与生命归宿，爱剧院就是爱我们活生生的自己。我在剧院工作多年，最享受的状态就是坐在最后一排，静静地看观众的反应。中途有任何一个"抽签"者，我的心头都会被猛扎一针。为什么？他（她）为什么走了？我在千人剧场体悟到了民众聚合的力量，更能感受到一个时代的集体精神诉求与质地。剧院可不是一个可以随便兜售杂货的地方，那是一个民族的精神殿堂。我们可能难以增添有恒久价值的建构，可也不要成为败坏或倒观众胃口的那一笔。

我心中的北京人艺，就是汪洋中的一头大鲸，不需要抓耳挠腮，不需要急头绊脑，不需要轻佻浮躁，更不需要过度包装。她目标笃定，沉雄深潜，勇毅地游向无穷的远方，游向中华民族与世界戏剧的纵深海洋。

2022 年 6 月 25 日于西安

第五辑　心灵才是人类伟大而壮丽的作品

一切从生活出发

　　《装台》这部小说，缘起于我在陕西省戏曲研究院做院长时认识的一位叫"生生"的装台人，当然，他不是一个完整的原型人物。小说中的刁顺子是我综合了很多家庭状态之后的结果。因为工作原因，我与装台人有过很多交集，写起他们来也就有顺手拈来的感觉。他们一般是在一场戏结束之后，就连夜拆台，紧急的时候，还要再装台，为下一场戏的演出做准备。观众看完戏、演员们卸完妆回家休息了，他们的工作才刚刚开始。我有晨练的习惯，每每早晨起来，就见忙了一夜的他们，已经累得筋疲力尽、困顿不堪，院子里随便哪个椅子上、石头上都能睡卧，你从他们身边跑过，闹出多大的动静，他们也浑然不觉。这是一个非常特殊的群体。与他们打交道多了，我就时常有意无意地观察、了解起他们的生活来。我的办公室在三楼，楼下正好是剧场后台的大门，他们工作间歇，或吃饭、抽烟、歇息时间，就聚在那儿聊天，也商量活计。不时还打打闹闹，开开玩笑。一些精彩语言和故事就会自然流出。久而久之，他们作为小说人物的艺术形象，也就不知不觉在我心中酝酿升华起来。到了 2014 年春天，也就是写完《西京故事》之后，刁顺子的形象和故事也到了瓜熟蒂落的时候，我就一气写完了这部作品。

生生和他的同事们给我的最深印象，就是他们从事的是非常艰辛的劳动，报酬也可以说是比较微薄，但他们几乎都恋恋不舍，多数时候，还有着一种乐观的情绪。即使说"咱就是下苦的！"，也不会表现出不堪重负的难耐。也许与天天接触戏剧有关，他们比常人似乎更懂得化解苦痛。那个叫生生的原型人物之一的"生生"二字，在陕西话里，其实有二杆子的意思，二百斤重的灯光箱子，他可以一个人扛起来下几层楼。他肩扛背驮着的不仅仅是一个二百斤重的灯光箱子，主要是一家子吃饭人，还有"觉得他人好"跟他讨生活的农民工兄弟。我觉得这种生生不息的生命力量，让我们不能不注目，不能不敬重。一个普通人兢兢业业、老实本分地完成了自己的家庭责任，其实也就完成了他的社会责任，何况他背后还有一群要对家人负责的人。他们对社会的贡献也许是微不足道的，但正是成千上万这样的普通劳动者，支撑着社会大厦的基石与底座。文学艺术画廊中应该有他们不屈不挠的群像。他们的生活，他们的精神，他们的情感，值得一个文明的社会去关注和洞悉。我始终认为，小人物有着值得深入发掘的重要生命与精神力量。世界文学艺术的发展趋势，也在强烈关注小人物的生存状态和精神情感。为他人装台，让他人唱主角，给他人以高光时刻，才可能有社会的飞跃进步，才可能有宝塔的穿庐尖顶。小人物身上有亮色，这种最普通的劳动者的生命亮色，被遮蔽得太多了，有时甚至被不劳而获、投机取巧和巧取豪夺者所不齿，这是文明社会的悲哀！我觉得文学的意义，正在于深入开掘普通人的生命价值与光亮。

我始终讲，作家要做好两个阅读：一是书本；二是生活。作家必须有超常的阅读量，再就是对现实生活的感光度。我是一个游走于戏剧与小说之间的创作者。秦腔这门传统艺术对我的影响也很大。六百多年有据可考的秦腔史，留下了数以万计的丰富剧目。我在文艺团体工作几十年，有幸从老研究专家那里弄了一套"老戏本"，认认真真"过"了一遍，还看了一些坊间木刻本、油印本和民间手抄本，数千年文明演进史与民间生活质地，都历历在目。大量剧目里除表现帝王将相"治国理政"、前朝后代"兴衰更替"外，也有大量才子佳人的"仗剑天涯"和"快意恩仇"，更有民间社会的"离经叛道"与"生存呐喊"。因为戏曲大多是民间舞台的产物，尤其是秦腔，起源于庙会、广场，活跃于村社、商道，因此，很多作品都带着浓烈的底层烟火气，也可以叫"小人物"的"娱乐圈""生死场"。包括"启蒙性""现代性""魔幻性"这些炙手可热的名词，其实在秦腔的老戏本里，也并不难找到生动的注脚。因此，我始终以为，秦腔是我的一部百科全书。

如果说我的创作有什么共同点，那便是写自己熟悉的生活。对于创作的对象，一定要非常熟悉和了解了再动笔。可能了解了八九分，最终能写出来两三分，如果只知道一两分，就想写出十分饱满的东西，那是绝对不可能的。从我自己的小说创作看，刚刚谈到《装台》如此，《主角》也是如此。我这几十年就跟角儿们打交道，他们的生活习性、人生悲苦，我太熟悉了。在这个基础上，我把自己所经历的四十年改革开放的点点滴滴全部打碎揉烂，然后再在作品中建构起我心中的这四十年。其实，"装台"和"主角"是一个互换关系，在家庭、社会生活中，我们每一个人都是主角，也同时是装台人，都得为别人搭台，有时也会上去唱唱主角，这就是生活。

现在回头看，如果我没有参与到一些具体的公职生涯里去，那今天也就不会有《西京故事》《装台》和《主角》，我的写作也会缺少很多维度。所以，紧紧抓住自己所生活的土地上的那些特别场域的丰富体悟，是十分重要的。任何生活不会仅仅具有限制的力量，它必然还包含着巨大的成就力量，成就着你的观念和写作不同于他人的独异的特征。对于作家来讲，什么样的生活都是有用的，唯独不能闭门孤守，接触社会窄化、固化、僵化。多重的生活际遇与写作是交互影响和互相成就的关系，当然，这需要很好地进行自我调适。

今天是高度发达的信息时代，我们获取信息已经变得十分便利，当什么都能搜索到的时候，我们可能就不注重自己用脚去丈量土地、丈量生活了。但无论怎样，我觉得一切还都得从生活出发，作家最重要的存在方式，仍是下大功夫用脚用心去丈量自己所熟悉热爱的那片土地。

2020 年 12 月 30 日

为《中国政协报》作

以创作光大生命

2021 年 4 月 21 日，著名作家陈彦应邀做客"专家讲座"，为北师大师生作了题为"以创作光大生命"的报告。陈彦老师首先回顾了他本人走上创作道路的经历，认为儿时对农村农民淳朴的记忆是他创作的底色，而青少年时期对于文学创作的热情和成功发表作品的欣喜是他最重要的动力。此后，在陕西省戏曲研究院工作生活的二十余年，他深感民间文化滋养对于艺术创作的重要性。陕西的现实主义、生活创作传统也直接影响了他的文学创作。接着他分享了自己的戏剧代表作《迟开的玫瑰》《大树西迁》《西京故事》以及小说《装台》《主角》《喜剧》的创作过程。另外，他特别分享了个人的阅读体会：首先要阅读本民族的经典著作，这是文学创作的根基所在，在今日仍充满力量；同时还要有宽阔的国际视野，在文明互鉴中更好地发扬民族优秀文化；最后他鼓励同学们多读经典，人文精神是每个人都应该有的品质，希望年轻人能够在阅读中成长，在创造中光大人生。

感谢北师大和张清华教授，给我提供这么一个跟大家交流的机会。4 月 23 日就是世界读书日，刚才馆长也讲了，世界读书日的来历有很多不同的说法。据我所知，它是小说家塞万提斯和戏剧家莎士比亚辞世之日。后来也有人不断地添加这个日子和文学家的关系，包括纳博科夫的生日等。世界大了，能和这一天关联上的知名人士也会非常多。在世界读书日即将来临之际，能在这里谈一谈自己的创作，我觉得确实特别地有意义。一个人的创作，和传统、现实都有非常密切的关系；但最根本的，恐怕还是和自身的生命经验之间的关系。这种关系，很大程度根植于阅读——阅读世界和阅读经典，进而以阅读滋养和成就自身。所以，我今天谈的题目就叫"以创作光大生命"。

一、最初的文学尝试，以及由此引发的生活变化

其实每一个人，都是以自己所从事的那一份职业在光大着自己的生命。每一种职业都可以说是体证世界、丰富自己的途径。当然，我可能就是通过创作光大自己的生命。我想先谈一谈自己是怎么进入创作的。我与著名作家贾平凹先生来自同一个地方，这个地方就是商洛。商洛是一个过去相对比较闭塞、比较贫穷的地方，一度被称为"终南奥区"——终南山里边的一个神秘而不为人所知的地方。我出生在商洛的镇安县。镇安在清代的时候，只有七百多户、一千多口人，现在的一个镇子都比当时的镇安人口多。当时湖南一个官员调到镇安来做县令，一看这么小就很失落。后来他在那里做了很多建设，他教当地的农民种桑、养蚕等等。他做了八年县令，离开时，那里也才两千多户、七千多口人。

我就出生在这个地方，父亲是一名普通的公务员，母亲是小学教师。我父亲工作调动了五个乡镇公社，一个公社工作几年。因为父亲工作调动要经常搬迁，我就随着父亲从这个公社迁到那个公社，一共迁了五次。搬迁时都是当地农民肩扛背负。家里打出来几个包，有的用扁担挑着，有的用背篓背着，一家人就搬走了，很简单。我印象中，家里那时候有两口木箱，箱子里装着被子衣服这些东西，几乎没有书籍。我小的时候，公社最多有一份报纸，省报《陕西日报》有时候可以看一看。母亲也没有什么书籍。搬迁的时候，乡亲有时候把我架到他脊背上，驮着背着。我对农村、农民的记忆就是他们背着我一步步地上山下坡。后来交通好一点了，就坐手扶拖拉机。我记得弗洛伊德讲，人在五岁左右性格就基本定型了，所以那个时候我对农村和农民的记忆是非常深刻的。后来，包括今天我在写农村写农民的时候，无形中都带着那个时候的烙印。

在十七八岁的时候，我开始有了文学梦。我生活的那个县城，文学的气氛非常浓厚。那时候是20世纪80年代初，改革开放刚开始。那个时候的年轻人跟今天的年轻人不一样，我感觉这一代年轻人活得非常不容易，但如果扛过去，他们将比我们那一代人要了不起得多。因为他们经历的心灵磨砺跟我们是不一样的。我们那个时候比较单纯，没有什么经济压力。那时候谁家做生意挣了几个钱还被我们瞧不起，觉得这家人好像充满了铜臭味儿。那时候的年轻人就是热爱读书，写作在那个时候特别受追捧。我们那个小县城好像满县城的年轻人都在写作。贾平凹先生比我大十一岁，先生那时候已经是很有名的作家了。一说贾平凹来了，文学青年就激动得不得了。当时还有一些省上、市上的作家也经常来。那时候《延河》杂志甚至到我们这个小县城去办文学专号，激励着大家，尤其是年轻人写小说，写散文。我记得那时候县工会有一个大会场，经常开展文学讲座。《延河》的编辑、商洛地区的一些创作干部，经常来讲课，我就是那个时候进入文学创作领域的。

十七八岁的时候，我就在《陕西日报》文艺副刊发过一篇散文。自己很激动，走在县城的街道上觉得这一个县城都知道自己了。那时候《陕西日报》每个机关单位都有，谁在上面发了一篇文章，走在县城都觉得是非常光彩的。那时我发了第一篇短篇小说，叫《爆破》。《爆破》是在《陕西工人文艺》发的，后来才知道这还是个内刊，但是还是很激动。我们今天的年轻人创作，可能是因为想对社会对人生对世界发出自己的声音。但那时候，年轻人创作就是为了发表。似乎只要发表，我就是一个成功者，无论在什么刊物。那时候刊物、报纸也特别多，省上几乎每一个厅局都会有行业报纸。我就有选择性地投稿，比如我写邮递员就投邮电报，写售票员就投交通报，只要能发表就很高兴。我觉得在创作初始阶段，发表欲是一个作家最重要的创作动力。

那时，我本来应该是顺着文学道路走下去的。但有一次省上（陕西）搞了一个学校剧本奖，就是写中小学生生活的舞台戏的评奖。是省教育厅、省文化厅和省文联等六家单位办的，当时要求各地都要报作品。文化局的一个同志就让我写一个话剧去参评。我开始觉得未必能写得了，但最后还是写了一个叫《她在他们中间》的九幕话剧，是讲一个女教师和一群中学生的故事。这里边浅浅地涉及一些朦朦胧胧的爱情问题，还有一些年轻人成长的问题。它不是一个有多么重大思考的作品，我们那时候都活得比较简单，写完以后，我也没当一回事。结果四五个月以后，文化局通知我，说这个戏在省上剧本评选中获奖了。一等奖空缺；二等奖两个，我排第二位；三等奖三个；优秀奖若干。这个奖对我的激励是非常大的。当时陕西省人民艺术剧院的一个导演，他是评委之一，觉得这个话剧充满了生活气息，充满了孩子们的视角，展现出小县城独特的生活风貌。他想把它搬上舞台，但改来改去，最后也没有达到人家要求的水平。虽然最后没有排练，但是由此我走上了戏剧创作的道路。

紧接着，我在二十岁到二十二岁这三年中创作了四部舞台剧，被商洛的几个剧团排练上演。到二十二岁的时候，我在省上的戏剧创作领域算是小有名气了。尤其是一部《沉重的生活进行曲》的剧，写了一个年轻人的三次婚变，在观念、思潮上都比较超前。这个剧，今天看来我觉得思考是幼稚的，但在当时引起了巨大反响。有的老同志看了戏以后，说是资产阶级自由化已经出现在深山大沟里了，这个问题是非常严重的。于是，省文化厅的厅长、广电局的局长、《陕西日报》的总编辑，带了一批专家到镇安对这部戏进行审定，看这个戏到底有什么问题。审完以后，几个领导和专家都说没多大问题。但是影响已经产生了，这部戏也没办法到省上表演。最后专家说，这个青年作家非常有前途，把他调到省上来。中间我也不知道都经过了什么，很快这个事就报到主管省长那里了。很快省上开了一个创作会议，特别通知我要到会，本来只给商洛地区分了两个创作名额，我是没有资格去的，最后专门通知我去。会后有一个宴请，文化厅的厅长，他是从西北大学调过来的，是个有人文情怀的领导，他把我叫到主桌介绍给当时的副省长，说把这个孩子调到省上哪个单位合适。他们说，调到陕西省戏曲研究院最合适。这个院是从延安的民众剧团发展起来的，六七百号人，是中国当时最大的一个剧院。我后来在这个院做了很多年专业编剧，又做团长做副院长做院长，待了很多年。

当时省戏曲研究院的院长让我把这些年写的作品都寄给他，之后很长时间没有动静。县里都知道我要调走，但两年都没见动静，我就着急了，就给这个院长打了个电话。院长说："你还没收到通知啊？不是早都叫你报到了吗？""你回去赶快找你们人事局，这个文件应该在三个月前已经发到你们人事局了。"我就找到人事局，人事局说这个文件到了，但要给主要领导汇报，毕竟你是一个青年人才。他给县长和书记都汇报了。当时的县长也是一个爱写作的人，他说："走是可以走，但你要把聂焘（就是刚才说的清代的那个县令）的事迹写成一个戏，写完以后就能走。"然后他又说我俩一起写。我就跟县长一起，三个月把这个新戏写好，之后我就调到西安了。那时我二十五岁。

二、接续传统，感应现实，创作"西京三部曲"

陕西省戏曲研究院是1938年在延安成立的。当时毛泽东在延安看到西北的士兵多，又特别喜欢秦腔，而新成立的延安评剧院、青年剧院等剧院都是外地来的知识分子，所以就想给当地的士兵成立一个专业的演出团体。当时有位诗人叫柯仲平，也就是中国作协的第一任副主席。中国作协第一任主席是茅盾，副主席只有两个人，一个是柯仲平，一个是丁玲。柯仲平就是民众剧团的第一任团长。中华人民共和国成立初期，上级觉得秦腔剧团进京不合适，地方剧种离开了本土没办法生长，就把这个剧院下放给了西北局。西北局解散以后，下放给陕西省，后来就叫陕西省戏曲研究院。我当时就调进了这个院。这个院到今天有八十多年历史了，规模比较大，四个团、一个创作研究中心。著名作曲家赵季平大学毕业以后，他父亲就坚持让他到陕西省戏曲研究院工作。他父亲也是中国著名的画家，长安画派的领军人物之一。他父亲说，此生要想在音乐上有所成就，必须了解地方最重要的民间文化，而地方最重要的民间文化就是秦腔。所以赵季平就去陕西省戏曲研究院干了二十多年，从秦腔团的乐队指挥干起，然后做乐队队长，做创作研究室的副主任、主任，之后做副院长，最后调到歌舞剧院做院长。他的主要作品都是在陕西省戏曲研究院担任主管创作的副院长时创作的，与张艺谋的《红高粱》等作品的音乐合作都是在省戏曲研究院时完成的。

我在这个剧院待了二十五年，这二十五年中做了七年专业编剧，做了四年半青年团团长，做了三年半副院长，然后做了十年院长。这期间，我自己的创作历练是比较重要的，这是民间文化的一种滋养。秦腔是中国地方戏曲中梆子声腔的鼻祖，秦腔影响了很多剧种，包括晋剧、川剧等等。只要是以梆子为打击节奏的剧目，它的祖宗都是秦腔。中国戏曲有非常丰厚的历史，你从哪一个角度深入研究，都可能打开一条河流。戏曲中有民间文化、有政治、有经济、有军事，哲学、宗教、文学、艺术蕴含更丰富，其中每一个方面都能打开一条巨大的河流。就像我们后来看西方很多伟大的作品，最后都要归到古希腊。中国戏曲就有这个特点，可以从盘古开天辟地、三皇五帝一直说到当下。秦腔在历史上留下来的剧本，目前有七八千部，这些剧本基本上把中国历史的一些重要的东西都梳理清楚了。生活是原汁原味的，你要往回找的话，能找到很多非常丰富的东西。所以，在陕西省戏曲研究院，我觉得自己在创作上获取了非常多的积淀。当然仅仅获取秦腔这一个元素也是不够的，还是要吸纳很多其他的东西。刚好后天是世界读书日，我后边还要说一说阅读的开疆拓土的问题。我认为一个作家的阅读决定了他生命的高度，这个阅读分为两种，一种是对书本的阅读，另一种是对生活的阅读，也是对社会的阅读。这两种阅读可以奠定一个作家创作的基础。

在这个剧院，我的工作以戏剧创作为主。我一共创作了五六个戏，后来因为有行政职务，创作时间不是很多，有时也搞点理论研究。在这个剧院创作的作品，主要是"西京三部曲"（《迟开的玫瑰》《大树西迁》《西京故事》）。《迟开的玫瑰》已经演出二十三年了，现在还在继续演，全国有好多剧院在移植演出。作家有时候需要运用逆向思维。我当时写这个戏的时候，几乎所有的电影、电视剧，还有小说，都在关注女强人，写住别墅的女人，表现豪华高贵的生活。这时候，我反向思考，写一个最底层的女性。我一直认为，这个世界更多的人是处在底层。如果社会是一个宝塔的话，他们便是这座塔的基座。每个能被托举起来的人，背后肯定有他人做出了巨大牺牲。

《迟开的玫瑰》写了一个女孩子，父亲失去劳动能力，母亲又突然不在了，她牺牲了自己上大学的机会，承担起沉重的家庭责任，把她几个弟妹都托举起来，而自己人生的光彩全部都磨掉了。她最后找了一个通下水道的工人，她的弟妹觉得非常对不起这个大姐，但是她觉得她的生命还是有自己的光辉的。大致就是这么个故事，但里边有丰富的细节，有无从躲避的生命的艰难。生活把她活生生地逼到这样一种境地，她不认命都不行。但当命运把她推到最后的时候，她的生命也有了新的升华。这个戏当时出来的时候，好多人有不同意见，认为我不应该赞美这样一位女性。我当时就说："今天我们可能看不到，这个社会，未来的问题就会出现在我们整个社会没有认识到这个宝塔中柱石的最基础作用。"我认为这是作家应该要思考的问题。这个戏在全国也是获了所有的大奖，包括国家舞台艺术工程"十大精品剧目"、全国"五个一工程"奖，剧本也获了曹禺戏剧文学奖等。我三次获曹禺戏剧文学奖的获奖作品就是"西京三部曲"。让我感到最欣慰的是，二十三年过去了，这个戏今天还在演出，演出的时候，底下所有的观众，不管是高级知识分子，还是普通老百姓，大多数人都会泪流满面。我最感动的不是那些奖项，而是我当时的思考得到了时间的肯定。

《大树西迁》距今也十八年了，写的是上海交大西迁西安的故事。时任西安交大党委副书记的张迈曾希望我以交大西迁为题材写一部电视剧。我那时刚好写过一个三十三集电视剧剧本《大树小树》，在央视一套播出。所以他希望我给交大也写一部电视剧。我在西安交大住了四个半月，又到上海交大的博士楼住了三十五天，采访了一百六十多位教授，录了几十盘采访资料。但这个电视剧没有写成，写了一个舞台剧，就是《大树西迁》。这个剧写出来以后，交大请了一些教授讨论，一位老教授就提出："这里面的主人公孟冰茜是一个编造的假人物，我打电话到上海问了一遍，没有这个人。"理工科和文科的思维完全不一样，幸好现场有一个文科教授说："你这个话不对，交大西迁如果当时只迁了一个人，那只能按照他来写，如果迁来两个人，就可以虚构。而迁来了一万多人，他怎么不可以虚构一个年轻女教师呢？"

这个戏其实我也是做了一些逆向思考。本来他们希望我正面强攻，直接写彭康校长带着这些人一路西进，采用一种史诗手法的展示。但我认为这个写法不太适合，我希望找到一个人物，找到一个家庭，通过一个家庭几代人的生活变化来思考。在这一个大的事件背景当中，这些知识分子到底是一种什么样的情怀，经历了什么样的磨难，在不自觉中对国家所做出的贡献，以及在不自觉中所形成的那种信念。我觉得它应该是这样一个多重的建构。

这个戏出来以后，反响还是挺好的，它现在也仍然活跃在舞台上。主题歌词有这么几句："天地做广厦，日月做灯塔，哪里有事业，哪里有爱，哪里就是家。"后来交大一些教授给总书记写信的时候，就把这几句歌词提炼为交大西迁精神。当然交大的西迁精神是多重的，要比这几句提炼的博大得多。我作为一个剧作家，只是赋予它一种诗意而已，远远没有交大精神自身那么博大。

我再说一下"西京三部曲"的第三部《西京故事》，后来我把它写成了长篇小说，也是我的第一部长篇小说。这个戏是怎么开始的呢？是我注意到我们剧院门口，经常有一两千农民工每天在门口拥来拥去，等待着别人来请他们去做工。他们都是拿着锤子、钳子、刷子等各种工具，站在那等着。我估计过去北京也有这个景象，可能很多城市都有这种情况。他们几乎从来不去政府专门为他们搞的劳务市场，他们要自己找一个地方，在这个地方等待人来。他们经常待在剧院门口，大家都觉得对单位影响不好。所以有时候对面的单位把他们朝我们这边赶，我们又想办法，叫总务部门把他们朝对面赶。因为他们老在门口，卫生、出入各方面都成问题。晚上，尤其夏天的时候，有很多农民工就会铺着被褥住在剧院的屋檐下。陕西有一个作家，叫孙见喜，他是非常有人文关怀的。深秋了，他看到那么多农民工睡在那里，觉得他们太冷了，他就跟他爱人去买了一些被子给这些农民工送去。结果有一个农民工把他臭骂了一顿，说："你干啥？你同情我是吧？你凭什么同情我？我不需要你同情。走开走开，快拿走！"这个事对孙见喜刺激很大，他后来讲给我听了。针对这件事，我们就思考了很多问题，包括中国农民工的尊严问题。之后，我就开始了解这些农民工住在什么地方、他们的生活情况等等。然后才知道当时西安的农民工有一百多万人，主要住在西安的各个城中村。我当时去了几个村子，其中一个叫木塔寨（现在已经不存在了），我们去的时候，当地的原住民只有三千五百多人，而农民工住了五万多人。还有两个叫东八里村和西八里村，也是当地的原住民只有三千多人，但农民工住了十万多人。我们去的时候，看到每天早晨和晚上进出的农民工人潮汹涌，我感到非常震撼。我不由得就要思考：中国农民工这么庞大的队伍，为什么能并然有序地在这个城市做着建设？他们总是生活在城市最脏乱差的地方，像棚户区改造前，他们驻扎进去，一旦改造完，他们就再也进不去了，然后就再去其他地方做事去。

通过对这些农民工的了解，我又开始认真思考底层小人物的问题。后来我刚好遇到一个远房亲戚，他也是进城打工的，给我讲了一些故事。然后我又到东八里村、西八里村和木塔寨找了很多农民工聊天。他们听说一个作家要和他们聊天，他们就聊光彩的一面。我说你别聊这个，你聊啥都行，但一定要是你真实的感受、真实的生活。他们一天收入一百五十左右，我就给他二百块钱，聊一天。这个过程中我做了很多很多的笔记，然后就写了舞台剧《西京故事》。

三、从《西京故事》到《装台》

舞台剧《西京故事》创作出来也有十多年了，它的演出效果始终都是非常好的，剧本也获了曹禺戏剧文学奖。这个舞台剧三万多字，两个多小时的长度，因为中国人似乎没有耐心看太长的戏剧。西方有一些戏剧，像俄罗斯戏剧《静静的顿河》等，六个小时、八个小时是常有的。我们去看日本传统戏的时候，六个小时也是常态，看三个小时出来吃一顿饭，然后再进去看。在我们国家看戏，农村人还可以看三个多小时，城里人看两个小时就急得不得了，噼里啪啦把椅子一翻就走了。当然有时也可能与我们作品没有达到大家的要求有关系。总体来说，我觉得我们还是缺乏耐心，所以导致戏剧的长度受到限制，当然这可能和我们现代的生活节奏也有关系。但我们过去的传统戏有时会有连台本，有的是要连续演十几本的。这个戏出来以后，由于长度的限制，让我感觉到意犹未尽。我又捡起了小说创作，写了小说《西京故事》。

《西京故事》写了五十万字。我那时候才重新开始小说创作，这个小说完成后也没引起过多的关注。著名评论家吴义勤当时正在西安挂职，他看了以后说这部小说是一部被严重低估了的现实主义作品。他说这部作品是对中国农民进城问题以及城乡二元结构当中的阶层固化问题的一种深刻反映，尤其是突出反映了农村青年一代在城市找不到出路的社会问题。小说主人公罗甲成拼命考上大学，但在大学里，生活和感情的压力让他不堪重负，最后他甚至认为考大学还不如在农村当农民。他甚至还找到一个煤矿，沉到井下，永远都不愿意再升到井上来。这是我转事小说创作后的第一个作品，应该说是写得比较尖锐的。

这个小说后来改编成电视剧，改编力度很大的。电视剧里比较强调恋爱故事，与原小说的思考分岔较大。后来我又写了长篇小说《装台》。我始终认为作家写熟悉的生活是非常非常重要的。我写《装台》写《主角》，包括今年出版的《喜剧》，几乎不需要去深入生活，也不需要去做任何调研。这都是我这几十年的生活积累，我面对的只是一个剪裁问题——怎么把水分挤压掉，以及怎样重塑我的世界。我们可以想象，曹雪芹如果不熟悉那种生活，他的《红楼梦》就不可能是这样一种写法。肖洛霍夫如果不是个军人，没有经历那么一段生活，他写出的《静静的顿河》也不是今天这样一个面貌。所以我觉得作家写熟悉的生活非常重要。

《装台》其实是延续了过去我对小人物的那种认知。之前"装台"

这个词在百度上都没有，大家都比较陌生。电视剧改编的时候，开始把剧名改为《我待生活如初恋》，是网络传播需要。但后来要在央视一套播出的时候，又改回《装台》，认为"装台"是一个具有巨大象征和隐喻性的词。装台就是搭建舞台。过去舞台非常简单，中国古代戏曲叫一桌二椅三搭帘。比如我们今天要在这儿演出，桌子上把布一铺，椅子上把布一搭。演皇上，铺的就是龙图案的布；演民间的戏，铺一块喜鹊之类的吉祥图案布；你要结婚了，铺龙凤呈祥图案的布。它就是这么简单，但足以把你引到剧情中了。

但今天的舞台不一样了，现在有些舞台搭建下来，需要二十多辆卡车的布景和道具。这是多大的搭建量啊。舞台上看不到的地方，也有很多机关，又是声音又是旋转又是升降什么的。所以现在搭建舞台需要大量的装台工。装台这个职业应该是近三十年发展起来的。西方戏剧的发展过程中，波兰戏剧家格洛托夫斯基把戏剧分为两种，一个叫"穷干戏剧"，一个叫"阔干戏剧"。什么叫"穷干"呢，就是舞台上非常简单，除了演员的表演和观众的观看，别的什么都可以不要。当然，后来这个"穷干戏剧"也干不下去了，这个"穷干戏剧"讲究跟观众互动。比如演《浮士德》的时候，有一场宴饮的戏，演员下来和大家一起吃喝，有的观众非常没礼貌，看女主角长得非常漂亮，就拼命地拥抱，最后这种表演进行不下去了。"阔干戏剧"就是我们现在常见的这种，舞台非常大，非常豪华。我有一次在美国的百老汇看演出，一个讲飞行员和一些女孩的故事，舞台连真飞机都上去了。我们现在有的舞台上有真汽车、真山真水，在河里洗衣服，水溅得你满身都是。现在讲究沉浸式表演，如果我提前跟你讲，今天晚上要刷油漆，你就要注意，提前要把合适的衣服换上，因为油漆工很可能把这油漆真的就刷到你身上去了。

因为现在戏剧对舞台的要求这么高，所以出现了装台这么一种职业。这种职业就是为别人搭建舞台，叫别人登上舞台去当主角的这么一项工作。我刚好先写了《装台》，然后又写了《主角》，从两个不同的面进入戏剧这个行当，也包括后来的《喜剧》。当然如果仅仅是写装台这种职业，或者仅仅是写戏曲这个行业的特点，我觉得大可不必去写。我写它是因为我希望把它作为一种载体来思考，我对人对社会以及对整个时代演进的一些思考。《装台》就是在做这样一些思考。

四、关于《主角》和《喜剧》

《主角》当然也是通过书写戏曲行当拉开了一个社会面，就是我自己所经历的改革开放这几十年的各种世事的纷扰、人与人之间的关系、主角和配角之间的关系等。我们每天都在互动着，我们每天都在给别人装台，我们每天也在当主角，我们每天也在当配角，处在方方面面的关系当中。我想把这个社会的这些方面都纳入思考中。最近出版的《喜剧》也是对时代的一种思考。这个作品既是现实主义的，同时也有一些荒诞色彩。比如说我在小说里写了一条狗，用它的视角来看人乐极生悲的一些东西。就如我在题记里面讲到的：喜剧和悲剧之间，也就是一步之遥，你正在演着光彩的喜剧，可能人生悲剧就在大幕旁边窥伺着你，会突然上台来把你一阵倒拖，你的悲剧就发生了。生活其实就是这样的。

我们这个时代好像特别喜欢喜剧，尤其前些年，这个我们大家可能都经历了。喜剧演员已经穷尽了他们的智慧，仍然让大家感到不满足，观众仍拼命向他们索要"包袱"。我这个小说里的喜剧荒诞到什么程度呢？演员在上面演出，有一帮人整天拿电脑计算这一分钟几个

"包袱"，这个"包袱"要是没达到效果，马上连夜开会，讨论明天怎么把这个"包袱"补起来。就这样拼命地索要，最后喜剧演员本身变成了一个悲剧。我认为喜剧是艺术里的一个最高级阶段，有时候它比悲剧更高级更艰难。有时候我们容易把悲剧写好，而写好喜剧是很难的。你想叫人会心地从内心发出一种嘲讽的笑声，或者欢乐的笑声、幽默的笑声，那是非常艰难的。我们平常生活中那些特别有趣的人，是智商很高、很有智慧的人。喜剧都是智者干的事情，是人中精英干的事情。当我们拼命向他索要他的智慧的时候，很可能就把他逼成一个怪物了，悲剧不就诞生了吗？我觉得在这个时代，我们对欲望的这种特别穷奢极欲的索取，最后就把喜剧导向悲剧了。这些内容就是我写作《喜剧》时的思考，当然书中还有一些其他的思考，是不是达到了应有的效果，还是要看读者如何评判了。

五、传统和生活的滋养

我的创作也是受陕西文艺创作的现实主义传统影响的。陕西有几位重要的作家：柳青、路遥、陈忠实、贾平凹，他们都注重在现实中汲取营养，都特别注重在陕西这块厚土上汲取营养。包括非常有名的长安画派，像石鲁这些老艺术家，他们有一个说法，我觉得非常有道理，叫"一手伸向传统，一手伸向生活"。我觉得这对小说创作甚至对其他的创作，都是有借鉴意义的。在他们的旗帜下，陕西出现了一批大画家，包括大家知道的刘文西，一百元人民币上面的毛泽东画像就是他画的。他长期创作陕北题材的画作，2019年去世，享年八十六岁。虽然身体不好，但每年春节，他都会在延安最贫穷的山沟里和老乡们一起过年，坚持了很多年，他就是在汲取养料。我觉得作家汲取生活的养料是非常重要的。从《诗经》开始，很多文学作品其实就是在对民间进行调研的基础上形成的。其他的如孔子、墨子，这些先贤都注重民间调查。司马迁写《史记》，用了三年多时间，把名人的故里、重要历史事件的发生地，都走了一遍。照理说写历史是可以不这么做的，但他还是要走一遍，他脑子里需要这种重要的形象。还有梁思成和林徽因，他们为进行民间田野调查，先后在山西很多地方的古建筑废墟里面刨了十五年，山西的应县木塔，就是通过他们的历史调查才被发掘、发现的。还有费孝通，他是通过乡村调查，写的《乡土中国》，内容涉及生育制度、乡土重建等等。我想作家也是一样的，确实需要深入调查。外国作家也是要深入生活的，《巴黎评论》里采访了很多作家，他们虽然不像我们把这叫作"扎根人民生活"，但其实他们也是要深入进去的。写作写得最好的，肯定是写你最熟悉的生活。我觉得无论是有志于当作家的，还是做其他社会研究的，都应该加强民间调查。人文学科是综合性非常强的学科，必须要对社会的方方面面有比较深入的了解。人文知识经常也会对理工科产生很多影响。我记得我在西安交大采访过陈学俊院士，他是热物理学科的专家。我到他家去采访过几次，每次一进去，他啥都不说，让我坐着听他朗诵他写的诗。我就觉得，这一代的知识分子，即使是学理工科的，他对人文领域也特别地关注。像钱学森这些大专家，身上都有这种特质。我觉得这是不矛盾的，对人文的关心，可能影响你的思维，影响你的行为方式。所以人文学科可能是非常综合的非常重要的，即使不当作家，我觉得注重一些社会调查、注重民间调查也是很重要的。

六、以阅读开拓自我

后天是世界读书日，我就再说一说阅读吧。我自己是非常重视阅读的。我认为对本民族传统经典的阅读，是非常重要的。一个作家一定要有一个立足点。很多年前在南美的一次文化考察给我留下了深刻的印象。尤其到南美洲，比如智利的瓦尔帕莱索，这个城市到处都是涂鸦。只要有墙，像这样的墙，全部都是涂鸦，甚至街道、走路的台阶都是涂鸦。而且这些涂鸦都是很有意味的，虽然我们有时候看不懂，但它是本民族的东西。还有很特别的一点，这个地方的坟墓修得特别漂亮，在城市最中心最美的地方，跟花园一样。孩子们在里边儿追来追去的，它好像把生和死之间的界限都打破了。多数宗教其实都是为解决死亡的问题，然而，在南美洲，生死的界限被模糊掉了。然后我就想到马尔克斯的《百年孤独》，还有库切、略萨等作家的作品，一定是和本民族的最根系的文化紧密相连的。所以，中国作家一定要研究中国的根系文化。

当然，你的视野必须开阔，必须对世界文学有所了解，要不然你认识不到本民族的文化优秀在什么地方，糟粕在什么地方。因为人类共同前进的时候，不管是东方文化还是西方文化，有些东西都是要扔掉的。我们的文化一直在寻找共性的东西，比如说墨子，他的很多理论在今天意义是非凡的。"兼爱""非攻"这都不用说了，他的"尚同"、他的天志观、他对鬼的认识，还有节葬、节用，这些观念在今天的社会都是非常适用的。墨子身上的很多东西在我们今天突然一下能把这个社会照亮了。比如墨子说：我从来不相信有鬼，但是我们必须给安一个鬼，没有鬼这个东西，就没办法对人有所约束。他说，君王有天管，天是什么？天自然要有鬼神，没有鬼神，我们建构一个鬼神。这就跟康德一样，康德也不认为有鬼神，但康德说必须要有一个神把人类管住，要不然，人类最后就无法无天了。

在读一些传统经典作品的时候，有很多东西是非常好的。比如说元杂剧，《窦娥冤》演了七百多年，目前中国有三百六十多个剧种，几乎每一个剧团都还在演《窦娥冤》，为什么呢？因为它表现了一种底层人的反抗。无论在什么社会形态下，底层人都是最弱势的群体，这个剧可以表现他们对命运的一种反抗。所以每次演到高潮部分，观众都是泪流满面的。《窦娥冤》的各种剧种的演出，我看了几十遍。窦娥因为官吏勾结流氓无赖，把她陷害冤枉致死。她没办法反抗，最后临死的时候，对苍天喊叫：如果我是冤枉的，你让楚州大地大旱三年；我死的时候，我的血一滴都不会流在地上，我的血会全溅到白绫上；还有我死将天怒人怨，六月飞雪。她发下这几桩誓愿以后死了，死了以后三桩誓愿全部应验，最后直到给她平反，这里才开始下雨。这一类作品有它永恒的价值。还有"四大名著"，我在阅读过程中觉得《水浒传》对民间语言的运用是非常精彩的，你能深刻地感觉到民间语言的那种丰富性。另外，明清笔记小说还有后来的"四大谴责小说"，我觉得这些作品都是非常有必要阅读的。

还有西方的一些作品也很重要。比如说西方的几部史诗，就必须阅读。从去年疫情到现在，我把过去看过的几个史诗，又重新细细读了一遍。首先是荷马的《伊利亚特》和《奥德赛》，这些作品不读，西方的很多小说都看不懂。我读乔伊斯的《尤利西斯》，一开始读不太懂，但读了这些作品，我已经大概知道他到底要干什么。还有拜厄特的《巴别塔》，也都要和这些作品比读。你必须要把《荷马史诗》、维吉尔的《埃涅阿斯纪》、但丁的《神曲》、弥尔顿的《失乐园》、歌德的《浮士德》、拜伦的《唐璜》这些都读了。我觉得把这些东西读了，基本上西方的各种小说，包括现代的、后现代的小说，看的时候就不费劲。还有布尔加科夫的《大师和玛格丽特》，这些魔幻现实主义的作品，我也重新读了一遍。西方作品和中国作品我会参照着读。我们的《西游记》一定程度上也是魔幻现实主义作品，无非就是写作的手法等方面不一样。但我觉得写作是可以把这些东西都参照起来的。如果你想为本民族写点什么，那你一定要读西方的史诗，如果说你特别喜欢西方的东西，想把西方的东西说清楚，我觉得要着重地读一下中国传统的东西。这是不矛盾的。

玄奘为什么能在宗教方面取得那么大的成就，就是因为他在文化上领悟得比较透彻。他走遍了二百多个国家和城邦，他一路对这些地方的宗教、政治、经济、文化，什么他都研究了，回来以后他就将这些方面融会贯通了，所以他能够成就这样的宗教高度。总之，中西方参照式的阅读，我觉得是非常重要的。

另外，我觉得作家的世界观也是非常重要的。其实中国从古代开始，就特别注重天文地理的综合认知。从先秦一直到汉代的文人，他们的观念都是非常综合的。尤其是司马迁所处的时代的文人，对天文非常关注，天文观在某种程度上讲就是世界观。西方国家亦然，西方的泰勒斯就是古希腊时期的一个天文学家，那个时候就开始关注天文了。当然人类对天文的认识也是随着人类对天文观察能力的变化而发展的，先是"地心说"，认为地球就是中心。从维吉尔到但丁一直到弥尔顿，他们在认识的时候，就是以为天上也就是我们能看到的太阳、金星、水星、火星一类，他们当时只认识到这么多星球。到了伽利略，就有了"日心说"，认为这个世界是以太阳为中心，地球就降格了。再到近现代一二百年，通过天文学家的探测，地球在不断地降级，降到什么程度呢？像太阳这样的星球，在银河系有数千亿个；

而像银河系这样的星系在宇宙当中，又是有数万亿个的。如果按照这样去想，那人类算什么呀？你在宇宙中，这样一个生命，连一粒微尘都算不上。

所以大的宇宙观是非常重要的。这涉及人类如何认识世界，如何认识我们自己的生命。刚才说到，在整个宇宙中人类是非常渺小的，那是不是我们就没有存在的意义了？不是的，这恰恰是在表明我们生命的重要性。截至目前，我们在宇宙中还没有发现其他的生命。当然，我坚信宇宙当中肯定还有别的生命，并且有比我们高级的生命。但是太远了，我们没办法去。地球绕太阳旋转一圈是一年，太阳系离我们最远的两个星球，天王星绕着太阳转一圈需要八十四年，海王星绕太阳转一圈需要一百六十五年，我们两辈子都活完了。宇宙确实是太浩瀚太博大了。

但是，人的生命进化也是非常不同的。从四十五亿年前，生命在地球上诞生，出现了最小的细胞，从海洋的微生物，然后一步一步地进化。达尔文讲，自然界没有飞跃，每一步进化都是不一样的。有些鸟就进化到那么长的喙；长颈鹿就进化成那么长的脖子啊；我们人类进化到最后，我们脸上有个鼻子，鼻子要吸气，它也美观，还得有个地方架着眼镜。生命的生存、进化非常复杂，像马里亚纳海沟的十一千米深海下，有一种鱼的眼睛长得像望远镜，因为要从那么深暗的海底向海面上看，它就把眼睛进化成望远镜；因为海底水的压力太大，它身上就进化得只有一层薄膜，水从它身上就通穿而过，否则这么大的压力根本无法生存。这就是自然进化。人的进化也是这样，一个生命从微生物一直进化到高级的人类，是非常不容易的。所以我觉得尤其要珍惜生命，珍惜我们这一粒微尘能够在这个浩瀚的宇宙中存在。

最后还想和年轻人说说，我觉得这个时代你们的压力非常大，但是一定不能放弃奋斗。无论是但丁的《神曲》由地狱、炼狱到天堂的构思，还是弥尔顿的《失乐园》，都包含着巨大的向上的力量。《失乐园》里面讲，把亚当、夏娃从伊甸园赶出来，亚当很高兴地说，赶出来不要紧，这个地方无非是不劳作就能获得很好的生活，把我们赶出去，无非是要靠我们自己的辛勤劳动生存下去，有什么不好呢？人类所有的文明都是要告诉我们，人还是要积极向上的，尤其是年轻人，要在继承传统、感应现实中让自己成长，使自己博大。

2021 年 4 月 21 日于北京

用生活的花粉酿制艺术之蜜

作家的创作生活常常让我想到蜜蜂的工作流程。它们从植物的花蕊中，搞得一头雾水地嗡嗡乱采乱挖一通，当塞满蜜囊后，整个身体已变得像现代派艺术的某些斑驳色块，五彩缤纷地飞回蜂巢，吐出蜜汁，交由后勤管理部门进行加工存储，以备寒冬来临、大地萧瑟时享用。它们万万没想到的是，劳动果实的百分之七十左右，都让我们人类收割并加工成舌尖上的美味了。而给它们巢穴里留下的食品，仅够它们熬到来年春天，大地再次花开为止。有些下手重、割得狠的，还不得不给它们喂白糖水，以延续来年还要继续创造劳动价值的生命。蜜蜂从花蕊里勤勤恳恳挖掘进自己胃袋的花粉，含水量达到百分之八十以上，经过体内转化酶的作用，也就是发酵后，再在温度较高的蜂巢里吐出来，由内务部门进行深加工，水分不断蒸发，含糖量持续上升，提纯到一定程度后，再用蜜蜡封存待用。

作家的创作与它十分相似。我们讲生活是创作的底色，讲深入生活，而由生活转化成创作成果的过程，就是采摘花粉、转化发酵、蒸发水分、持续提纯的过程。但源头是花粉。没有花粉的广泛采集，终是无蜜可酿的。比如北京本土作家史铁生写的《我与地坛》，无论什么时候读，都会感到由独特生活观察、体味而来的不可比拟的独创性。地坛已有四五百年历史了，我个人觉得它最深刻最撼人心魄的是史铁生心灵震颤所带来的生命活性，如此静穆，又如此骚动。也只有他这种静如大海深流的观察，才可能把那么多芸芸众生带进艺术的世界，并在命运这只看不见的手中，搅动着不同生活形态的动人交响。也只有这种用生命进行的入微体察，才能把春秋冬夏一年四季的变化，写得那么波澜壮阔又毫发毕见，且富含生命的诗性与哲理。还有一个重要作家，也能很好地体现出采蜜与酿蜜的关系，那就是我特别喜欢的肖洛霍夫，他的《静静的顿河》不能不说是来源于他广泛采摘与沉静酿蜜的过程。如果他不是顿河旁边的哥萨克人，如果他没有参与到战争的毛细血管里去体悟战争这架机器的疯狂搅动过程，就不可能在残酷的现实演进中，酿制出一部充满了人性尊严与光辉的文学巨著。尤其是无法让我们看到那些精彩细节、语言、俚俗，以及土地、河流、人情之间难以撕裂的化学反应式的属于美好文学的浓烈勾兑。

文学来自生活，而对生活的一切感悟都来自观察。牛顿因为观察到苹果落地，而认识到万有引力法则。法国昆虫学家法布尔并无意于当作家，就是因为比别人多了一份细致入微的观察，而形成了一部非文学的经典《昆虫记》。通过显微镜，科学家进一步观察到：小小的蝌蚪身上有五十多处血液循环线，它把血流从极细的管道运送到尾巴边缘，再通过弯弯绕绕的游丝管线，从尾巴梢流回心脏，生命因此变得持续而有活力。因为我是一个业余天文爱好者，多年来都在阅读这方面的书籍，并长期订阅着《天文爱好者》等杂志，家里也有一个不错的天文望远镜。而奥妙无穷的天文学最核心、最关键的词汇，就是"观察"二字。一切伟大的发现都是观察出来的。通过观察再思考、计算，浩瀚的宇宙便变得清晰起来。回到文学，曹雪芹如果不是亲身经历了家族的巨大兴衰，就不可能有《红楼梦》那种致广大而尽精微的总体性世情记录。我们从前辈那里学到了无尽的写作方法，也上了无数堂文学大师课。他们总结起来无非是"多看多写"四个字。看是看书，也是看世界，包括看自然、看人间。我有一个同事的母亲活了九十多岁，一有病，立即就要让无论远近的儿女都赶回来围在床边召开紧急会议，核心议题是研究她怎么活下去。她不想死。而她要活下去的唯一理由就是还要再经见经见世事，她说她还没经见够，好看的世事还多得很。她不是作家，但她有一颗适宜于当作家的好奇心。

我个人的创作，也紧密围绕着"观察"二字展开。我始终信奉要写熟悉的生活这个铁律。只有熟悉了，烂熟于心了，才可能去寻找生活背后的潜藏。否则，仅生活真实不真实都把你整得够呛，哪可能还去透过现象探寻它的本质呢？我写第一部长篇小说《西京故事》，是因为当时我工作单位的门口有一个巨大的劳务市场，整天有农民工把那里围得水泄不通，时间一长，他们甚至成了单位门脸的一部分，作为管理者，我才不得不关注起他们来。由此也把我带入西安的几个城中村中，我竟然发现好多只有一两千人的村子，都聚集着四五万人的农民工群体。他们既生活在杂乱无章中，又井然有序、资质各异地施展生存技能，让一座座高楼矗立起来，一条条马路宽阔起来，同时也让自己的家庭在城市的犄角旮旯处生根发芽。由此我开始了长达三年多的走访、记录，先写成舞台剧，又根据密密麻麻的手记，创作了五十万字的长篇小说，想努力书写这个时代城乡二元结构中的裂隙与融通。而《装台》是《西京故事》的继续。因为装台工基本都是农民工，他们过着"夜猫子"的生活，有时整夜装修搭建舞台，好让艺术家们在正常上班时进入排练。我有晨跑的习惯，常常看到满院子只要有能躺下的地方，他们都会找到那点可怜的舒适区，蜷缩着补觉。这是一群普通人的有关日子的演进，无尽的细节扑面而来，我在写他们讨生活的不易，也在整合他们相互搀扶的不经意姿态和彼此照亮的一种暖光源。

至于长篇小说《主角》与《喜剧》的写作，就完全是在浸泡过的生活中提取所有养料的快意之作了。它就是浸泡，不是观察。因为我在文艺团体做编剧、做管理近三十年，很多时候是浸泡其中而不自知。所谓快意之作，就是完全不需要再去深入任何生活，了解任何情况，包括一些很专业的技术和知识，只是抽取、建构而已。《主角》努力地汇聚了我所熟知的所有主角的生命特征，我把他们置放到一个与我同频共振的四十多年改革开放的大背景中，让一个山间十一岁的放羊孩子，历经磨难，半懵懂半清醒地成长为一个古老剧种的"金皇后"。我是希望她能承载更多我的精神生命的寄托与思考，在物欲横流的名利场上，有一份淳朴、诚恳与纯净，从而更值得观众去千呼万唤与"捧角儿"。而《喜剧》则是通过父子三个喜剧演员从红火到落寞的舞台生涯，讲述了时代过度索要喜剧，"喜剧之子"也在拼命娱乐观众，最终遭大众遗弃的喜剧与悲剧的切换过程。古往今来的优秀文学艺术作品，尤其是舞台剧，都是经过人民数百年千滤万选出来的。观众说行你才行。一部文学史与戏剧史也反复告诉我们，人民是最终的评判者。

当然，一切生活都只能是生活，它绝不是艺术。艺术是用广泛撷取的生活花粉酿制出来的极其简约的蜜汁。我们有了丰富的生活，并不意味着就有了美好的艺术。艺术来自我们对生活如切如磋、如琢如磨后掰乱揉碎了的重新建构。我小说的主角，每每出来都有人在一一对应，我甚至不得不用上"作品纯属虚构，请勿对号入座"的老套路。没有任何一个人的生活能照搬进小说和戏剧，我是在用我的语言、趣味、结构方式讲述我的故事，更是在用半生的生命记忆重建我的精神世界。写作永远是个新课题，我只是想把故事讲得生动一些、流畅一些、有趣一些，尤其是要有自己的语言风貌，如果能有所共情，那更是求之不得的事了。

2022 年 10 月 28 日为北京《十月》"文学之夜"草就

乡土是我们割不断的脐带

——再说《星空与半棵树》

一部小说创作出来，作者说什么都是多余的，何况我已写过后记，且不短，再要说，似乎就是"狗尾续貂"了。可接到丁帆老师的短信，要我给他主持的"乡土文学新视界"写一篇《星空与半棵树》的创作谈，我还是欣然应命。因为这部小说完成后，人民文学出版社第一时间给丁帆先生寄了试读本，而他读完，很快就写了一万七千多字的评论，对拙作给予充分解读、擢拔与提升。他在文章开头说："这是一部乡土小说长篇巨制，立马就引起了我的阅读兴趣。"然后说小说"竟然会对中国上个世纪六七十年代以来的乡村生活与乡土社会有着那么深刻的本质化经验，于是我便沉入了细致的阅读"。我很看重大评论家"细致的阅读"这五个字。他用"一个月时间"，读完"未尽的尾声"后，在最后一页上写了一句批注："这是一部现实主义、浪漫主义、生态主义和荒诞主义四重奏的乡土感伤主义的交响乐！"丁帆先生是中国乡土小说研究史论的"开山"人物。此前我只读过他的诸多理论文章与随笔，并无任何交集。他对《星空与半棵树》如此抬爱，自是令我十分感动。加上这部小说与"乡土小说"连接起来后，我似乎也就有了一些乡土的话语要说。

我本无意于写"乡土小说"，如果说《西京故事》是一种"城市乡土"，那么《星空与半棵树》就是相对纯粹的乡土的"乡土"了，因为整体场域都打开在促狭而逼仄的乡村土地上。至于城市，那是乡土社会的延展与溢出，其本质仍是在漫漶着乡土的问题。中国历史的深厚基石是农耕文明，有人说，查查每个人三代以上，基本会与农村、农民、农业相连接。我家三代以上的爷爷辈，既教书，也种地，老家留下的一些旧迹，无非也是耕读传家的母本。父辈做了公务员，却也钉在基层的土地上，调来调去，没能离开乡镇半步。我的整个童年甚至少年时期，都是在乡土中摸爬滚打的。因此，乡土记忆是我的生命底色，无论写《西京故事》《装台》《主角》还是《喜剧》，也都一定会有诸多乡土人物杂陈其间，甚至《主角》与《喜剧》的"主角"们，也都是乡土间成长起来的人物。他们即便到了城市，那脐带仍然与乡村割断不了地亦土亦城着。

"乡土小说"是个巨大命题。在中国古代文明与近现代文明，以及当代文明进程中，"乡土"书写始终占据主流位置，有人叫"重磅中的重磅"，毫不为过。但今天似乎在偏离这个重心，小说话题变得丰富而多元，甚至在更年青一代的写作者中，"悬疑""玄幻"乃至"奇幻"占了很大比重。读者也在迅速分流。但我们的乡土还在，围绕着乡土问题所展开的一切社会矛盾与问题，正在与百年未有之大变局一起加速演进着。农村、农业、农民问题，抽丝剥茧看，可能还是一切问题中的首要问题。因为这个人口比例决定着它的重心。作为一个创作者，能置身"乡土"书写的行列，深感荣幸而笔沉。

"乡土"书写的现代祖宗是鲁迅先生。这面旗帜一直飘扬到今天仍在呼啦啦作响。因为乡土书写寄予着诸多重大社会问题，一代代作家都在为此呕心沥血，甚至九死不悔。其生活涉及面的致广大与尽精微，或波澜壮阔至于"生死场"，或"死水微澜"与"未庄""土谷祠"及"边城"，都显示出社会沧海桑田般变迁与固化的宏大与微观。而其间人物个体与群像的悲喜交集、冷暖寒凉，作家或哀其不幸、怒其不争；或田园风情、短笛晚唱；抑或讽刺嗟叹，悲悯烛照，不一而足。总之，乡土书写是一种对乡村社会，以及延伸到城市社会的仰观俯察、横切竖挖、刨根究底、粒子放大。今天阅读着"乡土"书写的那一片片疾风劲草般的风景，仍觉得书写的力透纸背，不由人不肃然起敬。

我写《星空与半棵树》，最早起始于一个故事，这个故事的核，就是一棵树的归属权问题。由归属权，演绎到人的生存权、价值尊严、族群邻里、物质生态，以及伦理道德、法理尺度诸方面，最终是想在乡土的文明现状上，提起一缕纲线，从而看到这张网的精细与粗疏的整体面貌。我笔下的"北斗村"，是我整个少儿时期"沉浸式戏剧"的"辽阔"舞台，也是我青壮年时期反复回望的那张极小的"邮票"。当时间拉开了一个相对的生命长度后，连不懂戏剧的人，也会看到人生处处是戏的那些"戏眼"。所有人的命运与被命运，包括一个乡村自然与被自然的生态，也都会在时间的演化中，留下戏剧起承转合的刻度，让少年时期手中掐到的那枝鲜花，成为壮年时期深扎在十指里的毒刺。我终生创作戏剧，研究戏剧，喜欢戏剧，戏剧是我勘验历史演进与生活现实的"法器"，也是一个十分神奇的"微缩窗口"，有了这个窗口，我便有了属于我看待生活的"现实与浪漫""魔幻与荒诞"，以及我处理生活材质的方式。无论是让一条狗还是一只猫头鹰出来"做道场"，都是书写现实的一种张力需求。从本质上讲，我是一个热爱并深耕着现实主义的创作者，但我从来不排斥对任何主义的借鉴。技巧也是一样，需要了尽可拿来。比如戏剧，我也并非单一青睐它的技巧性，我追求的是戏剧对社会生活那种巨大的概括与提炼能力，也可以叫"压缩饼干"式的"内驱动"与"外膨胀"。我在利用长篇小说的戏剧性，也在极力打破"戏剧性"演化中过于"内卷"的"坍缩"。找到最大的外部视角与观照张力，还有深层的内在结构与统摄意识，是我运用戏剧性做小说的着力点。之所以要反复交代这些，是因为《星空与半棵树》以戏剧开头，又以戏剧结尾，并且在十分重要的关目，又上演了一幕称为《四体》的活报剧。因此，我不得不在接受采访中，多次陈述这些一言难尽的观点。

小说说来说去，是语言的艺术，更是人物的艺术。语言终究是为塑造人物服务的。没有了人物，我看也就没有了小说。我们说《红楼梦》好，终归是曹雪芹塑造了一群令人过目难忘，甚至可谓刻骨铭心的人物。当我们不谈贾宝玉、林黛玉、王熙凤、贾母、贾政、贾琏、焦大、刘姥姥、史湘云、晴雯这些人物时，谈《红楼梦》就只会留下一些断章残句，精彩是精彩了，可哪来生命的鲜活之气呢？因此我觉得小说仍是写人物的艺术，用尽可能精准、灵动与个性的语言，去把人物呼唤出来。人物塑造永远是长篇小说的"重器"，一个或几个，一组或一群。众生的无助与渴望、卑微与挣扎、苦难与幸福、黑暗与光明，永远是文学的重心所在。塑造人，是文学不可"卸载"与"狎玩"的苦难肩负。无论什么样的风格、主义，在我看来，离了人物塑造，都是令我"疑窦丛生，思而不解"的阅读，也是自己写作的死敌。我想利用一切手段来塑造人物，把人物写活，所有"负载"与"附加值"终归是"负载"与"附加值"，能留给人进行无尽解读的，只能是那些永远都充满活性的"巨鲸"与"蜉蝣"式人物，他们身上沾满了历史与现实、政治与经济、哲学与宗教、乡土与城市的晶体与灰尘。写好人物，是我这个写作者的雄心，实现起来很难，但不能因怪石推不上山，我就停止奋力。

《星空与半棵树》的第一男主无疑是安北斗。一个农民的孩子，苦巴巴考上一所二三流大学，在北斗村已是光宗耀祖的大事体了。他也获得了属于他的最好结果，考上了乡镇公务员，并且在这里收获了爱情、家庭。他有一个致命的爱好，就是天文观测。乡村有各种爱好甚至癖好的人多了去了，有人爱下棋，有人爱打牌，有人爱拉板胡、二胡，有人爱吹竹笛、唢呐，且水平还都不低。我就曾见过一个炕上只有半片簟席的人，窗口几乎每天都飘出欢乐的《喜相逢》竹笛声，附近人称他"神经病"，我想神经病大致是不容易把笛声吹得如此悠扬且有精细吐纳节奏的。有些爱好能变得实用，甚至转化成一种职业，比如吹唢呐，俗称吹喇叭的，红白喜事就能派上用场，甚至可以养家糊口。唯独天文爱好是个麻烦，山村没有光污染，星空的视宁度又特别高，这让安北斗便把在大学培养的业余爱好发挥到了极致。因为这个"高大上"的爱好，赢得了杨艳梅的爱情，也因这个与实用价值半毛钱关系都没有的爱好，让他的家庭分崩离析，动如参商。事业、仕途也每每"尴尬人难免尴尬事""破漏船偏遭顶头风"。安北斗是个现实主义、浪漫主义、理想主义，甚至"空想主义"集于一身的人，在一个实用主义成为意义判断的首要原则的时代，他便活成了一个笑柄。仰望着浩瀚星空，收获的却是一地鸡毛，甚至无数坚硬的"实锤"。这是他人生的巨大不幸，但也正是这种卑微的体悟与不息的仰观俯察，让他具有了对生命意义的通透认知，从而变得理想又现实、深切而悲悯，最终活成了卑微与无助者的希望与火光。居高临下的同情与悲悯是没有实际意义的，只有安北斗们实实在在的悲悯善行，才是贴着大地的"上善若水"。

小说着力塑造的另一个人物便是温如风。他是安北斗的同学，但因家境的困局，而让他错过了与安北斗一样的读书进取机会，可他在自己卑微的生存轨道上，始终是一个想努力运行正常的人。他者与综合环境却一次次在改变着他的生活甚至命运轨迹，让他有时几乎是垂直落差、有时是无序飘移到他并不愿意行进的轨道上。他先前是一个勤劳致富者，一个遵守公序良俗者，但因"半棵树"的产权问题，活生生被与权力捆绑到一起的"村霸"，逼成了一颗乱跌乱撞的失序"流星"。问题很简单，就是因为他还要一点脸面，要一点做人的权利，要一点并不比其他人高出一星半点的尊严。如果他甘愿做孙铁锤的"奴仆"，那他也会得到"做稳了奴隶"的生活，但他偏不信这个邪，最终便活成了"问题人"。他的同学安北斗始终在努力"变更"他的轨道，企图让他回到生活常轨，可总有一些不可抗力，让安北斗劳而无功，温如风也就持续在"逃逸""滑落"，直到成为一个实实在在的"游民"。温如风的确有温如风的问题，但温如风也是那根"权力任性"的"毒刺"，扎得人生痛，却找不到拔刺的方子。尽管自己因此而活得卑微甚至一败涂地，但他也是那个被"村霸"所践踏的村庄的"暗物质"与"抗力"，发挥着他人所无法取代的推动现实前进的作用。

　　小说的另一个重要人物草泽明，恰恰是安北斗与温如风的小学老师，也是村霸孙铁锤的老师。草泽明的三个学生几乎把一个北斗村与北斗镇都搅了个天翻地覆，这个搅动是时代总体引力的牵动，搅拌，也是个人参与时代进程所产生的引力与斥力的常数与异数。草泽明也可以称为这个乡土社会的"乡贤"，但由于传统的农业社会突然面临市场与工业化的转型拉力，而使传统猛然断裂，新的伦理价值又建构不起来，一个乡场，无序生长的权力与资本便成了向心力与指挥棒。

草泽明看不懂了，也就退居于山坡之上，不置一言，静观其变。安北斗为草泽民在村里一些"大是大非"面前一言不发而失望、怨怼；孙铁锤威逼与利诱兼施，希望草泽明要么为他的"霸道"鸣锣开道、帮腔助威，要么把那点"乡贤"的"人脉腿脚"蜷缩回去，臭嘴闭紧；温如风在他这个昔日十分尊敬的老师面前，也已讨不到半点哪怕是道义上的支持，更是心灰意冷，索性不再往来。一个"乡贤"，在这个巨大的社会转型期，面临着存活方式，尤其是精神价值失范的煎熬。日用不觉的那些价值观突然崩盘，乡村数百数千年建构起来的坚硬伦理基底，抵挡不住孙铁锤一个眼神的摧毁力。可也就在孙铁锤把自己的"恶行"发挥到极致时，草泽明突然义无反顾地迈出了最坚实的一步：孙铁锤可以获得现世的一切"福报"，但绝不可以在村子里竖立起一座"魔鬼变菩萨"的雕像，为拉倒这座"假菩萨"石像，草泽明甚至付出了生命的代价。

小说中再一个重要人物是派出所所长何首魁。他可能让很多人都特别失望，包括第一主角安北斗，自然还有温如风等，他的形象与"恶魔"相较，也未必好看多少，尤其是你很难从他这里听到温暖的大词，也别想获得一时的"麻醉"，他对乡上社会有深入骨髓的了解。他既不是一个铁面无私者，也不是一个柔情满腹者，但他的主基调是想建立一个法治的乡村社会。他"包庇"弱者花如屏，使其"杀人"案情不至于泄露而遭孙铁锤报复，但对花如屏的丈夫温如风，似乎又欠缺了那么一些"耐心"与"善意"。他的形象有时不可捉摸，可当理清了法治这根线索后，也就理顺了这个派出所所长的根本愿望与思路。最终，他以自己的牺牲，击毙了恶贯满盈的孙铁锤。也许这个击毙是不必要的，但他毅然选择了击毙，他害怕恶人再次被"营救"，从而逃脱正义的审判。

花如屏是小说里一个特别重要的女性。她是温如风的妻子，外号"小钢炮"。就是个头不大，但做事风风火火、泼辣敏捷的意思。她虽然置身乡土，却生得特别美丽，这个形象是基于我少年时期对乡村女性的一些记忆。她们并不比城里女人长得丑陋，但生活这把利刃，会在时间上将她们与城市女性的身材、容貌、气质、谈吐距离持续拉大。过几年或几十年再去看她们的行迹，就知道了城乡差别与"二元结构"之间的深层矛盾。花如屏因容貌姣好，而嫁给了提前靠诚实劳动发家致富的温如风，谁知温如风的生命轨迹因"半棵树"而南辕北辙，甚至成了一个"断线风筝"。从此这个"好女人"便沦落为一颗谁都想"撞击"一下的"星体"，遭到各种惦记、骚扰、盘算，尤其是孙铁锤的"死缠不休"。但为一口活人的气，花如屏终是没有给苦难的丈夫心上再插一把刀。她有她的生命伤痕与秘密。她竟然在少女时代就"杀过人"，派出所所长何首魁所保守下来的"死秘"，是这个乡土村落里最原始的义的秩序与道的存续。我对花如屏的塑造充满了感情，也算是对乡土社会所有苦难女性的致敬。

　　小说中另一个女性形象叫杨艳梅，她是安北斗的前妻。当一个背着天文望远镜的大学生突然落户小镇做公务员时，杨艳梅眼前一亮，她母亲也为之一振，这不就是那个"前程远大"的"乘龙快婿"吗？安北斗顺理成章地与她相爱、结婚，并生下了宝贝女儿安妮。可生活的进程并不如想象得那么精彩美妙，天文爱好的时髦"光环"很快便成为一种"白眼张天"的讨厌"病症"，不仅影响了安北斗的个人前程，也让杨家感到"难堪"而"绝望"。杨艳梅随着父亲的迁升而举家进了县城，由此两人生命间距拉大，直到杨艳梅跟了"新贵"储有良调到省城，而使她与安北斗的婚姻家庭彻底破裂。省城的生活也并不似想象得那么"风光无限"，储有良有储有良的生命"偏嗜症"，甚

384

至无救无解。当新的婚姻再次成为"面子工程"时，杨艳梅与安北斗，已是再也改变不了的按各自轨道运行得越来越远的行星了，尽管在一刹那间她也心存"暗结"，为之动容，却自知覆水难收。尤有意味的是，那属于乡土的"半棵树"，竟然被"大树进城运动"移栽在这个"富人区"的深宅大院里。小镇公务员安北斗，在这里读懂了女儿安妮为何不稀罕他苦苦在星空中寻找的那颗属于自己发现的小行星。杨艳梅也似乎在一刹那间，明白了生活可能在物质以外还的确有其他的意义存在。

小说中还有一些小人物也是我的着力点，诸如蒋存驴，外号叫"叫驴"的。他是一个地痞无赖，但又喜欢跟派出所人混交在一起，一边干着偷鸡摸狗的勾当，一边又帮着派出所"抓人""撵人"，维护一方治安。生活的本来面目有时是十分混淆的，要想厘清，世事反倒无法推演，这就是小说要关注的人物的复杂性和多面性。"叫驴"毛茸茸地存活着，有时简直就是一个"过街老鼠"，但他最后又在追捕"拐卖人口犯"时，献出了"最可宝贵的青春生命"。生活的逻辑永远无法清明澄净，小说在这里刚好一显身手。我喜欢这样的杂色人物，包括小说中的蔡表舅，以及大爆炸事故责任人陈大才等，顺着事物本来的面貌去展开一些人物的斑驳多面，让一团一团的生活充分滚动起来，砖头瓦块、钢筋水泥、沙粒杂草俱呈，似乎才是小说家要做的事。

《星空与半棵树》的底色，是改革开放给山村带来的巨变，每个人，以及家庭、村落的物质生活变化都有目共睹，但在社会价值观上，也明显出现了诸多断裂、缺失、滑坡与畸变。似乎人人都有一种无力感，而这种巨大的无力感恰恰来自欲望。欲望使一些人更加穷奢极欲，也使一些人愈加无能为力。有人无法无天，也就有人活得暗无天日。现代化是一个大题目，乡土社会的再次开启振兴，不仅是自然生态的修复，更是人际人伦人心的修复，讲信修睦、亲仁善邻、自强不息、厚德载物地把传统接续起来，让现代人的尊严感、权力、平等、自由意识"变易"进来，并内化为民众的精神和生存方式，文明才会落地生根。现代化不是一城一池、一章一节的"突变"，而是一种整体性、结构式的嬗变。一切文明最终都是以人的整体性生活方式体现出来的。无论山川风物怎么改换，人的幸福都是最后的指向，建设具有现代文明的乡土社会，也是乡土文学的沧桑正道。达尔文说，自然界没有飞跃。社会治理更是充满了巨大的历史惯性。从这个意义上讲，乡土书写也许刚刚起步。好在我们都有割不断的乡土脐带。从鲁迅的阿 Q 到赋予中华优秀文化以现代属性的人的全面"换代升级"，乡土文学任重道远。

2023 年 11 月 12 日于北京奥林春天

心灵才是人类伟大而壮丽的作品

　　谈创作是一件很难的事，既然身在创作中，就不免要时常谈起来。搞了几十年戏剧创作，也谈了几十年戏剧创作，后来渐渐就不敢谈了，发现你怎么谈都是盲人摸象。人类对戏剧的创作探索太久远了，任何人在其中的一个段落，都会以为自己发现了真理，有了创造性贡献，但时间再朝前涌进一段后，有些就烟消云散了，而有些依然在熠熠生辉。真正能立常走远的，就是那些直抵人之"命门"——生老病死、悲欢离合的作品，且总是与大历史深深契合。人是活在社会中、环境中、历史中的高级动物，从生到死，都被自然、社群、他者死死牵绊着。所谓内心挣扎、生命深度，都是现实环境颐养或压榨的结果，最终是以悲喜剧或正剧的方式体现出来的。因此，两千多年的戏剧长河，流淌着的，就是两千多年的现实。即使是一种叫神话剧的创作，也都是现实的水盆显影。我们所能做的，很可能就是一种时代书记员的工作。哪怕是写历史剧，也是站在现实的基点上，一如司马迁，我读《史记》，通篇都是他所安身立命的那个时代。

　　这是一篇约谈小说创作的稿子，先说了半天戏剧，我是想，人类戏剧创作的起源，要早过小说千年以上，并且直到今天，戏剧仍然以极传统与极现代的两种方式，也可以称之为两个车轮，在朝前滚动着。有时两个轮子有所配合，有时完全是各滚各的。车轮下泥水四溅，依然有跟着跑、跟着叫好的。最传统的，几乎像活化石一样，残存着数千年文明的各种骸骨；而极现代的，演员站在台上，只把一些道具搬来摆去，或是一些肢体上的暗示隐喻，甚或冲观众破口大骂一晚上，有时骂得人丈二和尚摸不着头脑，还是有喊叫骂得好、骂得妙、骂得开了新的。当然也有很多折中主义的创作者，在努力让传统与现代水乳交融，有些是内容上的相互滴灌渗透，也有技术上的剪接化合。总之，世界戏剧的丰富性令我们目瞪口呆，也目不暇接。我是带着戏剧的两个极端与折中，来认识小说创作的。因此，我读小说，喜欢两极中的极端，也喜欢折中中的交合平滑。总之，写作是要让人看让人接受的。即使想读者"走出阅读舒适区"，也须扫除一些不必要的障碍，尽量好看好读一些。

还拿戏剧说事。戏剧有一个老词，叫"伺候观众"。无论"戏比天大"，还是"老天赏饭"，都与观众有关。没有观众，戏剧就不存在了。戏不能只演给自己看，业内谑称为"自拉自唱""自娱自乐"。因此，历史长河中的戏剧行，研究市场与观众的意识明显强过其他一些文艺门类，当然与"早熟"有关。从某种程度上讲，"伺候"有卑微的"迎合"之嫌，但经过长时间历史汰洗，流传下来的，必是那些能说清楚人情世故、人生百态，以及生存还是毁灭，活着还是死去，龟缩还是反抗，喻利还是喻义，贪婪还是节制，向前还是后退等重大问题的剧作。一切都在对观众的"伺候"中，才积攒下了一些叫"共鸣"的"干货"，也成为今人奉若神明的经典。由此反观小说创作，其实也不无认识价值。小说的起源也是希望通过说话，吸引人来听，当然听众越多越好。无论我们的唐传奇、宋元话本，还是盛开在中东的"天方夜谭——一千零一夜"，抑或是被誉为西方现代小说鼻祖的《堂吉诃德》，以及《鲁滨孙漂流记》等，都是在努力讲述好听的故事，至于里面所包含的人文思想与精神广度深度，都是一代代读者阐释出来的。笛福一生写了二百多部小说，就是想吸引更多读者，从而有更大的印刷量。当然小说在成熟，作家也在巨人的肩膀上朝前眺望，我们可以绕过"迎合""伺候"的卑贱姿态，但绕不过给读者书写的动因。从这个意义上讲，戏剧演给人看，小说写给人读，将是一个永远的"行规"。

历史离开了人，就是一盘"空白带"。正是有了人，有了人的无尽书写，而让我们知道了打我们降生以前的世界。人类自发明了文字，才是文明的真正起源。到今天已有十分丰厚的积存，每个人都已载它不动，我们能背负与打开的，只能是冰山一角，或压缩饼干式的文明"简笔画"。人类历史细微处的记载，拉开任何一个切面，都会令我们惊恐万状，毛骨悚然，原来我们是从这样一个茹毛饮血、一地遗骸的道路上踩踏过来的。历史尽可以越来越详细地去记载它的"致广大"与"尽精微"，但对于个体，认识历史与把握历史的手段，只能是算减法。尤其对于写作者，任何企图涵盖人类历史全貌的书写，都只能是一种野心与叙事梦呓，我们能做的，可能就是巴尔扎尔所说的书记员的工作。我们只能是自己所处时代的书记员，哪怕你写的是洪荒宇宙、银河黑洞，那也只可能是我们时代所能认知的一点经验而已。两千年前，亚里士多德认准了地球就是一切的中心，所有天体都在"打配合"；五百年前，哥白尼发现，太阳才是中心，地球只是太阳的一个"玩伴"。哥白尼的"铁粉"布鲁诺，甚至因此被宗教裁判机构烧死在罗马鲜花广场。那时烧死对撼动上帝所处位置的"妖言惑众"者，几乎是家常便饭。直到近百年，我们才搞明白，连"太阳王国"都只是银河系一个十分普通的星体，平凡得像一颗小"粉瘤"，不痛不痒地长在银河系的胳膊上。近几十年才搞明白，银河系在庞大的宇宙中也只是一粒微尘，宇宙在统计 GDP 时，大概还会忽略不计，因为小得不值乎。包括人类今天对 AI 的津津乐道与惶恐不安，很可能在未来的某一天，也是一个笑柄。就像几十年前一台计算机，需要几间房来陈列设备一样，今天一个几纳米的芯片就把海量的数据处理系统搞定了。从这个意义上讲，当代作家做好当代的"书记员"，可能是一种较为恰当的选择。哪怕我们只是给未来世界贡献了一个笑柄，但这一环节总是不可绕过的。就像亚里士多德、哥白尼、布鲁诺，他们都为他们的时代记录下了十分宝贵的文明顺滑痕迹，尽管从真理上已显得稚嫩，但精神探索的光芒却充满了亘古不变的照耀性。

仔细想想，书记员也不好当。我们也面临海一样的信息，海一样的生活原浆，且不说还有浩瀚星空一样的历史负载。有趣的事多得很，前人没记录过的人事也如过江之鲫，尽管人性有诸多相似性，但在新的生命演进中，也有历史上人心、人情、人性，包括人群、人民，甚或人种所没有抵达过的现场，更别说新添了机器人这个诡异的角色。因此，现场记录的必要性将会永在。我们都想开疆拓土，但最终，一个创作者可能只被天然限制在一个自己所熟悉的场域里。海明威写出《老人与海》不是偶然的，他靠写作发财，挣了钱，就买一条好船，到海上钓鱼去了。有时满载而归，有时颗粒无收。时间一长，他就具有了那个老人的一切心态，落在纸上，便洛阳纸贵了。有人让他谈创作经验和思想哲学深度，他说他就是写了一个老人钓鱼而已。至于思想有多深，哲思有多妙，已不是他的事，自己想去。曹雪芹也一样，他可能没有想到自己最终会活成一个写小说的，那时写小说还不是一个正经职业，抑或为尊贵者所不屑。而这一切都拜生活所赐，最后以"真事隐去""假语村言"的方式，把他人生过往与痛切感悟和盘托出，记录了一个任何史家都替代不了的时代，甚至成就了一门叫"红学"的完全超越了小说边界的大学问。当然，写熟悉的生活也不是绝对的，卡夫卡没去过美国，却也写了小说《美国》，那既可当"假语村言"，也是一种但丁写天堂、炼狱、地狱的奇思妙想，包括弥尔顿把亚当、夏娃逐出伊甸园的神话重构，其本质还是对现实的隐喻与借指。一如我们可以把一群人弄到外星球上去恋爱、战争、寻死觅活，内心哪怕波澜翻滚如火山喷发，其本质还是地球上作者所知道的那点事的投射与翻版。之于我，在人类浩如烟海的创作队伍中飘浮的一粒芥子，还是更希望把自己的经历与触角所能及的过往，尽量以现实主义的方法记录下来。当然，我也不会拒绝一切为记录现实而已被前人所创建的诸多非现实主义的手段，因为所有手段最终还是给我们托出了光明与黑暗、美善与丑恶、真实与虚假共在并将永生的现实。

无论写戏还是写小说，不得不承认，还是个手艺活儿。故事、人物塑造、思想深度，包括所谓的哲学辨识度，都在手艺中才能释放展现出来。因而就有了写作手艺的强调与训练。二十多年前，看一本写齐白石的传记，一个细节让我过目难忘。说齐白石年轻时跟着木匠师父出门干活，师父见了另一个木匠，急忙闪到一旁，十分恭敬地让人家先走，那卑微的姿态，让齐白石很是不解，就问：师父，都是木匠，咱可凭啥给他让路呢？师父立即教导道：咱是粗木匠，人家是细木匠，见了怎能不让人家呢。所谓粗木匠，就是干粗工大料活儿的，而细木匠，是负责雕刻描绘的，职业高低贵贱立现。由此，齐白石就立志要做一个细木匠。那些雕刻描摹手艺，在花鸟虫鱼搞到乱真的程度后，再经人点化，进入了艺术的变形夸张提升，齐白石终成一代绘画巨匠。这都得力于训练的强化，然后才出现了飞升的一跃。才艺的确是讲天赋的，我跟演员这个职业打了半辈子交道，发现有些演员再吃苦，唱戏还是没灵性，咋唱都是闷不出溜的，少光彩。而有的演员一点就开窍，再加上必要的训练，立马就能"活龙活现""才艺俱佳"。我写了几十年戏，自我感觉最大的提升，就是那几年给影视剧写主题歌和插曲词。一首词一般修改都在百遍往上，好在词的体量小，一晚上就能翻腾好几个来回，甚至几十个来回。那种需要概括剧作全貌、提炼"传唱金句"的残酷压榨，前后煎熬出一百多首歌词来。那时我才二三十岁，头发一搔，飘落得满稿纸都是。我害怕提前把脑袋搞得过于"智慧"，而终止了这种魔鬼式自虐，但也在戏剧道白与戏曲唱词上，有了难以言说的收获。通过一种活性训练，从而在自然与理智中陶冶出一种创作习惯，与单纯听别人讲述要怎么创作，怎么创作才能更好，完全是两回事。训练的责任是启发心智、趣味与创造活力，让每个个体都有放松的清明自知，而不是搞"喂驴大餐"，用一种自己觉得了得的模式，把一伙人都带入"一群"里去，变得呆板僵化而不自知。包括小说创作，除了放量阅读，亲身实践，反复自我压榨，尽量避开那些"高级"而"滚烫"的通道，在我，似乎还没有别的捷径可走。

　　时间在飞逝，历史在流变，即使是科学，真理有时也如一季灿烂的花朵，会无奈地凋落而去。牛顿发现了万有引力，以为把宇宙的真理就拍死了，谁知又出了个爱因斯坦，以狭义相对论对万有引力进行了改进。当然，牛顿这朵灿烂的花朵并未凋谢，却是有漏洞的。自然科学都如此反复修改着真理的刻度，人文科学自是没有一蹴而就的道理。我们在这个世界上生长了几十年，发现仅语言表述习惯、用词与叙事话语体系，都在反复演变着。从阅读看，每一种通用语言都永远在动摇、位移、变异，有些字词被淘汰，有些被反转，作为以语言为根本材质的文学，自是不能不深切关注这些叙事的质性变化。仅从用词说，比如"奇葩"，现代汉语词典上的解释是："奇特而美丽的花朵：奇葩斗艳，这篇小说是近来文坛上出现的一朵奇葩。"而现在"奇葩"完全变成了反义词，你再说谁的这篇小说是近来文坛上出现的一朵奇葩，作者大致是会看出你有病的。时间让语言的面貌风格持续在发生逆转，一如岁月会重塑一个人脸上的基本线条与爱恨善恶表情。因此，细细琢磨与品味生活，沉浸到语言的海洋里，去寻找自己满意的表达，当是一种很重要的"书记"方式。我从《水浒传》《西游记》《金瓶梅》《红楼梦》里，看得最抓耳挠腮的地方，就是作者语言的独特感与丰富性，雅的不论，单说那些方言俚语，就能看到他们"故意"躬身拾取时的"得意"姿态，也常常是让我们今人仍要乐得喷饭的烂漫"奇点"。

创作谈就是一己的过往体悟，对于不同的个体，不具有太大的可操作性。所有指导创作的说辞，都是有缺陷的，连牛顿的万有引力也不能免俗。倘若执意模仿，有时就会突然感到自己不会走路了，甚至扭捏作态起来。其实我们要记录的，还是人这个地球生物的存在。人性在每个时代大致都是一样的，抱怨也无用，贪婪、逞强、结伙、仇恨、傲慢、嫉妒、好斗、妄想，以及情欲等问题，在不断扰乱着人类的秩序，任何教训最终都会以相同的方式重演一遍。有些戏看着是谢幕了，大幕又会徐徐拉开。再谢幕，再拉开，是不会有穷尽的。这大概就是人性的复杂与精妙了。很多东西要改变，可能需用万年与百万年来计算，可我们毕竟只有几千年文明史，人类已经进步得很不容易了！每个时代都会给我准备一大堆有关人的故事和材料，需要很多书记员从不同的侧面去进行记录，谁都不用担心别人操了自己锅里的菜，因为上帝创造的每个个体都是不一样的，记录方式也就会千姿百态。技巧永远是第二位的，记录到最深邃的心灵史，是书记员的主要工作。心灵，才是人类最伟大而壮丽的作品。

2023 年元月 25 日为《当代作家评论》写于北京

创作是一个人孤苦伶仃的长跑

创作是最不好谈的，我一般能推就推，主要是怕谈不好，让大家感到索然无味，也没有多少可借鉴之处，白耽误了大家的时间。但今天还是坐在这里，要谈将起来。我提前向主持人要了花名册，是想了解各位的创作背景，以便更贴近实际地谈一些话题。在座的有写小说、散文、诗歌的，有网络作家，也有写舞台剧、影视剧的，还有创作管理人员，应该说构成相当丰富，有些还是我较为陌生的领域，比如网络创作，但终归都是文学艺术创作，也便有了共同的切入点。主持人希望我多结合自己的创作实例，跟大家交流一些具体的创作感受，我就想到一个题目：创作是一个人孤苦伶仃的长跑。

好多作家都有长跑的习惯，比如村上春树，每天十五公里，那个我们做不到，一是环境，二是时间，三是体力，都可能对我们构成限制，但他给我们树立了一个很好的榜样。同时，也告诉我们，写作是个体力活儿，甚至是个重体力活儿，需要做必要的体能训练。不仅长篇小说写作如此，短篇小说大师门罗每天也会走动五公里，一直坚持到九十多岁。中国作家据我了解，也有不少既长跑也暴走的高手，王蒙先生已是鲐背之年，但无论刮风下雨，都会到户外走动万步左右，并喜欢把成果发给朋友，我想他不仅是为了分享，更是为了获得一种自励与监督。

创作是一个人的长征。艰难险阻、迂回挫折都在所难免。有时你得"爬雪山"、有时得"过草地"，有时得"飞夺泸定桥"、有时须"抢占腊子口"，你常常会写崩溃，唯一的救赎就是写下去，阻断、卡壳、再写、再崩溃，直到走出崩溃。尤其是早期写作，那就是一种强制训练，明显感到无能为力，弹尽粮绝，筋疲力尽，可你还得咬牙坚持，写下去了，很多管道就疏通了，那种通畅感会激励你继续朝下写。我始终觉得写作没有捷径可走，也没有特别的"技术指南"和"偏方"可以帮助你一夜飞升，那就是一种持续摸索的过程，一如人类的所有经验，都是反复试错试出来的。一个人没有亲身感知过水火之烫，是不可能从别人的描述中深度理解沸点与燃点的水火温度的。就像我们无意中被电击过一次，必然获得比任何触电警示牌更深入骨髓的"谨防触电"效果。写作的根本诀窍，之于我，还就是前人已反复讲过千遍万遍的那点经验：多看多写。看是看书、看世界；写是用量的积累，换取质的飞跃。那些"创作指南"之类的东西我也会看，但只是看看而已，千万别抱着这个不放，而舍弃了"多看多写"四字真金，那是舍本逐末的事情，耽误会很大。好了，下面我就按照主持人的要求，结合自己的创作，谈一点个人的体会。

让我最早有"孤苦伶仃的长跑感"的，是《迟开的玫瑰》的创作。那年我三十二岁，刚完成三十二集长篇电视剧《大树小树》的写作，这个剧央视一套播了，也获得了"飞天奖"。本来是要在电视剧创作的轨道上顺滑下去，可突然被任命为陕西省戏曲研究院青年团的团长，便不得不继续在舞台剧的创作上发力。《迟开的玫瑰》是眉户现代戏。眉户是由流传在陕西眉县与户县一带的民间歌舞小调发展起来的一个剧种，在西北五省和山西、河南都有广泛流播。特点是轻松活泼、节奏明快，不过在发展过程中，也融入了大量秦腔慷慨悲歌的元素，因此，也算是西北一个大剧种了，特别适合演出现代戏。"民众剧团"延安时期的很多很有影响的作品，就是眉户剧。

《迟开的玫瑰》讲述的是一个大姐的故事，这个大姐十分不幸，在她年仅十七岁的时候，母亲突遇车祸身亡，而父亲早在母亲去世前，就在建筑工地塌断了脊梁，是个坐在轮椅上的残疾人。可这个家庭却有四个孩子要吃要喝要上学要生存。那时社会保障体系并没有建立起来，靠街道办以及街坊邻居、亲戚好友赞助，也就是仨瓜俩枣，解决不了根本问题。严酷的现实，逼迫着十七岁的大姐乔雪梅收起了大学录取通知书，毅然挑起家庭重担，以柔弱的肩膀将两个妹妹和一个弟弟送向"人生正轨"，并为父亲"养老送终"，自己的人生却一再"溃败倒退"，最终与大家都普遍"下眼瞧"的下水管道工结为这个城市最底层的"新家庭"。全剧始终在诘问人生价值这个话题。倒不是单摆浮搁、主题先行，而是我们普遍都面临的社会困境。那是一个崇尚豪车宝马与"住别墅的女人"的时代，获取财富的手段不重要，关键看结果是不是"真阔了"。实现个人价值成为那个时期最时髦的话题，至于什么叫个人价值却甚少客观而有价值的解读。这部作品在出炉过程中，自然遭到不少质疑，甚至出现了较为强烈的反对声。有一段时间，我就特别有种孤苦伶仃的一个人的长跑感。讲一个笑话，有一次开《迟开的玫瑰》研讨会，我竟然出去上厕所跑了八趟，实在是听不下去了。忠言逆耳，也许他们都是忠言，但对于我，那就是逆耳得很，听得人头皮发麻，脚指头在地上能抠出坑来。好在作品终于见了观众，并且好评如潮。每晚剧场几乎都会爆发几十次掌声，有时甚至达一百多次。很多是向导演、演员、作曲、舞台美术致敬，但剧情的着力点，都有切实而有效的积极反馈。有一个叫康式昭的戏剧专家读完剧本后，在封底用铅笔写了一句话："《迟》剧在今天出现，是一部具有'反潮流'意义的振聋发聩的作品。"当然，不同声音仍在持续。这是很正常的见仁见智现象，因为我写这部戏的起因就是在"逆潮流而思而动"。何况大多数时代，赶时髦、跟风与顺滑思维，是一种常态。我以为任何社会的基石都是普通人。社会是个宝塔结构，站在塔尖的毕竟是少数，而庞大的基座不稳，塔尖与塔身都将不复存在。历史反复证明，任何时代一旦忽视了塔基的作用与价值，终究将轰然坍塌。我们衡量一个人成功与否、有价值与否，永远都是一个特别大也特别综合的概念与命题，看站在谁的基点上。如果剔除了普通人的活法，那有价值的人生就不甚多。

创作的过程虽然艰辛，正式演出前，也曾面对很多人的不解，但观众给予这部作品的肯定是让人欣慰和感奋的。我这里要特别讲一讲《迟开的玫瑰》在陕西省宝鸡市东岭村的一场演出，虽然过去二十多年，至今场面记忆犹新。那个村是一个很有名的村子，出了一个民营企业家叫李黑记，他由锤铁桶、制造铁钉子（叫东岭铁木业社）干起，直到把一个村干成全国有名的大型民营企业。那时李黑记每年都要请剧团到他们村里演出，我所在的青年团由于阵容整齐、梅花奖演员多，而屡屡被邀。由于东岭村就在宝鸡市郊，因此，那天演出《迟开的玫瑰》时，观众达到五万人以上。这个数字是当地派出所提供的。东岭村是一个有名的"戏窝子"，逢过会、逢大事必唱戏，据说这个传统坚持了很多年。秦腔也正是有这样的"戏窝子"，才形成了十分广博的生命力。五万人的场子很大，尽管我也见过物资交流会十万人看戏的场面。用"黑压压一片"已经不能形容那种浩荡情势。

舞台是临时搭建的，陕西关中这种木架结构舞台很多，是流动的，随时可以拆卸，也随时可以组装起来。坐在前边的观众用稍低矮一些的板凳，中间再出现高板凳，后边的观众就只能站着看。而在站着看戏的观众后边，又有立在自行车、摩托车、架子车、拖拉机，甚至驴背上的观众。再有很多孩子是上到附近树上看的，一簇簇、一窝窝，看上去很是吓人，骂都骂不下来，村里有人拿长竹竿戳、敲，娃娃们仍是越团越紧地龟缩到了树杈间。总之，天上地下，都塞得满满当当的。还有许多游走者，在四处钻空子。那天是音箱与高音喇叭混用，尽管有那么多人，但远处还算能听见一些戏词。我多年都有坐在剧场与观众一道看戏的习惯，那种感知世道人心的体悟是十分独特的。观众在哪里呼应，在哪里鼓掌、躁动、唏嘘，你都能真真切切觉悟出一个时代人的总体精神气象。何况这是五万多颗心脏的集体跳动。我始终与村里的治安人员，以及派出所的诸多民警游动在最外围。两个半小时的戏，我连一分钟都没坐下，就那样做着"游动哨"。一是怕现场出踩踏事故；二是操心音响能不能传递到观众耳朵里；三是作为一个编剧，我要印证这五万多观众的生命精神回响。这场演出整体爆发了一百多次掌声，当然很多是为演员们的精彩唱腔与表演而鼓掌，但我希望听到的人的精神质地的回应，都更加坚定了我对创作素材以及基本创作面向的精神笃定。所谓关注小人物、关注普通人的创作，没有比这场演出的五万多人的肯定对我来得更直接、更醍醐灌顶、更持久管用。让我欣慰的是，这个剧过去二十七八年了，至今仍在演出，并且全国有多个剧种移植。它的生命力是对我生命长跑的最好回馈。

另一次让我印象深刻的孤独长跑，是电影剧本《司马迁》的创作。这是一个至今都没有拍摄过的剧本，之所以要特别说说，是因为这趟长跑对我的创作具有特别意义。那也是二十几年前的事了，西影厂约我写《司马迁》，应该说自己有些斗胆，竟然一口应承下来。当面对浩瀚的史料，坐到写字台前时，才发现这是把泰山移到自己背上，企图站出来走两步啊！好在没有创作时间要求，我就从读《史记》开始，一点点找感觉、做笔记。过去也读过《史记》，只是一些篇目，而没有完整通读过。这次无论如何得通读一遍。五十一万多字，要不是有不少生僻字，可能还能读得更快一些。二十几天，算是连爬带滚过了一遍。读完，书上也到处都留下了折页、划痕、拼音与各种标注。可越读越觉得毫无感觉，几乎是老虎吃天，无法下爪。我便找到一个研究司马迁的专家，请教他有关司马迁写作的着力点。他给我介绍了很多资料，直到这时，我才知道有关司马迁的研究浩如烟海，仅翻阅这些资料也需很长时间。但这位专家给我的建议是，读这些都不重要，根本是通读原文，至少把《史记》读三遍，再说写《司马迁》的事，否则只会事倍功半。他说他研究司马迁的诀窍，也就是反复通读原文，甚至背诵一些精彩段落，在诵读中去寻找那些可能引发思考的蛛丝马迹。我便带着这个要领，又回到通读原文上。阅读的速度也慢了下来，几乎是又用了三个多月时间，才完成了另外两遍的通读。随后，我就把阅读转向了市场上那些层出不穷的司马迁传记。

任何一个领域，你只要打开一个缺口，就会发现堂奥深不见底。尤其是司马迁这样带着中华民族历史根性的开河式人物。我仅传记之类的就随便买回十几种，其中当然也包括李长之这样的大家对"司马迁之人格与风格"的深邃探究等。只有熟悉了《史记》，才知道哪些传记写得好，哪些完全是借《史记》的故事在那里生搬硬套，瞎编乱造。读了一些传记，然后又读一些研究史料，就开始了《司马迁》的创作。这是一次难度特别大的创作，甚至比此前接受的一个创作任务《大树西迁》的难度更大。秦腔《大树西迁》是以上海交通大学西迁西安为背景创作的舞台剧。同样是历史纷纭多变，且有现实的真人真事的许多限制。为创作这个剧，我先后在上海交大博士楼住了三十五天，查阅大量资料，会见各种与西迁相关的人物。后又在西安交大外教楼住了四个半月，前后搞下近百盘采访录音带。最后写出的剧本也就三万字，而耗去的时间达两年之久。说《司马迁》插进一个《大树西迁》来，也是想讲这两趟孤独的奔跑最后形成的文字都不多。电影剧本《司马迁》写出来也就五万多字，而历时也是两年之久，最终还没拍成。又过了若干年，再有人提起《司马迁》来，我又读了一遍《史记》，并进行了重要修改，但仍是无疾而终，好在领到了一点稿费。

回想《司马迁》创作的日日夜夜，除了通读《史记》，就是背诵《报任安书》，那时还真能下笨功夫，发现《报任安书》就是司马迁一生最生动的写照，便背诵下来，躺在床上，闭了眼睛，一边背，一边复活他悲催、苦痛但又辉煌灿烂的一生。虽然这个剧本几起几落，最终仍是石沉大海，但对《史记》的四遍通读，却让我受用一生。这是我生命长跑中最有耐力和价值意义的一次长跑，表面看收成甚薄，但实际意义远远超过所有相对简单的重大收获。

虽然在写作之前需要做大量的资料准备工作，但舞台剧毕竟容量有限，很多更开阔的思考无法容纳。这也是我写完现代戏《西京故事》再写同名长篇小说的原因。我已多次讲过，关注《西京故事》这个题材的起因，是我当时工作单位的大门外，每天都拥塞着一两千农民工，他们在这里等待机会，以挣钱养家糊口。现在已经没有这样的景象，那些年，无论车站、码头，都会看到朝外涌流的农民工人潮。他们有的甚至排着队，就在别人肩头睡着了。背包和提兜也都奇形怪状，至今我回想起来都有一种苦涩的感动。在城市的许多地方，都会鼓荡起这样的激情"旋涡"。每逢"春运"，我们会在车站，看到人挤人、人摞人的"汹涌波涛"。那是数以亿计的用户口这种形式死捆在土地上的农民，突然获得了"自由流动"的一次生命与精神的大解放。但这种解放并不意味着一蹴而就的自由与幸福的"泼天"而至，有些人在流动中，找到了机遇，捞到了第一桶金，实现了蝶变而彻底华丽转身；有些人挣到了温饱自体，且还能养活一家老小的"小康财富"；而有些人，便在苍茫的世事云海中，变成一粒微尘，来回飘浮，终是没了落脚生根之地，土地回不去，都市扎不进，甚或晃荡成一代"流民"。总之，这是一个纷纭复杂的时代，它给文学艺术提供了从未有过的丰富入场券。

我从单位门口"牛皮癣"一样粘贴在那里永远"清理不掉"的劳务市场切入，一直寻访到西安的诸多城中村，进行了相对长期的调研体察，再从城乡二元结构矛盾中，进入到都市里的村庄，再深入到一个家庭进行解剖，终于搭建起一组父子尖锐冲突的矛盾，继而打开更广阔的社会面，让一部三万字的戏剧，承载起我想表达的城乡交汇与融合中的犬牙交错与深层结构性对峙。这种对峙的张力是巨大的，它能压榨出一个人生命与精神内里的汁液。仍是托导演、演员、作曲、舞台美术的创造功力，让这部戏不仅在城乡演出中收获颇丰，而且还在全国一百多所高校的巡演中，赢得了数十万师生的广泛热捧。戏剧对于一个创作者的诱惑是致命的，古往今来那么多人热衷戏剧创作，包括莫言先生也说要把自己以后的创作重心放在戏剧上，这对剧作家是一种鼓舞。戏剧创作是有比较高的门槛的，没有经过一定训练，几乎连一个小戏都有完成难度。而莫言先生的几部戏剧作品已经证明了一个大剧作家的确切高度与辨识度。他对戏剧的理解是非常独特的，反过来值得剧作家很好地去学习。对于我，戏剧创作的根本诱惑还在于能同观众一道，一次次地把整部戏从头到尾过一遍，再过一遍，再过一遍。观众的所有情绪反应，包括笑点、泪点、痛点，都让我们能够获得创作的长进。戏剧是互动的艺术，每次演出都会因观众的阶层不同，而产生甚至完全相反的效果，编剧牵引着观众进入历史、现实，包括神话、科幻场域，反过来，剧场的综合效应，也在重塑着编剧的世界观、人生观与价值观。剧院是一个具有魔性的特殊场所，它有巨大的生命精神共性，我们在这里能更加丰富地体察到同理心这个人类共存的概念。而我从《西京故事》后却逃离了。

当时出逃的根本原因，就是戏剧的荷载量问题。俄罗斯圣彼得堡马斯特卡雅剧院根据《静静的顿河》改编的话剧，首演时达二十四小时之久，观众要分三天观看。到中国来演出的压缩版，也长达八小时。日本的能剧一般观看也在五六个小时左右，中场给观众管一顿饭，那也是一票难求，观者趋之若鹜。我总觉得我们的观众少了这种耐心，尤其是短视频盛行以后，现在两个多小时的长度都成了问题，总见有人在呼吁要短些再短些。很多好戏被裁撤得惨不忍睹。一些重排的经典，也被"大卸八块"与"芯片植入"得离奇怪诞、魂不附体。我们欣赏文艺作品越来越陷入了只想了解个大概的程度，有时似乎看看说明书就够了，不想进入细节，而文学艺术的奥妙就恰恰在丰富的细节上。对于有些题材的创作，的确需要一个长度，我就选择了长篇小说。从戏剧《西京故事》到长篇小说《西京故事》，也是我的一次特殊长跑。历时五年多，转换是艰难的，有时也是写得几近崩溃，但却是心甘情愿的。

从长篇小说《西京故事》以后，我连续写了《装台》《主角》《喜剧》三部反映舞台内外世界的长篇小说，应该说都写得比较顺利，因为生活的积累，几乎不需要去做任何额外的补充和有关资料的提取。我在文艺团体做了三十多年的专业编剧与管理工作，无论涉及哪个行当哪个领域，都具有一种书写的自信与自觉。也能跳出去看业内。因此，我始终认为，写作家最熟悉的生活是创作的一种特别重要的要领。当然，不熟悉是可以去熟悉的，但需要花成倍的工夫与气力。这里边似乎没有捷径可走。

在创作《喜剧》的过程中，另一部与舞台生活并不直接相关的作品也同时在铺开，它就是最近出版的长篇小说《星空与半棵树》。那是我对故乡的一次深情回眸。儿时对星空的记忆几乎伴随着一生。包括我后来对天文学的业余爱好，都与那时面对灿烂星空的激动不已有关。那是懵懂初开的惊异，也是雄姿勃发、壮怀激烈的仰望。那种星空我再也没有见到过，但有深刻记忆也就足够了。我希望我的故乡仍然是繁星满天、霞光万丈的景象。我盼望那一方水土的人们能各有尊严地与他人、与自然、与自己和谐相处、守望相助一生。文学说到底关注的还是人性问题。一切美梦成于人性之真之善之美，而一切美梦也都将因人性之假之丑之恶而破灭。我读威尔·杜兰特夫妇写的千万字大著《文明的故事》，尤其对西方千年宗教统治最终毁于人性感慨最深，原来这些"深不可测"的神职人物，比普通人更爱金钱、更爱财物、更爱权力，且为人偏私阴损、淫荡成癖、背过人几乎无恶不作，那神圣即不再了。文学的任务其实很重，道路宽而广博，只要人性在，文学就够忙活的。《星空与半棵树》就是希望通过对各种人物的生命境况的书写，思考人性、人心以及人与自然等问题。小说的主人公是一个热爱仰望星空，却不得不时时面对一地鸡毛般的琐碎生活的基层公务员。在差不多十年间，在面对和处理具体的现实问题的过程中，他的家庭、情感和心理都发生了很大的变化。通过他的生活，打开丰富、复杂且广阔的人世间各色人等的生活和命运。这里面也写到了在传统和现代之间的乡村文化的冲突和融合，写到了不同时期理解和处理人与自然关系的不同方式及其意义。这也是一次让人难忘的"孤苦伶仃的长跑"，漫长的写作过程仿佛一个人置身于茫茫荒漠，要在无路处开辟道路，不仅要写新的生活经验，还要创造新的艺术表达方式。其间艰难，自不待言。猫头鹰这个"角色"的设置，戏曲艺术表达方式的使用等，就是为了打开更为开阔的观念和艺术空间。艺术创造是没有尽头的，因此一个人"孤苦伶仃的长跑"仍会继续。其实我在生活中也是一个长跑者，一天平均六到七公里，有空就跑起来。

　　谢谢大家！

（根据文学讲座录音整理删节）

文学需要记录好我们共有的乡土

——农村题材文学创作座谈会发言

作为农耕文明的后裔，尽管今天我们已经远离乡土，但每个人都与它有千丝万缕的联系。即使三代甚至五代以上不再耕田，可我们仍然要从土地上汲取须臾不可或缺的粮食、蔬菜、水果，以及肉蛋奶这些维系生命的碳水化合物与蛋白质。我们与土地有天然不可割断的脐带，作为文学工作者，也就不可能、也不应该在这个浩瀚的生命给养库的书写中缺席。事实反复证明，文学始终在脚下土地的喂养中，在感恩着它的补给，也在反刍着它的百般滋味，更在思考与忧患着它的前世今生与未来。

无论文学观念怎么变，传统与现代的切换、跳转如何色彩斑驳、眼花缭乱，但面对那些诚实而坚忍不拔地躬耕在土地上的前辈文学家，或者可以称之为农村题材，抑或叫乡土题材的写作者，我们依然深怀敬重。他们的书写，让我们感知到土地的凝重，土地上人的奋斗的艰苦卓绝，无论困顿、守成，还是变革、图存，传递到我们手中的除了越来越丰富的粮食、蔬菜、水果和肉蛋奶外，那种精神的不屈不挠，包括行进中的反复试错，还有生命的爱恨生死、抗争、蝶变，都深深浇筑出由几十年可以上溯到几百年，甚至数千年的土地与人的关系，以及土地与文明的沧海桑田般的流变。今天，交到我们手中的乡土、村落，以及这个巨大场域和溢出这个场域的活生生的庞大群体，都让我们手中的这支笔变得沉重起来。

首先，我们面临着如何进场的问题。我们的先辈柳青、周立波等，是以在场的方式"沉浸式"观察写作，几乎扮演着"战地记者"的角色，甚至更是一个肩扛"火焰喷射器"、手握"爆破筒"的战士，很多时候，他们就是一个每天都要戴着破了边沿的草帽、扛着锄头下地挣工分的农民。他们的乡土书写无论从语言材质到生活细节、生命样态，都充满了浓郁得化不开的大地烟火气。今天的乡土，与先辈们在场的那个乡土，已经发生了本质性的变化。这是一个巨大的开放空间，一个由交通与网络改变了时间观念的空间，一个东西、南北地理优劣势差距愈加突显的空间，更是一个城乡二元对立与融合发展进程中的新型特殊结构空间。那种千篇一律的"蜂巢"式闭锁"乡土"已不复存在。无论人的生存方式、交际方式、文化教育背景、财富获取途径、精神心灵图谱、理想价值追求，都以更加宽阔而驳杂的方式四散开来，并被八风吹动而去。我们从哪里进场，到哪里驻场，是一个不得不面对的复杂难题。

虽然山重水复，历史总还是要给我们提供无尽的台阶，让我们顺着前辈踩踏出的路基，去继续攀缘。千变万化的乡土新形态，其实给创作者提供了巨大空间，让我们能够在更加复杂多变的环境中，去寻找我们要进入的那个新"乡场"。这是一个宏观的"乡场"，从都市到农村，都有它的生动景观；这也是一个微观的乡场：一个人，一个村庄，到一个乡镇、一个"城中村"的人情物理镜像，都能隐喻与折射出传统乡土社会向现代社会转型的反复撕裂、弥合与苦苦寻求新定位的震颤与摇荡。很多村落已找不见扛着锄头下地的农民，产业结构、生产方式、生存观念、伦理道德都在发生着惊人的新变。这里有在城市化进城中变得一片荒凉破败的"空壳村"，也有在"乡村振兴"与新的生态文明建设中蝶变为"花海书香"的"清溪村"，我们既需要"蹲点"式深度书写，也需要对新的乡土社会有一种高度概括的"纵观"能力。继承柳青与周立波式的经典作家的经验传统，恐怕对乡土社会的总体性把握，仍是一种路向。但今天的乡土社会，是比历史上任何时期都更加复杂多变且气象万千的新现实。它是一部我们还没有学会欣赏认知的多声部立体交响乐。任何一种自以为是的纵深，都可能只是一种侧记，一个单声部，我们面临着从未有过的书写困境，但也不能怯场，更不能绕道而行，因为这是我们共有的提供着基本生存热量的土地。

巴尔扎克关于作家的"书记员"定位，我以为永远也不过时，恩格斯说他在巴尔扎克那里学到的东西，要比从当时所有职业的历史学家、经济学家和统计学家那里学到的东西还要多。这是一个正典作家永远都应该追求的写作高度。作家的写作，应该带着冲出文学内循环"圈子"的雄心，不畏浮云遮望眼，如其沉迷于更多的技巧，永远处于花样翻新的焦灼中，不如保持与唤醒寻常、真实、贴切这些十分朴素的与现实的沟通能力，切实记录下能裹挟着当下人尽量多的生存信息的密码，一往无前。因为技巧说到底，是为文学的思想、情感、精神张力服务，通过技巧，突破人与故事的内存边界，达到隐喻与多义阐释的可能性。文学既是审美活动，也是社会活动。中国八亿农民的精神史、生命史、心灵成长史、乡土演进史，宏观上百折千回、波澜壮阔；微观上细如游丝，毫发毕现；只要国家十八亿亩耕地红线能守住，我们的乡土就会永在。我们也就有天赋的责任与义务去真诚地书写记录这份"致广大"。最重要的是，我们是不是记录下了它真实的内核，而不是虚浮的外表。文学客观上是有"史官"属性的，司马迁既是史官也是文学家，曹雪芹既是文学家也是"史官"。作家若能为未来的人类学家和社会学家提供更多历史、经济，甚至统计学上的思想精神价值资源，那将永远是这个职业的一种荣光。

吸收人类创造的一切优秀文化成果，巩固中华民族文化主体性，建设中华民族现代文明，是我们今天的奋斗主题。中国辽阔的农村、农业现场，以及如史诗般磅礴的开辟新生活的传统农民和新业态城市农民工，正是这个现代文明的重要创造主体，如何吸收前辈，包括世界上一切优秀文学成果，多角度、全方位地记录下我们在场的这个时代语境已全然不同的新的"创业史"与"山乡巨变"，尤其是聚焦有关人本、尊严、权利、自由、公平、发展、共享等话题，从而抵达"乡场上"那些情感精神生命的最深处，当是我们不可缺位的工作。

2023 年 3 月 15 日于北京

构筑书籍的磅礴大厦

——陕西新华出版集团成立十周年祝词

陕西新华出版集团十年间出版发行了六万余种图书，我脑海中立即形成了一个磅礴大厦的气象。我们经见了太多辉煌而壮丽的大厦，唯有书籍这个大厦，会给我们带来十分惊艳而肃穆的精神提振。阿根廷作家博尔赫斯说：如果有天堂，天堂应该是图书馆的模样。我有幸去过博尔赫斯当馆长的阿根廷国家图书馆访问，面对那个通天接地并可仰观俯察的书海构架，的确会产生一种精神飞升之感。我们在博大的图书馆藏面前，立即会感到自己的渺小、无知，我们需要阅读，让自己从浅薄中，尽量向外探出一点智慧的身子，从而减少生命中那些盲目的自恃与傲慢。

因为写作，我们总是与各种出版社打着交道。每每走进这些场所，我们都自然会收缩起那点自信。因为面对的是知识的海洋。我们搜肠刮肚写出来的所谓著作，在这里永远是太仓一粟、九牛一毛。我们不能不叹服人类智慧结晶的伟大，而出版机构，正是这种巨大结晶体的制造者。人类有太多辉煌而夸张的建筑、华贵而美丽的衣袍，甚至还有镶嵌着无数颗钻石的水晶鞋，但都经不住时间的磨砺，终归斑驳锈蚀、灰飞烟灭。唯有知识，会以各种方式存续永远。

中华民族从竹简木牍，到活字印刷，再到数字技术，已将庞大的智慧能量，系统地压缩进不朽的仓储，这种巨大的文明升级，必将鼓舞与赓续人类更大智慧的生成。陕西是一块文化的沃土，这里创造过无数的典籍，为中华文明贡献过璀璨的华章。立德、立功、立言在我们传统文化中，始终被誉为"不朽之伟业"。今天，这片土地上依然文心绽放、群星灿烂。无论对历史、政治、经济、文化、艺术、科技、宗教，还是对自然的"立言"，都充盈着厚重、开阔而勃兴的张力。也正是耕耘者甚众，才有出版集团十年收获的滚滚麦浪。

作为一个读者，也是数以千万计的写作者之一，我们从这个出版集团的分支走来，那就是一个一个的出版社。我有幸在其中几个社里，出版过包括"文集"在内的近四十册图书。一些文章，也被多个选本所收录。我是这个集团的忠实读者，也是她的写作者。伴随着每一本书的出版，都给我的人生带来荣誉、信心和力量。在集团成立十周年的美好日子里，我以谦卑而敬重的姿态，谨向她表示最衷心的祝贺与感谢！

祝愿陕西新华出版集团文锦壮美、生命常青！

2024 年 4 月 28 日于西安

沟通是世界存在的前提

——在中国翻译协会 2024 年会上的主旨发言

假如没有翻译这种沟通方式，"世界"就不存在，我们只能活在各自的茧房中，自我桎梏着了此一生。人类的伟大，就正在于这种突破，希望了解到更多信息，从而活得更精彩，也更自知。如果没有翻译家，就没有"世界"这个概念，是翻译沟通构成了物理以外的全部世界。翻译不仅是语言的转换，更是文化的奇妙对视与深情回眸。

我想在两千多年前的丝绸之路开辟时期，很多人担任了翻译的角色而不自知。是商贸往来的需要，而让不同地域、不同肤色、不同语种的人，以人性的底色，展开了由浅入深的基本生活沟通。那时专门翻译家兴许不多，但懂得翻译重要性并能参与简单沟通的人，应该遍地都是。就像前些年我们一些大的旅游景点，没有哪个大妈是不会多国语言的，尽管就那么几句，但已十分管用。我想正是老百姓的普遍参与，才可能形成像丝绸之路这样浩浩荡荡的伟大的世界性走动。我的家乡陕西，有两个十分重要的翻译家，一个是张骞，一个是唐玄奘。作为外交家的张骞，走了三十六个国家，他的翻译能力，当不可小觑。因为很多时候，他狼狈不堪得身边仅剩下一个忠实的奴仆，这

412

个叫堂邑父的匈奴人，想来不会比张骞更具有变通应对复杂局面的语言外交能力。唐玄奘不用说，在他十七年的苦苦跋涉中，历经"百有三十八国"，那是一个人的寂寞行走，也是几乎每天都要面临沟通的巨大"开放格局"，何况他的人生最高成就，就是大德高僧与翻译家这两顶桂冠。今天，翻译更是成为文明对话与交流互鉴必不可少的介质，任谁也不想回到生命的茧房时代，因此，我以为"开放"就是最具有对"翻译"这两个字的阐释力的代名词。

我的部分青少年时代，是在陕西一个叫镇安的县城度过的。那是中国开放的酝酿与初始阶段，青少年都处于自发的如饥似渴的学习状态，没有人逼你，也没有学分压你，就是自己想学习。不仅学习国内的，也把触角延伸到了世界上。而镇安县城那时离西安有二百公里之遥，并且需要翻越大秦岭，车程八小时左右，可谓山大沟深，但并没有影响我们向世界探寻的眼光。这一切都拜翻译所赐。那时县城只有一个新华书店，很多时候买一些书需要排队。我为得到一部朱生豪先生翻译的《莎士比亚全集》，整整等了半年才拿到手。而许多重要的世界名著，包括当时的一些热点作品，比如《第三次浪潮》等，都是在那时接触到的。有些翻译家让我们进入到一种"铁粉"状态，比如柳鸣九先生的翻译著作，只要见到，我就一定会买回去读。正是在那种广泛的阅读中，深切感受到与世界距离的拉近，而这个拉近，是翻译家在内容、审美与推介三个层面的发力。试想如果没有优秀的翻译家，我们便会永远与世界隔绝。一旦与世界隔绝，必然活成了另外的模样。

因此，我今天借这个发言的机会，一是感谢翻译家给我们生命世界带来的宽阔视野，二是感谢翻译家对自己作品外译所付出的艰辛努力。有些翻译家是我们的朋友，有些翻译家至今还未曾谋面。比如翻译我长篇小说《装台》和《主角》的日本翻译家菱沼彬晁先生，就还没有进行过任何直面交流，在翻译中碰到的诸多问题，也是通过朋友转达沟通。菱沼先生翻译的三卷本《主角》，日文版叫《主演女优》，还获得了日本翻译协会"2023年佳作"奖。由于长期致力于向日本翻译中国优秀文学与戏剧作品，菱沼彬晁先生荣获了中国政府颁发的"中华图书特殊贡献奖"。包括今天在场的英国翻译家罗宾·吉尔班克先生和中国翻译家胡宗锋先生，他们不仅翻译了我的《装台》等小说作品，而且还把我的几部戏剧作品也翻译推介到了国外。今天在座的作家朋友很多，我想他们跟我的感情是一样的，在此一并向那些呕心沥血的翻译家表示致敬和深深感谢！

世界是世界人民的世界。世界既然已经走到你中有我我中有你的今天，就不可能再回到"老死不相往来"的时空阻隔中。任何阻断、熔断，都是暂时的，开放融合是文明的总趋势。从这个意义上讲，翻译，是人类今天与未来都极端重要的文明使者，他们是永远牵着骆驼去"凿空西域"的张骞，也是背负"经箧"，踽踽独行在"舍身求法"路上的唐僧。很多时候，甚至扮演的是打通人类物理空间与生命精神壁垒的"穿山甲"式的"硬角色"。文明需要沟通互鉴，于多元中彼此欣赏，欣赏的前提，就是要让人知道这个文明的优长所在。近几日我在北京看法国音乐剧《唐璜》时，一直在想，我们中华民族有多少优秀典籍与故事，值得发掘并告诉世界呀！我们的想象力、我们的创造力，以及我们的传播力，都面临着全新的挑战。包括今天的现实创造，也有十分璀璨的篇章值得让世界知晓、理解并与之相贯通。我们需要更多的翻译家去开拓新的文明的"丝绸之路"，在欣赏世界的同时，也让世界打开更加广阔的欣赏中华悠久文明历史与灿烂文化的眼光。

2024年3月30日于长沙

在世界舞台上留下彼此欣赏与凝视的眼光

——英文版《装台》与意大利文版《主角》首发式发言

尊敬的各位嘉宾、各位文学界、翻译界的朋友们：

上午好！

非常感谢大家拨冗参加我的两部作品，《装台》英文版和《主角》意大利文版的全球首发仪式，一同见证这个特别的时刻。

这两部作品对我来说都具有重要的意义。它们是我生活记忆的一种汇合，也是我对这个时代的一些思考，包括对西部，尤其是陕西地域文化的思考，更是一种对生我养我的故土的深深眷恋与回馈。能够看到这些作品不断地跨越语言、走向世界，对我来说是一种巨大的鼓舞和鞭策。西部是诞生中华文明的重要摇篮，它是世界文明的重要组成部分。我们不断地在这里提取精华，用故事的方式，讲给世界，十分重要。这是一个纷纭复杂的时代，也是一个需要广泛交流沟通的时代，文学艺术承担着不可替代的作用。我由衷地希望有更多的文学作品能够走出去，帮助世界各地的读者了解、探索中华文明、中国文化，以及鲜活的中国当下的故事。

在这里，我要特别向翻译团队表达最诚挚的感谢。他们不辞辛劳，展现出了非凡的专业精神，不仅仅是简单地将我的文字翻译成了英文和意大利文，更是用心地理解每一个字词、每一句话的内涵与情感，并将其精准地转化为另一种语言。这需要掌握高超的语言技艺，还需要对中国文化，尤其是陕西地域文化有着深入通透的了解，以确保译文能够传达出原著的面貌，尤其是精神情感价值。正是由于他们的精湛翻译技巧和辛勤努力，我的作品才得以与世界各地读者幸遇。我由衷地感谢他们为此做出的艰辛努力。同时，我也要感谢出版方和所有支持这次首发仪式的机构和个人。是你们的合力帮助，才有了这个盛会的盛开。

我非常期待来自不同文化背景的读者阅读我的作品，从中感受中国、感受我的西部、感受我的家乡陕西的非凡魅力。希望通过《装台》英文版和《主角》意大利文版，能够为更多人打开了解中国丰富多彩的地域文化的窗口。愿我的文字，以及更多中国作家的文字能够在不同国家、不同地区，播撒下文化的种子，以促进在世界舞台上彼此欣赏与凝视的眼光。

2024 年 3 月 31 日于长沙

共同讲好文明的故事

——2024 世界戏剧日主旨发言

女士们、先生们、朋友们：

大家上午好！

我们相聚在戏剧人的节日里，以戏剧的方式，共话有关世界和平与理解的时代话题，意义深远且重大。我以为世界的本质，其实带着一种戏剧性的运动，充满了人与人、人与族群、人与自然环境，以及自身的冲突与和解。其中的变数，一如戏剧的一波三折，云谲波诡、深不可测。因此，我们戏剧人更应该研究世界运动的本质，从而更好地去把握人类戏剧演进的规律。

在整个文学艺术门类中，戏剧是最早开始讲述文明的故事的一种样式。按人类学家的判断，自五万年前晚期智人走出非洲，日渐散布世界各地，其实就是孕育文明萌芽的大幕开启。甚至这个大幕比五万年前开启得还早一些，但目前我们只能按照人类学家的研究成果，进行粗略的划分。那时我们共同的祖先，面临着许多共同的问题，首先是对自然认知的限度：我们不知道突如其来的打雷闪电是怎么回事；更不懂得呼啸而过的长风是从哪里来要到哪里去；那巨大的潮汐怎么就能像魔鬼的血盆大口，长舌一伸一卷，便会让整条海岸线一次次重塑。包括地震、火山喷发、洪涝、冰雹、干旱，以及天体运行中的日食、月食、彗星、流星等自然现象，都给我们的先辈带来巨大生存困境。最早只能是恐惧、躲避、逃亡、无奈。渐渐地，其中一些聪明人，萌发创造欲念，尝试着担任起了"编剧""导演""主演"的角色，开始了对自然的抗争"戏码"。

最早的"戏码"，主角是巫师，他们能"呼风唤雨"，能阻止狂风大作，也能防止"日月残破"——就是日食月食。其实他们是最先掌握了风雨雷电，以及日月星转的部分规律的人。常常感觉他们很"灵验"，就经常有人请他们去"演出"，甚至能给到很高的"戏价"，因为这是有关生死存亡的大问题。但大自然的高深莫测，行动诡异，直到今天，人类的认知仍是一知半解，可想而知，我们的前辈"编导演"们，不知遭遇过多少"把戏被揭穿"的尴尬，很多时候，戏都演砸了，"演出台口"也就日渐式微。但这些"编导演"并不甘于退出历史舞台，便从"指天骂地"的巫师角色，转换为"敬天畏地"的宗教角色，仍然上演着轰轰烈烈的有关或进"天堂"或入"地狱"的"大戏"。随着人类科学认识自然能力的不断提升，宗教的很多"戏份"被逐渐论证为"这是戏！"，而非真实存在。中国的先贤孔子对他弟子季路说：未能事人，焉能事鬼。这是人类认识自然的一个很重要的跨越阶段。世界不同地区的"编导演"们，在两千多年以降的时间里，一步步进入到对自己所生存的社会，尤其是"人"的根本追问与探寻的深度拓展之中，探讨的问题十分宽博，包括政治、经济、历史、宗教、哲学、军事、外交等，几乎无所不包，这也是世界戏剧对人类经验智慧最集中的总结概括时期，出现了大量影响人类精神生命进程的戏剧经典作品，至今仍品质鲜活。

戏剧面对的最大故事讲述对象是人，是人本身的生命探索和精神演进。人类千辛万苦走到今天，创造了无尽的灿烂文化和文明，从身裹兽皮树叶、茹毛饮血，到华冠丽服、钟鸣鼎食、诗礼簪缨、香车宝马；从单打独斗、家族群居，到社会集团、都市国家、全球畅通、网络互联，经历数千年的文明开辟，我们喜气洋洋地陶醉于"地球村"的扑面而来，但世界远不是我们想象得那么文明顺遂、万里晴和，有时甚至越发感到沟通的艰难与冲突的难以消弭。世界的不太平，人类的各种"条块划分"，甚至局部的分崩离析，都让我们深切感受到"百年未有之大变局"加速演进的残酷现实。作为始终在沟通人类共同精神情感、思想价值的戏剧，我们也始终在场，自然应该发挥戏剧的沟通能力，去探寻彼此消除隔阂、增进了解互信的"牵手"。

此时我想起两个戏剧故事，一个是中国的传统戏曲经典《梁山伯与祝英台》，一个是莎士比亚的话剧《罗密欧与朱丽叶》。1954年在日内瓦国际会议上，中国总理周恩来，为了达到与会国际代表间更好的沟通交流，特意播放了《梁祝》这部戏曲片，只在请柬上写了一句话："请你欣赏一部彩色歌剧电影——中国的《罗密欧与朱丽叶》。"播出后效果极佳。这是一个有关沟通的故事，其中内涵十分丰富。首先是两部作品内部人物之间的沟通不畅，所带来的巨大悲剧命题。梁山伯与祝英台相互爱慕，因沟通误会，也因家庭干预，造成无法挽回的死亡悲剧。而罗密欧与朱丽叶，完全是家族恩怨、社会矛盾，全然无法沟通，酿成了双双含恨而去的后果。这是第一个层面的沟通问题。另一个层面的沟通，即是国际间的情感沟通，在没有翻译字幕的情况下，中国总理周恩来仅以一个比喻，迅速沟通了不同文化之间的共情故事，为在世界舞台上的合作对话，提供了人文价值基础。彼此的文化虽然存在差异，但我们的生命样貌、人际关联、感情形态是基本一致的。

这让我又想起另外一个故事，《圣经》里有关巴别塔的故事。巴别塔又叫通天塔，人类团结一心，共同建造了一座眼看就要通向天堂的物理塔。上帝觉得这是个事儿，天堂怎么能允许所有人类都无障碍地来出差、旅游、闲逛，甚至安营扎寨地生活呢？于是就把塔给毁了，并且惩罚人类，到各不相同的地域安身立命去，且还不能讲一样的语言。上帝害怕人类沟通，一沟通，产生的力量，就会接近"天堂"。这是一个很好的故事，是一个有关合作的故事，充满了戏剧性。人类一合作，就有通往美好"天堂"的可能。但也总是有人不习惯合作，喜欢像上帝一样玩操控的游戏。因而，人类也总是在合作的道路上困难重重，犹如戏剧不断发生的冲突与激变。直到今天，局部战争仍在继续，有些火药桶也处在一引即爆的危险之中。很多曾经建立起的伙伴关系，也在分化瓦解，眼见曲终人散。从这个意义上讲，呼唤交流、呼唤信任、呼唤和平，将永远是世界的重大主题。而这个主题，也正是2024年世界戏剧日的主题，足见戏剧人对世界的担当。

信任与合作，是建立在文化认同的基础之上。从人类各不相同的文明背景看，无论差异性多大，个性特色多么鲜明，但其根本价值仍是趋同的。善良、友好、互助，公平、正义、自由，互信、互利、和平等，从来没有在任何民族的典籍中，具有颠覆性的不同认知。即使处于不同的地理气候条件下，人的性情、面目被塑造得千差万别，或暴躁或温顺，或高大或矮小，或白色或黑色，但人性的本质都是相通的。世界戏剧的所有文本，也都参与了这种人性的证明。即使人类历史所归纳出的那些永远处于"多动症"中的好战者，在基本价值取向上，也不敢明火执仗地对人类这些宝典加以挞伐。他们总是以各种托词，把战争打扮成"天使下凡"的模样。戏剧多有类似的深刻揭示和批判，也从来没有缺席过对战争狂人与滥杀无辜的审判。正是因为我们有许多共同的文化价值基础，人类在陆地、海洋、天空、互联网这些不同时代创造的那些显赫一时的"利器"，最终还是服务了全人类。对当下的发明，人类总是会保留着一个阶段性的深沟壁垒，深深忌惮着别人的获取。一旦这个成果被更新的技术所代替，也便会普惠于人世。数千年前，围绕着地中海文明所产生的玻璃制造技术，是严格保密的，那些工匠艺人，不仅不许出国，而且在国内也受到特别保护与监视，泄密是有杀头之罪的。在未来的某一天，今天的所有高端技术发明，只要有益，也都会作用于人类的日常，但走向共享的过程，是一部"谍战悬疑剧"，充满了奸诈、血腥与火药味的曲径。从这个意义上讲，我们要对人类的文明进步葆有耐心和信心。任何新的技术，终有一天都会成为我们日用不觉的"锅碗瓢盆"。有着天赋沟通人类情感行为能力的戏剧，在文明的曲线进程中，是有着同政治、经济、哲学、宗教，甚至军事、外交一样不可替代的作用的。由文化沟通起来的信任，是我们一再谋求共同出发的基础。

我们戏剧始终在讲述人类文明的故事，各民族将自己最独特的那一份情感，用多样性的手段，汇聚在一起，给人类增添的是一份无比宽阔的自信与自豪。文化的多样性与丰富性，是我们适应不同山川、河流、海洋、土地的题中之义与必然结果。尊重彼此的个性差异，正是我们遵从自然规律的一种适洽把握。任何骄傲自大、自负、自恃，不仅成为沟通理解的障碍，也会成为隔阂与祸乱的缘由。尊重他人观点与文化背景，才是达成沟通理解的最重要桥梁。事实反复证明，文明沟通对话解决不了的问题，战争、枪炮、病菌、暗杀、恐怖袭击也不能一劳永逸地解决。有时付出成本更高、代价更大，反而会酿下永无宁日的后患。我们的戏剧，正是在这个地方显示出了卓越的柔性与韧性能力，从不同地域，贡献出不同的文化元素，在个别中寻求到一种彼此欣赏，从而普遍认同的价值力量。相互悖谬、情感冰冷的世界，不是文明发展所希望看到的世界。我们也不应该在几千年的发展进步中，没有汲取历史足够沉痛的诸多教训，总在同一个轨道上徘徊或翻车。我赞赏挪威剧作家约恩·福瑟先生为2024年世界戏剧日撰写的献词《艺术即和平》中的观点："世界需要同情心、同理心与互助心。"作为人类广泛参与的戏剧活动，应该与弱者和鸡蛋站在一起，不要去做那坚硬而冰冷的石头。我们有太多的对话前提，有太多交流互鉴的可能性，我们是人类命运共同体。对于任何一只蜜蜂无益的事，一群蜜蜂也未必能获得什么好处。戏剧是最能讲好命运共存这个故事的一种样式，她是艺术，具有一种巨大的超越性，也就更容易在大众传播中赢得根性感染与互动。

我们都应该有一种信念、信心和希望，将戏剧这个富有人性深度与多样性的文化符号，努力传递到更广大的世界，让戏剧从数千年，甚至数万年裹挟来的人性成长价值，更丰富地作用于我们共有的世界。人类是用讲故事的方式率领不同族群一往无前的，戏剧最精髓的优势也正在于讲故事。让我们一如既往地用我们的独特优势，去讲好既有个性特色又有人类普遍价值意义的故事，把更多柔软心灵的血脉接通起来，为理想、为正义、为自由、为和平持续拉开演出的大幕！

2024 年 3 月 27 日"世界戏剧日"于河北廊坊